www.b-books.co.kr

www.b-books.co.kr

첫사랑의 끝에서

첫사랑의 끝에서

피니 장편 소설

Dahyang Romance Story

목 차

1. 마주한 첫사랑의 기억

첫사랑을 기억하는 방식은 아주 다양하다.

"첫사랑은 어떠셨어요?"

관객이 던진 질문에 아진은 당혹스럽고, 조금은 얼떨떨한 얼굴로 입꼬리를 둥글게 말아 올렸다. 영화 제목이 '첫사랑'이다 보니 배우들의 첫사랑에 대한 물음은 이미 예상 질문 목록에 있었다. 단지, 그 모범 답안을 순간 잊게 만드는 사람이 시야에 들어왔기 때문에 멈칫했을 뿐이었다.

네가 왜 여기에 있니.

관객석 가장 끝줄, 사람의 형태만 겨우 보이는 거리에서도 한눈에 알아봤다. 그 당황한 순간을, 특종이라도 건진 듯 쉼 없이 터지는 플래시가 담아냈다.

"우리 아진 씨가 갑자기 당황하는데요? 말씀하시기 어려운 추억이라도?"

"제 첫사랑은, 어……."

다행히도 기자들이 손을 들기 전에 사회자가 자연스럽게 끼어들어 왔다. 아진은 두 발을 모으고 마이크를 들었다. 아역 시절부터 카메라 앞에서 자라 왔다. 살짝 머리를 만지작거리며 난처한 표정을 짓기만 하면 주변에서 알아서 정리할 일이었다. 굳이 굶주린 하이에나에게 먹이를 줄 이유가 있나. 뻔뻔하고 자연스럽게 행동하면, 그냥 며칠 입에 오르고 말 그저 그런 해프닝으로 남을 터였다.

"설마, 유서하 씨가 첫사랑은 아닐 테고…… 아진 씨 첫사랑이면, 저?"

"바다 씨, 아무리 그래도 나이가……."

그녀가 씁쓸한 미소를 머금자마자 구원자가 나타났다. 정신 똑바로 차려야 했다. 아직도 카메라 앞에, 잘 짜인 시놉시스 위에 서 있었다. 30대 후반이었지만, 꽃 같은 미모로 여심을 홀리는 남배우 김바다였다. 그가 끼어들어 능청을 뽐내자 회장에 작은 웃음이 흘렀다. 촬영 중에 나쁜 사이도 아니었고, 그의 아버지가 아진과도 자주 호흡을 맞추었던 배우 김현성이라 아무래도 그녀에게 호감을 가지고 있는 듯했다. 끝나면 감사 인사를 전해야겠다고 생각하며 다시 바라본 그곳에, '그'는 없었다.

헛것을 보았나.

그렇다고 하기엔 머릿속에 남은 잔상이 너무나도 선명했다.

"에이, 연애 중인 아진 씨한테는 너무 짓궂었다. 그래도…… 대답 못 하는 걸 보면 역시 우리 서하 씨가 첫사랑은 아닌가 보다. 그죠?"

"첫사랑은 안 이뤄진다는 말도 있잖아요. 저희 영화에선 어떨까 한번 봐 주셨으면 좋겠어요."

아진이 마음을 가다듬을 수 있었던 건 유서하라는 이름 석 자 덕분이었다. 공개 연애 선언 이후로 그의 이름은 꼬리표처럼 아진을 따라다녔다.

빙그레 웃으면서 대꾸해 놓고도 그녀의 시선은 객석 이곳저곳을 향했다. 아진이 마주 잡은 손바닥 사이로 구르는 마이크 기둥을 초조하게 두드렸다. 구름 낀 안개처럼 흐릿한 기억 속에서 그는 선명했다. 왜 하필, 이 영화의 제작 발표회에서 보게 되는 걸까. 활짝 웃으며 허리를 굽혀 인사한 후 무대를 내려가는 길이 아찔했다.

"왜 그래? 속 안 좋아?"

철들 무렵부터 생긴 배앓이는 고질병이었다. 그녀와 관계된 사람들 대부분이 알고 있을 정도로 자주 일어나기도 했다. 아진보다 더 하얗게 질린 주연이 달려와 이마의 식은땀을 닦아 냈다. 스타일리스트답게 익숙한 손길이었다.

"아냐, 괜찮아."

오늘 스케줄이 제작 발표회뿐이라 다행이었다. 감독님부터 동료 배우들에게 주르르 인사를 하고, 주연의 부축을 받아 지하 주차장으로 내려가서 차에 올랐다. 매니저인 지한이 기다렸다는 듯 물병을 내밀었다. 이제 메이크업 망가질 일도 없겠다, 대충 화장 솜으로 입술을 문지르고 아진이 내내 마르던 목을 축였다.

"왜, 컨디션 안 좋아?"

"오빠, 혹시 나 스케줄 더 있나?"

"아니? 오늘은 뭐 없는데?"

"그럼, 나 학교에 좀 데려다줘."

"학교?"

지한이 되물었다. 갑작스러운 그녀의 주문에 당황한 표정으로 지한이 뒤돌아보았다. 갑작스럽고 생뚱맞은 일이었다. 아진이 학교를 갔던 건 중학교를 졸업하던 겨울날이 마지막이었다. 그러니 학교라고 지칭할 만한 곳은 한 곳뿐이었다. 아진은 대꾸 없이 까맣게 어둠이 내려앉은 창밖만 뚫어지게 응시했다.

아진은 여섯 살 어린 나이로 브라운관에 데뷔했다. 가장 좋아했던 어린이 프로그램이었다. 그다음은 마치 정해진 것처럼 드라마 아역 배우로, CF스타로, 그리고 영화까지, 아역의 수요는 많았지만 공급이 부족한 시장에서 확고한 자리를 잡았다. 시대를 잘 만났다고 해야 할까, 운이 좋았다고 해야 할까.

어릴 적에 맛본 화려한 세계에서 얻은 것은 자신감과 자만심뿐이라 이 세상에서 제가 제일 잘난 듯 그리 굴었다. 그렇게 심술보가 가득한 입을 삐죽대도, 아무리 미운 짓을 해도 변함없이 옆에 있어 주는 네가 좋았다.

그는 아진에게 그리면 더 그리운 첫사랑이었다. 그렇게 중한 사람이었다. 그래서 놓치고 싶지 않았다. 하지만 원래 안 될 운명이었는지, 혹은 너무 서둘러 망쳐 버렸는지 지금은 알 수 없지만, 중학교 졸업식이 끝나기 전이었던가. 혹은 그 후였던가. 시간의 경계는 선명하지 않았다. 잊고 싶기도 했고, 그 순간이 너무나도 아름답고도 독해서 다른 건 신경 쓸 여력이 없던 탓도 있었다.

졸업은 끝이며, 또 다른 시작을 의미한다. 사춘기의 문턱에서 아진은 새로운 시작을 꿈꾸었다. 혼자만의 꿈이라는 걸 깨닫는 건 그리 오래 걸리지 않았다. 당혹스러운 듯, 머뭇거리는 그의 앞에서 아진은 찬물을 뒤집어쓴 듯한 감각을 느꼈다.

'안녕.'

시작과 끝은 같았다. 대사 한 줄마저 똑같은 그날. 하얀 눈발이 날렸다. 날카로운 바람으로 붉어진 살갗에 내려앉은 작은 눈꽃이 순식간에 물방울이 되어 사라지듯, 아진은 천천히 그 자리를 걸어 나갔다.

'아진아!'

이게 대체 무슨 말인지 파악이나 한 걸까. 아니면 어떻게 대꾸해야 하는지 몰랐던 걸까. 그가 다급히 이름을 불렀지만, 아진은 돌아보지 않았다. 불에 덴 것처럼 화끈거리는 눈가와 왈칵 솟아오르는 듯한 격한 감정.

다른 사춘기 남자아이처럼 그 나이대에 맞게 거칠어진 목소리가 그녀의 귓가에 들렸을 때는 이미, 수많은 기자들과 어지러운 카메라 플래시에 둘러싸여 있었다. 돌아볼 수도 없는 상태였다.

금방이라도 눈물이 흐를 것만 같았지만, 그럴 수 없었다. 카메라 앞에 서는 것도 아진이 계획한 또 다른 시작 중 하나였으니까……. 이조차 놓아 버릴 수는 없었다.

'졸업 축합니다, 아진 양!'

'감사합니다.'

'고등학교 진학을 포기한 건 후회하지 않으세요?'

'너무 이른 선택이 아닌가요? 인생을 결정하기에는 너무 이른 데!'

그날 쉼 없이 쏟아지는 질문의 순간순간에도 눈이 부신 카메라 플래시는 팡팡 터졌다. 끝내, 왈칵 터지고 마는 눈물을 어떻게 해석한 것인지 매니저인 상훈이 사람들 사이를 비집고 들어와 아진의 앞을 가로막았다.

'인생은 한 번 사는 거라고 하잖아요. 저는 지금 제가 가장 하고 싶은 공부를 선택한 것뿐입니다. 고등학교 과정은 검정고시 공부를 할 계획이고요……'

그녀는 항상 아름답고 사랑스러운 아이 혹은 소녀였으면 했다. 그렇게 보이길 바랐기에 끊임없이 자신을 갈고닦았고, 그 결과로써 그 나이 또래 누구보다 사랑받으리라 자신했다. 눈앞에 두고 있던 그 사람에게까지.

눈발이 날리던 그날. 그녀의 자존심도 모래 먼지처럼 흩날렸다. 눈물로 흐려지는 시야 사이로 발끝이 무너지는 것 같은 감각을 느꼈다. 공허한 바람만 들이찬 가슴에는 뜨거운 감정만이 남았다.

그날 이후로 그를 보지 않았다. 보고 싶지 않았다. 그게 어딜 봐서 고백받은 얼굴이야. 아진이 얼굴을 찡그렸다. 그의 얼굴에는 당혹스러움과 난처함이 교차하여 그대로 나타났다. 표정 변화가 크기에 어렵지 않게 인지할 수 있었다. 아진은 아무것도 모르고 자신에게 환히 웃어 주는 준성의 어머니, 아버지의 앞에서 고개를 들 수가 없었다. 짐을 싸 들고 독립 아닌 독립을 선언했다. 철들기 전부터 개인사업자로 등록될 만큼 소득이 많았다는 게 그렇게 다행일수 없었다.

열일곱의 문턱에서 도망치듯 떠나왔다. 그리고 스물넷.

아진은 스물넷의 한 떨기 아름다운 여인이 되어 가는 중이었다. 드라마든 영화든 그녀가 이름을 올린 작품의 크랭크인부터 관객의 숫자까지 실시간으로 기사로 중계되었다.

오늘도 그 하루 중 하루에 불과했다.

아주, 아주 나중에 다시 만나면 아무 일도 아니었다는 듯 웃으면서 만나고 싶었다. 그런데 그건 그냥 생각뿐이었던 모양이다. 눈을 마주하는 순간 알아보았다. 살짝 옆을 바라보았던 시선이 정면을 향하는 순간 숨이 막혔다.

열일곱의 그 문턱에서 아직 한 발자국도 떼지 못했던 것이다. 거기서 멈춰 있었다.

남은 것은 드높은 자존심과 꺾을 수 없는 고집뿐인데…….

너는 왜 내 앞에 나타났을까.

왜 뒤늦게 나타나 나를 흔들어 대는 걸까.

준성은 외동아들이었다. 대학교수인 아버지와 소규모 디자인 회사를 운영 중인 어머니 사이에서 가슴 가득히 사랑받으며 태어났고 자랐다. 여섯 살 때 갑작스럽게 현관문을 밀고 들어온 낯선 여자아이는 손에 아버지의 손가락을 꼭 쥐고 있었다. 어린 마음에 질투할 수도 있었지만, 기뻤다. 마치 동생이 생긴 것 같아서. 그 뒤로는 쌍둥이처럼 자랐다.

"안녕?"

"안녕."

윤준성. 노아진.

노아진. 윤준성.

성이 다른 두 아이의 한 지붕 생활에는 부딪침도 많았고, 싸움도 많았고, 그만큼 울음도 많았지만 큰 불만은 없었다. 그는 그랬던 것 같다. 하지만, 사춘기가 오면서 손을 훌쩍 놓고 떠나간 그녀를 떠올리면, 정말 그랬을까 하는 의문이 생겨났다.

본래라면 혼자 가졌을 것들이 공평하게 나누어졌던 것은 아니다. 하지만 문제가 되진 않았다. 둔한 것이 천성이라 작은 손가락에 쥐어지면 쥐어지는 대로, 사라지면 사라지는 대로 수긍했다. 그랬는데, 그녀가 떠난 자리는 너무나도 컸다. 알 수 없는 공허함에 고개를 들었을 때는, 흩날리던 눈송이는 사라지고, 흙탕물과 섞여 자취를 감춰 버린 시간만 남아 있었다. 어딘지 쓸쓸한 시간이었다.

소녀가 여자가 되는 세월은 티브이가 기록했고, 신문이 기록했으며 이제는 실시간으로 뉴스와 SNS를 통해 볼 수 있었다.

왜?

그가 덩그러니 남겨진 자리에는 근본적인 물음 하나만 남았다.

같은 집에서 같은 밥을 먹고, 같은 학교에 다녔지만 평범한 삶과는 거리가 멀었던 소녀였다. 매니저와 경호원이 따라다니는 게 당연했고, 펜보다는 마이크를 쥐는 데 익숙하니까 언젠가는 티브이 속으로 들어가겠거니 생각했다. 당연한 일이었다. 아진에게 평범한 삶은 어울리지 않았으니까…….

그런데 아진과 함께 하나 남은 고기 조각을 쟁취하겠다고 밥상머리에서 잔머리를 굴리던 날들이 사라졌다. 동시에 남자 교복과 여자 교복이 함께 걸려 있던 각자의 방문에는 아무것도 남지 않았다. 아진이 방을 비우면서, 두 아이를 챙겨야 했던 어머니의 일이 줄어들었다. 저녁만 되면 하루의 일상을 조잘거리던 아진이 사라지자, 어머니는 말수가 줄었다.

한 사람이 사라지면서 집 안은 아주 조용해졌다.

고등학교에 입학하면서 다시 외동아들로 돌아온 그는 한국예술대학교 연극영화과에 진학했다. 누구도 이해하지 못한 선택이었다. 그리고 군대에 다녀왔다. 연극영화과에 지망한 것을 제외하고는 평범한 인생이었다. 처음부터 그는 외동아들이었다. 당연한 일이었다. 그런데 왜 이렇게 가슴 한구석이 허전하게 시려 올까.

이제 대학교 3학년. 군대에 다녀와 보니 여학우들은 이미 졸업해 현장에 있거나 혹은 다른 살길을 찾아 떠났고, 시꺼먼 사내놈들만 남아 독립영화판을 전전하고 있는 신세였다. 준성도 그중 하나였다.

그 뒤로 단 한 번도 마주치지 않은 그녀를 생각하며 그는 한 번씩 고민했다. 왜 만나러 오지 않을까. 한번 만나러 가 볼까. 하지만, 일방적인 관계가 과연 관계라고 부를 수 있을까. 지금 다시 만났을 때 그녀는 자신을 알아볼 수나 있을까.

"미친놈."

고등학교 때 이사를 가면서 학교가 갈린 친구 인우는 그를 만날 때마다 등짝을 후려갈기며 타박하곤 했다. 친구들의 앞에서도 새침을 떨었던 아진이었지만, 인우의 앞에서는 달랐다. 인우의 무엇이 그리 마음에 안 들었는지 틈만 나면 시비를 걸던 통에 미운 정만 덕지덕지 들었다.

그럼에도, 아진은 망설임 없이 인우까지 잘라 냈다. 바뀐 전화번호, 매니저와 회사라는 커다란 벽. 교복을 입고 있을 때도 지금도 쉽게 접근할 수 없는 곳이었다. 노아진이 있는 곳은……

"너는 꼭 나만 보면 그 소리더라."

"미친 새끼. 생각 좀 해 봐라, 생각. 네가 뭘 잘못했으니까 노아진이 연락 한 통 안 하겠지. 하여간, 인간관계 지지리 못해요."

준성은 반만 수긍했다. 붙임성이라고는 찾아볼 수 없는 무뚝뚝한 녀석이라고 어머니도 혀를 내둘렀기 때문이었다. 하지만, 그게 그렇게 나쁜 짓이었나.

"나만 못하나. 인간관계는 아진이가 더……"

"인정할 건 인정해야지. 네 성격에 연극영화과 지망하게 만든 건 결국 노아진이잖아."

미지근하게 식은 카페모카를 단숨에 마신 인우의 표정이 에스프레소 한 잔을 들이켠 것처럼 일그러졌다. 자신이 한심하다는 얼굴이었다. 한두 번이어야 딴지라도 걸지. 준성이 자연스럽게 고개를 돌리며 인우를 외면했다.

똑같은 나이. 하지만, 필모그래피 하나만으론 그녀는 따라갈 수 없을 만큼 아주 멀리 있었고, 선배 중의 대선배였다. 아무것도 모르는 어머니는 그가 독립영화 한 편의 단역으로 출연했을 때, 아진이도 단역으로 시작했다며 아들의 성공을 믿어 의심치 않았다. 손을 뻗기만 하면 닿는 거리에서 엄청난 성공 케이스를 키워 왔으니, 그렇게 생각하시는 것도 어쩌면 당연한 일인지도 모른다.

"복학한 기분은 어떠냐, 관악아."

"뒤진다, 진짜. 말 돌리지 말고."

"왜. 관악 입성은 너밖에 없잖아."

인우가 안 그래도 찡그러진 미간을 더욱 구기며 눈썹을 추켜올렸다. 모두가 폐인이 되는 고3의 시간에서 유일하게 관악산 아래의 대학교에 이름을 올려놓았다 하여 인우의 별명이 관악이 되었다. 그 이후 모든 친구들이 그의 이름을 관악이라 부르면서 놀렸다. 어디 한두 달 그래야지. 군대도 다녀오고, 복학까지 했는데 그놈의 관악은 호처럼 묘비에 박힐 기세였다.

"넌 대체 노아진한테 뭐라 그랬기에 애가 이날 이때까지 연락이 없는데? 너한테는 안 해도 나한테는 좀 해야 하는 거 아니냐? 나는 친구 아니냐!"

울컥한 인우가 분노를 토해 냈다. 복학한 지 얼마 안 되어 짧은 머리칼에 기껏 잔뜩 힘을 주고 나왔더니만, 하는 말이 이게 뭔가.

"그러게."

졸업식 이후로, 아진은 마치 없었던 사람처럼 모든 연락을 끊어 냈다. 어머니와는 몇 번씩 통화를 주고받는 것 같았지만 그뿐이었다. 그와 인우, 그리고 다른 친구들까지 전부 꽃의 줄기를 가위로 잘라 내듯 완전히 인연을 끊어 내었다.

준성이 일자로 굳은 입술에 빈 찻잔을 가져다 대었다. 삼키는 척 목울대를 움직인 그가 테이블 위에 찻잔을 내려놓았을 때는 이미

인우의 관심이 다른 곳으로 떠난 후였다.

"아진이 걔 연애한다더라."

"뭐?"

"뉴스 좀 보고 살아라 뉴스."

인우가 건넨 스마트폰 액정 화면에 유명 배우 유서하와 팔짱을 낀 채 환하게 웃고 있는 아진이 비쳤다. 자신에게 어떤 표정이 어울리는지, 어떤 포즈가 좀 더 예쁘게 보이는지 잘 알고 있는 아이였다. 어렸을 때부터 그랬다.

"예쁘네."

"어휴, 답답하다. 답답해."

나지막이 중얼거리는 목소리에 인우가 가슴을 쳤다. 일부러 속이라도 타라고 보여 준 건데 저 모자란 놈은 그저 실실 웃고 있었다. 아니, 지 좋아 죽겠다고 그렇게 태를 내고 다녀도 알지도 못하던 답답한 새끼가 제 친구였다. 둘 사이에 무슨 일이 있었는지는 뻔했다. 말하지 않아도 알 수 있었다. 노아진의 유명세에 관심이 생겨 다가오던 아이들을 제외하고는 대부분이 짐작하고 있었다. 아진이 마음에 담고 있었던 사람을.

그 씩씩하고 구김살 없던 아이가 먼저 다가갔을 것이고, 저 눈치 없는 새끼는 그게 무엇인지조차 인지도 못하고 놓쳐 버렸을 것이었다. 그리고 뒤늦게 알아챘겠지.

"왜, 예쁘잖아."

"누가 그게 답답하대?"

누가 봐도 예쁘장한 아이였다.

특별히 어여뻐 지나가는 사람들도 시선을 집중할 만한 외모는 아니었지만, 또박또박한 말솜씨와 초롱초롱한 눈동자, 그리고 아이답지 않은 갸름한 턱선이 아이를 카메라 앞에 설 수 있게 만들었다.

아진은 어린이 대상 프로그램에서 먼저 데뷔했다. 그 덕에 입학한 초등학교에서 그녀의 이름은 자기소개도 하기 전에 입학식장 전체를 오르내렸다. 그 손을 꼭 붙들고 있었던 준성도 덩달아 사람들의 시선을 받았다.

해바라기처럼 방실방실 웃으며 해맑았던 아이는 자기를 알아보는 사람들에게 연신 웃어 주기 바빴다. 준성은 사실 별생각이 없었다. 이렇게 사람이 많은 곳에서 아진을 잃어버리면 안 된다고 당부했던 어머니의 말을 지키느라 손만 꼭 눌러 잡고 있었다. 남자는 씩씩하게 여자를 지켜 주는 거라고 했던 아버지의 당부를 기억하며 마치 오빠처럼 아진의 곁에서 떨어지지 않고 붙어 있었다.

'나 햄.'
'싫어. 나 계란 먹을 거야.'

토마토케첩을 들고 햄이냐 계란이냐 아침마다 실랑이를 벌였고, 그러다가도 티브이 채널이 뉴스로 돌아가기라도 하면 언제 그랬냐는 듯 죽이 척척 맞아 아버지의 손에서 리모콘을 빼앗곤 했다. 입맛이 비슷한 듯 다른 두 아이의 식탁에서는 아침마다 전쟁이 벌어졌다.

피 한 방울 섞이지 않은 특수한 관계였지만, 같은 집에서 등교하고 같은 집으로 하교했다. 입학할 때는 어린이 프로에 잠깐씩 출연하는 아이에 불과했지만 학년이 올라갈수록 광고, 잡지를 넘어

CF 촬영까지 진행하며 온 국민의 딸이 될 지경이었다. 그 때문에 학교는 더더욱 예민해질 수밖에 없었다. 덩달아 준성도 신경이 날카로워졌다. 그래서 찹쌀떡같이 척 달라붙어 있었다.

'나 아진이 좋아.'
'나도 나도. 우리 형아도 아진이 좋대. 나한테 사인 받아 오래.'

노아진 캘린더부터 노아진 화보 사진으로 공책까지 나오는 시절이었다. 또래 아이들도 그에 휩쓸렸다. 그리고 아진이 준성의 어머니를 이모라고 불렀기 때문에 대부분의 사람들은 준성과 아진을 사촌 관계로 인식했다. 인우도 그중 하나였다.

'좋겠다. 너는. 예쁜 사촌 있어서……'

그럼, 준성은 아무 말도 못 하고 입을 꾸욱 다물곤 했다.
이 관계는 초등학교를 넘어 중학교까지 지속되었다. 하늘 초등학교, 하늘 중학교. 두 분 다 중산층 이상의 소득을 벌어들이는 분이라 사립학교 재단에서 쭉 진학하는 것은 어렵지 않았다. 그때는 몰랐지만, 아진은 그 시기 혼자 그 비싼 사립학교 학비를 댈 수 있을 정도의 소득을 가진 상태였다.

그때부터였을 것이다. 남자와 여자. 윤준성과 노아진으로 서서히 갈라지기 시작했을 때가……

남녀 사이에 친구는 없다고 하던데, 그게 우리에게까지 적용되는 말이라는 건 짐작조차 하지 못했다.

"서하랑은 잘 만나고 있는 거지?"

평소 하지 않던 짓을 했던 탓일까. 집으로 돌아가는 차 안에서 지한이 조심스럽게 말을 걸었다. 힐끔거리는 백미러를 통해 그의 눈길이 느껴졌다.

"그렇지 뭐."

"좀 이상하니까 그렇지. 너희 연애한다고 해도 딱히 따로 만나는 거 같지도 않고……."

"오빠가 내 일정을 다 알아?"

"다는 몰라도 대충은 알지. 너 집순이잖아."

"꼭 만나야 연애하나. 오빠도 나도 스케줄이 얼마나 많은데."

아진은 태연하게 대꾸했다. 다른 사람은 몰라도 대부분의 일상을 함께하는 매니저 지한과 스타일리스트 주연은 기묘함을 느낄 만도 했다. 톱스타 커플이라고 회자되고 있는 배우 유서하와 노아진이다. 공개 열애는 발표했어도 그 후의 행보는 전무하다 싶을 정도였다. 서로 영화와 드라마를 홍보하느라 인터뷰를 할 때 조금 언급되는 정도였다.

"뭐, 이러다 좋은 선후배 사이로 돌아간다고 기사부터 내는 건 아니지?"

"오빠 오늘 좀 예민하다?"

"명색이 내가 네 매니저인데, 연애도 기사로 알고……. 내가 너네 헤어지는 것도 기사로 알아야겠냐?"

"에이, 아직도 그거 가지고 꽁해 있어?"

"서운하다 이거지. 너랑 나랑 몇 년인데 그걸 말 안 해 주냐?"

아진이 창가로 고개를 기울이자 지한이 고개를 절레절레 저었다. 더 이상 말하고 싶지 않다는 의사 표현이었다. 아진이 쓴웃음을 머금었다.

말하고 싶어도 말할 수가 없었다.

기사가 나는 당일까지 그녀 자신도 몰랐으니까……

그날은 이상하게 마음이 불편한 날이었다.

좋아하는 감독님과 저녁 식사를 하고, 카메오 출연을 약속한 뒤 기분 좋게 회사로 돌아왔다. 새로 들어온 광고 콘셉트가 있는데 확인해 보자는 홍보팀의 연락 때문이었다. 그런데, 회의실에 들어가 보니 분위기가 별로 좋지 않았다.

홍보팀장 유리아의 앞에 팔짱을 낀 채 기대어 앉아 있던 서하가 아진의 등장에 반갑게 손을 흔들었다. 그때까지만 해도 동반 출연을 미루어 짐작하던 아진에게 폭탄이 떨어질 줄은 상상도 할 수 없었다.

"너희만 알고 있어야 한다. 너희 다음 달에 회사에서 들어가는 새 드라마 알지?"

"당연히 알지. 회사가 거기에 투자한 돈이……"

무슨 이야기를 하려나 했더니, 투자 건인 모양이었다. 아진이 다리를 꼬고 삐딱하게 앉았다. 올해 초에 그녀가 제일 먼저 거절한 드라마였다. 노아진이 연기력으로 이견이 없는 배우라지만, 소속 기획사에서 제작하고 투자하는 드라마이기에 논란을 살 수 있다는 이유로 제일 먼저 고사했다. 그래 봤자 주연 배우가 펑크 났으니 대타 좀 해 달라는 말보다 더하겠어. 서하의 옆 의자에 기대앉아 여유롭게 팔짱을 꼈다.

"지금 하는 말은 다 극비야."

그러나 리아의 표정은 심각하기 그지없었다. 그녀가 말을 이어 갈수록 서하와 아진의 표정이 딱딱하게 굳어졌다. 쉬이 넘길 수 있는 일이 아니었다.

회사가 투자한 드라마는 북풍에 돛 달린 듯 순항 중이었다. 일부러 연기력 논란 없는 배우들로만 섭외하고 중국 투자까지 받아 한중 동시 방영도 고려되고 있는 드라마였다. 기획사에서 진행하고 있기 때문에 연기력이 좋음에도 캐스팅 목록에서 가장 먼저 제외되었던 이들이 서하와 아진이었다. 그래서 갑질 없는 드라마로 이미 지메이킹까지 잘하면서 기대를 한 몸에 모으고 있었고, 바로 다음 달이면 공식 촬영 일정이 시작되는 걸로 알고 있었다. 그런데 문제는 그 극본을 쓴 작가였다.

"마약이요?"

"그래. 다행히 국내에서 걸리진 않았고, 태국에서 영국으로 넘어 가다가 적발되었나 봐."

맙소사. 아진이 이마를 짚었다. 그 국가 내에서 조사가 진행된다고 하는 것은 쪽대본으로 진행되는 드라마 제작상 큰 타격이었다. 그래, 어찌어찌 대본이 유출 없이 국가를 잘 넘어 다닌다고 치자. 만약 드라마 제작 중이나 드라마 방영 중에 저 문제가 터져 나온다면 그 드라마의 작품성이 어떻건 예술성이 어떻건 전부 매장이었다.

작가의 마약 문제라니. 마약에 예민한 국민들 심기에 어디 그게 가당키나 한 말인가. 작가의 도덕성부터 시작해서 작품성의 논란까지 번져 나갈 게 뻔했다. 당장 광고부터 빠질 테고…….. 게다가 기획사에서 투자한 만큼 여기도 후폭풍이 거셀 터였다. 서하도 거기까지 생각이 미친 듯 표정이 일그러졌다.

투자고 광고고 전부 철회될 것이며 최악의 상황에는 배우들과 스태프들까지 보이콧에 나설 수도 있었다. 그럼 회사에서 수습을 해야 할 테고…….

"그래서, 어떻게 하자고."

"……하아."

리아가 깊은 한숨을 쉬었다. 아진이 눈을 동그랗게 떴다. 뭐 할 수 있는 게 있나. 그녀와 서하가 회사 일에 대해 깊게 알 수 있는 건 당연했다. 회사의 1등 공신이기도 하고, 주주니까. 그래서 아진은 자신이 전부 아는 줄 알았는데, 서하와 리아의 눈치를 보니 그것이 아니었다. 동그랗게 뜬 눈으로 그와 그녀를 번갈아 바라보았다

"시선 돌릴 곳이 필요해."

"그러니까, 나를 먹이로 던져 주겠다고? 아니면 쟤를?"

"……그런 거 아니야."

"뭐가 아닌데?"

불길함은 곧 현실로 나타났다. 아진은 눈치 하면 빠지지 않을 자신이 있었다. 단지, 리아가 원하는 것이 드라마 대타인지 혹은 그보다 더한 것인지가 짐작되지 않을 뿐이었다.

"……파트너로서 같이 가자는 거지."

리아가 참담한 얼굴로 토해 냈다. 당혹스러워하는 아진을 마주 보고 서하가 입을 열었다. 항상 다정하던 목소리였다. 그 목소리가 한순간에 차갑게 돌변했다.

"아진아 너. 기획사 옮기는 게 좋겠다. 계약 몇 년 남았어?"

"……어?"

꽤나 오래 인연을 이어 왔지만 저런 얼굴은 처음이었다. 그의 낯선 얼굴에 당황한 아진이 한 걸음 물러나는 사이 리아가 서하의 팔을 잡았다.

"손해되는 거 아니야. 우리도 너희 이미지가 너희만큼 소중해."

"웃기시네. 회사야 계약 기간 끝나면 끝이지. 우리 이미지 손상되면 곧바로 손배(손해 배상) 걸 거면서 입에 발린 말 하지 마시고. 난 1년 남았다. 아진이 너 몇 년 남았어?"

"아……. 무슨 일……인데요? 나 아직 이해가 잘……."

또다시 그녀에게 모이는 시선에 아진은 또 한 걸음 물러섰다. 리아에게 팔을 잡힌 서하와 두 걸음의 격차가 벌어졌다. 리아가 무슨 말을 하려고만 해도 단호하게 끊어 내는 서하의 모습은 낯설었다. 아진이 떨리는 입술을 악물었다. 대체 무엇을 요구하려는 건지. 무슨 일인지는 몰라도 심상치 않았다.

"언니."

"그래, 아진아."

"제대로 말해 봐요. 무슨 이야기인지. 나를 뭐 한다고요?"

먹이.

먹이로 준다고 이야기했다.

순식간에 발가락 끝에서부터 머리끝까지 소름이 끼쳐 왔다.

하이에나 같은 기자들에게, 실수 한 번에 자신을 갈갈이 찢어 놓을 대중들에게 먹이로 주겠단다. 노아진을.

아진이 입술을 질끈 깨물었다.

"너희가 생각하는 그런 거 아니야. 그냥 너희 이 드라마 끝날 때까지 사귀는 걸로 하자."

"……네?"

어이가 없었다. 이게 무슨 말인지. 주르륵 흐르는 입술 피를 대충 훔쳐 내고 아진이 의자를 당겨 앉았다.

"그러니까, 드라마 관련해서 뭐가 터질 거 같으면 우리로 막겠다? 아진이 재랑 나랑 엮어서? 그리고 드라마 끝나면 헤어지고 좋은 오빠 동생 사이로 남기로 했습니다, 이런 거짓말이나 하면서?"

"이거, 사장님도 아세요?"

서하는 허탈하고 어이없다는 듯 짜증스럽게 이야기했지만, 아진은 다른 쪽에서 화가 났다. 그리고 리아가 고개를 끄덕이는 순간 벌떡 일어났다. 연예계에서는 자주 있는 일이었다.

최대한 이미지에 손상 없게 하겠다고? 그래 대중들이야 몇 달이 지나면 잊게 되고, 팬들도 화르륵 해일처럼 일어났다가 헤어졌다고 하면 잔잔하게 돌아온다. 유서하와 노아진이라는 투톱을 놓치고 싶지 않은 유제이에서는 최선을 다해 이미지 손상을 막을 터였다. 그를 위해 언론사 로비도 불사하지 않겠지. 하지만, 그건 그거였고 이건 이거였다. 전 소속사에서 상훈과 함께 뛰쳐나온 이유가 무엇이었던가.

이슈메이커(Issue maker)는 되기 싫었다. 끔찍하게 싫었다. 그렇게 이미지를 팔아먹고 팔아먹다가 대중의 신뢰를 잃고 바닥까지 떨어지는 것을 그녀는 어렸을 때부터 꾸준히 보아 왔다.

"이거, 제 계약 조건에 어긋나는데요? 나 이 꼴 안 보려고 유제 이랑 계약했어요. 에이 엔터에서 저랑 같이 데뷔했던 언니, 어떻게 됐는지는 나보다 리아 언니가 더 잘 아실 거 같은데……."

"아진아, 한 번만……."

"거기서도 그랬어요. 한 번만. 한 번이 두 번 되고, 두 번이 세 번 되고, 그럼 언론에서는 남자 친구 자주 바꾼다고 조명하고, 팬들 다 떨어져 나가고, 악플만 가득하고. 그러다 어떻게 되었는지 나 똑똑히 기억해요."

리아는 지끈거리는 머리를 움켜쥐었다. 팔짱을 낀 채 터진 입술로 내뱉는 말이었지만 눈빛은 흉흉했다. 스물넷. 아주 어릴 적부터 이 세계에서 커 온 그녀였다. 반감은 당연했다. 쉽게 결정을 내릴 리 없었다.

"그리고, 좀 잘못된 거 같은데요. 나랑 이 오빠가, 언니랑 이런 걸 논할 위치인가? 사장 정도는 나와서 설득해야 하는 거 아니에요?"

아진은 배신감에 치를 떨었다. 이런 상황을 상훈이 방조하고 있는 것 자체가 진저리가 났다. 전화로 미리 예고라도 주든지. 아진이 파르르 입술을 떨며 리아를 뚫어지게 노려보았다.

"노아진 씨."

"실장님."

두 여자의 대치에 서하가 머리를 쓸어 올렸다. 갑갑한 일이었다. 그도 수도 없이 보던 사례들이었다. 톱스타가 스캔들 몇 번으로 흔들리진 않는다. 하지만, 공개 연애는 달랐다. 그 침묵 속에 고민하던 서하가 입을 열었다.

"다른 선택은 없어요?"

"당장 주연 배우 귀에 들어가면 걔네 바로 하차해. 만약에 그렇게 되면 우리 쪽에서 채워야 하는데……."

"우리가 들어가게 된다는 거네요."

남자 배우는 서하 외의 선택지가 있을지 몰라도 여배우는 아니었다. 이 소속사에 있는 여배우는 단 한 명. 아진이 아랫입술을 초조하게 두드렸다. 자신이 걸어 둔 계약 조건에 발목이 잡혔다. 손가락에 붉은 피가 묻어 나왔다. 불안하면 습관적으로 나오는 버릇이었다.

만약 그렇게 들어가게 된다면 동정표는 얻을 수 있을 터였다. 아진이 재빨리 머리를 돌렸다. 동정표가 얼마나 갈까. 여배우에 대한 동정표가 셀까 아니면 마약에 손을 댄 작가에 대한 국민적인 분노가 셀까. 당연히 후자였다. 게다가 그렇게 들어가게 된다면…….

후폭풍이 엄청날 터였다. 잘돼도 문제, 못되면 더 문제였다. 아니, 잘될 가능성이 있기나 할까. 문제투성이인 곳에 발을 담그기엔 이 세계는 너무나 위태로웠고, 그녀가 타고 있는 배의 밑바닥도 튼튼히 지어져 있는지 의문이었다.

"둘 다 들어가야 할 필요가 있어요? 막말로 오빠 스캔들이나 제 스캔들이나 하나만 터져도 관심 돌리기는 충분할 텐데."

"우린 너희에게 돌아갈 타격을 최소화하려고 하는 거야. 너나 서하나 바른 이미지고, 다른 사람 엮어서 스캔들 내는 것보다 원래 친하다고 알려진 너희가 잠시……."

"잠시 사귀게 하자는 거고요?"

회사가 어떤 그림을 그리고 있는지 대충 짐작이 갔다. 아진은 상훈을 꼭 따로 만나 봐야겠다는 생각이 들었다. 이성적으로는 이해할 수 있는 이야기였다. 회사 입장에서는 이것이 최선이라고 믿고 있을 게 확실했다. 제작비의 80% 이상을 투자한 작품이었다. 작가 한 명의 일탈 때문에 전부 말아먹을 수는 없다고 생각했을 것이다.

"이러나저러나 우리는 손해고……."

고민에 잠긴 서하의 옆에서 아진이 잘 다듬은 손톱을 입에 물었다. 무의식적으로 손톱을 앞니로 물어뜯으려는 순간 서하에게 손목이 잡혀 내려갔다. 초조한 얼굴로 돌아보자 아무 일도 없었다는 듯 리아를 노려보는 서하가 시야에 들어섰다. 그녀가 한숨을 푹 내쉬었다.

"언니, 이거 지금 다 결정해 놓고 통보하는 거죠?"

서하도 아진도 결국엔 어린 나이였다. 평범한 직업을 가졌다면 이제 사회생활에 적응해 갈 나이였고, 아진은 이제 대학 졸업의 문턱에 서 있어야 맞았다. 하지만, 뾰족하게 솟아오른 눈꼬리와 싸늘하게 가라앉은 눈빛은 그 나이 또래의 것이 아니었다.

침묵은 곧 긍정이나 다름없었다. 첫 주연 배우를 이런 일로 맡는 것은 죽어도 싫었다. 그녀의 눈 아래가 축축하게 젖어 들었다. 답은 정해져 있는 것이나 다름이 없었다. 단지, 받아들이기 싫은 것뿐이었다. 입술을 달싹이는 그녀 대신 서하가 먼저 입을 열었다.

"하죠. 연애."

"오빠!"

"대신 계약서를 쓰는 게 좋겠어요. 아진이도 그렇겠지만 나도 이미지로 먹고사는 마당에 손해 보고 살 수는 없잖아요. 이 내용을 계약서에 남기세요. 나중에 수틀리면 고소할 겁니다."

리아가 반색하자 아진이 시선을 아래로 내렸다. 서하는 결심한 듯 테이블에 손을 올렸다.

"나 믿고 가자."

믿을 수 있었다면, 진작에 믿었겠지. 이 세계에서 가장 먼저 불신부터 배웠다. 술 먹자고 부른다면 쪼르르 나갈 수 있는 친분이었지만 그뿐이었다. 속에 담아 둔 꼬투리 잡힐 만한 대화는 단 한 번도 없었다.

그럼에도 회사를 믿지 말고 자신을 믿어 달라는 서하의 부탁에 도장을 찍은 이유는 다른 선택지가 없었기 때문이었다. 버리지 말아 달라. 나에게 신뢰를 달라. 계약 당시 그 때문에 요청한 여배우 단일 조항이 오히려 족쇄가 되었다.

그래도 아진의 계약에는 이런 행위를 하지 말 것이 명시되어 있었다. 게다가 지금 하고 있는 일까지 회사에서 명확한 서류로 만들어 준다면 나중에 전속 계약 무효 소송을 걸 수도 있고, 회사의 부당 행위를 견뎌 낸 연예인으로 이미지메이킹도 가능할 터다. 아진은 최대한 앞을 내다보려 애썼다. 하지만, 가슴이 한구석이 답답하고 불안했다.

"불안하지?"

그런 마음을 서하가 그대로 짚어 냈다. 정신을 못 차리는 아진 대신 협상을 진행한 사람이 서하였다. 복도에 나오자마자 발이 풀려 비틀거리며 벽에 기대려는 아진을 그가 품 안으로 끌어당겼다.

"아, 오빠. 좀!"

화들짝 놀라 그를 밀치려 했으나 서하가 그녀의 어깨를 도닥이는 것이 더 빨랐다. 아진이 경기하듯 고개를 내저으며 주변을 살폈다. 아무도 없는 것을 확인하고서야 가빠졌던 숨과 뛰어오르던 심장이 진정되기 시작했다.

"아무도 없어."

"CCTV는 있거든?"

등을 토닥이는 서하의 가슴을 밀치며, 아진이 불퉁한 얼굴로 대꾸했다. 하얀 페인트로 칠해진 복도는 마치, 촬영장 같은 착각이 들게 했다. 안전거리를 확보하듯 그에게서 두 걸음 물러난 아진이 숨을 몰아쉬었다.

"아직도 애기네."

"애기는 무슨. 오빠가 갑자기 끌어안으니까 그렇지!"

"왜? 어차피 곧 연인이라고 기사 날 건데."

"그래도 지금은 아니거든? 그리고 이러지 좀 마. 간 떨어지는 줄 알았네."

서하는 태연한 얼굴이었다.

"기분 나빴어?"

"지금 그런 말 할 때예요?"

"다행이네. 나쁜 것 같지는 않아서."

입꼬리를 슥 올려 웃는 서하의 얼굴에 아진은 기가 찼다. 지금 듣고 나온 내용도 기함하게 생겼는데, 부당한 대우를 같이 받은 동지 아닌 동지는 철없이 저러고 있다.

"지금 뭐 하자는 건데요, 오빠."

"웃어야지. 누가 지나갈지 모르는데, 그러고 있을 거야?"

아진이 아차 싶어 입술을 다물었다. 그놈의 이미지 관리. 그녀가 벽을 보고 인상을 구기는 사이, 비어 있는 방을 찾아낸 서하가 그녀의 손목을 잡아끌었다. 남녀 단둘이 밀실에 들어가는 건 그녀가 가장 피하는 조합이었다. 하지만, 지금은 그조차 생각할 정신이 없었다.

"뭐 마실래?"

"오빠는 지금 뭐 마실 생각이 들어요?"

서하가 닫힌 문 앞에 팔짱을 끼고 서서 삐딱하게 되묻는 아진을 쳐다도 보지 않고, 주변을 살펴 바퀴 달린 의자 두 개를 밀고 왔다.

"그럼 어떡해? 이미 벌어진 일이고, 그럼 어떻게든 나한테 유리하게 이 상황을 끌고 오는 게 중요한 거 아닐까?"

틀린 말 하나 없었다. 아무리 편하게 생각해도 그는 선배였다. 연기에서의 선배임에 동시에 인생에서도 선배였다.

"오빠는 이런 상황 겪어 본 적 있어요?"

"없는데? 나 아직까지 열애설 난 적도 없고, 인정한 적도 없잖아."

아진이 고개를 주억거렸다. 배우들만 졸졸 따라다니는 기자들에게조차 틈 하나 안 내보인 사람이었다. 자기 관리 하나는 완벽해 후배들의 존경을 샀다. 스타라고 불릴 만한 급이 되고, 천만의 관객 몰이를 한 영화의 주연이 되면서 대중의 관심은 그를 샅샅이 훑고 파헤쳐 놓았다. 그런데도 가족 관계부터 학창 시절 성적, 교우 관계까지. 단 한 톨의 꼬투리조차 내보이지 않은 사람이었다.

"돌겠네 진짜."

차라리 서하가 이런 경험이 있었길 바라는 마음이 솟아올랐다가,

만약 그랬다면 사사건건 그와 엮였던 다른 배우들과 비교당했을 거라는 끔찍한 상상에 가슴을 쳤다. 찢어진 입술이 그제야 쓰려 왔다.

"생각을 해 봤는데 아진아."

"이야기해 봐요."

"너 목소리 깔고 존대 쓰니까 되게 무섭다."

"아, 오빠!"

"너 스릴러나 공포 영화 찍어도 되겠는데?"

"아 진짜!"

무슨 말을 할 것처럼 분위기를 잡아 놓고, 서하는 입을 떼지 않았다. 침묵이 흐르는 사이 아진은 점점 비참해졌다. 어른인 척, 저 잘난 척은 다 해 놓고, 막상 몇 마디 떼지도 못하고 리아가 원하는 대로 흘러갔다. 그나마 서하가 함께 있어서 조금이나마 유리하게 협상이 진행되었지, 만일 각각 따로 불러 결정하게 했다면 그대로 말려들어 갔을 게 뻔했다. 이야기 다 끝나고 나와서 혼자 술이나 퍼마시고 있었겠지.

어디 말도 못 하고 혼자 바닥을 기고 있었을 것이다. 매니저나 스타일리스트와 아무리 돈독해도 결국은 회사의 사람이었고, 상훈의 사람이었다. 상훈과 그녀가 사이가 좋으니 편하고 친밀하게 일할 수 있었던 것이지. 만약에 상훈과 그녀가 갈라서게 된다면, 그들이 어떤 선택을 할 것인지는 명확했다. 얇다. 아진은 새삼 자신의 인간관계를 체감했다.

"아까 들었듯이 매니저들한테도 비밀 연애 했다고 들어갈 거야. 아마 많이 서운해할 텐데……."

"난 상관없어. 오빠는?"

"나도 뭐."

서하가 쓸쓸한 웃음을 머금었다. 아진은 아마 모를 것이었다. 회사 내에서 암암리에 떠돌던 서하와 아진의 사이에 대한 의혹이 새어 나간 곳이 자신의 매니저라는 것을. 아마 짐작도 하지 못할 것이었다.

언론에 새어 나가자마자 도둑놈이라고 울분을 토하며 자신의 등짝을 휘갈길 인간이었다. 아니면 안 보이는 복부에 어퍼컷을 꽂아 넣을 수도 있었다. 그로서도 전혀 예상하지 못했던 일이었다. 하지만, 피할 수 없다면 이용해 보는 것도 괜찮지 않은가.

"좋아. 언제부터 사귀었다고 할래?"

"적어도 세 달은 되었다고 해야지. 너랑 내 이미지면 결혼을 전제로 진지하게 만나고 있습니다 이래야 하는 거 알지?"

혼란에 빠졌던 아진의 눈동자가 빛을 찾았다. 곧바로 던져 오는 직구에 서하가 피하지 않고 맞받아쳤다.

"오빠, 내 나이가 스물넷이다. 아무리 그래도 결혼은 좀……."

"이번 기회에 네 이미지 바꿔 보는 것도 나쁘지 않잖아."

"이미지?"

아진이 혹한 듯 동그랗게 뜬 눈으로 서하를 응시했다. 신선하게 달래려는 태도가 신기해서 바라본 것뿐이지만 서하에게는 다르게 다가왔다.

이렇게 순진해서야 원. 지금까지 이 세계에서 살아남은 것이 신기할 지경이었다. 하긴, 상훈을 필두로 회사에서 꽁꽁 싸매 놨으니 그럴 만도 했다. 서하가 헛웃음을 지었다. 그 웃음소리에 장난이라

판단한 아진이 입을 일자로 꾹 다물었다.

"장난으로 말하는 게 아니라, 여자는 연애를 하면 달라진다고 하잖아."

"그런가?"

"노아진이 이제 연애도 할 나이라는 걸 알려 주는 것도 괜찮을 거 같지 않아?"

아진의 머리가 맹렬하게 돌아가는 소리가 들리는 것 같은 착각이 들었다. 아진의 얼굴이 고심에 찰수록 서하의 만족스러운 미소는 점점 깊이를 더했다.

짧은 시간 동안 계산에 계산을 하며 고심한 아진이 비교적 가벼운 표정으로 고개를 끄덕였다. 어차피 가야 하는 길이라면, 그 길도 노아진의 것으로 만들면 되는 것이었다.

"연애를 한다면, 연예인은 아닐 거라고 생각했는데."

"상대가? 아니면 네가?"

"음…… 남자 쪽이?"

난 아주아주 어릴 적부터 연예인이었다고. 아진이 어깨를 으쓱했다. 여덟 살 무렵부터 '뽀뽀뽀' 등의 어린이 프로그램과 잡지 모델로 활동을 시작한 아진은 방송 프로그램의 역사와 함께 커 왔다고 해도 과언이 아니었다.

"어떡하나. 내가 지금 은퇴해야 하나? 우리 아진이 이상형에 맞춰 주려면?"

"이상형 아니거든요?"

심각한 이야기를 끝내고 나왔음에도 서하의 얼굴은 흐림 뒤 맑음이었다. 방금까지 구름이 가득 끼어 있었는데, 지금은 그 잔재조차 찾아볼 수 없었다. 프로였다. 프로다웠다. 자신과는 다르게. 아진이 새삼 쓴맛이 나는 입술을 적셨다.

"너무 걱정하지 마. 반해도 괜찮다니까? 이왕 사귈 거 결혼까지 가는 것도…… 억."

아진이 곧장 그의 정강이를 걷어찼다. 깡충깡충 뛰며 고통을 호소하는 그를 흘겨보며 아진이 깊은 한숨을 내쉬었다.

서하가 일부러 그녀의 앞에서 장난을 거는 것을 알고 있었다. 혹시나 그녀가 땅을 파고 들어갈까 싶어 하는 배려임을 인지했다. 그것이 낯 뜨거워 아진은 홱 하고 몸을 돌렸다.

"같이 가!"

"가던 길 가!"

뒤에서 들려오는 서하의 부드러운 목소리에 돌아보지도 않고 빽소리 질러 대꾸한 아진이 무거워진 두 눈덩이를 문질렀다. 부모님께는 뭐라고 이야기해야 할까. 남동생은 철없는 초등학생에 불과했다. 자신은 가족에게서 동떨어져 있는 존재나 다름없었다. 그들이 이걸 감내할 수 있을까. 속이 복잡했다.

휴식이 필요했다. 어떻게 보면 새 작품이지 않은가. 대본도 없고, 감정 서술조차 없지만 해야 할 일은 명확했다. 연기. 그녀가 어릴 적부터 하고 싶었던 일이고, 지금은 천직으로 삼은 일이었다.

"너는 배우란 애가 몸 아낄 줄 모르고……."

급히 달려온 그가 자신의 손수건으로 아진의 입가를 닦아 주었다. 대충 훔쳐 냈다고 생각했는데 아직 자국이 남아 있는 모양이었다. 다갈색의 눈동자가 다정스럽게 바라보면 심장이 뛰지 않을 여자가 어디 있을까. 게다가 그 남자가 잘생기기로 자자한 유서하에

톱 배우이자 톱스타였다. 좋아했다. 오빠로서. 남자로서 호감이 있
나? 깊이 생각해 본 적은 없었다. 좋은 오빠니까. 그 사람처럼 아
주 멀리 거리를 두고 싶지 않았다. 그랬는데…….

"오빠, 지금 노렸지? 지금 지나가는 사람들이 아주 가득합니
다?"

"들켰어?"

팔도 쭉쭉, 다리도 쭉쭉 시원하게 뻗은 모델들이 지나가면서 안
그런 척 둘을 힐끔거리고 있었다. 아무리 친하다고 해도 입술이라
는 애먼 곳을 닦아 주고 있는 남자라니. 아진이 한숨을 삼켰다.

"오빠는 사람이 너무 좋아서 문제야. 그걸 거기서 오케이 해 버
리면 어떡해?"

"어쩌긴, 소송 걸기엔 내 이미지가 너무 반듯하고……. 같이 죽
자는 게 되어 버리잖아. 웬만하면 주도권은 내가 잡는 쪽으로 끌고
나가야지."

다정한 남자였지만, 그 역시 이 세계에서 살아남은 사람이었다.
부드러운 다갈색 눈꼬리를 따라 시선을 옮기다 아진이 그의 손을
잡아 내렸다.

"좋아 오빠. 그럼 우리 둘 사이에서는 주도권은 내가 잡는 걸
로."

"야, 내가 차이는 걸로 하려고?"

"그럼? 내가 차여?"

투덕이며 자리를 떴다. 따뜻한 봄날, 한중 연예계 뉴스를 뜨겁게
달군 열애설의 시작이었다. 중국 내 인기 1, 2위를 다투는 한류 스
타 유서하와, 또래에서는 경쟁자를 찾기 힘들 만큼 뛰어난 필모그

래피를 갖고 있는 배우 노아진. 둘의 만남은 연일 화제를 낳았다.

그렇게 시간이 지나, 한 달째였다. 드라마는 북풍에 돛을 단 듯 순항 중이었고, 마지막 회까지 이제 3회만이 남아 있었다. 평균 시청률 20% 정도로 동시간대 드라마와 끝없이 경쟁 중이었다. 그냥 이렇게 시간을 흘려보내고, 어느 순간 자연스럽게 헤어지는 그런 흔한 이야기가 될 것 같았다.

아역 출신 배우와 잘나가는 한류 스타 배우의 만남은 전 국민적 호감을 이끌어 냈다. 두 사람이 선택하는 작품 하나하나가 화제가 되었고, 달달한 광고까지 함께 찍었다. 연예계 공식 커플로 공공연히 자리를 잡은 것이다. 하지만, 일상은 그렇게 달라지지 않았다. 스케줄이 항상 바뀌어 똑같은 하루하루를 살지는 않지만, 크게 보면 비슷했다.

촬영장, 숙소, 회사.

숙소, 촬영장, 회사.

이 사이에 방송국이나 메이크업 숍이 종종 끼어들곤 했다. 이외에 사적인 자리는 손에 꼽을 만큼 없었다. 그만큼 만나는 사람이 한정되었다는 뜻이기도 했다.

"어이구, 우리 아진이 왔나?"

"안녕하셨어요. 선생님!"

영광스럽게도 촬영장에 도착한 아진을 가장 먼저 맞아 준 이는 원로 여배우 윤남희였다. 아진이 활짝 웃으며 허리를 꾸벅 숙였다.

얼굴에 반가움이 가득했다. 같은 작품을 찍고 있는데도 대본상 마주칠 일이 거의 없어 대본 리딩 이후로 아주 오랜만에 만난 얼굴이었다.

"밥은 먹었고?"

"오늘 촬영 끝나고 먹으려고요. 오늘 저희 뒤풀이 있잖아요. 선생님은 식사하셨어요?"

"그럼."

마치 손녀를 대하듯 다정한 손길로 아진의 엉덩이를 토닥인 그녀가 빙그레 웃었다. 이미 숍에서 준비를 하고 온 듯 파랗게 질린 입술과 움푹 꺼진 듯 보이는 눈 화장에 그녀의 시선이 못 박혔다. 아진이 대본을 숙지하고 왔다는 것을 그대로 보여 주고 있었다.

"또 연습하다가 잠 못 잤지? 이 녀석. 눈이 요래 푹 꺼져?"

"분장입니다. 분장. 저 오늘 죽잖아요. 끽!"

"현장 와서 하지. 왜 먼저 하고 왔어. 피부 나빠지게."

남희가 익살스러운 표정으로 애교를 부리는 아진을 기꺼워했다. 아주 어릴 적부터 보아 나이를 더 먹으면 어떤 배우가 될지 기대가 많다고 종종 다른 인터뷰에서도 아진을 언급할 정도로 그녀를 생각해 주는 사람이었다. 이 또한 아진의 운이었다.

"다른 선생님들도 많으신데, 준비하고 오는 게 더 좋지요."

"하여간. 가서 감독님한테 인사드리고."

"네. 선생님. 조금 있다 뵐게요!"

금방이라도 픽 하고 쓰러질 것 같은 여리여리한 몸에 병자의 얼굴을 한 아진이 씩씩하게 달려 나갔다. 끝까지 인사를 잊지 않는 모습이었다. 그녀 뒤로 남희의 시선이 오래 머물렀다.

아진이 만든 새로운 인기척에 몇 명이 반응했다. 눈인사와 묵례로 맞이하는 동료 배우들을 지나 촬영장 안쪽으로 걸어 들어가자 둘러앉아 있던 스태프들이 눈에 띄었다.

"안녕하세요."

"어, 아진 씨 왔어?"

"30분 정도 더 딜레이 될 거 같은데."

"괜찮아요!"

앞에서 촬영하는 신이 좀 늦어지는지, 그녀가 인사하자마자 스태프들의 걱정이 쏟아졌다. 아진은 끝까지 웃는 얼굴로 대꾸하고 세트장 한쪽에 마련된 자리에 털썩 소리를 내며 주저앉았다. 그러자 기다렸다는 듯이 다가온 지한이 그녀의 어깨에 담요를 덮어 주며 속삭였다.

"나 회사 들어가 봐야 해. 하윤이가 있을 거야. 무슨 일 있으면 바로 연락하라고 했어."

"안녕하세요. 누나."

반사적으로 돌아본 아진의 시선에 딱딱하게 굳은 몸으로 애써 웃고 있는 하윤이 보였다. 입꼬리가 바들바들 떨리는 것이 아무래도 현장에 혼자 남겨지는 게 처음이라 두려운 모양이었다. 아진이 픽 웃었다. 그렇게 걱정 안 해도 되는데. 촬영 현장에서 매니저가 할 일은 딱히 없었다.

"괜찮아, 오빠. 내가 애도 아니고."

"네 걱정이 아니라 저 녀석 걱정이다. 목말라? 물 갖다 줄까?"

"아냐. 됐어. 다 죽어 가는 환자인데 입술 마르면 더 좋지 뭐."

"그러다 대사 실수라도 하면 어쩌려고."

"나 못 믿어? 나 노아진이야."

자부심 가득한 아진의 얼굴에 지한이 헛웃음을 지었다. 그럼에도 무슨 일 있으면 꼭 연락하라는 당부를 남기고 그가 세트장 뒤로 사라졌다.

회사가 점점 커지면서 호봉이 올라가고, 그와 함께 맡아야 하는 일도 점점 늘어나고 있었다. 솔직히 말해서 지한은 그녀의 현장 매니저로만 남기엔 경력이 많아도 너무 많았다. 데리고 있는 것도 욕심이려나. 새삼 드는 생각에 아진이 쓴웃음을 지었다.

"누나 뭐 필요하신 거……."

"아냐, 없어. 너도 어디 앉아 있어."

"아니에요. 괜찮아요."

하윤이 손사래를 쳤다. 아무래도 단단히 교육받은 모양이었다. 그는 아진과는 겨우 한 살 차이였다. 들어온 지 이제 두 달이니 지한이 걱정할 만도 했다. 처음부터 지한의 입김으로 서브 매니저라는 타이틀로 채용되었고, 사회 경험이 처음이라는 티를 풀풀 내고 다녀 지한의 걱정과 우려를 한 몸에 받고 있었다.

"세트장은 처음인가?"

"네? 네. 저는 계속 야외만……."

실내 촬영은 야외 촬영에 비해 얼굴을 비치는 배우들이 많아 항상 경험이 많은 지한이 보조하곤 했다. 혹시나 모를 루머를 방지하려는 의도였지만, 아진에게는 항상 갑갑하기만 했었다. 지한의 철벽 수비 때문에 사람 만나는 횟수가 손에 꼽았다.

"세트장인데 뭐. 하긴 먼지는 더 많다."

"누나 그럼 물이라도……."

"물 가져오라고 그런 거 아니거든?"

아진이 꺄륵 소리를 내며 웃었다. 빳빳하게 굳은 하윤이 귀엽게 느껴졌다. 상훈이나 지한처럼 작품을 쭉 해 가며 그녀의 온갖 짜증을 받아 낸 적이 아직은 없어 싹싹하게 굴려는 것 같았다. 몇 개월만 졸졸 따라다녀도 노아진 성질머리에 치를 떨 텐데. 그 전에 많이 기억해 뒀다 놀려 먹어야지. 아진이 마음먹은 순간이었다.

"……준성입니다."

"그래, 윤준성 씨는 여기 대본에서……"

처음에는 잘못 들었나 싶었다. 그 이름 석 자에 기민하게 반응했다.

여기에 올 일이 뭐가 있겠어. 동명이인이거니 하고 넘기고 있었는데, 무언가 마음에 안 드는 표정으로 조연출이 현장에서 멀어져 그녀의 쪽으로 다가왔다. 그리고 어수선한 소음이 잔잔한 배경 음악처럼 귓가에 맴도는 가운데, 그가 그녀의 시야에 아주 천천히 들어섰다.

말쑥하게 큰 키, 삐죽 치켜 올라간 굵은 눈썹, 긴장한 듯 굳게 다물어진 입매.

못 알아볼 리가 없잖아. 아진이 허탈한 숨을 내쉬었다. 잘못 봤을 리가 없었다. 제작 발표회장에서도, 그리고 지금도 그건 오로지 너였다.

"네, 알겠습니다."

"준성 씨까지 하나하나 다 챙기지 못하니까, 신 들어간다고 하면 바로 와요."

조연출이 못마땅한 표정으로 그를 등지고 몇 마디가 오갔다. 그

후 그가 감독의 손짓에 후다닥 달려 나가고, 남겨진 그와 그녀의 시선이 맞닿았다. 찰나의 시간.

두 번째였다. 그가 이 세계에 발을 디디게 되면서 언젠가는 만나게 될 줄 알았지만 생각보다 일렀다. 영화 제작 발표회로부터 이제 겨우 사흘이었다. 마치 그녀가 있는 자리를 알고 찾아온 것처럼 그는 딱딱한 표정으로 모습을 드러냈다.

"노아진 씨! 지금 촬영 들어가자고 하세요."

"네, 지금 갈게요."

총알처럼 튀어 나간 조연출이 감독의 지시를 받고, 그녀의 이름을 크게 외쳤다. 아무래도 앞 상황이 정리된 모양이었다. 어깨에 걸쳤던 담요를 내려 의자 위에 올린 아진이 목을 돌렸다. 의미 없는 행동이었다. 볼을 찌르는 듯한 시선을 외면하려 등을 돌린 채였다.

"누나, 입술 조금 까진 것 같은데."

"거울 좀 줘 볼래?"

"주연 누나 오라고 할까요?"

"아냐. 우선 거울부터 줘 봐."

안절부절못하는 하윤의 손에서 동그란 손거울을 안전하게 받아 낸 아진이 이리저리 얼굴을 살폈다. 입술이 조금 까졌다고 이야기하지만, 입술 안쪽 화장이 살짝 지워진 것뿐이었다. 이 정도면 주연이를 부를 필요도 없었다. 낯가림이 심해 실내 촬영이 있는 날이면 차에 콕 박혀 움직이지 않으려고 하는 녀석이었다. 굳이 끌어낼 필요까지 있나.

뒤에서 느껴지는 시선이 따가웠다. 하지만 지금은 저 시선에 관심을 둘 때가 아니었다. 아진이 두 눈을 감고 소리 내지 않고 숫자를 세었다. 나는 프로다. 되뇌길 열이 넘고, 스물이 넘었을 때 눈을 반짝 떴다.

"다녀올게."

"네. 누나 잘하고 오세요!"

오늘은 마지막 촬영이었다. 드라마 전개는 아직 한참 남아 있었지만, 대본상 아진에게 허락된 시간은 오늘이 마지막. 시작을 어떻게 하는지도 중요하지만, 더 중요한 것은 끝을 어떻게 맺느냐였다. 누구보다 아름다운 퇴장을 위해, 아진은 쉼 없이 외웠던 대사를 달싹이며 세트장으로 들어섰다.

이미 촬영이 끝난 다른 배우들이 카메라 주변을 둘러싸고 있었다. 잠시 후의 회식을 위해서였다. 윤남희를 포함한 원로 배우들부터 주연, 조연 배우들까지 그녀의 촬영 현장을 주시하고 있는데, 한 번 빙긋 웃고는 침대에 누워 감정을 잡는 아진의 얼굴에는 긴장이라고는 찾아볼 수 없었다.

"세아야……."

"엄마……."

컷이 들어가기 직전 인공눈물을 넣어 눈에 물기가 가득한 중견 배우 임순아가 병실 세트장의 문을 열고 들어오자마자 아진의 눈에서 눈물이 쏟아져 내렸다. 나쁜 짓만 하던 조연이 시한부 판정을 받은 뒤 가족의 사랑을 깨닫는 장면. 화장이 망가지지 않게 주의하며, 한껏 몰두했다.

"왜 말을 안 했어, 왜. 아프다고 말이라도 할 것이지."

"그럼, 내가, 내가 그러면…… 안 되는 거잖아. 내가 지금까지 언니랑 엄마한테…….”

한 마디 한 마디의 숨 조절조차 나무랄 데가 없었다. 몇 마디 대사가 더 오간 후, 오열하는 순아의 손길을 거부하며 아진이 비명을 내질렀다.

“나가! 그냥 죽게 내버려 두란 말이야!”

“어떻게! 내가 어떻게 그래!”

“……엄마.”

찰싹하고 살갗이 스치는 소리가 촬영장에 울리고, 숨 쉴 틈도 없이 비명을 내지르던 아진의 성대에서 순식간에 소리가 사라졌다. 그리고 몇 초 후. 개미가 기어가는 듯 작고 쉰 목소리로 자신을 붙들고 오열하는 순아를 부르는 그녀의 얼굴에는 설명할 수 없는 몇 가지 감정이 가득 담긴 듯했다.

“컷!”

커다란 비명 소리에서 순식간에 낮아지고 갈라진 목소리까지. 지문 한 줄, 대사 한 줄을 노아진 식으로 해석한 연기였다. 감독이 곧바로 오케이를 외치면서, 다음 촬영을 준비하는 스태프들이 세트장 안으로 뛰어 들어왔다.

“괜찮았어요?”

“그럼. 아진 씨, 다음 신이 마지막인가?”

“네. 한 번에 오케이 나서 다행이에요. 혹시 비명만 지르다 목쉬어서 오늘분 다 못 하나 걱정했는데.”

다음 장면은 병실 바깥에서 순아와 이 드라마의 남자 주인공인 강한의 대화였다. 침대에서 느긋하게 앉아 들려오는 대사를 감상하던 아진이 모두의 시선이 그쪽으로 향해 있는 틈을 타 하윤에게 손짓을 했다.

"누나 뭐 필요하세요?"

"저쪽에 대기하는 윤준성 씨."

대수롭지 않은 듯 가리키고 있는 곳에 청년이 서 있어 하윤은 말 그대로 당혹스러움을 감출 수 없었다.

"네?"

"그 사람. 촬영 끝나면 내 대기실에서 좀 기다려 달라고 말 좀 해 줄래?"

"누나!"

작은 소리로 속삭인 의미가 없었다. 하윤의 놀란 외침에 입에 손가락을 가져다 댄 아진이 그를 달랬다.

"네가 생각하는 그런 거 아니니까 걱정 말고. 원래 아는 사이야."

"누나 스캔들……."

"야, 나 남자 친구 있잖아."

스캔들을 걱정할 때가 아니라는 것을 짚어 주는 아진의 표정이 잔뜩 일그러져 있었다. 물고 늘어질 걸 늘어져야지. 조금 한심한 기운을 담아 흘겨봐 주니 하윤이 곧바로 수긍했다. 그녀는 이름만 대면 누구나 다 아는 유명 배우와 공개 열애 중이었다.

하윤이 천천히 세트 뒤편으로 돌아가 준성에게 말을 거는 것을 눈으로 확인하고 아진이 대본으로 시선을 돌렸다.

작가들은 참 불친절하다. 감정 전달에 대한 것은 괄호 하나, 한 줄도 안 되는 한 토막을 써 놓고서 표현해 내라고 한다. 그래서 자신의 특별함이 더 눈에 띄는 것이다.

아무리 대본에만 집중하려고 해도, 마지막의 대사는 몇 줄 되지도 않았다. 죽음을 앞둔 사람이 대사가 많다면 그것도 이상하겠지. 아진은 신경 쓰지 않으면 계속해서 무대 뒤로 돌아가려는 시선을 촬영이 진행되고 있는 세트장 안쪽으로 애써 옮겨 두었다.

마지막 촬영은 NG 없이 마무리되었다. 상대역인 아이돌 JJ가 생각보다 무난한 연기를 펼쳐서 처음 예상했던 것보다는 덜 힘들었다. 드라마 하나를 끝냈으니 차기작을 검토할 시간이 생겼다. 정신 없던 스케줄을 떠올리며 고개를 살랑살랑 젓는데, 어깨를 짚어 오는 손이 있었다.

"아진 씨, 오늘 한잔해야지?"

"그럼요. 근데 저 메이크업 좀 지우고 갈게요. 이대로 나가면 응급실 가야 할 것 같지 않나요?"

자신을 붙드는 감독에게 아진은 웃는 얼굴로 시간을 달라 말하곤 대기실로 들어섰다. 작은 우스갯소리에도 소리 내어 웃어 주는 사람들이었다. 그들을 등지고, 들어온 대기실에는 그가 있었다.

소꿉친구 윤준성,

여섯 살부터 함께 자랐던 그의 얼굴은 흠 하나 없이 말끔했다. 못 본 사이 키는 훤칠하게 컸고, 배우를 하겠단 얼굴은 반질반질했다. 그래, 반반한 얼굴로 벌어먹겠다는 거지. 저 얼굴이 뭐가 좋다고. 아진이 괜히 입술을 삐죽였다.

아진은 병실 슬리퍼를 벗어 던지고 새까만 구두를 신었다. 달칵

하는 문소리가 들렸다.

"안녕."

"……오랜만이다."

한참의 시간을 넘어 마주한 대화의 첫마디는 아진이 시작했다. 소리 없이 침을 꿀꺽 삼키고, 자연스럽게 흘러가는 듯한 시선을 바닥으로 찍어 누르며, 그날 마지막을 고했던 말 그대로 대화의 포문을 열었다.

시작을 열었던 말이자, 끝을 맺었던 인사말.

이따위 인사조차 필요 없던 관계를 기억하며, 아진이 새삼스러운 감정에 젖어 들어가는 동안, 준성은 세트장 한편에 마련된 대기실을 천천히 둘러보았다. 스태프 한 명 남지 않아 텅 빈 곳이었다. 화장대 옆에 설치된 조명 두어 개만 빛을 내고 있었다.

"왜 연락 안 했어?"

준성은 본래 말이 많지 않았다. 친한 친구들 사이에서나 말을 좀 할 뿐 어렸을 때부터 무뚝뚝하다고 다른 반에 소문이 날 정도였다. 아진과는 투덕임이 많았지만, 그 전처럼 쉽게 말을 던지고 대답하기엔 둘 사이의 시간이 꽤 오래 지나 있었다. 훌쩍 커 버린 키, 그리고 완전히 변성기를 거쳐 안정된 목소리. 그래 그 목소리, 아진이 고개를 치켜들었다.

"독립영화든 연극이든 뮤지컬이든 하고 싶은 거 해. 근데, 웬만하면 우리 기획사로 오는 게 어때?"

아진은 그와 눈조차 마주치지 않았다. 준성의 손에 힘이 들어갔다. 몇 년 만의 재회였다. 어릴 적 같이 커 온 정이 있는데도 안부조차 그녀는 묻지 않았다. 커다란 벽을 마주한 것 같은 착각이 들었다.

"그럴 생각 없어."

"없어도 들어와. 그러면 이모도 안심하실 거 같으니까."

준성은 곧장 거절했다. 쉽게 갈 수 있는 길인데 굳이 돌아서 가겠다는 것은 치기 어린 짓이었다. 아진이 찌푸려진 미간으로 그를 돌아보았다. 그제야 시선이 마주쳤지만, 아진은 흔들리는 동공을 어찌하지 못하고 또다시 바닥을 향했다.

스타일리스트는 먼저 회식에 보냈고, 하윤만이 남아 대기실 문밖을 지키고 있었다. 여긴 정말 텅 비어 둘만 있는 방이었다. 아진이 누드 톤으로 칠해진 입술을 대충 물티슈로 문질렀다. 준성의 시선이 따라붙는 게 느껴졌다.

"내 일은 내가 알아서 해."

무어라 말해야 할까. 자존심이 상했다는 것조차는 쉽게 눈치챘다. 그렇지만, 뭘 더 어떻게 말해야 하는지 모르겠는걸. 아진이 새삼스럽다는 시선으로 그의 머리끝을 응시했다.

대충 가늠해 봐도 180은 넘어 보였다. 다른 사람들 사이에서도, 그리고 연예계에서도 절대 작은 키는 아니었다. 게다가 저 정도 비율이면 어디 가서 신체 스펙이 모자란다는 말도 들어 보지 못했을 것이었다. 하지만, 그걸로는 안 돼.

아진이 이 세계에 입성한 것은 운이 반 이상 따라 줬기 때문이었다. 그게 안 된다면, 뒷배라도 있어야 할 텐데. 왜 세상 물정 모르는 것처럼 행동한단 말인가. 아진이 속으로 발을 동동 굴렀다.

대학 입학과 동시에 독립영화판에 뛰어들어서 지금까지 쌓아 온 필모그래피만 해도 수십여 개. 그러나 충무로를 포함한 이 바닥에서 노아진이라는 이름값 앞에는 쉬이 내밀 수 없는 것들이었다. 아진은 부러, 냉정하게 눈을 내리깔고 쏘아붙였다.

"……언제까지 알아서 할 건데? 쉬운 길이 있잖아. 그럼 잡아채는 것도 능력이야."

"노아진. 내 일 내가 알아서 한다고."

준성이 이를 악물었다. 허탈한 숨을 삼켜 내었다. 눈 한 번 마주치지 않고 거지에게 적선하듯 내미는 제안이 끔찍스러울 지경이었다. 마치, 그것 때문에 이 자리에 왔다고 생각하는 양 아진은 무감각한 눈으로 그를 흘낏 바라보았다.

"너 독립영화 하겠다고 이 판에 끼어든 거 아니잖아."

누구보다 배우의 화려함을 잘 알고 있을 텐데. 어릴 적 선망과 시샘의 눈길로 지켜보는 사람은 교실 내에도 수없이 많았다. 그렇기 때문에 동시에 그 누구보다 배우라는 직업에 가려진 외로움과 괴로움 모두를 알고 있을 사람이었다. 그럼에도 배우의 길을 택했다는 것은 조그만 판 가지고는 만족할 수 없다는 뜻이었다.

축 가라앉은 속눈썹에 마스카라를 발라 바짝 추켜올린 아진이 눈을 몇 번 깜박인 뒤 준성의 앞에 의자를 끌어당겨 앉았다. 일자로 굳은 입술과 딱딱하게 힘을 준 팔. 언제부터였을까. 너와 내가 이렇게 멀어져 버린 것이. 답은 너무나도 쉽게 나왔다. 그날 자신이 했던 실수 때문이었다. 아진이 눈꼬리를 누그러뜨렸다.

"내가 알아서 한다고."

숫기 없고 낯가림 심한 성격이 고작 몇 년 새에 개선되었을 리 없다. 그럼에도 이 세계에 들어온 데에는 이유가 있을 것이었다. 그중에는 어린 시절부터 영향을 미친 그녀도 상당 부분 존재할 터였다.

그러니까, 내 손을 잡고 조금 더 올라와. 입 밖을 벗어나지 못하는 목소리가 간절했다.

"어느 세월에? 연극영화과 들어가면서 느끼지 않았어? 거기서 날고 기어 봤자 독립영화판이야. 우리가 보는 영화관에서는 개봉도 못 해. 일반 시민들이 알 거 같아, 너 배우인 거? 이모도 네가 뭐 찍었어, 언제 어디서 해, 말하지 않으면 알지도 못하는데."

아진이 싸늘하게 쏘아붙였다. 준성이 머리를 쓸어 올렸다. 단역, 아르바이트생에게까지 분장팀이 붙을 리가 없었다. 대사와 함께 한 5-6초 나가려나. 공중파, 케이블 모두 쉽게 진출할 수 없는 세계였고, 영화판은 그보다 더한 곳이었다. 의지만으로 되는 것에는 한계가 있었다. 도와주겠다는데도 왜 그러는지.

아진이 소리 없이 한숨을 내리쉬었다. 안다. 자존심도 잔뜩 구겨졌을 것이고, 이런 상황을 비참하게 느낄 수도 있었다. 하지만, 한 번도 구기지 못할 거면 아예 발을 디디지 말아야 했다. 앞으로 구기게 될 일이 얼마나 많은데.

"네가 나 못마땅해하는 거 아는데, 이번엔 들어. 나도 너 좋아서 하는 거 아니니까. 아무리 생활비를 드려도 이모가 나한테 해 준 건 평생 못 갚을 거야. 호구로 보지는 말고, 너도 어느 정도 이용은 하고 살란 말이야. 이 세상이 얼마나……."

준성이 한숨처럼 숨을 내쉬고 돌아섰다. 연극판에서 공중파로, 독립영화판으로, 그리고 영화로 나아가는 것은 바늘구멍에 몸을 구겨 넣는 일이나 마찬가지였다. 그래도 버텨 온 그였다.

"무시하지 마."

"너, 독립영화 하고 싶어서 하는 거 아니잖아. 충무로로 오고 싶어서 선택한 길이잖아. 네 교두보. 내 기획사가 네 교두보가 되어주겠다는 거야. 그리고, 같은 기획사라고 해도 얼굴 볼 일 없으니까 마음 놓고."

준성은 대답이 없었다. 아진이 신경질적으로 물티슈를 내팽개쳤다. 노랗게 나온 화장기가 마음에 들지 않았다. 늘 예쁜 역만 맡았었는데……. 하필 이런 역할일 때, 만나게 되었다.

"우리 기획사 위치 알지? 내일 아침 8시까지 와. 직원이 나가 있을 거야."

혼란스러운 감정에 준성이 괜히 머리를 한 번 털어 냈다. 아진이 대기실로 나가려 준성을 지나치려다 한 뼘 거리에서 멈추어 섰다.

"윤준성, 싫어도 이건 기회야. 이거 쳐 내면 더 좋은 기회가 올 것 같아? 입에 올리기도 더러운 제안도 있어. 이건, 네 친구……이기 전에, 네가 가려는 길의 선배로서 충고하는 거야."

진심이었다. 그 누구에게도 털어 내지 못했던 진심. 어느새 구두로 갈아 신은 아진이 또각또각 소리를 내며 대기실 문을 열었다. 열일곱의 2월, 중학교 졸업식에서 멀찌감치 인사도 없이 뒤돌아선 그날 이후 첫 교차점이었다.

"나 불편한 거 알아. 우리 회사 되게 커. 아마, 자주 보긴 힘들거야."

"……아."

그가 입을 열어 무어라 말을 건네려 했을 때는 이미 늦었다. 하윤이 대기실 문을 닫으며 그녀의 뒤를 따랐다. 닫히는 문 사이로 허리를 꼿꼿하게 세우고 걸어 나가는 아진의 뒷모습이 보였다. 환상일까. 하얀 눈발이 그 뒤로 흩날리는 것 같았다.

그가 촬영장에 가게 된 이유는 진부했다. 어머니의 표현을 빌리자면 꽉 다문 조개 같은 입술 때문이었다. 본래 말도 없고, 게다가 부탁해 오는 것에 대한 거절은 더더욱 못 하는 성격이라서. 심지어 부탁하는 사람은 선배였다. 난처했지만 거절하기 어려운 상황이었다.

'준성아 좀 부탁한다. 그냥 가서 치킨만 날라. 서빙만 하면 돼.'
'그건 좀……'

엑스트라 주제에 대타로 왔다고 하면 어떤 시선이겠는가. 준성이 소리 없이 한숨을 내쉬었다.

'내가 너 군대 갔을 때 챙겨 준 거 생각 좀 해 봐, 응? 내가 나중에 소개팅시켜 줄게, 소개팅. 우리 학교 예대 애들 예쁜 거 알지?'

준성이 결국 한숨을 토했다. 같은 학교 선배도 아니라서 따로 엮일 일은 없을 것 같아 친하게 지냈더니 대타까지 요구한다. 당장이라도 달려 나가고 싶은 눈치라 준성은 성의 없이 고개를 끄덕였다. 어쩌겠는가. 아무리 같은 대학 출신이 아니라도 이 좁은 독립영화판에서는 계속 얼굴 보고 살 수밖에 없었다.

그렇게 가게 된 드라마 촬영장이 요즘 장안의 화제인 막장 드라마라는 걸 알았다면 어떻게든 고사했을 것이다. 아무리 한 역, 한 역이 간절하고 다급해도 거절했을 것이었다. 그렇게 재회하고 싶은 생각은 없었다. 조금 더 준비된 모습으로 만나고 싶었다. 앞치마를 둘러맨 채로 멀찌감치 바라만 보는 재회를 꿈꾸진 않았으니까.

'이름이 뭐라고 했죠?'

'윤준성입니다.'

'그래, 윤준성 씨는 여기 대본에서 세아가 강한에게 '나 지금 할 말 있어.'라고 말하면 바로 들어오시면 돼요. 타이밍 잘 봐야 합니다.'

'네. 알겠습니다.'

조연출에게 지시를 받으면서 준성은 오른쪽에서 따갑게 꽂히는 시선을 느꼈다. 노아진. 창백하게 분장한 그녀는 정말로 아파 보였다. 거기다 조명 판까지 들어오면서 누가 봐도 병자처럼 보였다.

이 세계에 발을 디디고 촬영장에서 처음 마주했다. 준성이 무의식적으로 자신의 얼굴을 쓸어내렸다. 알아볼까? 그녀가 의도적으로 자신을 피하던 세월이 몇 년이던가.

말을 걸면, 부담스러워하지 않을까. 준성이 망설였다. 어릴 적부터 같이 지내 왔다고 해도 생물학적으로 남남이다. 게다가 누구 다른 사람 눈에 잘못 뜨이기라도 하면…….

'누나, 입술 조금 까진 것 같은데.'

'거울 좀 줘 볼래?'

'주연 누나 오라고 할까요?'

'아냐. 우선 거울부터 줘 봐.'

같은 나이. 같은 집에서 자랐지만 서 있는 곳이나 사람들의 대우는 극과 극이었다. 이름만 말해도 대부분은 알 만한 명품 브랜드 협찬을 받아 걸친 옷과 치킨집 이름이 쓰여진 앞치마. 준성이 서서 대기하다 치킨집 세트로 향했다.

'그럼 촬영 들어가겠습니다.'

가슴 위로 슬라이드 컷이 들어갔다. 아진이 동요했던 표정을 순식간에 가라앉혔다. 촬영은 차질 없이 진행되었고 아진은 긱본 수정 없이 병상에서 천천히 죽어 가는 여주인공의 동생 세아 역을 열연했다.

아진이 촬영을 마친 후 몇십 분을 더 대기하고 나서야 준성은 카메라 프레임에 아주 잠깐 얼굴을 비칠 수 있었다. 총 두 시간의 대기 끝에 얻은 성과였다. 눈치껏 들어 보니 오늘은 아진의 마지막 촬영이 있는 모양이었다. 독립영화판을 구르고 구른 그 역시도 처음 뵙는 배우들이 가득했다. 그들의 시선을 한 몸에 받고 있음에도 긴장한 티 없이 촬영을 마친 아진이 다른 배우들과 웃으며 무어라 하는 걸 확인하고 뒤돌아 나가려는 찰나였다.

'윤준성 씨?'

'예?'

'잠깐 저 좀 볼 수 있을까요.'

엑스트라와 용건이 있을 만한 사람은 주로 팀의 막내거나 조연 출 정도였다. 그런데 그를 불러 세운 사람은 생각보다 젊었다. 그와 비슷한 또래? 혹은 그 아래. 준성이 얼떨떨한 표정으로 그를 따라나섰다. 세트장 뒤편으로 한참을 걸어 나가 주변에 사람이 없는 것까지 꼼꼼히 확인하던 그가 머리를 긁적였다.

'김하윤입니다. 노아진 씨 서브 매니저입니다.'

'아, 네. 윤준성입니다.'

어색하게 악수로 인사한 두 남자가 흔들리는 시선을 피했다. 이게 무슨 일인가 싶어 준성이 땀이 흐르는 것 같은 손을 바지에 문질렀다. 자신을 굳이 만나러 올 이유가 없는 사람이었다. 연락은 물론이고, 만남까지 피하던 아진이 보냈을 리가 없으니 혹시 사장의 지시인가……. 혹시나 스캔들이나 나서 엮일까 봐 미리 기획사 차원에서 차단하는 걸까. 하윤이 망설이는 사이 별별 생각이 준성의 머릿속을 스쳐 지나갔다.

'죄송하지만, 바로 가지 마시고 남아서 기다려 주셨으면 좋겠습니다. 저, 아진 씨가…… 만나고 싶어 합니다.'

준성이 천천히 고개를 쳐들었다. 딱딱하게 굳은 하윤의 입술이 일자를 그렸다. 심상치 않은 기류에 준성도 입을 다물었다. 꼬치꼬치 캐물어 봤자 대답해 줄 것 같지도 않았다. 만나게 된다면 알게 되겠지. 그가 고개를 숙여 수긍했다.

'수고하셨습니다!'

촬영에서 배우들이 이름값이 높건 낮건 하는 인사는 기본이었다. 서로의 수고를 챙기고, 스태프들 전체에게 한 번에 전하는 것. 그 한가운데에서 아진이 꾸벅 허리를 숙여 인사하고 곧바로 등을 두드려 오는 감독에게 빙긋 웃었다.

'아진 씨, 오늘 한잔해야지?'
'그럼요. 근데 저 메이크업 좀 지우고 갈게요. 이대로 나가면 응급실 가야 할 것 같지 않나요?'

아진은 능청스러운 표정을 짓더니 까르르 웃었다. 준성 역시 어렸을 때부터 보지 않았다면 연기인 줄 모를 만큼 자연스러운 행동이었다. 감독과 등을 지고 걸어가 대기실에 들어가는 게 눈에 띄었다. 그와 동시에 하윤이 준성에게 손짓했다.

그렇게 만나게 된 자리였다.

준성은 하얀 명함 한 장과 텅 빈 대기실에 남겨졌다.

"……"

이 세상이 어떤지 왜 모를까. 지금까지 어려움 없이 편히 자라

왔다고 생각하는 준성이 쓴웃음을 삼켰다. 처음 배우를 하겠다고 했을 때, 아버지의 반대와 직면했다. 숫기도 없고, 말수도 없는 게 어떻게 카메라 앞에 서겠냐는 까닭에서였다. 틀린 말도 아닌지라 준성이 말을 잃었다. 그럼에도 해 보겠다고 나서자 아버지는 베란다에서 줄담배만 내리 피워 댔다.

아들이라고 하나 있는 게 유약해서 걱정이라는 아버지의 우려를 축소시킨 것이 어머니였다. 그 논리의 근거는 그녀의 존재였다.

'아진이 그 아이도 잘하고 있는데, 왜 그래요 당신은?'

준성에게는 그 말이 아진이도 잘하고 있는데, 너는 뭐 하고 있느냐는 소리로 들렸다. 마음대로 되지 않고 길어지는 무명 기간이 그의 발목을 잡고 있었다. 준성은 수많은 오디션을 봤고, 매번 내정자들의 뒷모습만 바라보았다. 그걸 들여다보기라도 한 듯 아진이 명함이라는 단 한 장의 카드로 그에게 줄 하나를 내려 준 것이다.

잡기만 하면 앞이 반질반질하게 펼쳐진 꽃길로 가는 티켓.

준성이 그것을 구겨 쥐었다. 어차피 평탄한 길만 걸어온 인생이었다. 갑작스럽게 결정한 그 길은 너무 외롭고 힘들어서 이렇게까지 해야 하나 하고 생각한 것도 사실이었다. 고민은 깊었으나 결정은 빨랐다.

"항상……."

앞서가는 것은 아진이었고, 그 손을 붙들고 끌려가듯 걷는 것은 자신이었다. 나이를 먹으면서 조금 달라졌나 했는데 제자리였다.

달라진 게 없었다. 저 아이도 자신도.

윤준성은 여덟 살에 부모님이 사 준 파워레인저 가방을 매 보며 첫 등교를 기다렸고, 그해 3월 등교하는 손에 신발주머니 대신 아진의 작은 손을 쥐었다. 누나처럼, 여동생처럼, 친남매처럼 그렇게 같이 지냈다. 몇 번의 이탈과 시도들이 있었지만, 그들의 길은 쉬이 갈라지지 않았다.

하지만 중학교 졸업식, 그날을 분기점으로 둘은 한 번의 연락도 없이 살았다. 그리고 7년 만에 우연치 않게 만난 것이다.

오늘 준성에게는 가장 크고 두꺼운 지푸라기 하나가 도착했다. 그 지푸라기가 앞으로 그에게 어떤 영향을 미치게 될지는 알 수 없었지만, 아진은 알고 있었다. 그가 결국에는 그것을 움켜쥐으리라는 것을.

부족한 것 없이 자라 온 삶이었다. 곁에 있었던 아진이 더 잘 알았다. 준성이 지금까지 겪은 것은 새 발의 피였지만, 그는 아마 고작 그만큼도 넘을 수 없는 벽처럼 여기고 있을 것이었다. 그럼에도 궁금했다.

"올까. 안 올까."

아진이 하윤이 운전하는 차량의 뒷좌석에 앉아 꽃점을 치듯 손가락을 튕겼다. 차마 무슨 일인지 캐묻지는 못하는 하윤이 안절부절못하는 게 등받이 너머로 고스란히 보였다.

"운전에만 집중해. 사고 나면 어쩌려고."

"네? 네, 누나."

아마, 올 것이었다. 말 한마디 없이 무뚝뚝하게 지내는 데에 반해 그는 꽤나 효자인 축에 속했다. 기껏 생각해서 만든 자리인데 준성이는 마음에 안 드는가 봐요, 같은 뉘앙스를 풍기면서 몇 마디 하면 충분했다.

그래도 아니라면 그걸로 되었다. 그 정도면 할 만큼 했다고 위안할 수 있었다.

아진이 핸드폰 화면을 두드렸다. 빛을 내뿜는 화면을 한참 동안 바라보다 그것이 꺼질 때쯤 키패드를 톡톡 두드려 번호를 완성시켰다.

"오빠."

그녀의 첫마디에 하윤이 뒤를 힐끗 돌아보는 것이 느껴졌다. 손을 내지어 하윤의 시선을 차단한 그녀가 목소리가 들려오길 기다렸다.

— 무슨 일 있어? 회식 있다고 안 했나?

"나 부탁할 게 있어서……. 회식은 지금 가고 있어."

상훈이었다. 겨우 스물네 살짜리 여배우가 감히 기획사에 들어오라 마라 할 수는 없었다. 그녀가 큰소리칠 수 있던 것은 어디까지나 현 기획사 사장이 그녀의 말을 우선순위로 고려해 주기 때문이었다. 상훈은 이 정도의 부탁은 들어줄 수 있는 사람이었다. 그도 수연 이모에게 빚이 있는 사람이었으니까……. 게다가, 서하와의 일도 있었다. 이 정도 부탁은 들어주어야 했다.

이걸로 끝났으면 좋겠다.

마주치지 않았으면 좋겠다.

아진은 손바닥으로 얼굴을 감쌌다. 스무 살도 훌쩍 넘겼건만 마음 정리 하나 제대로 못 한다. 몸만 컸지 마음은 그날 이후로 자라지 못하고 있었다. 아진은 씁쓸하게 핸드폰을 주머니 안으로 집어넣었다.

"첫사랑……."

"아, 영화 말씀이시죠? 기대 이상의 흥행이라고 하시더라고요. 안 그래도 말씀드리려고 했었는데 평론가 별점이……."

마치 자신이 이루어 낸 성과처럼 하윤이 자랑스러운 얼굴로 영화에 대해 이야기하기 시작했다. 창밖으로 시선을 돌리며 눈을 감은 아진이 떨리는 손끝을 부여잡았다.

어떤 일이 있어도 곁에 있어 줄 거라는 확신에서 비롯된 마음은 어느샌가 눈덩이처럼 불어나 감당할 수 없는 지경에 이르렀다. 지금 생각하면 풋내 나는 어린 날의 치기였다. 봄날의 드라마 속 한 장면처럼 계속되는 나날이 될 거라고 생각했는지도 모른다.

윤준성의 인생에서 자신은 갑작스럽게 끼어들어 온 이방인에 불과한 게 아닐까 하는 의심이 마음 한구석에서 고개를 치켜든 순간 결심했다. 애정이 없다면 이렇게 곁에 있어 줄 리 없다는 확신과, 그 애정은 그녀만의 것이라는 자만이 등을 떠밀었다. 그러나 머릿속에서 수십 번을 돌려 보았던 시뮬레이션은 현실이 된 순간, 유리창이 한순간에 부스러지듯 산산이 조각났다.

무슨 자신감으로 말을 꺼냈었는지. 새삼스럽게 느껴지는 감정에 아진이 쓴웃음을 머금었다.

2. 지지부진

유제이 엔터테인먼트. 3년 전 생긴 신생 기획사였다. 연예 기획
사는 대개 가수 전문과 배우 전문, 그리고 모델 전문으로 분야를
나누고는 했다. 둘 다, 혹은 셋 다 관리하는 기획사도 있지만 대부
분은 하나의 전문 분야를 정해서 소속된 연예인들의 활동을 지원한
다. 그래야 끼워 팔기도 좋고, 관리하기도 용이하기 때문이었다.

그중 유제이 엔터테인먼트는 모델과 배우를 중심으로 큰 기획사
였다. 사장인 상훈은 아진의 전 소속사에서 실장으로 일하던 사람
이었다. 나오면서 마침 전속 기한이 만료된 아진을 특별한 조건으
로 유제이에 소속시켰다.

"아진아, 너 기사 떴더라."

"뭐라고?"

"타이틀만 읽어 줄까?"

"응."

아진은 퀸 사이즈 침대에 누워 발만 까딱였다. 새벽까지 이어진 뒤풀이 덕분에 사흘짜리 휴가를 받자마자 침대와 한 몸이 되어 하루 종일 누워 있었다.

"노아진, 시한부 환자 연기도 완벽하게…… 다음 작품은 주연인가? 논란 없는 연기력. 그녀의 데뷔와 작품 세계를 탐구해 본다, 또, 음, 아직도 아역의 이미지를 벗지 못해……."

"뭐 어때. 아역 출신이 아역 이미지를 쉽게 벗으면 더 이상하지."

마지막을 읽으며 주연이 슬그머니 눈치를 살피는 것이 느껴졌다. 개의치 않았다. 한두 번 들어야 상처라도 받지. 언제나 그녀를 졸졸 따라오는 말이었다. 남자 아역들은 군대 다녀와서 복근 같은 것 좀 만들면 남자가 되었구나 하며 20대 이상의 역들도 잘만 따 가던데.

여자 아역은 유리 천장이라도 있는 양 쉽게 이미지를 건너뛰기가 어려웠다. 그 때문에 속앓이 꽤나 하고 있는 중이지만 어쩌겠는가. 군대에 다녀올 수도 없고, 봉긋하게 솟아오른 가슴은 아역 이미지를 벗어 내는 데는 전혀 소용이 없었다. 성조숙증인지 뭔지, 요즘에는 초등학생들도 2차 성징이 오는 마당에.

"그래도, 사장님이 너 속상해한다고 말하지 말랬어."

"안 속상해. 진짠데, 뭐. 내가 결혼이라도 해야 바뀔걸? 이미지? 아니다. 안 바뀔 수도 있다. 애 낳아야 바뀔 수도 있어."

그리고 시나리오 하나 받을 수 없겠지. 수없이 치고 올라오는 후배들이 가득한 마당에. 헛웃음이 나올 지경이었다.

언론에서는 수도 없이 포장했다. 정변 아역 배우, 검증된 연기력, 국민 여동생…….수많은 타이틀이 그녀의 곁을 스쳐 지나갔다. 그중에는 그녀가 영영 되찾지 못할 것들도 존재했다.

그나마 요즘은 서하와의 공개 열애로 방향이 조금씩 바뀌고 있었다. 성숙한 배역의 작품들을 몇 개 맡아서 그대로 이미지를 밀고 나가면 괜찮을 것 같기도 하고…….

"근데 이번에 우리랑 계약하는 애, 네가 추천했다며?"

"응."

소문이 빨랐다. 떠보는 듯 보여 아진이 슬며시 미소를 지었다. 말 꺼낸 지 얼마나 되었다고 벌써 상훈이 움직인 모양이었다. 그러니, 가장 막내까지 이 소식이 전달되었지.

"어쩌다 알게 된 애야? 혹시나 말 나올까 봐 쉬쉬하고 있는데, 그래도 돌긴 돌더라."

"엄마 친구 아들."

이 세계에 일찍 발을 디디면서 처음 배운 것은 불신. 나름 친하게 지내는 주연의 질문을 아진은 탐문 절차로 받아들였다. 아무렇지도 않은 척 머리맡에 놓인 시집을 펴 팔랑팔랑 넘기며 대꾸했다. 놀란 눈으로 그녀를 응시하는 따가운 시선이 느껴졌으나 그녀는 개의치 않았다.

"어쩐지 사장님이 입단속 단단히 하라고 하더라. 기자들이 알면 신나겠네."

"어떻게 뜨려나…….소꿉친구 한솥밥? 아니면, 훨씬 앞서 나가서 로맨틱 스캔들이라도 내시려나."

반쯤 뜨다 만 눈으로 시집을 내려다보며 아진이 중얼거렸다. 모

64

든 게 진절머리 나고 귀찮은 이 현실에서 그랬다가는 단숨에 바닥으로 끌어내려지겠지만, 재미는 있지 않을까. 상대가 그러면 더 재밌을 것 같다고, 그녀는 생각만 했다. 상상이 현실로 이어지는 것만큼 끔찍한 일은 없어야 했기에.

"에이, 서하 오빠가 있는데……."

"양다리 스캔들이라도 내지 않으려나."

당해 본 적은 없지만, 간접 경험이라는 게 있었다. 언론에 물어뜯기고 갈갈이 찢긴 이들이 어떤 끝을 맺는지는 잘 알고 있었다. 안간힘을 쓰고 올라도 떨어지는 것은 눈 깜짝할 새, 순식간이다. 이 바닥에서는 아니 땐 굴뚝에서도 연기가 나는 법이었다.

"에이, 한 지붕에서? 그것도 서하 오빤데? 말도 안 돼."

"그렇지. 말도 안 되지."

중학교 시절, 쥐꼬리만 한 호감을 연애 감정으로 착각해서 얼굴을 붉히던 순진했던 계절은 이미 가 버리지 않았는가. 잘못된 판단에 가장 소중했던 사람을 잃게 되지 않았는가. 아진이 쓴웃음을 지었다. 어떤 관계든 한쪽이 먼저 몸을 돌리면 쉽게 끝날 수 있다는 게 남녀 관계였다. 그만큼 아슬아슬하고, 불안정했다. 실수는 한 번으로 족했다.

"그리고, 준성이랑은 그렇게 좋은 관계는 아니었어."

그렇게 따지면 노아진과 좋은 관계가 어디 있겠느냐마는. 아진이 자조적으로 읊조렸다. 언론에 비치는 밝고 어린 이미지만큼이나, 아진의 속은 비비 꼬여 있었다.

어색해질 관계가 두려워 먼저 뒤돌아서 놓고, 짐 싸 들고 나오면서 눈물을 펑펑 쏟았었다. 그날 이후로 서로의 평행선이 맞닿을 일은 없다고 그렇게 확신했었는데……. 어떻게든 피해야지. 아주 나중에 그런 일도 있었지. 내가 그때는 어려서 착각을 했다. 그렇게 이야기할 수 있을 때면 돌이킬 수 있을 거라 생각했는데…….

"아진아, 나 가 볼게. 언니들 호출이다."

"고생해. 아, 맞다. 갈 때 냉장고에서 사과즙 꺼내 가. 맛있더라."

"오, 땡큐. 고마워."

주연이 손을 흔드는 아진의 인사를 건성으로 받았다. 막내 생활의 고달픔을 동정하며, 아진이 몸을 일으켜 그녀를 배웅했다. 일이 많을 때는 밤낮도 없는데 휴식하겠다고 마음먹으니 휑할 정도로 연락 한 통, 문자 한 통이 없다.

군중 속의 고독.

조금이라도 사람이 있는 곳에 발을 디디면 이 감정의 편린조차 느끼지 못할 만큼 정신이 없어질 텐데.

아진이 일어난 김에 부엌으로 향했다. 팬들이 보내온 먹을거리들 사이에서 쿠키 하나를 골랐다. 산 게 아니라 직접 만들었는지 포장지에는 아무것도 적혀 있지 않았다. 아진은 느긋한 걸음으로 과도 하나를 집어 들었다. 조각나는 쿠키 조각 사이에 아무것도 없는 것을 확인하고서야 그녀가 그것을 입에 대었다. 핸드폰으로 촬영해서 인스타그램에 게시까지 했다. 팬분께서 만들어 주신 쿠키 맛있게 잘 먹었어요. 하트도 두 개나 달았다. 게시되자마자 줄줄이 달리는 댓글들을 감상하다 핸드폰을 덮었다.

티브이도 없는 거실 한편을 가득 메운 대본들과 새로 쌓인 시나리오. 그리고 거실 벽 전체를 덮고 있는 그녀의 사진. 누가 보면 나르시시스트라 생각할 정도로 커다랬다.

아진은 강박적일 정도로 집착하고 있었다. 이 나이에 노아진이 이뤄 낸 것들에.

자신의 인생에서 배우 노아진을 빼면, 아무것도 남지 않는다는 걸 누구보다 잘 알고 있었으니까.

"오빠, 나 회사 갈 건데 차 좀 보내 줄래?"

결국 아진이 포기를 선언했다. 큰 집 안에 가득한 적막이 진저리가 나 아진이 덮어 두었던 핸드폰으로 전화를 걸었다. 통화 기록엔 매니저와 스타일리스트, 그리고 아주 가끔 부모님의 전화번호뿐이었다.

— 좀 쉬지. 왜 벌써.

곧장 작은 한숨이 돌아왔다. 지한이 걱정스럽다는 듯 달래려 했지만, 아진에게는 차라리 몸이 힘든 것이 나았다. 혼자 남겨지면, 수렁 속에 잠겨 들어가는 듯한 착각이 든다.

"시나리오 뭐 들어왔는지도 좀 보고……. 밥 차려 먹기도 귀찮아. 속 쓰려, 오빠."

— 하윤이 통해서 챙겨 보낼게.

"뭘. 혼자 있는 것보단 회사 가는 게 나아."

— 지금 출발할게. 맞춰서 내려와.

지한이 못 이기는 척 수긍했다. 끊긴 핸드폰을 주머니에 대충 쑤셔 넣은 아진은 메이크업도 없이 그냥 선글라스 하나만 챙겨 썼다. 종아리까지 내려오는 아이보리색 니트 카디건을 여몄다.

소파에 앉아 십여 분을 기다리다 엘리베이터를 타고 곧장 지하 주차장으로 내려가니 곧바로 낯익은 차량이 보였다. 틈이 생길 수 없는 빽빽한 삶이었다.

마음만 먹으면 낯선 사람과의 접촉을 완벽하게 차단할 수 있는
삶. 그래서 텅 비어 버린 집, 일터, 그리고 빈 마음을 가지고 사는
삶.

"오늘 쉬라니까?"

"쉬어서 뭐 해. 밥해 먹기도 귀찮은데 회사 밥 먹을래."

데리러 와서도 타박이었다. 매니저가 담당 배우 컨디션에 예민해
야 한다는 건 이해하지만, 듣는 아진에게는 잔소리일 뿐이었다. 잔
뜩 인상을 쓴 지한의 미간에 힐끗 시선을 준 아진이 차 문을 열고
는 뒷좌석에 냉큼 앉아 마스크를 썼다.

"내가 못 살아. 너 그러다 또 쓰러져."

"몇 번 픽픽 쓰러져서 시한부 환자 역 따 왔잖아. 이번엔 조연이
아니라 주연 따 올 수도 있지."

"말을 말자."

그걸 말이라고 하는 건지. 지한이 고개를 절레절레 내저었다. 그
러고는 핸드폰 화면에서 고개를 떼지 않는 그녀를 힐끗 돌아보았
다.

"오빠는 밥 먹었어?"

"네 밥이나 잘 챙겨."

그녀가 아역 이미지를 벗지 못하는 이유 중 하나가 여기에 있었
다. 여리여리한 체구에 휙 날아갈 것만 같은 몸매. 게다가 동글동
글한 얼굴까지. 영양이 부족해 쓰러지면서도 망할 젖살은 빠지진
않았다.

주연을 몇 번 맡지 못했던 이유도 그 때문이었다. 주연을 맡으면

아역인 경우가 다반사였다. 스물넷이나 먹고 아직도 아역 아니면 조연이라니. 팬들은 늙지 않는다며 피터팬이라는 별명까지 붙여 줬지만 아진은 달가워하지 않았다.

"그, 준성 씨 오늘 계약하러 왔다더라. 오늘 우리 팀 여자들 눈요기할 배우가 늘어나서 신났던데."

"……우리 회사가 여자가 근무하긴 좀 좋은 조건이잖아."

주연에 이어, 지한까지. 그의 이야기를 한다. 아진이 잠깐 머뭇거리다가 대꾸했다.

윤준성. 이름만으로도 그녀의 감정을 요동치게 만드는 남자. 명함을 건넨 이후로 만나지 않으려 하고, 온갖 바쁘다는 핑계를 다 대서 거리를 뒀는데도 그는 아주 쉽게 그녀의 주변으로 파고들었다.

"이모님 많이 좋아하셨겠다."

"아직 전화 안 드렸어."

말은 이렇게 했지만, 아진은 속으로 코웃음쳤다. 준성은 아마 말한마디 안 했을 것이다. 그는 어릴 적부터 그랬다. 하루가 끝나면 전화기 앞에 앉아 멀리 계신 부모님에게 전화를 걸어 있었던 일을 시시콜콜 다 쏟아 내던 자신과 달랐다. 수연 이모가 꼬치꼬치 캐물어야 몇 마디 하는 통에 하나밖에 없는 아들놈이 아빠를 닮아 무뚝뚝하다고 불평하는 걸 한두 번 본 게 아니었다.

하지만, 굳이 연락해서 수연에게 말하라 재촉할 생각은 없었다.

공중파에, 케이블에, 영화 스크린까지 나오지 않는 곳이 없는 자신과 다르게, 준성은 같은 일을 한다고는 하지만 이름도 없는 무명 배우.

수연 이모가 통화할 때마다 한 번씩 우려를 표했기에 더 마음이 쓰였다. 준성과 함께했던 어린 시절에는 배우라는 직업이 가지는 화려함과, 남들과는 다르다는 특별함에 취해 있었다. 그래서 그게 준성에게 영향을 미쳤는지도 모른다. 그녀가 여섯 살 때, '뽀뽀뽀' 와 영화 소개 프로그램을 보고 충동적으로 '티브이에 나오는 사람이 될래!' 하고 결심했던 것처럼 그도 즉흥적으로 인생을 결정지은 것은 아닐까.

잘나가는 막장 드라마에서 맡은 배역이 시한부 인생을 끝내던 날, 아진은 윤준성을 거둬 먹이기로 결정했다. 어떻게든 혼자 살아남겠다고 안간힘을 써 온 노아진의 인생에서 가장 중대하고 무거운 결정이었다.

"아무리 생각해도 집이 회사랑 너무 가까운 거 같아."

"가까우면 좋지 왜."

강변도로에 진입한 지 얼마 지나지 않아, 10층 높이의 회사 건물이 선팅된 앞 유리 너머로 그녀의 시야에 들어왔다. 또 실없는 소리 한다 싶었지만, 지한은 착실하게 아진의 불평에 대구해 주었다.

"나 외곽 쪽에 전원주택이나 하나 지을까. 아무리 생각해도 회사랑 너무 가깝지 않아?"

"가까운 게 좋은 거지. 방송국이랑도 가까우니 얼마나 편하니?"

"그게 귀찮은 거지."

고개를 기울인 아진이 건물 밖에 죽치고 있는 사람들을 둘러보았다. 저렇게 진을 쳐도 소속 배우들이나 모델들은 전부 주차장에서 내리고 주차장에서 타서 뒤꽁무니도 보기 힘들었다. 그만큼 철저한 곳이었다. 이곳은. 이 세상은.

"네가 가까운 데 살아서 우린 편하다."

"오빠는 성남 살면서 무슨. 내가 성남 쪽으로 갈까?"

"됐습니다. 들어나 가시지요? 나 주차하고 들어갈게."

지한이 택도 없는 소리 하지 말라며 단언했다. 심각하게 이야기 한 건 아니라는 듯 입술을 한 번 삐죽인 아진이 차에서 뛰어내렸 다. 그리고 지하에서 1층으로 올라가는 비상계단 위에 서서 자신의 몰골을 한 번 점검했다.

집에서 입던 목이 좀 늘어난 원피스에 화장기 없는 얼굴. 그리고 구겨 신은 운동화. 그럼에도 회사에 들어서자마자 복도는 꾸벅꾸벅 그녀를 향해 고개를 숙이는 사람들로 가득했다. 하필 엘리베이터가 점검 중이라 부러 복도를 건너 반대편 비상계단으로 향하는데 선글 라스 너머로 찔러 오는 시선이 따가웠다.

"안녕하세요. 안녕하세요……."

너희들은 한 번씩만 인사하면 되지만 나는 아니란 말이다. 아진 이 태연하게 입가에 미소를 걸고 인사를 받으면서도 속으로 짜증스 럽게 중얼거렸다. 선글라스 아래로 찡그린 눈살을 숨기며, 겨우 복 도 가장자리에 도착한 그녀가 벽에 몸을 기댔다. 지한을 기다리기 위함이었다.

"엘리베이터 오후에는 고쳐진대."

얼마 지나지 않아 뛰다시피 복도를 가로질러 온 지한이 턱까지 차오르는 숨을 내리누르며 그녀의 어깨를 도닥였다. 아진이 소리 없이 한숨을 내쉬었다. 괜히 나왔나. 하루에도 수백 번 죽 끓듯 끓 어오르는 변덕이 또 목 끝까지 차올랐다 한순간에 사라졌다.

"아 정말 싫다."

"그래도 올라가야지."

지한이 어깨를 토닥였다. 그럼에도 계단은 싫어서 아진이 비상 계단 문 앞에서 미적미적하던 때였다. 어쩐 일인지 연습생 담당 사무실에서 나온 얼굴이 낯이 익었다. 반갑고 편한 사람이었다.

"서하 오빠!"

"어? 아진이 아냐? 웬일이야 이 시간에?"

현재 중국 내 한국 배우 인지도 1위를 자랑하는 배우 유서하였다. 아진의 아역 데뷔작이었던 작품의 조연이기도 했다. 당시 신인 축에 속하는 어린 배우였고, 마찬가지로 신인 아역 배우였던 아진과 나이를 뛰어넘은 연대감을 쌓았던 남자.

그리고 아직도 수많은 사람들의 입에 오르내리고 있는, 노아진의 공개 연애 상대.

"그냥."

성의 없는 대꾸에도 서하는 눈꼬리를 접으며 웃었다. 무릇 여성들의 심금을 울릴 만한 미소였지만, 아진은 별 감흥이 없는 듯 시선이 허공을 떠돌았다. 지한이 못마땅한 눈으로 두 남녀를 번갈아 보다 먼저 자리를 떴다. 이러나저러나 회사 유일의 사내 커플이 아닌가. 그것도 제일 잘나가는. 공사다망하신 스케줄 때문에 제대로 된 데이트도 못 하는 둘을 위해 자리를 피해 주는 게 예의였다.

"밥 먹었어?"

"점심 먹으러 왔지."

아진이 이번 드라마 중 협찬받은 카롤라 손목시계를 가리키며 대답했다. 아진의 손가락이 매끈한 시계를 감싼 유리벽을 더듬었다.

"관리 안 해?"

"나야, 뭐."

타박하는 어조는 아니었다. 살 빼라고 구박하는 것도 아니고 그 냥 궁금해서 묻는 듯한 태도. 아진이 어깨를 으쓱했다. 실실 웃던 서하가 옅은 갈색으로 염색한 머리칼을 한 번 넘기고서 같이 먹자 고 제의했다. 아진이 고개를 끄덕이자, 그가 목소리를 낮추고 장난 스럽게 말을 건네 왔다.

"아무래도 나 네 매니저한테 미움받는 거 같아."

"에이 설마. 그럴 리가……. 지한 오빠가……."

"꼭 딸 시집보내는 아버지 같은 표정 같지 않아?"

"뭐 어때."

어차피 끝이 예정된 관계에서 이러면 어떻고, 저러면 어떠한가. 아진이 지한의 사라진 뒷모습에서 시선을 떼지 못하는 서하의 옷깃 을 끌어당겨 식당 문을 열었다.

"오늘 화보 촬영이던가?"

"이따 새벽에."

"근데 먹어도 괜찮겠어?"

"지금 먹고 굶으면 돼."

아진은 오늘 스케줄이 없었지만, 서하는 아니었다. 알고 싶지 않 아도 자신의 SNS에 꼭 한 번씩 올라오는 서하에 대한 이야기를 읽 다 보면 저절로 스케줄을 알게 되었다. 새벽 촬영 힘든데…….

그래도 시간대를 대충 헤아려 보니 괜찮겠다 싶어 아진이 고개 를 끄덕였다. 평소에 관리를 잘하니 이 정도는 괜찮을 것이었다. 중간에 간식 정도 하나 먹어 주면 밤샘 촬영이어도 버틸 만하겠지.

"그래서 오늘 메뉴 뭔데?"

아진이 태연하게 말을 이어 갔다. 서하의 대꾸를 기다리며 주변을 돌아보는데, 그 짧은 순간 눈앞에 준성이 보였다. 부드러운 까만 머리칼이 천천히 흔들리는 것이 보였다. 차례로, 무언가에 열중한 듯한 눈동자, 입술, 얼굴 전체가 아진의 시야에 들어섰다.

"몰라. 뭐든 맛있겠지? 너랑 먹는데?"

"……그렇지."

뻔뻔하게 능청을 떠는 서하의 말에 아진이 멍하니 대꾸했다. 설마 이렇게 갑작스럽게 마주칠 줄은 몰랐다. 마주할 일 없다고 자신하며 단언까지 했는데……. 이 넓은 공간에서 얼굴 본다는 것 자체가 신기한 일이었다.

하지만 회사 사장이 어정쩡하게 식당 문 앞에 서서 신입과 이야기를 하는데 사람들의 시선이 모이는 것은 당연했다. 굳이 찾지 않아도 볼 수밖에 없는 상황이라고 자위했다.

"어? 우리 아진이랑 서하, 밥 먹으러 가?"

"안녕하십니까, 사장님! 요즘 남자애들이랑만 먹으려니 영 기분도 안 나고, 입맛도 안 나고…… 우리 여자 배우는 언제 들어옵니까?"

아진이 정신을 차리지 못하는 사이, 서하와 아진을 발견한 상훈이 먼저 알은체를 했다. 서하가 정중하게 인사를 건네며 능청을 떨자 상훈이 웃음을 토했다.

"노아진만 한 배우 있으면 언제든지 추천해 봐. 내가 바로 밑작업 들어갈 테니."

"지금 제 앞에서 제 얼굴에 금칠하는 거예요?"

상훈이 눈을 찡긋하며 아진의 어깨를 탁탁 쳤다. 아진이 부러 틱틱거리자 그의 입가에 작은 미소가 걸렸다. 식사를 함께 하고 나오던 길인 모양이었다. 준성보다 머리 하나는 작은 상훈에게 시선을 고정하며 아진이 빙긋 웃었다.

아진의 전 소속사, 그리고 상훈이 근무하던 전 직장은 대형 기획사였지만 그만큼 비리와 그늘진 부분이 많았다. 진절머리를 내며 때려치운 곳에서 유일하게 데려온 보석. 노아진은 그에게 그런 존재였다.

여자 배우는 받지 말라는 생떼 같은 조항에도 쉽게 수긍한 이유가 노아진이라는 배우에 있었다. 유서하처럼 바른 이미지로 꼿꼿하게 밀고 나가 CF를 따오는 것도 아니고, 주연을 꿰차 네임벨류를 높이는 배우도 아니었다. 하지만, 국민들이 아주 어릴 적부터 봐 온 덕에 안티가 쉽게 형성될 수 없었다. 그녀의 연기력도 논란을 만들 틈을 주지 않고 꾸준히 발전했다. 작품 운만 따라 준다면 장기적으로 바라볼 수 있는 배우였다.

어디든 성장할 가능성을 가진 존재. 그런 배우를 가져야만 배우 소속사로서 성장할 수 있었다.

"에이, 노아진만 한 배우라니 그게 어디 쉬워야 말이죠. 그런데 이쪽은?"

"아, 안녕하십니까, 선배님. 윤준성입니다."

아진이 외면한다고 해서 이 자리에 서 있는 준성이 증발하듯 사라지는 것은 아니었다. 멋쩍은 듯 이마를 한 번 긁은 서하가 준성을 향했다. 뻣뻣하게 굳어 있던 준성이 서하의 시선에 꾸벅 허리를 숙였다.

군기는 빡세게 잘 들어 있고……. 아진이 소리 없이 픽 웃음을 내뱉었다. 서하가 곤란한 표정을 짓고 있었다. 아진이 소개를 해 줘야 하나 망설이는 사이, 서하가 여전히 아리송한 얼굴로 준성에게 손을 내밀었다.

"아, 어디서 봤었는데……. 그, 김중일 선생님 연극에서 나왔던 친구 맞죠? 그때 소개받았는데…… 미안해요. 내가 사람을 잘 기억 못 해."

"맞습니다. 거기서 단역을 했었습니다."

"그랬나? 단역치고는 연기 선이 좀 굵다 싶었는데. 역시 우리 사장님, 인재 낚아 오는 데는 선수지, 선수."

아진이 눈을 동그랗게 떴다. 그녀로서도 준성의 작품은 이름만 알고 있는 게 대다수였고, 직접 보러 가 본 적도 없었다. 그런데, 서하가 어떻게 알지? 게다가 그는 대국민적으로 안면 인식에 문제가 있다고 알려질 만큼 사람 얼굴을 기억하는 데 재능이 없었다. 하지만 아진의 의아한 시선을 알아채는 것보다 상훈이 서하의 등을 떠미는 것이 빨랐다.

"능청은. 너 일 없어? 빨리 밥이나 먹고 가."

"안 그래도 아침에 출국해요. 대만 팬미팅 있어서. 아진이 너, 할 일 없으면 따라갈래?"

"이 인간이, 진짜 미쳤어. 내가 할 일이 왜 없어?"

아진이 손을 들어 올려 서하의 등짝을 찰싹 소리 나게 때렸다. 간만에 휴식인 여자 친구를 데려가고 싶어? 그것도 팬미팅에. 돌이나 안 맞으면 다행이었다. 상훈 역시 두 사람 사이를 지나치며 서하의 등을 후려쳤다. 다 좋은데 사람이 이렇게 뻔뻔해서야.

"그럼 가 보겠습니다."

아진과 서하가 가로막고 있던 문을 열고, 상훈이 먼저 나갔다. 준성도 허리를 꾸벅 숙이고는 뒤따라 나섰다. 등을 돌리자마자 아진이 눈을 뾰족하게 떴다.

"오빠가 쟤를 어떻게 알아?"

"윤준성 씨? 아아, 저번에 부산 국제 영화제 갔을 때 독립영화로 한 번 봤었어. 김중일 선배님이 연극하신다고 했을 때 따라갔다가 소개받았거든."

서하가 머리를 쓸어 넘기며 대답했다. 하여간 돌아다니긴 엄청 돌아다니는 남자였다. 그렇게 바쁜 스케줄을 쪼개서 나돌아 다니는 건 열정이 없으면 불가능한 일이었다. CF 촬영 일정이 있어도 어떻게든 오전에 욱여넣고, 영화제라는 영화제는 다 참석하러 다니지 않는가. 아진이 새삼 그를 다시 보았다. 저게 프로다운 건가. 아진은 영화를 자주 보지 않았다.

"오빠. 배우 맞네?"

"그런 게 다 피가 되고 살이 되는 법이야. 너도 무대 인사도 좀 가고 그래."

"야외는 무리야. 사람 많잖아."

시답잖은 대화가 이어졌다. 배우나 모델이나 다들 관리가 필수이기에 모두가 먹을 것에 예민했다. 그러다 보니 상훈이 가장 신경 쓴 곳이 바로 식당이었다. 영양사가 바뀌고 나서 맛이 괜찮아지자 아진은 집에서 뭘 해 먹는 건 시도조차 하지 않았다. 오전 5시부터 오후 9시까지 언제든지 와서 주문만 하면 만들어 주는데, 굳이 수고를 할 필요가 없었다. 그 외의 시간은 몸매 관리를 위해 금식이었다.

"오 낙지볶음. 맛있겠다."

"그래서 오빠는 해외 나갈 때는 어떻게 먹고 사나 몰라. 팬미팅 대만이랬지?"

"나 정말 잘 먹고 살거든? 같이 가 볼래? 대만 망고빙수 진짜 맛있더라."

"됐거든요."

제일 먼저 식당 입구에 붙어 있는 메뉴부터 확인하는 서하와 다르게 아진은 식판만 달랑 들고 척척 걸어갔다.

"조리사님! 저 샐러드요!"

"계란 프라이는?"

"주세요."

단백질과 야채 위주로 먹고, 탄수화물은 극단적으로 줄인다. 게다가 당분도 제한하고 있었다. 다른 배우들과 스태프들이 안타깝게 바라보긴 했지만 아진은 오히려 동글동글하게 눈을 뜨고 자신은 괜찮다고 이야기했다. 아주 어릴 적 데뷔한 이후로 줄곧 이렇게 먹어 왔기 때문에 다른 사람들이 먹는 식단은 오히려 낯설었다.

"자, 주세요. 내가 들게."

"내가 식판 하나도 못 드는 줄 알아?"

"우리 아진이 꽃길만 걷게 해 주세요, 하는 팬들이 어디 한둘이어야 말이지. 내가 들어 줬다고 SNS에 올릴 거야."

"그러기만 하세요. 또 기사 뜬다."

테이블에 기대서서 곧 나올 계란 프라이를 기다리던 아진의 앞에서 서하가 식판을 채어 갔다. 발을 동동 구르며 쫓아갔지만 키

차이에서부터 결정된 패배였다. 그나마 의자를 빼 주겠다고 하지 않아서 다행이지. 반쯤 나온 입술로 아진이 서하와 마주 보고 앉았다.

"아, 너 이번 화에 죽는다며? 기사 먼저 떴더라."

"예고편 전에 기사부터 뜨네. 하여간에 기자님들 참 대단해."

"시한부 설정 나올 때부터 대충 짐작은 했는데, 잘 끝나?"

"이번에는 깔끔하게 죽었어. 피 토하고, 구토하는 장면 없어서 살았어 정말. 그거 NG 나면 화장 고치고 옷 갈아입고 얼마나 귀찮은데……."

겉보기에 멀쩡한 연인을 연기하고 있다고 해도, 대사 하나까지 강제하는 시놉시스는 아니었다. 대화는 해야겠고, 할 말은 없다 보니 공통 화제는 서로 일하는 현장뿐이었다. 같은 기획사였고, 대내외로 친하다는 게 명시되어 있지만 개인적인 주제는 달갑지 않았다.

어디 이야기할 것이 있어야지. 부모님이야 아주 어릴 적부터 멀리 살았다. 어떤 일을 하시는지, 어떤 생각을 가지고 계시는지 두루뭉술하게 알고 있을 뿐이었다. 어중간하게 알고 있다고 말해서 오해를 사고 싶진 않았다. 가족이 아니고서야 이야기해 봤자 취미 정도인데, 노아진의 취미와 특기는 단 한 가지. 일뿐이었다. 아진이 한숨처럼 하소연을 토해 냈다.

"귀찮으면 NG 안 내면 되지. NG 냈어?"

"아니."

"그럼 잘했겠네."

"뭐가, 감정선 잡기가 얼마나 힘든데."

아진이 꿍얼거렸다. 사람들은 쉽게 이야기했다. 뒤에 숨겨진 그녀의 피눈물 나는 노력을 알려 하지 않았다. 뭐 항상 그런 일이 일상처럼 벌어지는 곳이니까. 아진이 아무렇지도 않게 샐러드를 아작아작 씹어 먹었다. 드레싱도 거의 없어 생야채나 다름없었다.

서하가 질린다는 얼굴로 그녀의 식판을 내려다보더니 핸드폰을 꺼냈다. 그가 광고하고 있는 회사의 최신형 모델이었다.

"뭐야?"

"자, 아진이 예쁜 짓."

"하지 마."

카메라 모드를 구동시키고 하는 말이 저런 것이었다. 아진이 반사적으로 젓가락을 놓고 손을 뻗었다. 핸드폰을 뺏기 위해서였는데 그 순간 찰칵찰칵 소리가 들렸다. 게다가 한두 번도 아니고 연속적이었다. 연속되는 셔터음에 울컥한 그녀가 벌떡 일어났다. 이 인간이 진짜. 그녀가 손을 뻗어 잘 손질된 서하의 머리채를 쥐었다.

"이 오빠가 진짜 오냐오냐했더니!"

"야! 오냐오냐는 내가 했지!"

"밥 먹을 때는 개도 안 건드려!"

"네가 개가 아니니까 건드렸지! 아파! 아파아아!"

서하가 비명을 내질렀지만, 아진은 개의치 않았다. 내 이 인간의 버릇을 꼭 고쳐 놓으리. 한두 번 당하는 게 아니었다. 아진의 팬을 위함이라며 자신의 SNS 계정에 그녀의 사진을 올리는 바람에 한 번씩 서하의 팬들에게 테러 아닌 테러를 당하곤 했던 그녀로서는 꼭 고치고 싶은 버릇이었다.

하지만, 만만한 서하가 아니었다. 그녀에게 머리를 뜯기면서도 핸드폰을 든 손은 하늘 높이 추켜올렸다.

쉽게 끝나지 않을 대치 아닌 대치에 아진이 먼저 두 손을 들어 올렸다. 항복이었다. 키는 쓸데없이 커 가지고는⋯⋯.

"올려. 올려. 대신에 좀 예쁘게 찍어서 올리자고, 응?"

아진이 애원했다. 저번에 올린 사진은 입 안에 미어지도록 국수를 넣고 있는 얼굴이었다. 한 번도 비치지 않은 새로운 모습이라서 팬들 사이에서 아직도 회자되고 있었다. 짤로 쓰이는 걸 보고 얼마나 깜짝 놀랐는지. 아진이 치를 떨었다.

"너무 설정샷 느낌 나지 않을까?"

"내 식판만 봐도 설정샷 같은데?"

예쁘게 올려진 샐러드와 반숙 계란 프라이를 가리키며 아진이 어깨를 으쓱였다. 보나 마나 사람은 이것만 먹고 살 수 없다는 댓글이 달릴 것이었다. 어차피 설정샷으로 의심받을 거라면 조금이라도 예쁘게 찍히는 것이 낫다. 아진이 화보를 찍는 듯 한껏 포즈를 잡는데, 끼어들어 오는 그림자가 있었다.

"어? 계란 프라이다. 오늘 낙지볶음 아니었어요?"

"안녕하세요, 선배님."

기획사에 들어온 지 얼마나 되었다고 대중들에게 알음알음 이름을 알리고 있는 요한이와 민기였다. 비슷한 시기에 들어와 동지 의식이라도 불태웠는지 꼭꼭 붙어 다녀 눈에 띄는 아이들이었다. 잘생긴 것들이 세트로 다니면 더 시선을 받는 법이었다.

"밥 먹으러 왔어?"

잘생긴 것들에게는 죄가 없다. 보고만 있어도 눈 호강이 되는 두 청년에게 아진이 다정스레 물었다.

"지금, 그 눈빛 뭐야? 수상해."

"수상하긴 뭐가 수상해. 후배 예뻐하는 눈빛인데."

아진이 서하는 쳐다도 보지 않고, 반가운 후배들에게 시선을 고정했다. 뭘 새삼스럽게 질투하는 척인가.

"니들 빨리 가라."

미심쩍은 눈으로 아진과 요한을 번갈아 본 서하가 휘이 휘이 하며 아이들을 쫓아내는 시늉을 했다. 짐짓 심각한 얼굴에 아진이 웃음을 터뜨렸다. 유서하도 노아진도 엄한 선배가 아니었다. 오히려, 그런 경력을 가지고 있는 선배가 맞나 싶을 정도로 권위 의식이 없어 후배들과 어울리는 데 거리낌이 없었다. 그래서 장난치기도 편했다.

"와, 우리 회사에 한 명 있는 여배우를 홀랑 데려가 놓고 눈도 마주치면 안 된다니. 너무하신 거 아닙니까?"

"유서하 자신감이 이 정도밖에 안 돼요?"

요한이 팔짱을 끼며 장난스럽게 이야기를 시작하자마자 민기가 능청스레 맞장구를 쳤다. 일그러지는 서하의 얼굴을 보고 아진이 까르르 소리를 내며 웃었다.

"밥 받아 와. 같이 먹자."

"야 노아진!"

"넵, 알겠습니다!"

아진이 비어 있는 옆자리를 손짓했다. 군대도 아직인 주제에 그럴듯한 경례를 붙인 요한이 민기를 재촉해 걸음을 옮겼다. 뒤늦게 서하가 기분 나쁘지 않은 신경질을 냈지만, 이미 판은 벌어지고 난 뒤였다. 아진이 풀을 씹다가 턱을 괴었다. 살짝 올려다보는 시선에

서하가 먹던 수저를 내려놓았다.

"왜 그렇게 예쁘게 봐?"

"예쁘잖아. 내 사랑. 첫사랑."

아진이 입을 삐죽이며, 장난스럽게 말을 건넸다.

"제작 발표회 봤냐고 물어보는 거지, 지금?"

"뭐……."

그것도 있고. 아진의 고운 입가가 천천히 위로 치켜 올라갔다. 제작 발표회를 보긴 했는지 무언가 생각하는 듯한 서하의 미간에 주름이 잡혔다.

"아 맞아. 거기서 첫사랑은 이루어지지 않는다는 둥 했지."

"그렇지."

"내가 첫사랑이 아니라는 뉘앙스도 줬고?"

"그렇지?"

"그럼 아진이 첫사랑은 누굴까?"

"응?"

아진은 그대로 당황했다. 이런 대화를 원한 것은 아니었는데…….

아진이 곧장 턱을 괴고 있던 손을 내리고 식판에 시선을 내렸다. 둥근 이마로 쏟아지는 시선을 회피했다.

"왜, 누군데. 내가 알면 안 되는 사람이야?"

"그럼 오빠 첫사랑은 누군데?"

"당연히!"

"당연히?"

"너지. 우리 아진이."

손가락으로 하트를 만들어 내미는 얼굴이 뻔뻔스러웠다. 진지할 만하면 꼭 이러지. 아진이 허탈하게 웃었다.

처음이라는 단어에는 그리 쉽게 내놓을 수 없는 무거움이 있다. 그렇지 않은 사람도 있겠지만, 아진에게는 너무나도 무거워서 쉽게 입에조차 올릴 수 없는 이름이자 마음이었다. 두 번째였으면, 세 번째였으면 괜찮았을까. 만약을 가정하는 만년 짝사랑 환자의 자기 합리화에 아진이 고개를 내저었다.

"와, 우리 다른 데서 먹을까 봐요……."

"와서 앉아. 밥 먹자."

그새 식판을 들고 돌아온 민기가 질린 얼굴을 했다. 처음 보는 사내 커플의 연애질에 넋을 놓은 듯 요한도 소리 없이 고개를 끄덕였다. 그들이 끼어듦으로써 조금 가라앉으려 했던 분위기가 되살아났다. 아진이 깔깔 웃으며 제 옆자리를 빼 주었다. 서하 역시 민기에게 손짓했다.

처음엔 짜인 각본 안에서 시작하는 연기였는데, 이제는 어디서부터 어디까지가 연기이고 진실인지 구분을 할 수가 없었다. 현실과 대본이 구분이 안 가는 삶이었다. 이런 생활이 계속된다면 몸도 마음도 어느 순간 이 관계를 현실로 인지하지 않을까. 그럼, 이게 사랑이 될 수 있을까. 그럴 수 있을까.

아진은 불안한 마음을 다독이며 환하게 웃어 보였다. 마주한 서하의 얼굴은 부자연스러움이라고는 찾아볼 수 없는 맑은 얼굴이었다.

"두 분 다 바쁘셔서 데이트는 어떻게 해요?"

"바빠도 다 할 건 하고 바쁜 거야."

"그런 건가."

짐짓 심각하게 묻는 후배에게 서하가 장난스럽게 대꾸했다. 아진은 그 모습을 가만히 지켜보았다. 작품을 하다 보면, 헤어나기 어려운 캐릭터가 종종 있기 마련이었다. 정신없이 몰입하다가도 눈이 부시도록 반짝이는 조명과, 배우를 둘러싼 수많은 카메라, 스태프들을 인지하면 나아지고는 했는데 이번 작품은…… 꽤나 여운이 오래갈 것 같았다.

마치, 늪에 빠지는 것 같았다. 대본 위에서 만들어진 캐릭터가 아니라, 노아진이 노아진을 연기하는 상황이 되어 버렸으니까.

가수의 삶은 무대 뒤가 고독하다고 한다. 몇만 명이 모인 콘서트 뒤 집으로 돌아가는 길은 그들에게도 쓸쓸한 일이며, 텅 빈 집에서는 더 그렇게 느껴진다. 그래서 애완동물을 키우는지 모른다. 집에 와도 항상 반겨 줄 온기. 살아 있는 집을 원하는 이들.

그녀는 가수가 아니라 배우였다. 좀 더 우아하고 고급스러운 일상을 강요당하는 게 그녀의 인생이었다. 그래서 팔자에도 없는 꽃꽂이를 배우고 있지 않은가.

"그러게 왜 다음 작품을 그런 걸로 했어."

"이럴 줄은 몰랐지. 나한테 고아한 아가씨 역할이 주어질 줄이야."

아진이 잔뜩 투덜거렸다. 그녀의 말이 농담인 줄만 알았는지 지한이 폭소를 터뜨렸다. 진담 100%인데……. 심각한 얼굴로 제멋대로 잘린 꽃송이를 내려다보고 한숨을 푹 내쉬었다. 하긴, 아진 스스로도 인정하는 사실이었다.

조신하고 참한 아가씨보다는 말괄량이나 시한부 소녀 역이 딱이었다. 아니면 공포 영화에서 제일 먼저 나자빠지는 조연이라든가. 사극이라는 점에서 그런 역할을 찾아보긴 어려웠지만 말이다.

"어쨌든 병약하긴 하잖아."

"그건 그렇지……."

아진이 휴식기를 항상 최소한으로 잡는 이유는 불안 때문이었다. 잊힐지 모른다는 불안감. 언제 치고 올라올지 모르는 후배들에 대한 불안감. 동시에, 이미지 소모로 인해 일이 더 이상 들어올 것 같지 않다는 불안감. 그 다양한 종류의 불안감들을 마음속에서 지워 내는 방법은 일에 집중하는 것뿐이었다. 몸이 편하면 괜한 상념만 더 늘어났다.

"이번 작품 끝나면 제발 좀 쉬어. 회사 욕 많이 먹고 있다. 얘를 왜 이렇게 내돌리냐고."

"한번 쉬면 언제까지 쉴지 모르는데 어떻게 쉬어. 차라리 학교라도 다니면 아, 얘가 학교 다니느라 활동이 좀 적구나 할 텐데. 난 학교도 안 다니잖아."

그런 아진을 지켜보는 지한의 속만 시꺼멓게 타들어 갔다. 가족도 친구도 다 필요 없는 것처럼 굴어서 어떻게 연애해서 시집이나 가겠나 싶었는데, 용케 연애는 했다. 문제는 그 나이 또래처럼 타오르는 듯한 연애가 아니라는 점이었다.

둘 다 바쁘신 몸들이라는 건 이해하지만, 저 나이 또래의 연애는 눈이 마주치면 좀 불꽃이 튀고 그런 게 있어야 하지 않나. 미지근하다 못해 식어 버린 것 같은 두 사람을 바라보면, 저게 연애인가 싶은 의심이 들곤 했다. 게다가, 아진이 사람을 대하는 데 아주 서툴렀기에 지한은 더 걱정스러웠다.

"그럼 수능 공부 한다고 하든지. 대학 간다고."

"대학은 무슨."

아진이 고개를 절레절레 내저었다. 고등학교도 안 갔는데 대학이라니 말도 안 되는 소리였다. 학교는 중학교를 끝까지 마친 것으로 충분했다. 내리꽂히는 시선이 어떤 의미를 담고 있는지, 건네지는 말이 어떤 의중을 담고 있는지 하루 종일 신경을 세워야 하는 경험은 다시 겪고 싶지 않은 종류의 것이었다.

"왜? 가고 싶다면 특채로 골라 갈 수도 있을 텐데."

"특채도 싫고, 학교도 싫어."

"너, 여배우가 고졸 이미지 계속 갖고 가는 것도 장기적으로 보면 좋을 거 없다? 차라리 특채로 욕 좀 먹고 말아."

"대학 가면 뭘 배우는데. 연극영화과? 실전에서 배우는 것보다 더 잘 가르쳐 줄까?"

아닐걸. 아진의 담담하지만 단호한 한마디에 지한이 말을 잃었다. 학력도 학력이지만, 친구를 사귀라는 지한의 뜻을 모르는 건 아니었다. 하지만, 아역 배우 시절 중견 배우들에게 예쁨을 한 몸에 받으며 과외 아닌 과외를 받아 왔다. 강의실에 앉아 간접적으로 듣는 것과 경험 많은 배우가 무릎에 앉혀 놓고 하나하나 알려 주는 것. 어느 쪽이 더 이득일까 생각하면 대답할 가치도 없는 말이었다.

불편한 정적 사이에 주연이 슬그머니 머리를 들이밀었다. 엉망진

창으로 꺾인 꽃들을 치우는 손이 분주했다. 몇 년 차 막내답게, 눈치껏 주연이 먼저 입을 열었다.

"영화라니 오랜만이네. 너 한동안 영화 조연은 피했잖아."

"너무 드라마만 하니까 몸값 낮아질 거 같아서."

"낮기는 무슨, 네 마지막 영화가 천만 찍었거든?"

방긋 웃으며 그녀의 머리칼을 정리해 주는 주연에게까지 예민하게 굴 수는 없었다. 아진이 순순히 대답했다. 영화배우의 몸값은 직전 영화의 흥행과 직결된다.

전작을 화려하게 마무리한 아진의 몸값은 주연 배우가 아니라도 부르는 게 값이었다. 시나리오가 쌓이고 한번 밥이나 먹자는 감독이 줄을 서는 마당에 안방극장에서 시청자를 자주 만나고 싶다며 사양하는 것도 한두 번이지. 아진은 한숨처럼 웃고는 시나리오를 승낙한 상태였다. 예정되어 있는 영화만 두 개였다.

"근데 몸살 안 나겠어? 스케줄 겹치기라도 하면 어쩌려고."

"바쁠 때는 세 개도 했는데 뭐."

"그래도……. 홍보 일정도 겹칠 텐데."

"주연도 아닌데 뭐. 어차피 다 조연이고 하나는 중간에 죽잖아."

물기 때문에 손가락에 달라붙은 나뭇잎을 털어 내며 아진이 대꾸했다. 이렇게 극악해 보이는 스케줄이 가능한 이유였다. 주연이아니라 조연이라서. 그나마 노아진이기 때문에 비중이 좀 들어간조연이었다. 여자 배우 원톱 영화도 손에 꼽는 판에, 조연이 여배우 중심으로 돌아갈 리가 없지 않은가.

"네가 영화 싹 쓸어 가서 서하는 한동안 영화는 안 하기로 한 거알지?"

"서하 오빠가 왜?"

"괜히 영화에 구설수 만들까 봐 그렇지."

"웃기고 있네."

조금 분위기가 풀린 것 같자 커피 한 잔을 내려 온 지한이 퉁명스럽게 대화에 끼어들었다. 아진이 곧장 코웃음을 쳤다. 그녀가 평생 만난 사람 중 구설수 만드는 걸 제일 좋아하는 사람이 유서하였다. 공개 연애를 어떻게 동네방네 소문냈는지. 있지도 않은 이야기들을 풀어낸 덕에 그것들 외우느라 얼마나 식은땀을 흘렸는데……. 그의 뻔뻔한 애드리브 능력에 아진이 혀를 내두를 지경이었다.

"그래도, 나는 좀 걱정이다. 원래 공개 연애라는 게 깨지면 여자 쪽에서 더 손해 보는 법인데."

새벽부터 사 온 꽃들을 종류별로 아진의 앞에 놓아 주던 주연이 토해 내듯 내뱉었다. 만만하게 볼 수 없는 필모그래피를 가진 두 배우의 만남. 세기의 연애사를 새로 쓸 수 있는 만남이었다.

"……뭐, 마음 식으면 친한 오빠 동생으로 남기로 했어요, 이런 식으로 기사 낼 거고."

"그러면 다행인데. 아진이 너도 알잖아. 서하 오빠 팬들이 얼마나……."

어떻게 표현할지 몰라 망설이던 주연이 이맛살을 찌푸렸다. 똑, 꽃받침 바로 아래 줄기를 잘라 내며 아진이 아무렇지 않은 표정으로 어깨를 으쓱했다.

"맹목적이지."

아역 배우 때부터 아진을 본 팬들은 성인이 된 아진에게도 아이처럼 마냥 예쁘다 예쁘다 하는 반면, 서하의 팬들은…… 악질적인 몇몇도 섞여 있었다. 대놓고 계란을 던질 수 있는 극단적인 팬들도 있었다. 이미지상 고소 고발을 남발하기도 어렵고, 참다가 겨우 공권력의 힘을 빌어 보아도 너무 영악하게 사법부의 손을 빠져나갔다.

"아 근데, 이 영화 제목이, '아찔한 달 아래' 맞지요?"

"응. 왜?"

"남자 조연도 우리 쪽에서 들어갈 거 같다고 하던데."

"오디션으로 뽑는다고 안 했어?"

"감독님 와이프가 저희 회사 투자자잖아요. 별 차이 없으면 우리가 들어갈 거 같아."

"누구? 누가 들어간대? 요한이? 민기?"

"아니, 윤준성. 사장님이 맘먹고 키워 보시려고 하는 거 같던데?"

아진이 가위를 내려놓았다. 그녀의 연애 이야기에서 다른 데로 주제가 전환된다 싶었더니, 여기도 불편한 주제였다.

대충 짐작은 했다. 독립영화판에서 구르는 배우들이 다 실력이 있는 건 아니지만, 그 사이에서 많은 작품의 역을 따냈다는 건 인정받고 있다는 뜻이었다. 게다가, 유서하가 얼굴을 기억할 정도로 눈에 띄었다. 그런데, 유제이 엔터테인먼트라는 뒷배도 생겼다면……. 현장에서 보겠구나. 물 흐르듯이 이어지던 생각의 고리가 그녀에게 집중된 시선으로 인해 깨졌다.

"그래서? 왜 날 보는데?"

"네 친구잖아. 괜찮겠어?"

선명하게 와 닿는 두 사람의 시선에 아진이 뾰족하게 대꾸했다.

의심이라도 할까 봐 더 예민하게 반응했다. 평소와 다른 그녀의 행동을 이상하게 여길 법도 한데, 주연과 지한은 그럴 줄 알았다는 표정이었다. 평소 인간관계가 어지간해야 의심이라도 하지.

"친구인 게 뭐. 잘됐네. 서하 오빠랑 공개 연애 중인데, 설마 나를 개랑 묶어서 스캔들이라도 내겠어?"

있다면 곧바로 매장이었다. 신인이랑 묶여서 떨어질 만큼 노아진의 이름값은 가볍지 않았다. 만약 그녀가 준성과 키스하는 사진 같은 명백한 증거가 있으면 몰라도. 하지만 그런 게 있을 리가 없었다. 아진은 자조적으로 입꼬리를 끌어 올렸다.

"뭐 어때, 오빠. 잘됐지."

"씁, 잘된 거 같진 않은데……. 사장님은 대체 무슨 생각이신지."

"나 그렇게 멍청하지 않거든? 내 경력 좀 생각해 주실래요? 오빠 눈에는 내가 대학 안 가서 한글도 모르는 까막눈 같지?"

"맞아요, 오빠. 아진이한테 그만 좀 해요."

지한이 머리를 긁적이며 투덜거리자 두 여자의 공격이 시작되었다. 죽이 착착 맞아 저를 몰아붙이는 행동에 지한이 멋쩍은 듯 입을 다물었다.

주연이 우리 아진이에게 이러지 말라며 잔소리를 시작하는 걸 배경음으로 삼아 아진은 생각에 빠져들었다.

윤준성. 윤준성. 윤준성.

상훈이 대체 왜 둘을 붙여 놓았을까. 지한도 이해할 수 없는 행동인데, 아진에게 이해가 될 리가 없었다.

상훈은 이미 알고 있었다. 아진이 무슨 생각으로 수연 이모의 집에서 튀쳐나왔는지……. 그리고, 그녀가 영화로 돌아가는 첫 작품으로 이 작품을 선택했다는 사실도 알 터였다. 그렇다면 피하게 해 줄 수 있었을 텐데 왜 그러지 않았을까. 설마 일부러 붙여 놓으려고 한 건가.

그녀가 점차 깊은 생각으로 빠져들 찰나 주연의 외침이 귓속을 파고들었다. 이질적인 벨소리와 함께였다.

"아진아! 전화 왔어."

"잠깐만, 나 손 좀 닦고. 누군데?"

"유서하 씨."

주연이 가져다준 핸드폰에는 서하의 이름이 선명했다. 서하 오빠. 연애를 하면 인간적으로 하트 정도는 붙여 줘야 하는 것 아니냐고 궁시렁거리는 주연을 뒤로하고, 아신이 핸드폰을 귀로 가져갔다. 오늘 스케줄이 어떻게 되더라. 용케 전화할 틈이 났다 싶었다.

"안 바빠?"

전화받는 첫마디에 양쪽에서 헛웃음이 터져 나왔다. 첫째는 귓가에서 바로 울리는 주인공의 것이었고, 둘째는 엉망진창으로 흐트러트린 꽃 줄기를 정리하던 지한의 입에서 나온 것이었다.

— 인간적으로 남자 친구 전화인데 첫마디가 그게 뭐니 아진아.

"아니, 그냥 안 바쁘나 해서."

웃음기 가득 담은 타박에 아진이 풀물이 잔뜩 든 손으로 볼을 긁적였다.

— 내가 바빴으면 좋겠다는 거지?

"그걸 또 말꼬리를 잡아? 서운하게."

— 서운하긴 내가 더 서운하다.

아진이 머리카락을 꼬았다. 전화를 받으면서 떼기 시작한 걸음은 천천히 그녀의 방을 향했다. 뒤를 돌아보지 않아도 따가운 시선이 느껴졌다. 하나는 여배우 노아진의 연애에 잔뜩 신경이 날카로워진 매니저 지한이었고, 또 하나는 선망의 눈길로 물끄러미 바라보는 주연의 것이었다.

"어휴, 맞지도 않은 꽃꽂이 하느라 진땀 뺐네."

— 이번에 들어가는 작품?

"응, 사극. 아역 때 이후로는 처음이라서."

— 미리 말 좀 해 줘라. 너 작품 들어가는 거 기사 보고 알았다고.

"들어가면 들어가는 거지 왜?"

방문이 꽉 닫힌 것을 확인한 아진이 침대에 몸을 날렸다. 그녀밖에 없는 공간은 항상 조용하고 잔잔했는데, 스피커폰으로 전환된 그 목소리 하나가 잔잔한 파도가 되어 흘러들어 오고 있었다.

— 재형이 형이 진짜 너랑 사귀는 거 맞냐고 의심하잖아.

"왜?"

아진이 날카롭게 반응했다. 재형은 서하의 매니저였다. 주변부터 속여야 의심하지 않는 법이었다. 그가 의심할 정도로 무미건조했나? 아진이 반사적으로 손톱을 물어뜯었다. 그러고 보니, 지한도 의심스러운 눈초리를 보내곤 했다. 아무리 바빠도 그렇지 그게 연애냐고 구박하는 횟수가 늘었다.

— 어떻게 여자 친구 작품 들어가는 것도 모르냐고.

"그래서 어떻게 대답했는데?"

— 우린 작품 이야기보다는 우리 이야기를 더 많이 한다고 했지.

데이트 어디로 갈래?

잔뜩 예민해져 어깨를 추켜올렸던 아진이 긴 한숨을 풀어내었다. 잘 흘러간 모양이었다. 이미 알고 있었던 사실이지만, 정말 애드리브는 타고났다 싶었다. 능청스럽게 물어 오는 서하에게 대답은 잠시 유보하고, 책상으로 달려간 아진이 몇 개의 대본 아래 파묻혀 있던 수첩 하나를 꺼내 왔다.

"이것저것 생각해 봤는데, 아무래도 사람들 눈에 많이 뜨이게……."

— 너무 부담 갖지 말라니까. 특별한 에피소드를 만들려고 하지 말고, 아주 잔잔하게 누구나 할 수 있는 것들을 하자. 보이는 걸 만들려고는 하지 말고, 응?

다급함에 불길이 치솟는 그녀의 마음을 서하가 진정시켰다. 몇 번의 실랑이 끝에 공식적으로 사람들의 입에 오르내릴 수 있는 이벤트 하나를 하기로 했다. 데이트가 이벤트가 된다는 것도 웃긴 일이었지만, 꾸며진 연인 사이를 이어 가려면 이것도 필요했다. 그렇게 첫 데이트는 대학가의 맛집으로 결정되었다.

손에 든 수첩을 내려놓으며 아진은 씁쓸하게 웃었다. 재능 있는 남자였다. 그녀를 달래는 데 당황한 태 한 번을 내지 않았다. 목소리 하나로도 배우 할 자질이 이렇게 넘쳐 나서야 나 같은 거랑 비교가 되겠나. 무릎을 끌어안은 아진이 고개를 파묻었다.

처음에는 아역 이미지를 벗을 수 있는 기회, 그리고 회사에 빚을 만들겠다는 의지로 진행한 일이었다. 하지만, 시간이 지날수록 쌓이는 거대한 거짓말에 짓눌리는 느낌이 들었다. 고슴도치처럼 사방에 가시를 세우고 몸을 둥글게 말았다.

"아, 맞아. 인터뷰 예상 질문 같은 건 준비 잘하고 있지?"

— 당연하지. 우리 실장님이 그냥 실장님이 아니잖아.

평소 받아 본 시나리오보다 더 **빵빵한** 설정집을 보고 놀랐던 기억이 선명했다. 아진이 쓴웃음을 지었다. 핸드폰을 통해 건너오는 서하의 목소리는 느긋하기 그지없었다. 그 덕에 날카로웠던 아진의 신경도 누그러지는 것 같았다.

생각대로 영화의 남자 조연은 준성이 맡았다. 아진의 상대역이었다. 듣지도 보지도 못한 연기 신인에게 주어지기엔 꽤나 좋은 자리여서 회사 내에서도 말이 많았다. 사장님이 대놓고 키워 보겠다고 선포한 것이나 다름이 없어서, 복도를 지나는 동안 준성의 이름만 수십 번 들은 것 같았다. 이러니저러니 해도 연줄과 회사의 뒷받침은 무시할 수 없는 조건이기 때문이었다.

회사 내에 크게 퍼진 소문이라 아진도 알고 있었지만, 공식적인 루트로 전해 듣는 것은 기분이 또 달랐다. 영화의 연출을 맡은 감독이 지한에게 그 소식을 전했고, 지한은 기다렸다는 듯이 그녀의 상대역을 맡을 남자에 대한 정보를 전해 왔다. 그래도 용케 까다로운 감독님 눈에 들었다는 생각만 들었다. 껄끄러울 감정을 느낄 시간도 없었다. 어제는 인터뷰 일정이 있었고, 오늘 오전에는 화보 촬영이 있었다.

"대본 리딩? 왜 이렇게 빨라?"

뒷목에 송골송골 맺힌 구슬땀을 손수건으로 대충 털어 내며 아진이 지한에게 물었다. 그도 당혹스러운 표정이었다. 일정이야 항상 변경될 수는 있지만, 뒤로 밀리면 밀렸지 앞으로 당겨지는 일은 흔치 않았다.

"주연 배우가 한채령인데, 이번에 중국에서 드라마 하기로 했다나 봐. 그쪽 일정 맞추려니까……."

"아……."

아진이 소리 없이 한숨을 내쉬었다. 안 그래도 영화는 드라마와 달리 NG에 대한 압박감이 심한데, 주어진 시간도 적었다. 채령의 소속사가 최근 국내 시장보다는 중국 시장에 중점을 두고 있는 건 알았지만, 이렇게 작품을 동시에 들어갈 줄은 몰랐다.

격하게 굴리네. 한채령 한 명만 믿고 있는 작은 소속사라 그런지 사람 격하게 굴리는 모양이었다. 아진의 꼬인 일정도 꼬인 일정이었지만, 그것 때문에 피곤해지는 것보다 채령에 대한 안쓰러움이 더 컸다. 작품 한두 개 같이 진행하는 것은 일상다반사처럼 이루어지는 일이지만, 그것도 한국이라는 땅덩어리 아래 있을 때나 가능했다. 아무리 비행기가 빨라도 왔다 갔다 하면서 제대로 집중이나 할 수 있으려나. 탈이나 나지 않으면 다행이지.

"오빠, 그때 일정이 뭐 뭐 있어? 웬만한 건 뒤로 좀 미뤄 줘."

"안 그래도 회사에 연락해서 대타 만들고 있어. 다행히 서하가 두어 개 대신 해 준다고 하더라."

말은 이렇게 해도 그다지 큰 스케줄은 없었다. 예능에 얼굴을 비치는 것도 아니었고, 드라마도 종영했다. 어쩌다가 한 번씩 불려 나가는 라디오 정도일까. 게스트로 노아진 대타로 유서하라니, 방송국에서 만세를 부를 일이었다. 어디 물어볼 질문이 한두 개여야 말이지.

게다가 공식 여자 친구 대신 스케줄 대타였다. 작가부터 DJ까지 아진과의 관계를 캐묻기 위해 눈에 불을 켤 것이었다. 그래도 딱히 걱정이 되진 않았다. 능글맞게 처신 잘할 남자였기 때문이다.

"고맙다고 해. 서하 안 그래도 요즘 정신없는 거 알잖아."

"알지. 할 거야, 고맙다고."

최근 들어오는 시나리오라는 시나리오는 다 검토하고 오케이를 날리고 있는 노아진이라도 유서하의 스케줄에는 따라갈 수가 없었다. 한류 스타 몸값이 한두 푼이 아닐 텐데도 예능, 라디오 할 것 없이 불려갔다. 오죽하면 유서하 스케줄은 분 단위로 짜야 한다는 우스갯소리가 사무실에서 흘러나올 지경이었다.

싫다는 것을 억지로 욱여넣진 않으니 자기 선택이었다. 아무리 그래도 그게 사람이 소화할 수 있는 스케줄이긴 한가 싶지만……. 가수가 아니라서 행사가 전무하다 싶은 게 다행이라면 다행이었다.

[고마워.]

손끝으로 화면을 톡톡 찍어 보낸 세 글자를 만족스럽게 내려다본 아진이 볼을 간질이는 붓질에 눈을 감았다.

이 일에서 내가 얻는 것은 무엇일까. 어릴 적에는 티브이에 나온다는 뿌듯함과 엄마 아빠에게 자랑이 된다는 믿음으로 버텼다고 한다면, 지금은 차곡차곡 통장에 몸집을 불리고 있는 숫자덩어리 때문일까.

"회사로 갈 거야?"

"대본 연습할 건데, 뭐. 집에 가서 해도 돼."

반쯤 뭉개져 지워졌던 입술까지 꼼꼼히 채운 메이크업이 끝나자마자 지한이 재촉했다. 아무래도 회사에 일이 있는 모양이었다.

"감사합니다."

그녀의 담당 디자이너에게 고개를 꾸벅 숙여 보이고 아진이 찰랑이는 머리를 뒤로 털어 냈다. 거울 앞에 놓아 둔 핸드폰을 챙기다 화면에 떠오른 유서하의 이름을 읽었다. 아진이 헛웃음을 뱉어 냈다.

빛이라도 지울 생각인지, 라디오 대타도 모자라서 대본 연습까지 봐주겠다는 호의였다. 스케줄 바쁜데 차라리 집에 가서 쉬지. 걱정스러운 마음도 잠시였다. 혼자 하는 것보다는 합을 맞춰 보는 게 좋고, 그 상대가 배우라면 바랄 것도 없었다.

"오빠, 회사로 가야겠다."

"왜?"

"서하 오빠가 대본 상대해 준다네."

"스케줄은?"

"우천으로 인해 취소."

"야외 촬영이었나 보네."

지한이 우산을 펴 들었다. 그가 아진의 어깨를 감싸고 숍의 문을 열자 대기하고 있던 밴의 문이 활짝 열렸다. 하윤이었다. 지한의 팔을 단단히 잡고 차에 올라탄 아진이 잠깐 사이에 물이 튀어 찜찜해진 종아리를 쓸어내렸다.

"회사로 가."

"지하 주차장으로 바로 들어갈까요?"

지한이 조수석에 올라타자마자 차가 출발했다. 규칙적으로 흔들리는 차 안에서 아진이 멍해지는 이마를 꾹 눌렀다. 화보 촬영이 끝나자마자 가벼운 화장으로 바꾸었지만 그래도 화장이 지워질까 우려되어 문지르지는 못했다.

"몇 층에서 할 거야?"

"4층 비었다는데? 아, 엘리베이터 고쳤어?"

"왜? 계단 싫어?"

"그걸 말이라고 해? 운동은 수영하고 요가로 충분해."

아진이 진저리를 쳤다. 엘리베이터 고장 이후 몇 번 계단을 오르내렸더니 곧장 근육통이 무릎부터 오더라. 그래도 꾸준히 운동을 하고 있어서 그 정도였지. 아니면 다음 날 시체 치울 뻔했다.

고개를 살래살래 젓는 아진의 행동에 지한과 하윤이 낄낄거리며 웃었다. 깍쟁이 짓은 다 하면서도 귀여운 구석이 있었다.

3. 화려해도 결국은 모래성이다

"누나, 이따가 집 갈 때 꼭 연락해요. 택시 불러서 가지 말고요."

하윤이 신신당부를 했다. 회사에서 처리할 일이 있는 지한이 먼저 회의실로 달려가고서 하윤은 엘리베이터까지 따라오면서 잔소리를 해 댔다. 아진이 질린 표정으로 고개를 끄덕였다.

"누가 들으면 내가 맨날 너 따돌리고 도망 다니는 줄 알겠다."

"차라리 그게 낫죠. 누나는 연락 없이 잠수를 타니까 문제지. 도망도 안 가는데 왜 잠수를 타는데요."

하윤이 울상을 지었다. 다 큰 사내 녀석이 그래 봤자 아진에게 통할 리가 없었다. 한 귀로 듣고 한 귀로 흘릴 뿐이지. 아진은 머리카락을 배배 꼬며, 그를 외면했다. 엘리베이터의 숫자가 천천히 올라가고 있었다.

지한은 이미 적응한 아진의 습관이었지만, 하윤에게는 난처한 일이었다. 어차피 잠수 타고 사라진다고 해도 갈 곳이 집밖에 없는데 왜 저렇게 예민하게 구는지.

"왔어?"

"오빠 뭐야, 불러 놓고 어디 가?"

"물 사 오려고. 대본 연습하려면 물 두세 병은 있는 게 좋잖아? 먼저 들어가 있어."

4층에 내리자마자 긴 다리로 복도를 가로지르는 서하가 먼저 눈에 띄었다. 아진이 알은척하기 전부터 먼저 그녀를 바라보고 빙그레 웃는 하얀 얼굴.

"안녕하세요."

"안녕하세요. 아진아, 먼저 들어가 있어."

하윤이 군기가 바짝 든 신병처럼 깍듯하게 인사를 했다. 자연스럽게 묵례하고서 서하가 소회의실 방향을 가리켰다. 딱히 소개는 필요 없겠다 싶어 아진이 고개를 주억거렸다.

어릴 적부터 꾸준히 길러 온 그녀의 심미안을 만족시키는 남자였다. 뭐, 언론에 내보이는 첫 남자 친구로 적격이긴 했다. 새삼 만족스럽게 고개를 끄덕이고는 그녀가 소회의실의 문을 열어젖혔다.

소회의실이라고 하지만 배우들이 대본 연습 하는 목적으로 사용하는 터라 푹신한 의자도 몇몇이 보였다.

"이따 연락할게."

"갈 때 제발요. 아니면 회사에 누나 찾으려고 방송 낼 수도 있어요. 여기 너무 넓단 말이에요."

"그냥 없으면, 집에 갔나 해."

"어떻게 그래요. 건물 밖에 사람들 많아요. 누나 팬도 있겠지만……."

"알았어, 알았어."

불만 섞인 하윤의 당부에 아진이 짜증스레 대꾸했다. 그제야 하윤이 제 손에 들고 있던 두툼한 대본을 내밀었다. 대본 리딩 가면 조금씩 수정되는 경우도 있긴 했지만 일단은 기초가 되는 시나리오였다. 이 정도는 샅샅이 훑어 주고 가야 프로였다.

"……어."

귀찮게 구는 하윤을 떨쳐 내고 드디어 자유를 얻었다. 아무도 없는 줄 알고 회의실 안으로 발을 들였는데, 그녀의 인기척에 문 바로 뒤에 앉아 있던 남자의 고개가 쑥 하고 들렸다. 윤준성이었다. 아진은 반쯤 열어젖힌 문 사이로 멈추어 섰다.

왜 여기에…….

당혹감이 불쾌감으로 선회하는 것은 순식간이었다.

"왜 여기 있어?"

"서하 선배가 대본 연습 봐주신다고……."

뭣 모르는 유서하가 판을 벌린 모양이었다. 하기야, 남자 조연과 여자 조연이 모두 같은 기획사에 있는데 연습을 같이 하면 좋기야 했다. 명목적으로는. 아진이 옆으로 흘러내린 머리카락을 쓸어 올렸다.

명목적인 자리일까. 한번 떠보겠다고 만든 자리일까. 그녀의 눈썹이 치켜 올라갔다. 아는지 모르는지 짐작이 가지 않는 사람이었다. 입도 무거웠고, 특히 자신의 감정이나 생각은 쉽게 내뱉지 않는 사람이었다. 그래서 믿음이 갔고, 그만큼 더 경계했다.

주연이까지 알고 있는 관계를 유서하가 모르는 걸까. 안다면, 이

자리를 만든 목적은 뭘까.

탁, 소리를 내며 테이블 위에 대본을 올린 아진이 푹신한 가죽 의자를 끌고 와 자리를 잡았다. 준성의 대각선 자리였다. 의자 두 개를 사이에 두고 대본을 폈다. 이번 작품은 현대물이면서 사극이었다. 최근 잘나간다는 퓨전 사극. 시나리오가 돌 때부터 언론의 주목을 한 몸에 받은 작품이었다.

사실 그녀도 탐을 내었다. 첫 주연을 딴다면 이게 좋겠다 싶었던 작품. 차라리 드라마를 하는 게 스케줄상 낫지 않을까 하는 부담이 있었지만, 그래도 탐이 나서 시나리오를 잡았다. 그럼 뭐 하겠는가. 주연은, 그녀보다 나이가 네 살 많은, 연극영화과를 전공하고 스무 살 무렵부터 연기를 시작한 여배우에게 돌아갔는데.

자기합리화는 어렵지 않았다. 하고 있는 영화가 너무 많으니 주연을 맡기는 어려울 것 같다고 자신에게 속이면 그만이었다. 다 작하는 것도 좋은 배우지. 하나에 올인해서 배우 이름값을 시험해 보기엔 아직 이르지 않은가.

하지만, 아무리 그래도 탐이 나는 것은 탐이 나는 것이었다.

둘 사이에 침묵이 흘렀다.

"유서하 선배랑은……."

"결국 보게 됐네."

아진이 그의 말을 싹둑 잘랐지만, 준성의 표정에는 변화가 없었다. 저 무뚝뚝한 얼굴은 어릴 때 그대로였다. 바람 빠지는 소리를 내며 웃은 아진이 의자에 등을 기댔다. 지한에게 언질을 듣고서야 아진은 자신의 생각이 틀렸다는 사실을 인정했다. 아무리 회사가 크다고 해도 마주치지 않길 기대하는 건 허황된 생각이었다.

그냥 만나고 싶지 않았는지 모른다. 두려웠다. 혹시나 어릴 적의 가슴 떨림이 아직도 현재 진행형인 것은 아닐까. 머리로는 소리 없이 챙겨 주는 것이 고마워서, 그 다정함을 사랑으로 착각한 것이라고 수없이 되뇌었지만, 마음은 한 번씩 그를 그리고는 했으니까.

그저 어릴 적의 향수로 남겨 두고 싶었다. 한 번쯤 겪는 사춘기의 열병 중 하나로 묻어 두고 싶었다. 이렇게 대면하고 싶지는 않았는데…….

"사극 해 본 적은 있어?"

"아니."

"회사에서 나랑 너, 그런 사이였던 거 몰라."

그런 사이.

아진의 말이 끝나기 무섭게 침묵이 흘렀다. 내뱉은 아진도 내심 당황했고, 표정 변화 하나 없던 준성의 얼굴도 순식간에 일그러졌다. 그런 사이. 서로에게 상처가 되는 말이었다. 아진이 마음을 가다듬기도 전에 낮지만 조금 날카로운 목소리가 귓가에 폭풍처럼 들이쳤다.

"무슨 사이인데? 우리가?"

"……미안, 실수했다."

조금 머뭇거렸지만, 사과는 확실했다. 준성이 눈썹을 추켜올렸다. 테이블 위 허공에서 그들의 시선이 맞닿았다.

철컥, 문손잡이가 돌아가는 소리가 들렸다. 순식간에 표정을 정리한 아진이 대본으로 시선을 내렸다. 그사이에 정리되지 못한 미묘한 감정이 소회의실 안을 맴돌았다. 그리고 이 상황에 대해서는 전혀 짐작도 못 하는 서하가 맑게 웃으며 들어섰다.

"뭐야, 둘이 인사는 한 거야?"

"……오빠는 다른 사람 있으면 있다고 이야기를 해야지."

"핸드폰 확인 좀 하고 살아라, 제발."

그녀의 당혹함을 토로하려는 의도였는데, 돌아온 것은 이미 연락했다는 소리였다. 무안해진 아진이 주머니를 뒤적여 핸드폰을 꺼내 놓았다. 톡톡 두드리자 부재중 통화와 문자 알림이 몇 개 떠올랐다. 알고서 일부러 만든 자리는 아닐까. 늘어지는 눈으로 아진이 서하를 훑었다. 서하가 품 안 가득 안고 온 생수들을 테이블 위에 우르르 쏟아 냈다.

"미안."

자연스럽게 이어지는 아진의 사과에 서하가 고개를 끄덕였다. 허리에 손을 얹고 둘을 번갈아 바라본 서하가 연장자 우선의 법칙에 따라 입을 열었다.

"통성명부터 할까?"

"이 바닥에서 나나 오빠 모르는 사람 있어? 뉴페이스만 소개하면 되지."

"야, 너 그렇게 행동하다가 후배들한테 책잡히면 어쩌려고 꼭."

"잡으려면 잡든가."

삐딱한 아진의 태도에 서하가 씩 웃었다. 아진을 더 책망하기보다는 신인 후배의 양해를 구하는 게 더 낫겠다고 판단한 그가 시선을 돌렸다.

"미안하다 준성아. 얘가 원래 이런…… 애야."

"아닙니다."

"오빠, 편을 들 거면 제대로 드는 게 어때? 거기서 그렇게 말하면 내가 뭐가 돼?"

아진이 틱틱거려도 서하는 입가에 미소를 지우지 않았다. 한 명은 사극이 오랜만이고, 한 명은 사극 경험이 없으니 자기가 봐줘야겠다며 어깨만 으쓱할 뿐이었다. 이렇게 좋은 선배는 처음이지? 천연덕스러운 말에 어이가 없어 맥까지 풀린 기분이었다. 아진이 고개를 절레절레 저었다.

"……윤준성입니다."

"노아진이에요."

"좋네. 아까 대충 훑어보니 아진이는 중간에 끝나지만, 준성 씨는 끝까지 가던데. 맞나?"

복사한 건지 혹은 한 권 더 받은 건지. 영화 로고가 크게 그려진 대본을 든 서하가 곧바로 본론으로 들어갔다. 아진이 대충 머리를 동여매며 고개를 끄덕였다. 중간에 죽는다. 이번에는 가슴에 활을 맞고 죽는 역할이었다. 병약한 설정이라서, 지병으로 죽일 줄 알았는데 감독님이 좀 거칠게 가실 모양이었다.

"아진이 너는 초반부터 나오나?"

"응. 오빠가 김 대감 역할부터 좀 해 줘."

"어? 어, 그래. 근데……."

"빨리. 어차피, 연기가 돼야 뭘 할 거 아니야?"

인사부터 통성명까지 제대로 준성을 마주 보지도 않았다. 이상하게 냉랭한 공기를 알아챈 서하가 아진의 눈치를 보았다. 낯가림이 심하다는 건 알지만, 이렇게 처음 만난 사람을 냉대하진 않는 아이였다. 이상할 정도로 예민했다.

"오빠."

"어, 어 알았어. 그럼 56페이지부터 시작할게요."

서하의 생각은 아진의 재촉으로 끊어졌다. 페이지를 넘기는 소리만 공기 중에 울려 퍼지고, 곧 아진이 먼저 대사를 시작했다.

"아버님, 소녀 오랜만에 인사 올리옵니다."

"그래, 건강은 괜찮으냐. 내 이미 너를 위해 한양 최고의 의원을 데려다 놓았다."

아주 오랜만의 사극이었다. 그것도 영화. 그나마 스케줄 부담은 덜했고, 영화 촬영은 계속해 와서 그리 까다롭지도 않았다. 단지, 겨울이 되어 가면서 날씨가 점점 추워질 것이라는 걱정이 들었다.

대사를 주고받는 것은 그리 어렵지 않았다. 서하야 원래 사극으로 데뷔했고, 유사한 장르의 영화도 두 편 정도 찍었다. 게다가 이미 호흡을 맞춰 본 적이 많아 감정 잡기도 용이했다. 문제는…….

"세자 저하께서 보내셨습니다."

"음……."

영화, 특히 사극에서는 특유의 호흡이 존재했다. 준성이 첫마디를 떼자마자 서하가 침음성을 흘렸다. 아진도 대본을 내려놓았다. 순식간에 바뀐 분위기에 준성이 기가 눌린 듯했다.

"준성 씨, 사극 연기 처음이죠?"

"네. 현대극만."

"오디션에선 뭐 하고?"

조심스럽게 운을 뗀 서하와 달리, 아진은 딱딱하게 굳은 표정으로 질문을 던졌다. 그 질문에 준성이 테이블 아래에서 주먹을 꾹 내쥐었다.

말을 던져 놓은 아진도 마음이 무거웠다. 계속해서 마음에 걸렸던 한 가지. 정말 하고 싶어서 이 길로 들어온 것일까. 걱정에서 시작된 못마땅함을 숨기지 못하고 표출해 버렸다. 아차 했지만, 이대로 물러서면 더 서하가 이상하게 생각할 것 같아 그녀가 입술을 살며시 깨물었다.

"아진아."

"왜, 맞잖아. 대체 뭘 보고 감독님이 뽑았겠어. 회사 이름을 봤겠지."

"노아진."

만약 그렇다고 해도 본인 앞에서 하기엔 심한 말이었다. 해서는 안 되는 말이었다. 서하가 엄한 눈으로 그녀의 이름을 불렀다. 평소라면 어린애처럼 다룬다고 티격태격했겠지만, 그럴 마음도 들지 않았던 아진이 대본을 챙겨 일어섰다.

"그럼 난 여기까지 할게. 난 또 뭐라고."

끝까지 준성의 자존심을 뭉개 버린 아진이 그대로 문을 열어젖혔다. 하지만 몇 걸음 나가지도 못해 뒤따라 나온 서하에게 팔을 붙들렸다.

"아진아."

"오빠."

처음에는 당혹, 그다음에는 투정으로 받아들였는데 정도가 심했다. 서하가 답답한 마음으로 그녀를 붙들었다. 붙잡힌 팔을 내려다보던 아진이 흘러내리는 카디건을 잡아당겨 끌어 올렸다.

"오빠는……."

"왜, 무슨 일 있어?"

곧바로 되물어 오는 말에 목이 막힌 듯 아진이 입을 다물었다.

이건 심술이다. 그냥 배배 꼬인 심산에서 터져 나오는 떼 같은 것이었다. 그것을 인지한 순간 그녀의 얼굴이 발갛게 달아올랐다.

"뭔데 그러는데. 무슨 일 있어?"

평소와 달랐다. 노아진이 알던 유서가 아니었다. 이렇게 날카롭게 캐물어 오는 그는 아진에게 당혹스럽고, 두렵게까지 느껴졌다. 그렇지만 그것도 잠시였다.

"이러면 안 되잖아."

"……안 될 사람은 빨리 포기시키는 게 나아."

"노아진!"

큰소리가 났다. 아진이 입술을 깨물었다. 서하의 단단하게 굳어진 입매가 이 상황을 설명하고 있었다. 노아진답지 않았고, 그렇게 대해서는 안 되었다. 특히 처음 만나는 신인 배우 앞에서는 더더욱.

"미안해 오빠. 나 오늘 그날이라 좀 예민한가 보다."

"……힘들면, 말하지 그랬어. 얼른 집에 들어가."

입에 침도 안 바르고 거짓말을 하는 건 아진의 특기였다. 자연스럽게 자신의 행동을 지적받지 않을 이유로 포장해 내미는 것도 한두 번 해 본 솜씨가 아니었다. 난처한 얼굴이 된 서하에게 오히려 미안하다는 표정을 지어 보였다. 결국 그가 물러서야 했다.

"맞춰 보면 좋을 텐데. 아쉽긴 하다."

"오빠. 나 몰라? 나 노아진이야."

아진이 씩 웃었다. 당당한 얼굴에 살짝 곁들인 손짓까지 오만함을 그대로 나타내고 있었다. 서하는 자신이 화를 내고 있었다는 사실도 잊어버리고 웃음을 터뜨렸다. 이게 무슨 일인가 싶었다.

"아진아."

"뭘 걱정해. 나 프로야. 유시은이랑 앞에서 그렇게 싸워 대도 막상 컷 들어가면 십년지기같이 보일 수 있다고."

아진이 천연덕스럽게 덧붙였다. 그건 서하에게 하는 말임과 동시에 그녀 자신에게 하는 소리이기도 했다. 서하의 어깨 너머로 훌쩍 키가 큰 준성이 보였다.

뒤돌아 나오면서, 아진은 자신이 너무 심했나 돌이켜 보았다. 지한에게 전해 들으면서 마음의 준비를 했다고 생각했는데, 전혀 생각지도 못한 곳에서 만나니 신경이 날카로워졌다. 진작 닳아 없어졌을 줄 알았던 양심이 따끔거렸다.

동시에, 부끄러움이 발끝부터 솟아올랐다. 너무 내보였다. 그 자리는 유서하가 있는 자리였다. 그냥 후배처럼, 다른 후배들처럼, 요한이나 민기나 다른 후배들처럼 대했으면 되었다. 아니면 처음부터 선을 긋고 거리를 두거나……

"누나!"

"어, 어."

그게 될 리가 없잖아.

둘 다 실패였다. 서하의 의심을 샀을까. 혹여나 준성과의 관계를 미루어 짐작하면 어쩌지 하는 마음에 생각에 잠겨 있는데 하윤이 품 안에 뭘 잔뜩 안고 복도를 내달려 왔다.

"뭐야 그건?"

"누나, 대본 연습 하다가 배고프시면 뭐라도 드시라고……"

"나 식이 조절 중인데."

"아……"

하윤의 어깨가 축 늘어졌다. 아무래도 나름 챙겨 본다고 준비한 것 같았는데, 검은 봉지 사이로 슬쩍 보이는 게 김밥에 분식 종류였다. 그녀가 피해야 하는 것 중 하나. 고칼로리였다.

"갖다 줘. 배고픈 남정네 둘이니 순식간에 해치울 거야."

"네? 네. 근데, 둘이요?"

"어, 준성 씨, 이번에 나랑 영화 같이 들어가거든."

아진이 걸어온 길을 가리켰다. 하윤이 곧장 동그랗게 뜬 눈으로 되물어 왔다. 그에 대수롭지 않은 표정으로 대꾸한 아진이 주머니에 손을 찔러 넣었다.

"네, 근데 누나는 어디 가세요?"

"집에 가려고."

"아 누나! 가실 때 연락 주시라고 했잖아요!"

하윤이 발을 동동 굴렀다. 품 안에 든 것은 많고, 아진이 어찌할 바를 모르는 하윤의 어깨를 도닥였다.

"알았으니까 빨리 갖다 주고 나와. 엘리베이터 앞에 있을 테니까."

"벌써, 아 벌써, 알았어요. 누나 어디 가지 말고 엘리베이터 앞이에요!"

끝까지 당부였다. 아진이 건성으로 고개를 끄덕이고 걸음을 옮겼다. 뒤에서 급한 발걸음 소리가 나는 걸 보니 그녀의 대답이 영 불안했는지 하윤이 뛰고 있는 모양이었다. 엘리베이터 앞에 서서 버튼을 누르지 않은 아진이 핸드폰을 꺼내 들었다. 한참을 망설이다 누른 번호는 단축 번호 0번이었다.

"네, 이모. 잘 지내셨죠?"

— 어머, 그럼. 드라마 잘 봤다. 그거 찍느라 살 더 빼고 그런 건 아니지? 누누이 말하지만, 너는 더 먹어야 해. 알지?

"분장이에요, 분장. 걱정하지 마세요."

— 네가 잘 알아서 하겠지만, 나이 먹은 게 주책이지. 계속 걱정만 되네.

아진이 소리 없이 침을 삼켰다. 불편한 침묵이 계속되기 전에 이야기를 꺼내야만 했다.

"준성이 소식은 들으셨죠?"

— 준성이? 준성이는 왜?

그럼 그렇지. 그 무뚝뚝하고 배려심 없는 인간이 말을 했을 리가 없었다. 짐작대로인 상황에 아진이 헛웃음을 지었다.

"저희 회사랑 계약했어요."

— 어머, 정말?

핸드폰을 통해 들려오는 목소리가 반색했다. 먼저 준성의 이야기를 꺼내는 것이 내키진 않았지만, 아진은 이모에게 도리를 다해야만 했다.

"네. 이번에 제가 들어가는 영화, 같이 들어가기로 했어요."

— 어머 어머, 이게 웬일이야. 잘됐다. 준성이 걔가 안 그래도 말이 없는데, 밖에 나가면 연락 한 통을 안 하니 내가 뭘 알아야지. 잘됐다 아진아.

기다렸다는 듯 수연이 폭포처럼 말을 쏟아 내기 시작했다. 그중에는 준성과 관련된 소식이 여럿 속해 있었으나 아진에게 중요하진 않은 것들이었다. 수연이 기쁨을 한껏 만끽할 수 있도록 넉넉히 시간을 할애하고 나니 하윤이 숨을 헉헉거리며 복도 저편에서 달려오고 있었다.

"자세한 건, ……한테 물어보시고…… 지금 끊어야 할 것 같아요."

— 그래. 그래, 고맙다 아진아. 네가 신경 많이 써 준 거 알아. 고맙다.

아진이 씁쓸한 미소를 머금었다. 끊어진 전화를 내려다보기 무섭게 하윤이 아진을 부르짖었다.

"누나!"

"왜?"

"준성, 윤, 윤준성 씨."

"그게 왜."

아진은 태연하게 대꾸했다. 그러자 하윤이 사색이 되어 물었다.

"혹시! 혹시 영화 같이 해요?"

"응. 근데 왜?"

대체 무슨 생각을 하고 있는 건지. 같은 기획사에서 같은 작품 들어가는 게 뭐가 이상한가. 하긴, 같은 급으로 들어가는 건 흔치 않지. 아진이 혼자 납득을 하려는데, 하윤이 주변을 살피더니 은밀하게 입을 열었다.

"지한이 형이 그러는데, 예전에 누나 윤준성 씨랑 같이 살았다고……."

아진이 재빨리 하윤의 입을 틀어막았다.

"네가 생각하는 게 대충 뭔지 알겠는데 절대 아니니까 걱정하지 마."

"그렇죠? 서하 형이 있는데, 그죠?"

하윤의 귀에 쑤셔 박듯 말을 흘린 아진이 손을 털었다. 하윤은 완전히 하얗게 질린 얼굴이었다. 그 모습이 허탈하고 어이가 없는 아진이 팔짱을 끼고 벽에 등을 기대어 섰다.

"이 반응은 뭐야?"

"불안해서 그렇죠 누나!"

"네가 불안할 게 뭐 있어. 가자. 좀 쉬고 싶어."

"네……."

하윤이 시무룩하게 어깨를 늘어뜨렸다. 아진이 그의 어깨를 톡 치고 엘리베이터 버튼을 눌렀다. 먹을 것을 가져다주니 놀랐다는 둥, 서하가 아진에게 고맙다고 전해 달라 했다는 둥, 쉬지도 않고 종알대는 하윤의 이야기를 아진은 한 귀로 듣고 한 귀로 흘려 냈다.

이걸로 최선을 다했다고, 이거면 되었다고. 아진은 생각했다. 수연 이모는 생떼를 부리는 그녀의 손을 부여잡고 오디션장을 따라다니며 뒷바라지한 사람이었다. 친딸처럼 아진을 키워 준 사람이었다. 이 정도는 해야 도리였다. 아진은 이상하게도 불안해지는 마음을 토닥이며 중얼거렸다.

바로 다음 날이었다. 어떻게 알았는지 유서하 씨가 친히 그녀의 집까지 왕림해 왔다. 손에는 무언가 바리바리 싸 든 채였다. 초인종 소리로 모자라서 문을 쾅쾅 두드려 대는 매너 없는 행동에 아진이 문을 열어 줄까 말까 고심했다. 대충 세수라도 하고 문을 열어 줘야 할 텐데 그러기에는 너무 아침이 힘겨웠다.

몇 시에 잤더라. 시간을 헤아려 보는데 그새를 참지 못하고 또다시 초인종을 눌렀다. 화면에 떠오르는 얼굴이 단정했다. 아진은 자신의 옷차림을 내려다보았다. 후드티에 딱 붙는 트레이닝복, 게다가 방금 잠에서 깬 듯 부스스한 머리카락.

"문 안 열어 줄 거야?"

조금은 조르는 듯한 목소리가 인터폰을 타고 들어왔다. 아진은 한숨을 쉬듯 크게 숨을 내쉬고는 현관문을 열어 주었다. 다른 사람은 없는지 집 밖은 조용했다. 아진이 현관문에서 빼꼼 고개만 내밀었다.

"뭐예요, 오빠?"

"선물."

씩 웃으며 두 손에 가득 든 쇼핑백을 흔드는 서하의 모습에 아진이 씩 웃었다.

"두고 가시지요?"

"야, 여기까지 왔는데 문전 박대할 거야?"

"지금 제 꼴 안 보이세요?"

후드를 뒤집어썼다지만 부스스한 머리에 색이 없는 입술은 훤히 보였다. 화장기는커녕 세수조차 안 한 얼굴이었다. 아무리 관리받고 돈을 쏟아부은 피부라지만, 그냥 내보이기엔 어쩐지 창피했다. 아진이 후드를 더욱 푹 눌러썼다.

"그래도 예쁜데, 뭐."

"서비스해 줘도 뭐 없거든?"

힐끗 쳐다본 인터폰 시계가 이제 겨우 10시였다. 저렇게 풀세팅을 하고 여기까지 오려면 새벽부터 준비했을 게 분명했지만 그건

그거고 이건 이거였다. 게다가 이런 비매너가 더 있을까. 예고 좀
해 주고 찾아오지, 세수도 안 한 얼굴로 사람을 맞게 하는 게 어디
있냐는 말이다.

그것도 동성도 아니고 이성이었다. 모두가 공식적으로 남자 친구
라고 알고 있는 사람.

"기자가 어디 있을 줄 알고 오빠를 집에 들여?"

아진이 부러 틱틱거렸다. 겨우 한 뼘이나 될까 한 문틈 사이로
버티고 서 있자, 서하가 씩 웃었다. 아무리 봐도 미인계였다. 저 얼
굴은 진짜. 현기증이 날 정도로 머리부터 발끝까지 그녀의 취향이
었다.

"연애하는 사이인데, 뭐."

"연애하는 사이면, 여자 혼자 사는 집에 남자 들이고 뭐 그래도
되는 건가?"

"남자 친군데 뭐."

서하가 뻔뻔하게 웃으며 밀고 들어왔다. 아진이 어이없다는 듯
웃었다. 하지만, 밀어 내진 않았다. 몇 날 며칠을 강행군을 하다 겨
우 며칠을 쉬는데, 어제는 대본 연습을 봐주다가 그녀의 투정까지
받아 냈다. 그것도 모자라 집까지 찾아왔는데 어떻게 문전 박대를
할 수 있겠는가.

"오빠, 뭐 마실래?"

"뭐가 있긴 하고?"

서하가 비관적인 어조로 대꾸했다. 평소 아진이 먹는 걸 보면 냉
장고가 있는 것 자체가 신기할 지경이었다. 저러다 영양실조로 실
려 가는 게 아닌지 모르겠다고 걱정했지만, 그렇지는 않은 걸 보니

주변 사람들이 안간힘을 써서 챙기는 모양이었다.

"음…… 사과즙?"

그럼 그렇지. 손님 대접에 주스나 차가 아니라 사과즙부터 나온다.

"몸에 좋대?"

"완전요."

아진이 낄낄 웃었다. 공식적인 자리에서는 존댓말. 사적인 자리에서는 반말과 존댓말을 섞어 쓰며 장난을 치곤 했다. 몸에 좋다니까 달라지는 태도 봐라. 냉장고 가장 밑바닥에 차곡차곡 쌓인 사과즙 하나를 서하에게 건네었다.

"웃지 마. 너도 내 나이 되어 봐야 한다니까? 하루하루가 달라져요, 하루하루가."

하얀 피부에 만화를 찢고 나타난 미소년 같은 얼굴로 하는 짓은 늙은이가 따로 없었다. 서하가 능청스럽게 대꾸하며 사과즙을 찢어 들이켰다.

"우선, 세수부터 하고 올게요. 아니, 올 거면 말 좀 하고 오지."

"세수 안 해도 예쁘다니까."

아진이 대꾸 없이 식탁 의자에 놓여 있던 쿠션을 잡아 던졌다. 보지도 않고 던지다 보니 조준이 빗나가 거실 어딘가에 떨어졌다.

"그래서 뭐 하자고 오셨습니까?"

장장 십여 분에 걸치는 세안을 하고 나오자마자 아진이 곧장 본론으로 들어갔다. 서하는 거실 소파에 대각선으로 널부러져 있었다. 아주 자기 집이지. 처음 와 봤으면서 매일 왔던 것처럼 뻔뻔한 태도였다. 들어오다가 기자한테 찍혔으면 어쩌려고. 아진이 허탈한 웃음을 토해 냈다.

"우리가 꼭 뭘 하려고 만난 건 아니잖아?"

뼈가 있는 대답이었다. 아진이 아무렇지도 않은 척 방에서 파우치를 꺼내 와 소파 앞에 주저앉았다. 원래는 침대에 앉아서 대충 얼굴에 문지르고 끝냈을 기초 화장이었지만, 오늘은 조금 달랐다.

서하와의 첫 만남은 어릴 적 대본 리딩이 있던 날이었다. 그냥 인사만 하고 지나가려다 살갑게 대해 주는 성격에 이런저런 걸 질문했다. 그리고 조금 더 나이를 먹어 열다섯이 되었을 때 다시 한번 마주치게 되었다. 미성년자에게 담배 피우는 연기를 시킨다며 감독과 연출의 욕을 집어삼키고 있던 차에 나타난 희생양이었다.

어린 여자 후배가 담배 피우는 연기를 가르쳐 달라고 했을 때의 그의 표정이 얼마나 웃겼는지는 아진만이 알고 있는 사실이었다. 떠올리자마자 웃음이 났다. 연기라지만, 실제로 담배에 불을 붙이고 빨아 마시고, 내뿜는 것까지 카메라에 담아야 했기 때문에 실제 흡연이나 다름없었다.

당돌하게 어디서 구했는지 알 수 없는 담배를 내미는 아진을 보며 그는 무슨 생각을 했을까. 그때가 떠올라 혼자 킬킬거리는데, 서하가 얼굴을 삐죽 내밀었다.

"뭐가 그렇게 재밌어?"

"아니, 내가 담배 피우는 거 가르쳐 달라고 했던 거 기억나?"

서하 역시 곧장 그때를 떠올렸다. 중학생 교복을 입은 앳된 얼굴의 노아진이 쫑쫑 걸어와 담배 피우는 법을 가르쳐 달라고 했을 때의 당혹감이란 설명할 수 없는 감정이었다. 당시 군 생활을 마치고 갓 복귀하자마자 루머가 터져 마음고생을 하던 때였다.

"와, 잊을 수가 없지. 그때는."

"알려 준다고 해 놓고, 자기가 그렇게 기침을 해 대면 어떡해? 담배 한번 안 피워 본 사람처럼."

서하가 난처하게 웃었다. 담배의 유혹은 수없이 많았다. 촬영장에서 감독이 건네주는 담배 한 개비를 사양할 수 있을 만한 위치까지 오는 내내 있었고 군 생활 중에 내밀어지는 손길들 역시 많았다. 한 번도 피워 보지 않았다면 거짓이겠지만, 그 하얀 막대를 입가에 가져가는 자체가 달갑지 않았다.

그런데 설마 미성년자, 그것도 노아진이 담배를 가르쳐 달라 내밀 줄은 상상도 못 했다. 얼떨결에 그러겠다고 대답해 놓고 아차 했지만, 반짝이는 눈으로 바라보는 아이 때문에 기침만 심하게 했다.

"누구라도 교복 입은 중학생이 담배를 어떻게 피우나 빤히 바라보고 있으면 그렇게 될걸?"

"뭘 또 내 핑계를 대?"

아진이 밉지 않게 눈을 흘기자 서하가 소리 없이 웃었다. 그 반짝이는 시선을 의식하다가 숨을 내뿜을 타이밍을 놓쳤었다. 꼴사납게 기침을 해 대던 그에게 티슈 몇 장을 뽑아 얼른 건네었던 아진의 모습을 지금도 기억했다.

그가 한참을 대답 없이 딴청만 피우자, 아진이 대충 얼굴을 문지르던 스팀타월을 내려놓고 입을 열었다. 괜히 옛날이야기를 꺼냈다 싶어 화제를 돌리려던 것이다.

"기사라도 나면 어떻게 하려고 여길 와."

"뭐 어때. 나한테 시집오면 되지."

이 인간이 말 같지도 않은 소리를 하고 있었다. 아진의 미간에 깊은 주름이 자리를 잡았다. 설마 정말로 기자한테 찍힌 것은 아니겠지. 평소 처신이 완벽한 사람이라 의심하진 않았지만, 설마가 사람 잡는 법이었다. 아진의 눈초리가 점점 미심쩍어지자 서하가 픽 웃었다.

"그런데, 손님 대접은 이게 끝?"

"그럼 뭐가 더 필요하신데요."

"음, 여자 친구의 열렬한 환영? 스킨십도 있으면 더 좋고."

"아 진짜, 오빠! 나 완전 소름 돋았어."

아진이 팔을 쓸어내렸다. 옛날부터 알아봤지만, 사적인 자리에서는 필터링이 없는 남자였다. 하기야 담배 피우는 걸 알려 달라니까 담배 두 갑을 구해 온 사람이었다. 이런 사람이 바른 이미지라니. 방송에서는 아슬아슬하게 선을 지키니 망정이지. 불안하기 짝이 없었다.

서하가 대답 없이 들고 왔던 쇼핑백 하나를 뒤적여 케이스 하나를 거실 테이블에 올려 두었다. 투명한 유리 테이블 위, 빛을 흡수하는 듯한 고급스러운 검은색 케이스가 올려졌다. 아진이 눈을 동그랗게 떴다.

"이게 뭔데?"

"열어 봐."

"불안한데."

불안은 곧 현실이 되었다. 크기부터 낯설지 않은 것이었다. 드라마 소품에서 많이 봤다. 작고 반짝반짝한 그것. 그럼 그렇지. 케이스 윗면이 뒤로 넘어간다. 아진이 한탄의 한숨을 쏟아 냈다. 이 연기에 대체 어떤 생각을 담고 있는 거야 이 남자는?

"뭐야, 이 반지?"

"우리 커플링."

"오빠. 우리……."

"가짜 커플이지. 그래서 커플링도 가넷 주얼리야. 이번에 재계약."

갑작스럽게 목소리에서 장난기가 빠져나갔다고 느낀 것은 착각일까. 아진이 순간적으로 멈칫해서 반지 케이스를 내려놓았다. 가넷 주얼리. 재계약을 했다는 소식을 들었다. 다음 주인지 다다음 주인지 광고 촬영이 있다는 것도 알고, 컨셉도 전달받았는데 확인은 하지 않았었다. 아진이 장난스럽게 입꼬리를 끌어 올렸다.

"계약금은 많이 올려 받았대?"

"그거야 우리 팀장님께서 잘 합의하셨겠지. 무려, 원 플러스 원인데."

너랑 나.

눈을 찡긋하며, 자신을 가리키는 서하의 입가에 어느새 다시 미소가 걸려 있었다. 아진은 쿵 떨어지는 듯한 심장을 달랬다. 감이 좋은 남자였다.

"부담 줄 생각은…… 없었다면 거짓말이고, 이번 기회에 부담 없이 꼬드겨 볼까 했어."

"오빠."

아진은 자신이 멍하니 정신을 빼놓고 있었다는 걸 깨달았다.

"워낙 철벽이셔야지. 우리 유제이 엔터 공주님은."

아진이 대꾸할 말을 찾지 못하고 눈만 깜박였다. 갑작스러운 공격이었다. 고백이 아니라 공격으로 느껴졌다. 노아진을 흔들려는 공격. 흔들리는 동공과 떨리는 입술이 그녀의 혼란을 그대로 나타냈다. 대체 무슨 생각인 건지 감도 잡히지 않았다. 서하의 날카로운 시선이 그대로 낱낱이 그녀의 속을 파 보는 것 같았다.

"나한테는 나쁘지 않은 거래였거든."

"지금 그 말을 하는 건 뭔데?"

"좀 위기감이 생겨서."

"위기감?"

서하는 대답하지 않았다. 나른하게 늘어져 있던 그가 어느새 단정하게 앉아 그녀를 내려다보고 있었다.

그는 농담처럼 아진에게 시집오라는 말을 종종 던지곤 했다. 처음에는 가슴이 떨렸고, 두 번째는 짜증이 났고, 세 번째 이후부터는 무감각해졌다. 어느 순간 눈살을 찌푸리기도 했다. 아진의 인생에 붉은 줄을 죽죽 그을 수도 있는 말을 너무 가볍게, 그리고 쉽게 던졌기 때문이었다.

그리고 지금은…….

아진이 고양이처럼 눈을 가늘게 뜨고 반지를 내려다보았다. 틈을 내줘서는 안 되는데 너무 많이 동요했다. 그리고 그만큼 불안했다. 아진이 털을 세운 고양이처럼 예민하게 반지를 노려보았다. 그 순간, 서하가 소파에서 바닥으로 내려와 앉았다. 그는 그 자리에서 한 쌍의 반지 중 큰 것을 자신의 손가락에 흘려 넣었다. 아진이 가만히 그의 행동을 지켜보았다.

"부담 갖지 말고, 내가 꼬신다고 쉽게 넘어올 여자 아니잖아?"

그가 눈을 찡긋했다.

"당연하지."

아진이 재빨리 대답하며, 그의 손에서 반지 케이스를 가로챘다. 남겨진 작은 것을 왼손 약지에 끼워 넣으며 서하와 눈을 마주쳤다. 무시무시하게까지 느껴질 정도로 강렬한 감정을 담고 있었다.

"각오는 했지만, 역시 만만치 않네."

서하가 고저 없는 목소리로 말했다.

"내 생각에는 오빠 각오 다시 하는 게 좋을 거 같은데?"

아진이 장난스러운 목소리로 덧붙였다. 서로 본론은 한참 에둘러 가고 있었다. 여기서 어긋나면 공적인 관계도 사적인 관계도 모두 끝이라는 걸 잘 알고 있기 때문이었다.

모든 것이 의심스럽고, 모든 것이 불안했다. 유서하라는 사람이 뒤통수를 칠 것 같지는 않았지만 아진은 신뢰보다 불신부터 먼저 배운 사람이었다.

"그럼, 데이트나 할까?"

"갑자기 왜 말이 그렇게 가?"

"갑자기라니. 고백도 했고, 공식 연인이고, 그럼 그다음은 데이트 아닌가?"

공식 일정은 아니었다. 아진의 눈이 가늘게 휘었다. 다른 꿍꿍이가 있는 모양이었다. 그게, 진심으로 하는 말인지 혹은 또 다른 이득을 취하기 위한 큰 그림인지, 그렇지 않다면 어떤 의도인지 모르겠어서 혼란스러울 뿐이었다.

"실장님은 아는 일이고?"

"실장님도 모르고, 내 매니저 형님도 모른다."

"말해 놔야 하지 않을까? 일이 좀 많이 커질 거 같은데. 기자들이나……."

"뭐 어때. 세상에 어떤 커플이 데이트 가는데 회사에 보고를 하고 가?"

"그건 그렇지."

매니저한테 걸리지 않으려고 오늘 아침에는 늦잠을 자겠다고 연막을 깔아 놓고 새벽부터 준비를 했다며 서하가 투정 부리듯 말했다. 머리 세팅부터 코디까지 자신이 했다며 칭찬해 달라는 그의 얼굴을 밀어 내고, 아진이 냉정하게 드레스룸으로 향했다. 쪼르르 따라와 구경하는 서하를 말리지 않았다. 하지만, 귀찮음을 숨기지도 않았다.

"아침에 보니까 내가 차를 지하에 안 세워 둔 거 있지? 눈에 안 띄게 타려고 얼마나 노력했는지 아니."

"오빠 차는 노력을 하나 안 하나 눈에 띄어."

멀리서도 나 비싼 차요, 하고 아우라를 내뿜는 차였다. 한 번씩 연습실에서 밖을 내다볼 때면 그 차 옆에 소녀 팬들이 옹기종기 모여 있는 것이 눈에 띄었다. 그렇게 차로 시선을 분산시켜 놓고 자신은 매니저 차로 쓱 빠져나가는 게 서하의 특기 아닌 특기였다.

"아, 맞다. 준성 씨랑은 그 후에 연락해 봤어?"

"갑자기 그 사람 이야기가 왜 나와?"

"어제 너 그러고 가고 나서……."

손님을 두고 여유롭게 옷 하나하나를 고를 시간이 없다 보니 가장 편하게 입을 수 있는 것은 원피스였다. 골라낸 옷을 집어 들려던 아진의 어깨가 딱딱하게 굳었다. 상훈에게만 부탁한 사실이었지만, 이미 알 사람은 다 알았기에 서하가 아는 것도 이상하지는 않았다.

"윤준성 씨를 견제해야 하나 싶어서."

"……그걸 왜 나한테 물어?"

"그 남자, 내가 모르는 노아진을 알고 있는 것 같아서."

정곡이었다. 아진이 고개를 쳐들었다. 바로 한 뼘 앞, 따뜻한 숨을 내쉬고 있는 서하가 눈에 들어왔다. 그는 곧장 정답을 짚어 냈다.

"궁금해서 그렇지. 대한민국 연예계에 공개 연애의 새 역사를 쓰고 있는 노아진 양을 사적으로 아는 남자라. 궁금하잖아."

게다가 어릴 때부터…….

서하가 눈꼬리를 늘어뜨리며 나른하게 웃었다. 준성에게 들은 것은 아니었다. 워낙 매니저 형이 회사 내에 문어발처럼 인맥이 많은 덕이었다. 처음에는 그럴 수도 있다고 생각했다. 오히려 숨기지 않고 대놓고 회사로 들인 게 아진의 성격답다고 생각했는데…… 어제의 자리에서 서하는 아진과 준성 사이에서 묘한 분위기를 느꼈다.

친구라고?

정말?

당대 최고의 여배우의 아역을 맡아 드라마에 데뷔한 이후 온 국민의 관심과 사랑을 한 몸에 받았던 아진이었다. 초등학교 졸업과 중학교 입학, 그리고 중학교 졸업까지 기자들이 따라다녔고, 모두의 공주님으로 불리며 자랐다. 항상 스포트라이트가 비추고 있어 친구 사귀기도 어려웠다고 들었는데, 대체 어디서 어떻게?

"우리 엄마 친구 아들내미."

"엄친아?"

"응."

서하의 얼굴의 미소는 지워지지 않았다. 어느새 바로 앞까지 다가온 그의 얼굴에 지워지지 않은 의구심이 서려 있었다.

"좀…… 복잡해요."

한숨과 함께 토해진 말에 서하가 그녀의 옆으로 당겨 앉았다. 꼬치꼬치 캐물을 줄 알았더니 서하는 오히려 입을 다물었다.

"더 안 물어봐요?"

"음, 노아진의 복잡한 남자 관계라……. 좀 궁금하긴 한데. 내가 견제해야 하는 건 아니지?"

"오빠가 왜 견제를 해요."

아진이 허탈하게 웃었다. 서하는 장난스러운 태도로 더 이상 파고들려는 의지를 보이지 않았다. 아진이 긴장시켰던 몸에서 힘을 뺐다.

"왜긴. 남자 친구잖아."

"아 진짜!"

유서하 인생에 장난이 빠진다는 것은 상상할 수 없지만, 남자 친구 역할에 재미를 붙이는 건 사양이었다. 또 어디 방송 나가서 이러려고? 아진이 어이가 없다는 표정으로 그를 흘겨보았다.

"나랑 사귈 때는 나한테 충실해야지. 우리나라 일처다부제 아니다."

"오빠는 별걱정을 다 해, 진짜."

"별걱정이 아닌지는 두고 봐야 하지 않을까."

"그런 이야기 하러 왔어?"

아진이 못마땅하게 쏘아붙였다. 이러니저러니 해도 결국 연기에 불과했다. 보이지 않는 스태프들과 수많은 카메라를 상상했다. 서하가 무슨 생각을 하고 있는지는 모르겠지만, 만약 그런 일이 생긴다면 최대 피해자는 아진 자신이었다. 수없이 난도질당해 다시는 카메라 앞에 설 수 없게 될 것이었다.

"불안해서 그렇지. 회사 사람들이 나를 얼마나 구박하는지 아니."

짐짓 울상을 지으며 토로하는 서하의 얼굴에는 심각성이라곤 하나도 없었다. 그 장난스러움에 어떻게 맞장구를 쳐 줄까 고민하며, 아진이 그를 밀어 냈다.

"옷 갈아입을 거야."

서하가 순순히 밀려나자, 아진이 달칵 소리를 내며 드레스룸의 문을 닫았다. 그러고 보면, 서하와는 여덟 살 차이가 났다. 여덟. 손가락 하나하나를 꼽아 보던 아진이 원피스 지퍼를 올리고는 머리카락을 정리했다.

"오빠 그거 알아?"

"뭐?"

드레스룸의 문을 열자마자 대답은 곧장 돌아왔다. 집 안의 다른 곳을 둘러보기보다는 아진을 기다리고 있었던 모양이다.

"내 팬들이 오빠 은팔찌 채워 줘야 한대."

"은팔찌? 난 금이 더 좋던데."

"그 은팔찌 말고, 철컹철컹 은팔찌."

무슨 말인지 알아듣지 못한 듯 서하의 얼굴에 의아함이 담겼다. 아진이 주머니에서 핸드폰을 꺼내 곧바로 검색해서 보여 주었다.

은팔찌라고 이야기하기에, 주얼리 숍에 파는 팔찌를 생각했던 서하의 얼굴이 곧바로 일그러졌다.

"수가압?"

"여덟 살 차이면, 도둑놈이지 뭐."

"와, 아직 진짜 도둑도 아닌데."

"여기선 이미 도둑이거든?"

네티즌들이 작정을 했는지, 그녀의 아역 배우 시절과 서하의 신인 배우 시절 사진을 나란히 게시하며, 그들의 나이 차를 강조해서 조명하고 있었다. 댓글에도, 글에도…….

아진은 별것 아니라고 생각했는데, 서하는 상당히 마음에 걸려 하는 눈치였다. 그녀가 보여 주는 댓글 창에서 시선을 떼지 못하는 그의 등짝을 소리 나게 찰싹 내리쳤다.

"아 왜애, 아파."

"안 나갈 거야? 데이트하자며."

"맞다."

마주하며 방긋 웃어 주는 얼굴은 다정하기 그지없었다. 팬들의 표현을 빌려 말하자면, 흐물흐물 녹아내릴 것 같은 미소였다.

"참, 나머지는 뭔데?"

소파 옆에 쇼핑백들이 남아 있었다. 한자어가 적힌 것, 노란색 귀여운 그림이 그려진 것에 아진이 시선을 두었다.

"펑리수랑 빵. 좋아하잖아."

"주연이나 지한 오빠 있었으면 오빠 여기서 맞아 죽었어. 살찌면 어쩌려고……."

말은 그렇게 하면서 주워 담는 건 빠르다. 아진은 쇼핑백을 활짝 열어 먹음직스러운 그림이 그려진 상자를 내려다보았다. 입가에 그려진 호선이 지워질 줄을 몰랐다. 서하는 턱을 괴고 한참 동안 그 얼굴을 지켜보았다.

　항상 찍어 왔던 로맨스 영화나 드라마의 연애의 정석 같은 시작이었다. 집에 직접 데리러 오고, 그녀가 좋아하는 것들을 선물하고, 첫 데이트에 커플링을 선물하는 엄청난 짓까지 저지른 그는 특유의 맑은 웃음으로 아진을 이끌었다.
　회사와는 합의가 안 된 데이트였다. 그 점이 가장 마음에 들었다. 꾸민 듯 안 꾸민 듯 메이크업까지 신경 써서 마쳤고, 커플 아이템까지 맞추어 걸쳤다.
　"오, 예쁘다."
　"그렇지? 요즘 뜨는 맛집이래."
　햇빛이 화창한 오늘. 사람들로 북적북적하는 대학가의 유료 주차장에 차를 대고 천천히 걸어가는 중이었다. 가넷 주얼리의 커플 선글라스를 끼고, 팔짱까지 낀 둘은 사람들의 시선에서 자유로울 수 없는 몸이었다.
　피할 수 없다면 즐겨 보자고 마음은 먹었지만, 마음대로 되지 않는 것이 삶이었다. 몇 명의 학생은 아예 핸드폰을 들고 그들의 뒤를 졸졸 따라오기 시작했다. 아마 인스타그램에, 페이스북에 수도 없이 업데이트되고 있을 것이었다.
　"사람 많을 텐데……."
　"칸막이 되어 있다고 했어."
　"누가?"

"얘가."

서하가 흔드는 것은 온 세상의 모든 지혜가 집합되어 있다는 스마트폰이었다. 뒤따라오는 사람들의 손에 쥐어진 것과 같았다. 아무 생각 없이 고양이 카페만 검색해 봤던 아진과는 다르게 풀코스로 다 찾아봤는지 서하는 자신 있는 모습이었다.

"뭐가 맛있는데?"

"리조또도 맛있고, 파스타도 맛있대."

"블로그 봤지?"

"응."

2층의 식당으로 향하는 나무계단을 걸어 올라가며, 아진이 픽 웃었다. 서하가 그녀의 물음에 순하게 고개만 끄덕였다.

"오빠가 세상을 이렇게 몰라. 그거 다 알바야. 알아?"

"진짜?"

세상이 무너진 듯, 놀란 표정과 좌절한 표정이 섞인 그 얼굴을 보니 웃음을 참을 수가 없었다. 빵 터져 먼저 문을 열고 들어가는 아진 뒤로 서하가 다급히 따라 들어왔다.

"어서오세요. 두 분이세요?"

"아, 어……."

"네, 2명이에요. 안쪽으로 안내해 주세요."

"아진아, 다른 데로 갈까?"

"뭘 다른 데로 가."

아진이 웃음을 눌러 참았다. 여자들이 대부분 그렇듯이, 아진도 주연과 함께 맛있는 식당과 예쁜 카페를 찾아다녔던 적이 있었다. 열병처럼 귀차니즘이 찾아오기 전까지는 그랬다. 주연도 종종 막내의 설움을 먹을 걸로 풀긴 했지만, 점차 회사 생활에 적응해 가면서 아진과 어울리는 일은 점차 줄어들었다.

혹시나 들릴까, 아진에게 소곤거리는 서하의 얼굴이 당혹으로 가득했다. 연갈색 앞치마를 두른 점원이 창가에서 좀 떨어진 구석 자리로 안내했다. 대학가이고, 딱 점심시간이다 보니 테이블이 한정되어 있었다.

"고르시면, 벨 눌러 주세요."

"감사합니다."

깔끔한 디자인의 메뉴판이 테이블에 놓였다. 덩그러니 하나 있는 걸 물어보지도 않고 서하가 채 갔다. 아진의 눈꼬리가 치켜 올라갈 즈음, 서하가 벨을 눌러 종업원을 불렀다. 어떻게 하려나 팔짱을 끼고 그 태세를 구경하고 있으려니. 서하가 자연스럽게 메뉴판을 건네며 주문을 시작했다.

"해산물 로제 파스타 하나 주시고요. 알리오올리오로. 샐러드 드레싱은 가벼운 걸로 해 주세요."

종업원이 자리를 뜨고 나서, 예쁘게 꽃받침을 하고 빙그레 웃는 남자에게 아진은 기가 찼다. 관리하는 거 뻔히 알면서 탄수화물 범벅인 파스타를 시켰다. 자기도 관리해야 하면서.

"뭐야, 오빠?"

"너 해산물 로제 좋아하잖아."

"……아닌데?"

"너 방금 흠칫했다."

화들짝 놀란 토끼처럼, 머리칼까지 쭈뼛하고 서는 느낌이었다. 재빨리 갈무리했지만, 같은 일을 하는 사람인 서하는 그녀의 행동을 그대로 꿰뚫어 보았다.

"아닌데?"

"좋아하는 거 그냥 좋아하다고 하면 되지. 왜 그래."

"안 좋아한다니까?"

아진이 지레 틱틱거리며 괜히 테이블 위에 놓인 포크를 쥐었다 놓았다. 좋아했다. 토마토와 크림의 극단적인 맛 사이에서, 그녀가 좋아하는 것은 로제였다. 적당히 달콤하고, 적당히 짭조름한. 게다가 새우가 가득 들어간 해산물 파스타는 그녀가 가장 좋아하는 메뉴여서 매니저 몰래 집에서 한 번씩 해 먹기도 했었다. 하지만, 티를 내고 다닌 적은 없는데…….

"그럼 뭐 먹을 건데? 하나 더 시켜 줄게."

"됐어. 돈 아깝게 굳이 왜. 그냥 먹을게. 그리고 오빠 우리 관리해야 하거든?"

"하루쯤이야 뭐 어때. 데이트 끝나고 같이 운동할까?"

한마디도 지지 않는다. 자기 페이스대로 끌어가는 모습을 보니 이게 연륜인가 싶어 아진이 허탈한 웃음을 토해 냈다.

"그래서 짜 오신 데이트 코스가 어떻게 되십니까. 남자 친구님?"

"점심 먹고, 영화관 갔다가 카페 가는 코스입니다. 여자 친구님."

시선을 마주하자 웃음이 터져 나왔다. 주변의 시선이 잠시 따갑게 느껴졌지만, 그것도 잠깐이었다. 시끌벅적한 대화들 사이에서 자연스럽게 묻어가는 느낌이었다.

곧 음식이 나오고, 맛깔나게 윤기가 자르르 흐르는 파스타에서 아진은 시선을 떼지 못했다. 그 순간, 바로 옆에서 찰칵하는 소리와 함께 플래시가 터져 나왔다. 서하와 아진이 반사적으로 그쪽을 돌아보았다. 당황한 대학생 커플이 어수선하게 묵례를 하고는 서둘러 자리를 떴다. 얼굴 한 번 구기지 않고, 다시 파스타로 시선을 돌렸으나, 아진의 기분은 이미 가라앉은 뒤였다.

"이것도 먹어 볼래?"

기본적인 양념만 된 알리오올리오를 가리키며 묻는 서하의 목소리가 들렸다. 아진이 허벅지를 덮은 치마를 내리눌렀다.

"아냐. 괜찮아."

뇌는 생각 외로 단순하다. 자신이 좋아하는 자극만 좀 주면, 기분이 나빴던 것은 깡그리 날려 버릴 만큼. 포크로 돌돌 말아 입 안에 넣은 로제파스타는 몇 달 만에 맛보는 것이었다. 맛집이라고 검색해 온 보람이 있게 혓바닥에 닿은 맛은 만족스럽게 황홀했다.

"맛있지?"

"응."

절로 밝아지는 표정에 반대편의 서하도 흐뭇하게 웃었다. 꾸며진 시나리오대로 스캔들은 시작되었고, 둘은 보이지 않는 카메라 앞에 선 배우였다. 그럼에도 즐거웠다.

"계산 내가 할게."

"내가 먹자고 했으니, 밥은 내가 사야지."

"그럼, 후식은 내가 살게."

계산대 앞에서 작은 실랑이가 벌어졌다. 아닌 척해도 힐끔힐끔 자신들을 주시하는 시선과 쫑긋거리는 귀가 의식되던 참이었다. 아진이 순순히 물러섰다.

"좋아. 후식 먹을 생각은 없지만."

"뭐?"

어이가 없어 웃음을 터뜨리는 아진에게 와서 서하가 자연스럽게 팔을 내밀었다. 맛있는 것도 배부르게 먹었겠다. 인심 좀 쓰지 뭐. 아진이 기다렸다는 듯 그 팔 사이에 자신의 손을 끼워 넣었다.

계산하고 나오며, 지나가는 시선들에게 아진이 방긋방긋 미소를 보냈다. 열애설의 반응은 나쁘지 않았다. 서하가 평소 소리 높여 말하듯, 바른 이미지와 스캔들 없이 깨끗했던 사생활 덕에 소음이 나지 않는 사람이었다.

대학가의 분위기는 자유로웠고, 그만큼 사람이 많았다. 졸졸 따라오는 인파도 있었지만, 대부분은 둘을 지나쳐 갔다. 힐끗힐끗 쳐다보는 것쯤은 그냥 넘길 수 있었다.

"그럼 이제부터 뭐 할 건데? 후식도 안 먹을 거면 그냥 집에 갈까?"

주변의 눈치가 신경 쓰이던 차였다. 아진이 선글라스를 한 번 고쳐 쓰며 물었다.

"먹으러 가도 신경 쓰여서 제대로 먹지도 못할 거면서. 그냥 영화나 보러 가자."

"영화?"

아진이 반색했다. 최근 개봉한 영화가 뭐가 있더라. 시사회를 제외하면 영화관 나들이는 쉽지 않은 일이라서 가슴이 부풀었다.

"응. 뭐 보고 싶었던 거 있어?"

"보고 싶었던 거야 많지! 영화관에 하루 종일 있으라고 해도 있을 수 있는데."

아진의 말에 서하가 킥킥거렸다. 서하가 입고 온 까만 트렌치코트와 맞춰 입는다고 아진도 디자인이 비슷한 베이지색의 트렌치코트를 입었다. 가넷 주얼리의 커플 선글라스에 브랜드는 다르지만, 얼핏 보면 맞춘 것 같은 트렌치코트. 대놓고는 아니어도 멀리서도 커플로 보일 만한 차림이었다. 게다가…….

"오빠 은근슬쩍 손잡는 이유가 뭐야."

"이게 편하잖아."

"그건, 그렇지만."

중학교 때 동성 친구들과 잡고 다녔던 기억은 이제 흐릿했다. 그 뒤로 이렇게 손을 잡고 다닌 적은 없었는데……. 주연과 쇼핑을 다닐 때도 옷 위로 팔짱을 꼈지 이렇게 체온과 체온이 그대로 맞닿은 적은 없었다. 붙잡힌 왼손에서 느껴지는 체온이 따스했다.

"다음 주부터 촬영이지?"

"응. 크랭크인 들어가고, 난 앞부분에서 죽으니까 뭐. 그렇게 부담은 없어."

"사극 오랜만인데 괜찮겠어?"

괜찮지 않았다. 주조연급의 역할이었고, 여주인공은 아니어도 꽤나 앞부분에서 중점적으로 다루어지는 캐릭터였다. 부담이 없다면 거짓말이었다. 게다가 같이 엮이는 신인 배우는 그였다. 마음 한구석이 계속 불편하고 무거웠다. 자신이 너무 심했나 싶다가도 처음부터 그렇게 선을 그어 버리는 것이 서로에게 도움이 된다고 합리화를 시도하기를 수십 번. 아진은 부러 밝게 웃어 보였다.

"나, 노아진이야."

"대본 달달 외웠나 보다?"

"애드리브도 유형별로 준비해 봤지."

서하가 어깨를 으쓱하며 잘난 체를 하는 아진의 머리를 쓰다듬었다. 귀여워 죽겠다는 듯 맹렬히 쓰다듬는 행동에 아진이 진저리를 쳤다. 예쁘게 고데기까지 하고 나왔건만 이 인간이 진짜.

"머리 망가져!"

"망가져도 예뻐."

"내 눈에는 하나도 안 예뻐!"

"내 눈에만 예쁘면 되지. 생얼도 예쁘던데 뭐."

서하는 눈웃음을 짓고 그녀를 내려다보았다. 화끈거리는 얼굴을 살짝 돌리고 손으로 부채질을 하고 있었다. 그렇게 외면하면 그가 보지 못할 것이라 생각했는지 아진은 꿋꿋하게 반대편을 쳐다보며 걸었다. 그가 웃음을 삼켰다.

"그럼 어디로 갈까?"

"정해 놓은 거 아니었어?"

"정해 놓긴 했는데, 길을 몰라서."

"뭐야 진짜. C사? L사? 어디가 더 가깝지?"

"이쪽은 나도 와 본 적이 없어서."

"핸드폰으로 검색했지? 줘 봐."

아진의 타박에 서하가 어깨를 으쓱했다. 그러고는 자연스럽게 아진에게 핸드폰을 내밀었다.

"나도 이쪽은 안 와 봤는데……. 그냥 차를 탈까?"

"으음, 글쎄?"

장난기가 가득 담긴 답변에 아진이 그를 올려다보았다. 흐뭇하게 웃는 얼굴로 바라보는 게 이상하게 불안해 아진이 그를 살폈다.

"뭔데. 뭔데 그러는데?"

"예뻐서……."

아진이 할 말을 잃었다. 발가락 끝에서 올라온 소름이 온몸으로 퍼지는 듯한 감각까지 느껴졌다.

"오빠…… 전개가 너무 뜬금없는 거 아냐?"

"그런가? 예쁜데 어떡해?"

뻔뻔하게 느껴질 만큼 웃고 있는 서하를 뒤로하고 아진이 씩씩하게 걸었다. 한 손에는 그의 핸드폰을 쥐고, 한 손은 땀이 차 있는데도 놓아주지 않는 서하의 손을 붙들고……. 두 손 다 뜨뜻한 온기가 그득했다.

"공개 연애 좀 괜찮은 거 같아."

갑작스러운 말에 아진은 아메리카노 두 잔을 얹은 쟁반을 떨어뜨릴 뻔했다. 이 인간이 누구 출셋길을 막으려고. 아니지, 출셋길과 혼삿길을 둘 다 막으려는 의도처럼 보였다.

"오빠, 내 혼삿길 막으려고 작정이라도 한 거야?"

"그 혼삿길 나한테 뚫려 있으면 괜찮지."

아진은 말을 하면서도 아차 싶었다. 저 인간의 평소 태도를 보면 저렇게 대꾸해 올 것이 당연했으니까. 아진의 불만스러운 얼굴에도 서하의 입가에는 미소가 가득했다. 마냥 좋기만 했다. 그녀가 아주 어릴 적부터 귀여워했던 동생이었고, 무럭무럭 자라나는 걸 보면서 미래를 함께 꿈꿔 보면 어떨까 했는데……. 그 꿈이 현실로 잡히려고 하니 마냥 좋을 수밖에.

"그럴 일 없네요. 나는 독신주의로 살 거야."

"그렇게 될지는 두고 봐야지……. 이게 내 건가?"

"둘 다 아메리카노입니다. 아무거나 드셔도 되어요."

"네, 네."

영화관의 조명은 대체적으로 어두웠다. 고르고 고른 영화가 시작 시간이 꽤나 남아 있는 터라 후식이라도 먹을까 하는 참이었다. 커피 하나씩을 손에 쥐고, 아진이 챙겨 온 빨대를 내밀었다. 노란색과 초록색. 먼저 고르라고 서하에게 내밀자, 그가 망설임 없이 노란색을 골랐다.

"너 초록색 좋아하잖아."

"……아닌데."

아진이 빨대를 턱 아래까지 끌어오며 퉁명스럽게 대꾸했다. 매니저도 제대로 모르는 것을 어떻게 아는 걸까 하는 궁금증이 들었다. 주연이에게 물었나 싶다가도 주연도 아진과 지내 온 시간이 길지 않은 만큼, 이 정도까지는 모를 것 같았다. 대체 어떻게?

"관심만 가지면 알 수 있는 건데 뭐."

그녀의 얼굴 가득히 담긴 불신과 의아함에 서하가 대수롭지 않게 대답했다.

"그럼 오빠. 오빠는 언제부터 나한테 관심이 있었던 건데?"

"아진이 네가 상상도 못 할 때부터."

역효과였다. 아진이 입에 반쯤 가져가던 빨대를 툭 떨어뜨렸다. 그녀의 반응을 보고 서하도 실수했다는 것을 깨달았다.

"도둑……. 로리……."

"야, 네가 뭘 생각하는지 알겠는데 그건 아니야!"

의도한 바와 전혀 달리 진행되는 대화에 서하가 당황했다. 다급하게 주변 사람들을 살폈으나 그런 행동 때문에 오히려 사람들의 시선이 더욱 집중되었다.

"그럼 뭔데?"

입을 틀어막힐 뻔한 아진이 여전히 불신이 가득한 눈으로 물었다. 말 한 번 잘못했다가 변태로 몰리게 생긴 서하가 깊은 한숨을 들이쉬었다.

"그냥 내가 많이 좋아한다는 거지이……. 알지?"

"몰라요. 저는 그런 거 모르네요."

안절부절못하는 게 웃음을 불렀다. 아진이 올라가려는 입꼬리를 파들거리며 떨어뜨리고 새침하게 대꾸했다.

"좀 안다고 해 주면 덧나냐. 팝콘이라도 먹을까?"

"갑자기 왜 대화가 거기로 튀어?"

"아님, 나초 먹을까?"

서하는 대답도 듣지 않고 자리에서 일어섰다. 당당하게 지갑만 달랑 들고 나선 그의 자리에 트렌치코트 한 벌만 남았다. 실내의 온기에 아진도 얇은 코트를 벗었다. 몸을 돌려 의자에 걸치고 자세를 바로 하니 어느새 서하가 돌아와 있었다.

"팝콘은?"

"관리한다면서?"

"팝콘 먹자면서."

"사람 많아서, 다 되면 불러 준대."

입을 삐죽이며 새침하게 꾸며 낸 목소리에도 서하는 다정스레 대꾸했다. 한 번씩 꼭 장난기가 섞이긴 했으나 그게 더 매력적인 다정한 남자. 다정하고 섬세하고, 아진과 있을 때는 항상 그녀에게 집중해 주었다. 그러니 여자들한테 인기도 많지.

한번 찔러나 볼까 싶어 아진이 턱에 손을 괴었다.

"오빠, 지금까지 여자 많이 만났지?"

푸읍, 음료를 뿜어내는 것도 잘생긴 사람이 하니까 드라마와 영화의 한 장면 같았다. 아진이 가늘게 뜬 눈으로 바라보다 웃음을 터뜨렸다. 그냥 던져 본 건데 찔리는 게 있기는 한 모양이었다.

"풉, 내, 내가 뭘?"

"뭘 그리 놀라? 그냥 물어볼 수도 있지."

"너는? 너는 있어?"

카페 로고가 선명하게 박힌 냅킨 몇 장으로 입과 입고 있던 옷에 튄 자신의 흔적을 닦아 내며 서하가 물었다. 묻고 있는 그의 동공이 떨리고 있는 게 선명하게 보여 아진은 웃음을 삼켰다.

"있을 거 같아? 없을 거 같아?"

"……내가 알기로는 없는데, 혹시 모르니까."

두 사람을 감싸고 있는 대기가 순식간에 차분하게 가라앉았다. 서하의 깊은 눈동자가 곧장 그녀를 향하고 있었다. 왼쪽 얼굴이 더 예쁜데. 무의식적으로 다른 사람들이 그녀를 바라볼 때 어떤 얼굴을 내보여야 하는지 계산하는 버릇이 나와 살짝 고개를 틀었다. 그와 동시에 서하가 짙은 미소를 지었다.

"……뭐야, 다 아는 척하더니?"

"다 아는 건 아니지만, 이미 다 알고 있어도…… 네가 이야기해 주면 그게 좋으니까."

아진이 대외용 미소를 지은 채 그대로 굳어졌다. 그가 바라고 있는 것은 이 사기극에서의 노아진일까, 실제의 노아진일까. 혼란스러워 그 어떤 말도 내뱉지 못하고 굳어 버렸다.

서하는 굳이 서두르지 않았다. 겨우 이제 시작인데, 코너까지 몰아갈 생각은 없었다. 벌써부터 저 작은 머리에 그가 꿈꾸는 작은 세상까지 밀어 넣어 복잡하게 할 필요는 없었으니까. 그래서 그는 대답을 재촉하지 않았다. 잠시의 침묵을 즐기다가, 영화를 보러 가자고 손을 내밀기만 하면 되었다.

영화는 그녀가 가장 존경하는 배우이자, 요즘 영화판에서 유일하게 여배우 원톱 영화를 만들어 내는 선배의 작품이었다. 스토리가 진행되는 흐름과 그 흐름을 이끌어 나가는 배우들의 호흡 속에서 황홀한 감상을 마치고 정신을 차리니 집 앞이었다.

영화에 대한 생각을 끝도 없이 쏟아 내는 아진을 다독이고, 맞장구쳐 주고 같은 업계가 아니면 알 수 없는 부분까지 전부 대화로 풀어내고서야 서하는 아진과 헤어질 수 있었다.

"고마워요, 오빠."

"그럼, 내 국내 팬미팅에 서비스 좀 와."

"기브앤테이크?"

"……그래. 기브앤테이크."

서하가 씁쓸한 표정으로 고개를 끄덕였다. 반면, 아진은 가벼운 마음으로 같은 행동을 했다. 팬미팅 게스트야 잠시 시간 내서 들르면 되었다. 유서하라는 당사자가 있는데 그 자리에서 계란을 던지고 폭력을 행사할 팬은 없을 터였다. 자기가 사랑하고 좋아하고, 아끼는 사람 앞에서는 예쁘고 바르게 보이고 싶을 테니까.

"너 입술 되게 예쁜 거 알지?"

"오빠 진짜 능글맞은 거 알죠?"

갑작스러운 말이었지만, 아진은 능숙하게 쳐 냈다. 대선배라고 불리는 배우들과 연기하다 보면 그들의 애드리브에 맞춰 주려 항상 긴장해야 했다. 감정선을 끌어내고 끌려가지 않기 위해 안간힘을 쓰던 그 세월과 노력들이 그대로 묻어나는 것 같아 뿌듯하기도 했다.

"……하."

서하가 허탈하게 웃었다. 동그랗게 뜬 눈으로 그를 바라보는 저 얼굴이 너무나 어리고 순수하게 보여서 한숨도 푸욱 내쉬었다. 키스신에 베드신에 알 거 다 알고, 더 더러운 세상도 겪은 여자인데 왜 저렇게 어리게 보이는지. 서하가 고개를 내젓고 발을 뒤로 물렸다.

"……각오하라고. 오늘 스킨십 너무 낮잖아, 수위."

"수위는 진짜. 이 오빠가 정말!"

"다음에 만날 때는 몇 세 관람가로 할 건지도 정하자, 응?"

능청스러운 서하의 말에 아진은 그의 가슴께를 손으로 밀어 내며 현관문을 쾅 닫았다. 닫힌 현관문 뒤로 그의 웃음소리가 들려왔다. 하여간 짓궂기는.

헤어지고 나서, 문이 닫히고 나서, 텅 빈 집에 들어왔을 때 아진은 생각했다. 이런 거라면 연애도 괜찮겠다. 외롭고 쓸쓸한 시간을 차지해 주는 사람이 있는 것도 괜찮겠다. 그렇게 생각하는 것도 아주 잠깐이었다.

움직이거나 말을 하지 않으면 아무 소리도 들리지 않는 공간 한

가운데에 그녀가 섰다. 열일곱부터 보아 온 풍경인데, 항상 낯설었다.

자신을 좋아한다는 소리는 늘 좋았다. 정말 힘들 때에는 그 말 한마디가 하루를 살게 하는 힘인 것 같았다. 그래서, SNS를 시작했다. 말은 팬들과의 소통이지 결국에는 자기 위로에 불과했다. 아무리 긁어모아도 자존감은 바닥에 쓸리는 모래와 같았다.

"……싫습니다, 아버님."

아진이 소파 옆 협탁에 올려진 대본을 아무 부분이나 펴서 읽어 내리기 시작했다. 그 누구도 방해하지 않는 공간은 곧 아진의 연습실이었다. 이제 외롭지 않았다. 노아진은 아무것도 가진 게 없지만, 배우 노아진은 누구보다 당당하게 멋진 여자니까. 아진이 입술을 짓씹었다.

4. 이변

아진과 서하의 발목에 한 번에 족쇄를 채운 문제의 드라마는 종영을 앞두고 있었다. 다행히 작가에 대한 관심보다는 드라마의 탄탄한 스토리와 화려한 캐스팅에 이목이 집중되어 있는 상태였다. 이대로 광고만 안 떨어지고 별일 없이 종영만 된다면 바랄 것이 없으련만.

회사는 어제부터 주욱 바빴다. 소속된 배우 두 명이 말 한마디 없이 손에 손 잡고 사람 많은 대학가로 데이트를 나가 주신 덕분이었다. 모 기자의 말을 빌리자면, 꿀이 뚝뚝 떨어지는 시선에 꼭 붙들고 있는 손이 화제인 모양이었다.

지한은 한숨을 푹 내쉬며 수습을 도왔고, 그 바쁜 틈을 내어 아진에게 잔소리를 해 주려 행차했다. 덕분에 아진은 이른 아침부터 초인종 소리에 깨어났다. 하지만 그것도 잠시였다. 빗발치는 회사의 전화를 받고 지한이 돌아가자 집 안은 다시 정적에 휩싸였다.

띠리링 소리를 내며, 거실의 티브이가 꺼졌다. 리모콘을 내려놓고 일어난 아진이 무의식적으로 스트레칭을 시작했다. 몸을 쭉쭉 뻗으며 베란다를 통해 밤하늘로 시선을 돌렸다. 이렇게 또 아무것도 안 하고 하루가 가는구나.

아무것도 집어넣지 않은 배가 통증으로 자신의 존재를 알렸다. 대충 전자레인지에 찜질팩을 돌려 배에 턱 하니 얹은 그녀가 핸드폰을 들었다. 부재중 통화 한 개. 수연 이모였다. 아진이 반사적으로 시간을 확인했다. 10시 반.

"네, 이모. 전화하셨네요?"

― 응, 잘 지내나 해서.

아들이 큰 기획사와 계약하고, 승승장구할 일만 남았다고 기뻐한 게 겨우 며칠 전이었는데 축 가라앉은 목소리였다. 아진이 자신도 모르게 반사적으로 어깨를 움츠렸다.

"저는…… 잘 지내죠. 이모는요?"

이 넓고 텅 빈 집에서 아주 잘 지내고 있었다. 심심하면 서재로 꾸민 방에 신간 책을 꽂아 넣기도 했고, 신작 영화 디브이디와 블루레이를 몽땅 구매해서 하루 종일 돌려 보기도 했다. 시간을 잘 보내기 급급한 나날이었다.

― 나야 잘 지내지. 밥은 잘 챙겨 먹고 있고?

"네, 회사에서 사람 보내 주는걸요."

낯선 사람들을 극도로 기피하는 성격상 고용인들은 그녀가 스케줄이 있을 때만 방문해서 청소와 음식을 해 놓고 갔다. 항상 하는 거짓말이었지만 마음이 편하지는 않았다. 이제 그만 본론으로 들어

갔으면 했다. 아진은 초조하게 가죽 소파의 팔걸이를 손가락으로
두드렸다.

— 준성이가…… 집에서 나간다고 하는데, 혹시 너한테는 이야
기하지 않았나 해서…….

한껏 망설이다 뱉은 듯 떨리는 목소리였다. 아진이 한숨을 깊게
토했다.

"저한테도 말 안 했어요, 이모. 갑자기 왜요?"

— 그러게, 갑자기 왜 이러는지 나도 모르겠다. 혹시 회사에서
숙소 생활 하길 바라니? 너도 그 기획사로 가서 독립하고…….

"아뇨 그렇진 않은데……. 저야 친한 친구하고 같이 살겠다고
나온 거잖아요."

아진이 애써 웃었다. 이름도 기억나지 않는 당시 스타일리스트의
이름을 대며, 같이 살겠다고 고집을 부려 독립을 했다. 그리고 회
사에서 해 준 집에 혼자 들어왔다. 윤준성이 어떤 생각인지는 알
수 없으나 그녀는 지끈거리는 관자놀이를 꾹꾹 누르며 애써 웃음을
흘렸다.

"별일 아닐 거예요. 제가 준성이한테 한번 물어볼게요."

— 그래. 아, 이번에 준성이 들어가는 영화, 아진이 너도 나온댔
지?

"네, 감독님이 저희 회사 배우들을 좋아해서요."

이미 한 번 했던 말이었다. 그것도 그녀가 직접 전달한 소식이었
다.

— 그래, 역시 네가 있으니까 준성이 앞길이 뻥 뚫리는 것 같다.
내가 주책이지?

"아니에요, 이모."

타오르는 목을 축이기 위해 아진이 빠르게 발걸음을 옮겼다. 아무 컵이나 집고서 물을 가득 담아 꼴깍꼴깍 소리를 내며 시원하게 비웠다. 그래도 속이 답답했다.

— 글쎄, 저번 주에는 준성이 매니저라고 애 하나가 인사를 오더라고……. 배우를 한다고 하는 애라지만 걔가 워낙 이상한 데 고집이 있어서, 영화관에 상영도 안 되는 영화만 찍던 애잖니. 너 만나고 나더니 잠깐이지만 공중파에도 나오고……. 내가 요즘만큼 이렇게 기쁠 때가 없다. 고맙다, 아진아.

"아니에요. 제가 뭐 한 게 있다고……."

인사치레를 받고자 한 짓이 아니었다. 딱히 좋은 마음을 가지고 회사에 계약시켜 달라 요구한 것도 아니고, 그냥 너무 이 세계를 쉽게 아는 것 같은 그를 옆에 두고 지켜보고 싶었다.

너는 현실과 이상의 괴리에서 어떻게 좌절하고, 어떻게 배우로 거듭날까. 아니, 배우가 될 수나 있을까. 꿈으로만 되지 않는 일이 있다는 것을 돌려서 알려 주고 싶었다. 아니 그것이 처음부터 그의 꿈이었는지도 되물어 보고 싶었다.

— 준성이 걔, 기획사의 기 자도 모르던 애야. 너 나오던 드라마 그 거기, 엑스트라인가 뭐시긴가로 한 번 나오더니 딱 계약도 하고. 나는 그냥 고맙고 그렇다.

"에이, 준성이가 잘하니까 그런 거죠. 유서하라고 아시죠? 그……오빠도 준성이 잘한다고 칭찬하던데요. 연극 무대에서 봤다고."

— 어머, 정말? 맞다. 아진이랑 사귄다고 했었지. 내가 뉴스에서 보고 까암짝 놀랐다, 아진아. 왜 이모한테 말도 안 했어. 서운하게.

"헤헤, 뭐 그렇게 되었어요."

대화의 중심은 윤준성에서 유서하로 전환되었다. 윤준성이라는 이름이 막 뒤로 사라질 때까지 손에 땀을 쥐던 대화가 끝났다. 불편했다. 그 전에는 엄마보다 더 엄마 같은 사람이었는데, 지금은 불편하기 그지없었다.

— 그래, 아진아. 부탁한다. 준성이한테 말 좀 잘해 줘, 응?

"네. 그럴게요, 이모. 잘 지내시고요."

끝까지 당부하는 말을 짓씹어 삼키고 아진이 밝은 목소리로 대꾸했다. 툭 끊어진 핸드폰을 아무렇게나 내팽개치고, 그녀가 성큼성큼 걸어 샤워실로 향했다. 잡념이 가득한 머리칼을 물 아래서 털어 내고 싶었다.

도로에 있는 과속 방지턱처럼 그는 한 번씩 툭 하고 튀어나왔다. 기억 속 저편에서, 혹은 지나가다 마주치는 비슷한 사내로부터 그렇게 튀어나왔다. 볼록 누르면 들어갔다가 다시 나오는 피부 트러블처럼 신경 쓰여서 계속 손이 가는 존재였다.

아진은 허탈하게 웃었다. 첫사랑이라는 건 인정한다. 그런데, 그 사춘기의 열병이 왜 아직도 머리에 남고 가슴에 남아 있는지. 제대로 시작해 보지도 못했고, 부끄러운 기억으로 남았을 뿐인데 왜 그 수치스러운 기억이 소리 없이 튀어나오냐는 말이다.

아진이 무릎을 안고 얼굴을 묻었다. 메시지 도착을 알리는 알림음이 허공으로 울려 퍼졌다. 햇살이 거실을 가득 채울 때까지 주인이 찾지 않은 핸드폰은, 결국 소파 구석에서 배터리를 완전히 소모했다.

공개 열애 인정 이후의 공식 데이트의 여파는 꽤나 오래갔다. 요즘 대세 중의 대세인 배우 두 명이 아무렇지 않다는 듯 손을 잡고, 팔짱을 끼고 대로변을 활보한 효과는 즉각적이었다. 그들이 길거리를 돌아다니던 그 시간 포털 사이트는 마비 직전이었고, 기자들은 엉덩이에 불이 난 것처럼 이리 뛰고 저리 뛰었다.

그리고 얼마나 지났더라. 아침 8시부터 울려 대는 핸드폰 때문에 아진은 이마를 짚고 지하 주차장으로 내려갔다. 루즈한 후드티로 몸을 돌돌 감싸고 잔뜩 인상을 찌푸린 채였다.

"아무리 좋아도 공개 데이트가 뭐야."

차에 올라타자마자 지한의 잔소리가 시작되었다. 이 난리가 사흘째임에도 지한에게는 마치 어제 일처럼 생생한 듯했다. 리아와 협력해서 잔소리하지 않은 게 다행이지. 일찍 일어나 머리까지 띵한 상태에서 리아와 지한의 잔소리 아카펠라가 펼쳐졌다면 끔찍할 뻔했다. 생각만 해도 으으……. 아진은 고개를 절레절레 저으며 의자에 몸을 파묻었다.

"잔소리 싫어……."

잠에 취해 뭉개지는 목소리였다. 아진이 그만하라는 의미를 담아 지한에게 손짓했다. 불만이 가득한 얼굴로 항의하려고 하던 지한이 운전하며 눈치를 보고 있는 하윤 때문에 혀를 차며 자세를 바로 했다.

"……근데 무슨 일인데 이 이른 아침부터 불러내?"

"데이트하셨잖아요. 그러니 불려가죠."

지한이 시비조로 대꾸했다. 아무래도 위에서 진탕 깨진 모양이었다. 사랑이 내리사랑이듯, 갈굼은 내리갈굼이라고 위에 불려가 털렸겠지.

대충 상황이 정리된 듯했다. 그러니, 원흉을 불러 충고할 짬이 생겼겠지.

"홍보팀?"

아진은 질문을 툭 던졌지만, 그쪽에서 그럴 리 없다는 걸 잘 알고 있었다. 이 모든 상황의 원흉이 그쪽에 있는 판에 설마 매니저까지 소환해서 불벼락을 때렸을까.

"아니, 기획팀. 오늘 기획 1팀이랑 기획 2팀이랑 합칠 거야."

"……뭐? 뭐라고 했어, 오빠?"

대답은 지한에게서 흘러나왔다. 방금까지 들렸던 비꼬는 어조의 목소리가 한순간에 진중하게 가라앉았다. 아진이 눈을 동그랗게 떴다. 회사에 기획팀은 세 팀이 있었다. 그중에 메인을 담당하고 있는 1팀이랑 2팀이 왜?

"너희 공식 성명 내는 자리에서 말 꼬여서 일 날 뻔했거든. 사장님 명령."

"아니 그게 뭐 말이 꼬일 일이라고?"

"기자들 전화가 홍보팀으로 바로 안 가고, 기획팀 팀원들 옆구리를 찔렀나 봐. 갑작스러운 일이라 말도 안 맞춰지고……."

아진이 물어보자마자 기다렸다는 듯 그가 회사에 있었던 사건·사고들을 주르륵 쏟아 냈다. 지한의 폭포수 같은 말들 사이에서 알맹이만 쏙쏙 뽑아 들으며 아진이 이마를 짚었다. 대체 무슨 생각이야? 그녀는 항상 유쾌하고 태연하기만 한 회사 대표 상훈을 떠올렸다.

아진이 생각의 파도에서 헤매고 있는 사이 차는 코앞에 있는 기획사 건물에 도착했다. 하윤은 지하 주차장으로 곧바로 들어가 아진과 지한을 내려 주었다. 주차를 하러 사라지는 그를 뒤로하고, 아진이 한숨을 푹 내쉬었다.

"9층 기획팀으로 바로 올라가."

"오빠는?"

"난 홍보팀 좀 들렀다 갈게."

짝수층 엘리베이터에 먼저 올라타는 지한을 배웅하고, 아진도 곧 도착한 엘리베이터에 발을 디뎠다. 닫히는 엘리베이터 문 사이로 아진은 주차를 마치고 헐레벌떡 뛰어오는 하윤을 목격했다. 피곤한 아침이었다.

그런데, 기획실에 도착한 아진은 잠시 제 눈을 의심했다. 당장 내일 국내 팬미팅이 있다는 사람이 기획실 안쪽에서 화기애애한 꽃밭을 만들어 내고 있었다.

"어, 아진이도 왔네."

알은척을 해야 할까 말아야 할까 고민하던 아진이 바로 옆에서 화끈화끈하게 불타오르는 하윤을 인식하고 손을 내린 순간이었다. 서하가 꽃이 피어나듯 화사한 미소를 지으며 성큼 다가왔다. 그 뒤로 옹기종기 모여 모닝커피를 즐기는 직원들과 1팀 담당의 연예인들이 눈에 보였다.

"오, 커플."

"사내 커플!"

"공개 연애네. 이야, 아진이 대단한데?"

"내가 대단해요? 이쪽에 계시는 분이 더 대단하지 않나?"

어쩐지 조용하다 싶었다. 만나서 이야기를 하려고 벼르고 있던 모양이었다. 한 마디씩 던져 오며 쏟아지는 관심에 아진은 슬며시 그 방향을 틀었다. 뭐가 그리 뿌듯한지 빙글빙글 웃고 있는 저 능글맞은 남자를 향해서였다.

"내가? 내가 뭘?"

"맞아. 몇 살 차이더라."

"……양심 좀 있어야 합니다. 형."

"그래요. 양심이 있어야지. 나이 차가 아주."

장난기 섞인 비난이 쏟아졌다. 난처한 얼굴이었지만 서하의 입가에는 미소가 걸려 있었다. 동료 선후배의 장난이 반가운 모양이었다.

"장난 그만하고 들어옵시다!"

기획 2팀장 윤채경이었다. 채경이 사내들 사이에서 둘러싸여 웃고 있는 아진에게 눈짓했다.

간만에 만들어진 큰 자리였다. 게다가 이렇게 팀 내에서 서포트하는 연예인들을 다 모아 놓고 만든 자리는 처음이었다. 아진은 재빠르게 서하의 곁으로 가 소곤거렸다.

"뭐야 지금? 우리 때문에 모인 거야?"

"아니, 뭐. 그것도 있고 겸사겸사?"

그런 아진이 귀엽다는 듯 서하가 몸까지 낮춰 가며 속삭였다. 그러자 꼴 보기 싫다는 듯 기획 1팀장 신철호가 팔랑거리는 파일 하나로 서하의 머리를 내리쳤다.

"들어가 이것들아. 들어가."

"아파요, 팀장니임."

아프지 않은 걸 뻔히 아는데 앙탈은 무슨. 아니꼬운 눈으로 흘겨
보는 철호의 앞으로 아진을 밀며 서하가 빙긋 웃었다. 그렇게 아진
은 질질 밀려 들어가 넓은 회의실 한구석에 자리를 잡았다. 나란히
앉은 두 사람에게 매서운 눈초리가 쏟아졌다. 한바탕 고생한 직원
들이 그 중심축이었다.

"자, 자. 어제 일로 한이 맺혀 있을 분 몇 분 아는데. 우선, 지난
일은 잊도록 하고요."

채경이 먼저 스크린 앞에 섰다. 마치 프레젠테이션을 하듯 단정
한 옷차림이었다. 트레이닝복 차림으로 온 사무실을 헤집던 사람이
웬일이래. 그 옷차림에 놀란 것은 아진만이 아닌지 장난치는 걸로
는 따라올 자가 없는 모델 파트의 윤재와 민기가 낄낄거리기 시작
했다.

"팀장님 선보러 가세요?"

"이게 진짜. 조용히 안 해?"

"그래, 니들 좀 조용히 하자. 중요한 이야기 하는 거니까."

반면, 철호는 묵직하게 그들을 휘어잡았다. 마지막에 들어와 회
의실 문을 묵직한 소리와 함께 잠근 철호가 곧바로 채경의 옆으로
다가와 섰다.

기획 1팀장, 2팀장. 실적으로 치열하게 싸우고는 했지만, 사장
앞에서는 십년지기처럼 똘똘 뭉쳐서 맡은 바 책임을 다하던 사람들
이었다. 특히, 회식 자리에서 사장님 개인 카드를 뜯어내는 데는
따라올 수가 없는 사람들이었다.

어울리지 않게 심각한 분위기에 조용한 적막이 흐르자 철호가
먼저 프로젝터 전원을 올렸다.

"모두들 알 거다. 우리가 배우만 전담한다고 시작한 회사인 거. 그렇지?"

그랬다. 아진의 전 회사에서 그녀만 데리고 나왔던 사람이 현 유제이 엔터테인먼트 사장 상훈이었다.

"우리 사랑스러운 사장님께서 JS 기획사를 인수 합병 하면서, 모델들이 늘었지. 내칠 수는 없고, 모델 하다가 배우로 전향하는 애들도 좀 있고 해서 아예 맘잡고 키워 보자고 한 게 겨우 1년 좀 넘었는데, 생각보다 잘되었고. 그치?"

채경이 어금니를 악물고 빙긋 웃었다. 대부분의 모델들을 다 떠맡느라 그녀는 회사 내에서 인수 합병 최대 피해자로 불렸다. 다른 별명은 철의 여인. 그 탓인지 예쁘게 차려입고도 눈 아래에 짙은 다크서클의 그늘은 남아 있었다.

"그렇지만, 기획 1팀은 배우, 기획 2팀은 모델로 딱 나눠서 관리하는 게 너무 불공평하다는 것도 있었고, 그렇게 따지면 노아진이라는 배우는 1팀이 데려가야 하는데 2팀에서 맡아서 하고……."

아진이 머리카락으로 웃음을 감추고 고개를 숙였다. 채경의 목소리에 불만이 그득그득했다. 모델 서포트와 배우 서포트는 그 일의 종류부터 달랐다. 상훈을 만날 때마다 하는 레퍼토리의 반복이었다. 끝이 나지 않을 이야기임을 아는지 철호가 그 말을 끊어 냈다.

"각자 불만들 많은 것 안다. 같은 회사에서 교류도 없었고, 각자할 일도 많았고……."

"열애설도 이제 다 났지. 알다시피 우리 회사에서 여자 연예인은 아진이 쟤 하나라……."

채경이 굳이 꼭 집어 그녀를 가리켰다. 아진이 예쁘게 웃었다.

누가 봐도 의도한 얄미운 웃음이라 회장에 작은 웃음이 번져 나갔다.

"더 이상 연애설 날 것도 없고, 같이 관리해 보는 걸로 결정 났다. 그래서, 기획 1팀이랑 2팀이 병합해서 총기획팀으로 이름 변경하고, 담당자 교체도 할 거라고 공지하려고 이렇게 불렀다."

"담당자 교체요?"

불안한 목소리가 웅성거림이 되어 퍼져 나갔다. 각자 현재 자신을 서포트 하고 있는 팀 전체가 교체될 수 있다는 불안에서인지 작았던 항의의 목소리가 점점 커져 갔다.

한 사람 한 사람 질문을 받는 것에 진저리를 친 채경이 뒤돌아서 렌즈를 빼는 사이 철호가 이맛살에 주름을 박고 책상을 두 번 내리쳤다.

"각자 매니저, 스타일리스트까지 전부 교체할 생각은 없어. 첫째로는 유서하와 노아진은 내 직속으로 관리할 거다. 회사 최초 사내연애니까 특별 대우 좀 해 드려야지."

"아아……."

아진과 서하의 입에서 침음성이 터졌다. 깐깐하기 그지없는 원칙주의자. 보수주의자. 다른 동료 배우들에게서도 안쓰럽다는 눈빛이 흘러나왔다. 그 동정심 잘 받아 챙긴 서하가 바로 옆에 있던 동료 배우 준택에게 술을 사 달라 칭얼거렸다. 곧바로 거절당했지만.

"지금부터 내년 2월까지는 과도기라고 생각해 줬으면 좋겠습니다. 사적인 부분을 제외하고 계약 해지에 관련된 내용은 얼마든지 이야기해도 좋고요. 하지만 기획팀 내에서도 자리가 잡힌다면 여러분께 좀 더 좋은 서포트를 해 드릴 수 있을 거라고 자신합니다."

채경은 자신감이 넘쳤다. 그녀의 이야기에 특히 나이를 먹을수록 하기 힘든 직업인 모델들의 눈이 빛났다.

"이번 달까지 의견을 듣고, 조정을 실시할 예정이고…… . 아, 아무래도 인력이 부족할 거 같아 사장님께 건의해서 인력을 충원할 겁니다."

지한으로도 모자라서 철호라니. 아, 잔소리꾼들. 생각만 해도 벌써부터 머리가 아픈 기분에 그녀가 이마를 짚자 바로 옆의 서하가 예민하게 반응했다.

"왜 그래?"

"아냐, 좀 걱정되는 일이 떠올라서…… ."

대화는 더 이어지지 못했다. 대대적인 개편에 대한 안내가 시작되었기 때문이었다.

눈을 동글동글하게 뜨고 새로운 변화에 반색하는 아진과 달리, 서하는 냉소적인 미소를 애써 입가에서 지워 냈다. 회사에서 대체 무슨 일을 꾸미고 있는가. 아진처럼 어린 나이에 배우를 꿈꿨던 그는 그녀와는 다른 길을 걸었다. 최초의 소속사에서는 대부분의 소득을 회사에 뺏기는 불공정 계약으로 일찍 철이 들었고, 선배를 믿고 간 다음 소속사에서는 선배만 훌쩍 빠져나가고 그는 바라지 않은 재계약을 해야 했다. 다행스럽게도 사장이 음주운전으로 몇 번 구속되고 업계에 좋지 않은 소문으로 폐업하면서 그를 놔주었다.

그는 이곳과 계약하면서 큰 기대가 없었다. 이미 많이 데어 오기도 했고, 틈을 주지 않고 책잡히지 않아 오래 버티는 게 목표였다. 그래서 처음 계약할 때 변호사를 데려오기도 했고…… .

계약서를 쓰는 자리에 변호사를 대동한 그를 보며, 채경은 어이 없는 표정을 감추지 못했지만 사장인 상훈은 미동도 하지 않고 계약을 이어 갔다. 계약을 마치고 나오는 그의 뒤로 우리도 법무팀을 만들어야 한다는 채경의 목소리가 스쳐 지나갔었다.

"오빠도 저기 참여해?"

"어? 아마도. 중국 드라마 스케줄이랑 겹칠 거 같긴 한데. 알아서 잘 조정해 주겠지."

해외 일정은 홍보팀과의 협의를 통해 결정한다고 알고 있었다. 어른인 척하면서 아직도 아무것도 모르는 그녀를 내려다보았다. 순진한 눈으로 물어 오는 아진에게 다정하게 웃으며 대답한 그가 고개를 들었다. 문득 따가운 시선을 느끼고 돌아본 곳에는 신선한 얼굴이 있었다.

윤준성.

"……래서 오빠네 팀에서는 어떻게 바뀔 거 같아?"

"어?"

"오빠 팀에서는 나갈 사람 없냐고."

"나는 뭐. 매니저 형 한 명에 스타일리스트 한 명인데 뭐."

"그걸로 돼?"

"메이크업은 숍에서 받고……. 그다지 불편한 거 없어. 사람 필요하면 다른 팀에서 빌려다 쓰고."

생각해 보면, 참 단출한 팀이었다. 모르는 사람들은 회사에서 홀대하냐고 물어 올 정도였지만 서하는 그것이 더 편했다.

"우리 팀은 어떻게 되려나. 혹시 누구 한 명 잘리고 그런 건 아니겠지?"

"글쎄, 잘리진 않을 거 같고……. 난 지한 형이 남을 거 같은데."

157

"왜? 지한 오빠 진급할 때도 되었고, 하윤이도 있잖아."

아닐 것이다. 서하는 이 회사에서 아진이 가지고 있는 상징성을 알고 있었다. 소속되어 있을 때는 가족처럼, 이렇게 소중한 사람이 없다는 듯하면서 재계약 시즌에 들어서면 야누스처럼 돌변하는 것이 이 세상 사람들이었다. 자리가 확실하지 않은 이들은 방출될까 봐 발을 동동 구르는데 스타성이 확실한 사람들에겐 재계약 여부에 눈을 부릅뜨고 감시하는 이들이 넘쳐 나는 세상.

"내기할래? 지한이 형이 남을지. 다른 사람이 배치될지?"

"⋯⋯좋아. 뭐 걸 건데?"

아진이 부루퉁한 표정으로 그를 응시했다. 서하가 어깨를 으쓱했다. 어차피 이길 내기였다.

"소원 하나 들어주기. 어때?"

"나도?"

"지면 너도 그래야지. 그게 공평하잖아?"

잠시 고민하는 듯했던 아진이 곧장 고개를 끄덕였다. 어떻게 친해졌는지는 몰라도 꽤나 친밀해 보이는 장난꾸러기들과 대화를 시작하는 아진을 지켜보며 서하가 벽에 기대어 섰다.

해산을 말하고도 회의실에 한참을 남아 있던 채경과 철호가 회의실에서 빠져나갔다. 무심한 눈으로 정신없이 비글들이 흩어져 있는 모습을 바라보고 사라지는 철호와는 달리 채경은 한 명 한 명 집어 잔소리를 쏟아 낸 뒤에야 후련하다는 듯 직원들 몇을 달고서 사라졌다.

"요거, 요거. 얌전한 척하더니. 우리 회사 간판을 낚아채네."

갑자기 목을 휘어잡혔다. 이 회사에 흔치 않은 유부남 배우 김차준이었다. 평소 편한 형 동생 사이라 거리낌이 없는 스킨십이었다.

"아니에요. 제가 낚였지. 채다니요."

"아진이 쟤, 남자한테는 영 쑥맥인 거 우리 회사 사람이면 다 아는 이야기인데 니가 낚았지. 쟤가 낚았겠냐."

변명해 보았지만 말도 안 되는 소리라며, 헤드록에 걸려 목이 졸렸다. 숨이 막힐 정도는 아니었지만 일부러 캑캑 소리를 내며 항복 표시를 한 서하가 씩 웃었다.

"형도 있었어요?"

"난 지각."

당당했다. 서하가 피식하며 바람 빠지는 웃음을 지었다. 기획 1팀 철호에게 저 특유의 당당함으로 원하는 대로 일을 처리하는 게 어디 한두 번이던가. 철호의 특별 관리 대상 1호였다. 그나마 결혼을 일찍해서 스캔들 걱정은 없다지만, 저 능글맞은 태도는 불륜설도 불러일으킬 수 있다며 꿋꿋하게 블랙리스트에 올려놓았다. 그럼에도 저리 사람 좋게 웃고 다니는 사람. 성격 하나는 정말 좋아서 업계에 소문이 자자했다.

"무슨 일인지는 설명 들으셨고요?"

"당근, 내가 제일 먼저 알았을걸? 나 어제 여기서 잤잖아."

"예? 형이 여기서 왜 자요? 설마, 또 형수님한테 쫓겨났어요?"

"아니 아니, 그, 탁, 그 한잔 탁 걸치다가……."

쫓겨났다는 소리였다. 그놈의 술이 문제지. 구박이라는 구박은 다 받으면서 금실 좋다는 소리를 하고 다니는 그가 신기할 지경이었다. 하긴, 한 번씩 방송에 나올 때도 아내가 좋아 죽겠다고 해 대니.

"너 어쩐다니."

"왜요. 형."

"헤어지면, 회사에서 역적 될 텐데."

회사 간판이라고 하는 말이 그냥 하는 말이 아니었다. 사장인 상훈부터 대놓고 과잉보호였다. 배우가 해 달라는 대로 다 해 주는 사장은 흔하지 않을 것이었다. 괘씸하다면서 목을 졸라 놓고 걱정스럽다는 듯 어깨를 두드린다. 재빠른 태세 전환에 서하가 허탈한 표정을 지었다.

"그러니까 왜 꼬셨어. 하필 노아진이야. 내가 너 정도 급이면 더 잘빠진……."

"아진이한테 들린다."

"아이이, 들렸을까?"

웃으면서도 사람 속을 박박 긁을 수 있는 형이었다. 뒤끝 없고 어디 가서 말 흘리지 않는다는 게 장점이었지만, 자신의 속에 있는 말은 전부 토해 내는 성격. 그가 곧바로 윤재가 거는 장난에 까르르르 웃음을 토해 내는 아진의 눈치를 보았다.

"헤어지기 쉽지 않을 텐데, 각오한 거지?"

확실히 신경이 쓰이는 듯 건네 오는 말은 그 전보다 훨씬 소리가 죽었다. 서하가 대꾸 없이 시간을 끌었다.

아역 배우라는 것은 아주 어렸을 때부터 함께 키워 온 것처럼 그들의 근황을 살피는 이들이 많다는 것을 뜻했다. 어떻게 이미지 변신을 하더라도 그에 따른 피해가 상대적으로 적고, 다른 배우들에 비해 안정적인 자리를 차지했다. 특히 아진의 경우에는 당장 배우를 그만두고 다른 일을 하다가 10년 뒤에 돌아온다고 해도 자리가 생길 것이었다. 그게 아진의 위치였다. 그녀 스스로는 인지하지 못하고 있는 것 같지만……

그녀의 남자 친구 자리는 그만큼 위험한 자리였다. 그의 존재로 인해 아진은 소녀에서 여인으로 이미지 변신을 꿈꾸었지만, 서하에게는 득보다는 실이 많았다. 게다가 만약 이 연애가 대중들의 공감을 사지 못했다는 이유로 깨진다면 그에 대한 후폭풍은 만만치 않게 밀려올 것이었다. 그럼에도 그가 이 선택을 후회하지 않는 이유는…….

"걱정 마세요."

"어?"

"걱정할 일 없을 거예요."

각오 없이 시작한 일도 아니었고, 자신이 없는 일도 아니었다. 단호하게 대답하는 그의 입가에 짙은 미소가 호선으로 펼쳐졌다. 반가운 이를 맞이한 것 같은 환한 미소였다. 그의 시선이 닿는 곳에서 아진이 환하게 웃으며 이쪽으로 걸어오고 있었다.

"안녕하세요, 선배님? 커피 드실래요?"

"나야, 아진이가 타 준 커피라면 고맙게 마시…… 풉."

아진이 내민 것은 종이컵에 담긴 미지근한 커피였다. 뒤에서 윤재와 민기가 낄낄 웃는 것까지는 눈치채지 못하고 한 모금을 넘기던 차준이 입 안의 커피를 다시 종이컵으로 리필했다.

"예이!"

두 악동 녀석이 하이파이브를 하는 것을 본 차준이 무시무시한 눈으로 그들을 잡으러 달려 나가고, 아진이 까르르 웃음을 터뜨렸다.

"누구 아이디어야?"

"윤재."

다들 이렇게 모인 것은 정말 오랜만이라 군데군데 모여 회포를 풀기 바빴다. 사람들 사이에서 사교성 좋기로 소문난 서하가 벽에 액자처럼 붙어 있는 일이 낯설어, 아진이 그의 곁에 섰다. 오히려 벽의 꽃은 자신의 역이었다.

"왜? 다른 애들이랑은 인사 다 했어?"

"나 그렇게 친한 사람 없어."

윤재나 민기는 워낙 장난꾸러기에 말썽쟁이라 한 번씩 엮이고 나서 조금 안면을 튼 단계였다. 깊은 관계 없이 서로 장난만 치고 헤어지곤 해서 편하게 대할 수 있는 후배였다. 게다가 둘 다 아직은 연기에는 관심도 없는 상태.

"그, 윤준성 씨는 왜 없지?"

"걔는 3팀 소속일걸?"

"신인이라고 그쪽으로 배정했나 보다."

"오빠가 걔를 왜 찾아?"

준성의 이름이 나오자마자 일변하는 아진의 태도가 심상치 않았다. 준성을 챙기는 것 자체가 못마땅하다는 말투였다. 가시가 뾰족하게 돋아난 채로 쏘아붙이는 말에 서하가 떨떠름하게 아진을 바라보았다.

그러니까 더 신경 쓰이는 건데…….

서하가 쓴웃음을 지었다.

"어? 네 친구기도 하고, 저번에 너 그렇게 가 버리고 내가 얼마나 준성 씨랑 뻘쭘하게 있었는데……."

사극은 처음이라는 친구라서 애를 먹었다. 몇 번 봐주다가 이대로는 한도 끝도 없겠다는 판단에 선생님까지 소환해서 붙여 줬다. 선배로서의 호의였으나 그에게는 시간을 버린 것과 같은 일이었다.

"굳이 챙길 필요 없어, 오빠. 마주칠 일도 없을 거고."

"왜 없어? 당장 너랑 영화 들어가는데."

아진은 그의 대답이 마음에 들지 않는다는 듯 침묵을 지켰고, 서하는 대답을 재촉하지 않았다.

"아진 누나!"

"뭐야? 안 걸렸어?"

"그냥 꿀밤 몇 대 맞고 끝."

커피에 간장을 타고 그 정도면 약과였다. 성격 좋다더니 후배들을 험하게는 못 다루는 모양이었다. 달려온 윤재가 싱글벙글 웃었다.

"안녕하세요, 선배님!"

같은 분야가 아님에도 꾸벅꾸벅 인사성은 밝은 민기도 그 뒤를 따라붙었다. 활발하니 붙임성 좋은 윤재는 다른 선배들에게 뒷덜미를 붙들려 질질 끌려가고 민기는 아진과 패션위크에 대한 기대감을 쏟아 내기 시작했다. 둘 다 협찬이라고 하면 아주 환장하지 정말.

"너희 그렇게 공짜 좋아하면 대머리 된다."

"선배님!"

"아, 오빠!"

평소와 다르지 않았다. 그냥 선후배 사이였던 그때와 연애를 인정하고, 보여 주기 위함이었지만 데이트까지 끝낸 지금이. 그 사실이 못내 안심이 되면서도 마음 한구석이 쓸쓸해 서하가 그들에게서 고개를 돌렸다.

서하와 민기, 두 사람과 한참 밀린 근황을 서로 물으며 간만에 인간관계 좀 잘 쌓아 보려 노력하는 중이었다. 채경의 명령을 받은 직원의 등장으로 판이 깨졌다. 울상으로 다녀오겠다고 말하는 아진의 뒤를 민기가 고소한 표정으로, 서하는 대수롭지 않은 표정으로 배웅했다.

"……팀장니임."

대충 어떤 통보를 받게 될지 눈치를 챈 아진이 애교 섞인 첫마디를 뱉어 냈다. 안 통할 게 분명했지만, 분위기를 이완시키기에는 효과적인 방법이었다. 그에 대한 증거로 사무적이기만 했던 그녀의 얼굴이 저것을 어쩌누, 라고 말하는 듯한 한심한 얼굴로 바뀌지 않았는가.

"이리 와 앉아."

채경의 사무실에는 그녀의 책상과 의자 외에도 소파베드가 자리하고 있었다. 야근을 밥 먹듯이 해서 갖다 놓은 것이지만, 아진은 딱딱한 사무용 의자 대신 그 소파베드에 앉아 등을 기댔다.

"잔소리 들을 준비 다 되었습니다. 말씀하세요."

"리아한테 들었다."

그럼 그렇지. 아무리 홍보팀과 사장만 알겠다고 해도 담당자한테는 말을 했을 거라 예상했다. 서하의 담당은 기획 1팀이니까 신 팀장님도 알고 계시다는 걸까. 아진은 아무렇지도 않은 표정으로 그녀의 다음 행동을 기다렸다.

"회사에서는 너희한테 고맙게 생각해."

"서하 오빠도 불러올까요? 같이 공을 세웠는데 치하도 같이 받아야지."

"아진아."

"불리하면 꼭 내 이름 부르더라."

불만스럽게 중얼거리면서도 아진은 채경의 이어지는 말을 끊지 않았다. 자신의 이미지를 만들고, 감독과 방송사에 로비까지 해 주는 기획팀에 밉보여서 좋을 게 없었다.

"반절은 너랑 서하 때문에 합치는 거야. 말 새어 나가서 좋을 것도 없고."

아진은 대꾸하지 않았다. 한숨처럼 긴 날숨을 흘린 채경이 이마를 짚고 화제를 돌렸다.

"매니저들이랑 협의를 해 봐야 알겠지만, 우선 지한 씨가 남기로했다. 하윤이는 상의를 해 봐야 할 거 같은데, 이번에 들어온 준성씨……."

"아직 수습이잖아요."

"임시지 뭐. 그리고 처음에 다 뛰면서 배우는 거야."

이모에게 들었던 말이랑은 상이했다. 임시직 매니저가 담당 연예인 부모님한테 인사까지 드려? 삐딱한 생각과는 다르게 그녀의 얼굴은 태연하기 그지없었다.

"그렇다고 초짜한테 생초짜를 붙여요?"

"사람 부족해."

아진이 입술을 다물었다. 하윤도 지한의 밑에서 이제 배워 가는 중이었는데, 신인 배우 매니저라니. 초짜끼리 붙여 놓으면 어쩌자는 건지.

"스타일리스트는 어떻게 하는 게 좋아?"

"주연이만 남겨 줘요."

"괜찮겠어? 들어온 지도 얼마 안 됐고……."

"어차피 옷이야 협찬받을 거고, 메이크업은 숍에서 받을 건데 뭐. 그 정도면 괜찮아요. 편하고."

채경이 정신없는 책상에서 종이 한 장을 찾아내 이글거리는 눈빛으로 무언가를 끄적였다. 몇 번의 대화를 통한 협의점이 도출되자 아진이 가볍게 엉덩이를 털고 일어났다.

"그럼 저 가 봐도 되죠?"

"어, 고마워. 가 봐, 아진아."

"수고하세요."

"아진아!"

문손잡이를 잡은 그대로 아진이 채경을 돌아보았다. 뭐가 그리 급했는지 벌떡 일어나 아진을 향해 손을 내민 모습이었다.

"왜 그러세요?"

더 할 말이 있나 싶어, 문을 등지고 뒤도는데 채경이 머리를 마구 흐트러뜨리고는 긴 한숨을 내쉬었다. 꺼내기 힘든 말인가 싶어 아진도 얼굴을 굳혔다. 경험상 자신에게는 좋지 않은 이야기가 나올 거라는 직감이 들었기 때문이었다. 그리고 그 짐작은 어느 정도는 들어맞는 것이었다.

"윤준성 씨 말인데."

그의 이름이 나오는 순간, 아진이 입술 안쪽을 깨물었다. 반사적인 행동이었다.

"어떻게 할 거야?"

"뭘…… 어떻게 해요?"

"같은 회사니까, 본격적으로 영화 들어가면 그 부분에 대해서도 이야기가 나올 거야. 서로 친분은 있는 사이냐. 어떻게 아는 사이냐 등등……."

알고는 있었지만, 일부러도 생각하지 않으려 했던 부분이었다. 채경의 지적에 아진이 바짝 말라 오는 침을 삼켰다. 어려운 선택이었다.

가장 편한 것은 처음부터 모르는 사이라고 딱 잘라 내는 것이었지만, 그러기엔 사실이 밝혀질 확률이 너무 높았다. 만약 숨기려 했다가 밝혀지기라도 한다면, 후폭풍은 그녀가 생각할 수 없을 만큼 커질 게 분명했다. 하지만, 그렇다고 처음부터 털어놓는 것을 선택하자니 불편했다. 그래, 어떻게 표현해야 할지 모르겠지만 불편했다.

"회사 입장에서는 어릴 적부터 같이 자라 왔다, 이런 건 제외하더라도 그래도 친구 사이라는 건 밝혀 놓는 게 낫지 않나 싶다."

채경은 합리적인 선택을 제안했다. 대중이 받아들일 수 있는 선안에서 털어놓을 것은 털어놓고, 혹시나 있을 사태를 방지하고자 하는 의도가 선명했다. 객관적으로 생각해 보아도 저것이 정답이었다.

"생각 좀 해 보고요."

"빨리 결정해야 할 거야."

머뭇거리며 내뱉은 말에 채경이 즉시 대꾸했다. 그녀가 고민하는 것이 이상하다는 어투였다. 대충 고개를 끄덕이며 복잡해 오는 생각을 흐트러뜨렸다. 생각하고 싶지 않은 것은 끝까지 뒤로 미루어 두는 것이 아진의 습관이었다.

"그리고 팀장님. 하윤이 말고, 제대로 된 매니저 붙여 주세요."

아진의 요구에 채경이 눈을 동그랗게 떴다. 그녀가 뭐라 입을 열기 전, 아진이 선수를 쳤다.

"가 볼게요."

사무실 문을 닫고 나오면서 아진이 머리를 흔들어 상념을 털어 냈다. 이건 친구로서 이야기해 줄 수 있는 범위니까 괜찮을 것이다. 그보다 아이씨, 내기에서 졌다. 지한이 남은 건 다행이지만, 내기한 지 얼마나 되었다고…….

기획팀 사무실에서는 이미 뜻이 맞는 몇몇이 얼쑤 하고 자리를 옮겼는지 남아 있는 이는 몇 되지 않았다. 형형색색의 개성 있는 사람들 사이에서 서하를 찾았지만, 그는 이미 그 자리를 떠난 후였다.

"누나!"

"어, 윤재야. 서하 오빠 못 봤어?"

"오올, 역시 커플이라고…….'

회사가 세워진 이래로 공개 열애 하는 커플은 그들이 최초였다. 짐짓 음흉한 표정으로 분위기를 잡던 녀석이 아진의 재촉에 어깨를 으쓱했다. 모른다는 뜻이었다.

"스케줄 있겠지."

"하긴…….'

반사적으로 핸드폰을 꺼내다가 대놓고 훔쳐보려 눈을 빛내는 윤재를 보고는 슬그머니 집어넣었다. 곧바로 자신이 신경 쓰이냐고 바락바락 대드는 녀석과 장난질을 주고받던 중 홍보팀의 호출을 받았다. 날이라도 잡았나. 어쩐지 영화 준비하라고 스케줄을 비워 주더니만 이러려고 그랬나 보다 싶어 그녀가 한숨을 푹 내쉬었다.

정신이 하나도 없었다. 엘리베이터를 기다리는 중에도 직원들뿐만 아니라 소속 연예인들까지 이번 조정으로 인해 어떤 일이 발생될지에 대한 이야기로 온 건물이 어수선했다. 이 와중에 홍보팀에 불려가는 것은 달갑지 않은 일이었다.

"실장님 어디 계세요?"

"소회의실에요."

"감사합니다."

블라인드 사이로 건너본 사무실은 텅 비어 있었다. 때마침 지나가는 직원에게 리아의 행방을 묻고는 아진이 복도를 뺑 돌아갔다. 제일 구석에 있는 방인데 왜 하필 거기까지 들어간 건지. 천천히 걸어가며 핸드폰을 꺼낸 아진은 망설이다 연락처에서 준성을 찾아냈다.

"……진아?"

"어?"

"들어와야지."

"응. 잠깐만."

문 앞에서 핸드폰에 코를 박고 있자니, 리아가 기민하게 알아챘다. 아진이 문까지 열어 주는 친절함에 한 발자국 뒷걸음질 쳤다. 준성에게 보낼 문자 메시지를 고민하고 있었다. 지금처럼 공적인 관계로 지내는 것이 좋은데, 굳이 전화로 사적 연결 고리를 만들 필요가 있을까. 사실, 문자도 남기지 않는 게 가장 마음이 편한 일이지만 어쩔 수 없었다. 수연 이모가 부탁한 일이니까.

[집에서는 왜 나오려고 하는데?]

썼다 지우기를 반복하며 한참을 망설이다가, 두 눈 딱 감고 전송 버튼을 누른 아진이 열린 문 사이로 발을 디뎠다. 정면에 서하의 굳은 얼굴이 보였다.

이 드라마, 혹은 영화에는 작가가 없었다.

두 주연 배우와 연출자만 있을 뿐이다.

이 커다란 극의 연출자인 리아는 펜 뚜껑을 물고, 테이블 위에 앉아 심각한 표정을 짓고 있었다.

"영화제로 할까?"

"뭘요?"

"공식 석상."

곧 있으면 황금상 영화제의 시작이었다. 후보로 노미네이트될 영화가 몇이나 있을까 헤아리던 아진의 머릿속에 올해 초에 천만을 찍었던 영화 이름이 스쳐 지나갔다.

"나는 들어갈 거야."

상을 받을지 안 받을지는 모르겠지만, 천만 관객을 찍은 영화의 배우로서 참석하는 것이 예의였다. 반사적으로 대답하는 아진의 뒤로 나긋한 서하의 목소리가 따라 들렸다.

"그럼, 제 스케줄도 넣어야겠네요."

"서하 스케줄 조정이 될까?"

리아가 미심쩍다는 목소리로 수첩을 뒤적였다. 페이지를 이리저리 넘겨 맞춰 보다 도저히 안 되겠는지 프로젝터 앞에 있는 화이트보드를 끌어당겼다. 문과 등진 채였다. 드라마를 끝내고 다음 작품을 물색 중인 한류 스타 유서하의 스케줄은 주로 해외에 있었다.

국내 일정보다 스케줄 조정이 어려웠다.

"개회식부터 참여는 어려울 것 같긴 한데, 조정하면 중간부터는 참여 가능하겠다."

몇 가지 일정에 줄을 쭉쭉 그어 대타로 보낼 사람들을 적어 넣은 리아가 한숨을 삼켰다.

"무슨 일인데요."

"너희 공식 석상에서 공개한 적은 없잖아."

이미 정해진 일로 진행되고 있었다. 이미 기사는 나가고 비공식 데이트까지 몇 번 이루어졌지만, 그것뿐이었다. 대중들의 반응이야 이미 적응이 되었는데, 같은 일을 하는 배우들 사이에서 제대로 웃을 수 있을까. 불편한 일들이 가득했다.

아진은 벽에 기대어 섰다. 연출이 마음에 들지 않는다고 하나하나 태클을 걸 수는 없었다. 그 태클에 자신도 걸려 넘어질 수 있는 노릇이었다. 가슴 한구석이 까맣게 타오르는 것 같았다. 기껏 끌어들이지 않겠다고 결심했는데 곧바로 늪으로 끌어당겨지는 기분이었다.

그녀의 기분이 어떠하든.

건너편의 그의 기분이 어떠하든.

대본 없는 시나리오가 쓰이고 있었다. 바로 이 자리에서……

5. 너무 늦은 것은 아닐까

　차에서 내린 아진은 찌뿌둥한 몸을 풀기 위해 기지개부터 켰다. 온몸이 뻐근했다. 그녀의 스케줄은 오전부터 빽빽했다. 대본 리딩을 끝내고, 뒤풀이가 있다면 거기 참여하고, 오후 시간에는 서하의 팬미팅에 게스트로 등장해야 했다. 공식 스케줄을 패션위크로 잡으라면서, 팬미팅은 또 다른 이야기란다.

　말은 청산유수지. 팬들과 일반 대중은 다르다며 일장 연설을 하던 리아를 떠올린 아진이 머리를 흔들어 상념을 털어 냈다. 그리고 오늘의 스케줄을 헤아리던 중 아진의 시야에 낯익은 얼굴이 잡혔다.

　그녀의 문자를 꼭꼭 씹어 드신 윤준성이었다. 어차피 이렇게 만날 텐데, 문자는 왜 씹어 드신 건지.

　"자주 보네?"

　여러모로 심신이 편하지 않은지라 튀어 나가는 목소리는 날카로운 가시와 같았다. 이동 중 차 안에서 누워 있었던 탓인지 부스스해진 그녀의 머리를 만지던 주연이 어깨를 흠칫 떨었다. 놀란 눈으로 바라보는 주연의 시선을 느꼈지만, 아진은 찌푸린 미간을 펴지 않았다.

"안녕하세요, 선배님."

"……하."

아진은 허탈한 숨을 토해 냈다. 그런 말이 있다. 말이 통하지 않으니 이길 자신이 없다는 말. 그럼, 대화조차 이어지지 않을 만큼 말이 없는 인간은 어떻게 상대해야 할까.

물론, 처음부터 선을 긋고 나선 것은 자신이었다. 그렇지만, 어떻게 해결을 보긴 봐야 할 텐데……. 아진은 갑갑해지는 속을 고개를 흔들어 털어 냈다.

같은 작품을 하지 않는다면, 마주칠 일이 없을 것이었다. 그 증거로 지난번에 만났을 때도 대본 연습이고, 이번에는 대본 리딩이지 않은가. 대본 리딩을 하는 장소는 유통사에서 제공했다. 원래 드라마 감독으로 유명한 피디가 처음 하는 영화라더니 영화 유통사에서까지도 밀어주는 모양이었다. 생각해 보니 목적지가 같았는데 마주치는 것은 당연한 일이었다.

"아진아."

조수석에서 내린 지한이 기어코 한마디를 뱉어 냈다. 다른 사람도 아니고 같은 소속사 신인 배우였다. 선배라는 사람이 이렇게 날을 세우면 다른 사람들이 어떻게 보겠나. 들어가면 후배는 물론이고 연예계 대선배까지 있는 자리인데 평소에 잘하던 애가 말썽이었다.

"알았어, 작작할게."

매니저 한 명 달랑 붙어 있는 준성과 달리, 그녀의 뒤에 줄줄이 서 있던 이들이 아진을 배웅했다. 준성은 자신의 임시 매니저가 지한에게 허리를 꾸벅 숙여 인사하는 것을 보고 등을 돌렸다. 수십 번을 읽고, 줄을 치고, 너덜너덜해질 정도로 구겼던 대본을 든 채였다.

그날 유서하는 선배로서 최고의 자리를 베풀었다. 어디 그 급의 배우가 신인 배우의 대본 연습을 돕는단 말인가. 준성도 의심스러웠던 자리였다. 그가 회사에 들어가고서 몇 주도 지나지 않아 만들어진 자리였지만, 감히 사양할 수 없는 제안이었다.

아진은 동갑이었지만 여동생 같았다. 친구들은 뭣도 모르고 티브이에 나오는 여자애랑 같이 산다며 부러움을 나타냈지만 본래부터 낯가림이 심한 그가 먼저 다가가긴 어려웠다. 그나마 쾌활하고 주변 사람 눈치 안 보는 아진 덕에 잘 지내는 척이라도 할 수 있었다.

"다녀오세요, 형."

"어, 고마워."

그도, 뒤에서 응원해 주는 저 사내도 유제이 엔터테인먼트의 신입이었다. 준성은 이제 겨우 2개월, 그는 6개월. 여기저기 팀들을 돌아다녔던 그가 준성의 매니저를 맡으며 정착하는 듯싶다가 회사의 구조조정 아닌 구조조정에 휘말려 임시로 떨어졌다.

아진의 문자 메시지에 답을 하지 않은 데에는 그녀를 어떻게 대해야 할지 도저히 모르겠다는 점이 한몫을 했다. 원래 성격이 변덕스러운 것은 알지만, 잠을 자는 시간을 제외하고 모든 시간을 붙어 있다가 갑작스럽게 떨어지고 더욱 낯설어진 그녀와 어떻게 대화를 시작해야 할지 애초에 엄두가 나지 않았다. 그렇게 헤어지고 그는 조금 화가 났다.

회사에 들어오라고 했다가, 친구도 아니라고 딱 잘랐다가 대체 어느 장단에 맞춰서 춤을 춰야 할지 알 수도 없었다. 솔직히 친구도 아니라는 말에는 상처를 받았다. 그런데 아무것도 모르는 어머니는 연기 수업에 화술 수업, 외국어까지 회사에서 내내 강의만 듣다 집에 돌아온 그에게 아진의 이야기만 쏟아냈다.

아진이처럼 하면……. 아진이가……. 그녀는 노아진이라는 여자가 싹싹하고 섬세하게 준성을 챙긴다고 알고 있는 모양이었다. 하기야 어른들 앞에서 아진은 싹싹하고 다정했다. 특히 그의 어머니 앞에서는 더더욱.

"자, 다들 모였고 인사부터 할까요?"

사극을 전문으로 담당해 온 피디와 작가부터 연기 대상까지 받은 배우까지 한자리에 모였다. 준성이 무의식적으로 긴장에 허리를 빳빳히 세웠다. 반면, 그의 반대편에서 대배우이신 창광렬 선배님과 까르르 웃으며 장난을 치고 있는 아진은 세상모르고 여유로웠다.

카메라를 대동한 자리라 배우들의 한 마디 한 마디가 터져 나올 때마다 플래시 소리가 파도처럼 밀려왔다. 준성이 손바닥에 찬 땀을 바지에 살짝 문질러 닦았을 즈음, 차례가 돌아왔다.

"윤준성입니다. 폐가 되지 않게 열심히 하겠습니다!"

짧은 소개에도 스쳐 지나가는 시선들은 무게감이 있었다. 박수 소리가 지나가고 맞은편의 아진이 벌떡 일어섰다. 가벼운 메이크업에 살짝 부스스한 머리카락을 넘긴 그녀가 잠깐의 침묵 후 활짝 웃었다.

"노아진입니다. 잘 부탁드리겠습니다!"

준성은 일어서 있는 아진 대신 그 옆의 다른 배우들을 살폈다. 바로 옆의 광렬은 흐뭇하게 딸아이 보듯 아진을 바라보았다. 대체적으로 그녀에 대한 호감이 가득한 현장이었다.

그렇게 대본 리딩이 시작되었다. 한 중견 배우의 맛깔나는 사투리 연기를 시작으로, 페이지가 넘어갈수록 참여하는 배우가 늘어났다. 한 장 한 장 종이가 넘어가는 소리와 플래시 소리가 터졌다

그가 등장하는 장면은 한참 뒤였다. 그보다 먼저 아진이 처음 등장하는 신에 들어갔다.

"아버님, 소녀 오랜만에 인사 올리옵니다."

"그래, 건강은 괜찮으냐. 내 이미 너를 위해 한양 최고의 의원을 데려다 놓았다."

수줍게 미소 지으며 치는 대사에 바로 옆의 광렬이 허허 웃으며 흐름을 맞추었다. 그녀는 도승지의 고명딸 역할이었다. 오라비 역할은 요즘 잘나가는 아이돌 그룹의 리더 안젤. 아진은 수줍음 많고 다른 집안에서 며느릿감으로 탐내 하는 참한 아가씨인데 우연히 만나게 된 사내에게 첫눈에 반하고 만다.

"아버님께서 염려해 주신 덕분에 이리 건강하게 돌아왔습니다."

"그래, 이리 무사히 돌아와 얼마나 다행인지. 올해에도 돌아오지 않으면 네 오라비를 영주까지 보내려 했다."

"나랏일로 바쁘신 분인데요. 헌데 오라버니께서는 어디 계신지요?"

"크험, 흠……."

다정다감한 아버지의 역을 훌륭히 소화하던 광렬의 표정이 순식

간에 굳어져 내렸다. 심기가 불편하다는 것을 그가 헛기침 몇 번으로 표현하더니, 얼마 지나지 않아 안젤이 입술을 달싹였다.

"아니, 대낮이면 뭐 어떤가. 원래 낮에 보는 꽃이 더 아름다운 법인데."

"아이, 도련님도."

양반 집안의 장남이자 호색한 역할이었다. 잘생기기는 정말 잘생겼는데 아이돌이다 보니 여자들과 놀아나는 연기를 잘할 수 있을까 우려하는 시선도 많았다. 근데, 직접 보니 꽤나 잘했다. 엑스트라 역할을 모두 담당하고 있는 작가가 정말 무감각하게 애교를 떠는 기생을 연기해 여기저기서 웃음이 흘러나왔다.

"저어 대감님. 궁에서 사람이 왔습니다요."

"궁에서?"

준성의 차례였다. 세자의 어릴 적 놀이 동무인 아진의 오라비를 찾아온 예조 좌랑 이문의 역할이었다. 문과 중 병과에 급제하면서 예문관에 등용되어 갖게 된 첫 관직에서 세자의 가례를 돕다가 사적인 친분을 쌓은 신하. 아진의 오라비인 제를 못마땅해하던 중, 아진과 연애 감정을 쌓는다.

"세자 저하께서 보내셨습니다. 도승지 영감."

"그래. 또, 내 아들놈을 데리러 온 게지."

정극 중의 정극, 사극을 어떻게 연기해야 할지 한 달 내내 공부만 했다. 이제 겨우 분위기만 흉내 낸 수준이었으나 다행히 연기에 대한 지적은 들어오지 않았다. 준성이 소리 없이 한숨 돌린 사이 가냘프지만 조곤조곤하게 아진이 대사를 읊조렸다.

"허면, 아버님. 제가 안내를 해 드려도 괜찮겠습니까? 오랜만에 오라비의 얼굴도 뵈옵고…….”

“그래. 그리하여라.”

딸아이가 어여뻐 죽겠다는 듯 앉은 자리에서 손까지 휘저으며 연기를 마친 광렬이 흐뭇하게 웃었다. 다음은 감정 연기였다. 아진은 수줍은 양반댁 아가씨를 능숙하게 대사 한마디에 담아냈다. 긴장해서 준성의 목소리가 떨리는 것을 그에 맞추어 첫눈에 반한 사내를 연기하는 것이라 착각한 선배 배우들의 칭찬이 그에게로 향했다.

취재팀이 철수한 뒤, 대본 리딩이 종료된 것은 점심시간을 한참 넘긴 오후 2시였다. 이렇게 된 김에 점심이나 다 같이 하시자며 자연스럽게 자리가 만들어졌다. 주로 나이대가 높은 배우들에게 예쁨을 받느라 입가에 미소가 지워질 겨를이 없던 아진이 주연 배우들과 인사하는 것이 준성의 눈에 들었다. 누가 봐도 성격 좋고 구김살 없는 소녀. 그 뒷모습을 아는 준성으로서는 쓸쓸할 뿐이었다.

“윤준성 씨라고 했나?”

“아. 네, 선배님. 윤준성입니다.”

옆에서 들려오는 자신의 이름에 준성이 화들짝 놀라 고개를 꾸벅 숙였다. 광렬이었다. 첫 장면에 호흡을 맞췄던 배우. 연기 대상까지는 아니어도 최우수상에 품격 있는 조연 배우로 끊임없이 꼽혀온 명품 배우였다.

“사극은 처음이지?”

“아, 예…….”

서하와 아진도 그의 대사 한마디에 알아챈 것이었다. 아무리 연습한다고 해도 경험 있는 배우들은 꿰뚫어 보기 마련이었다. 준성이 어색한 얼굴로 대꾸했다. 질책받을 것도 각오하고 있었으나 그런 그에게 다가온 것은 툭툭 어깨를 두드리고 지나가는 중견 여배우의 손짓이었다.

"그런 것치곤 잘하던데. 발음을 딱딱 선명하게 할 필요까진 없어. 자연스러움이 더 중요한 거니까."

"감사합니다 선배님."

"뭘 감사까지야. 이렇게 배워 가는 거지. 대사는 다 외워 올 거지?"

"네, 열심히 하겠습니다."

광렬이 껄껄 웃었다. 그는 기특하다는 얼굴로 한참을 이곳저곳 짚어 주며 충고하더니 피디의 재촉에 못 이기는 척 자리에서 일어섰다.

그사이 아진은 끝에 남아 자리 정리를 하는 한 여자 스태프와 수다를 떨며 까르르 웃고 있었다. 그녀의 손에는 쓰레기봉투로 추정되는 까만 봉지가 들려 있었다. 처신 하나는 완벽한 여자였다.

"준성 씨라고 하셨죠?"

"아, 네. 윤준성입니다, 선배님."

주연 배우 강준섭이었다. 만만치 않은 30대 연기파 배우가 손을 내밀었다. 준성이 망설임 없이 손을 맞잡았다.

"작가님이 이동하다가 잠깐 보자고 전해 달래요. 아, 유제이 소속 맞아요? 아니면 미안하고……."

"아닙니다. 맞습니다. 유제이 소속이에요."

"이야, 좋은 회사로 갔네. 계약한 지는 얼마나?"

"이제 한 달도 안 돼서……."

대답하면서 준성은 어색하게 웃었다. 눈을 빛내는 준섭의 의도가 명확하지 않았기 때문이었다. 회사의 낙하산으로 들어왔는지 묻고 싶은 건가. 혹은, 다른 이유에서인가.

"회사에서는……."

"선배니임, 빨리 가셔야 할 거 같은데요? 감독님 기다리신대요."

"어, 진짜? 준성 씨 빨리 나갑시다."

그 불편한 상황을 구해 준 것은 아진이었다. 쓰레기봉투를 들고 나가던 그녀가 안에 남은 이들에게 큰 소리로 외쳤다. 다급해진 준섭이 준성의 팔을 쳐서 재촉했고, 문가를 스쳐 지나가면서 준성과 아진의 팔이 스쳤다.

"아진 씨는 안 가요?"

"저도 가야지요. 수고 많으셨어요."

끝까지 뒷정리를 도운 여성 스태프와 인사를 나누는 것이 들렸다.

자리를 옮긴 뒤로는 준성은 정신을 차릴 수 없었다. 배우에 대한 파악이 안 되어서, 머리가 복잡하다는 작가의 하소연에 장난을 맞추느라 다른 데에 관심을 팔 수가 없었기 때문이었다. 고기가 코로 들어가는지 입으로 들어가는지 입가에 걸린 미소가 경련을 했지만, 이 역시 연기를 하기 위함이었다.

"저, 그럼 먼저 가 보겠습니다!"

이게 겨우 불판이 한 번 바뀌었을 시기였다. 고기를 몇 점이나 먹었을까. 아진이 하얀 카디건을 걸치고 일어나 허리를 꾸벅 숙였다. 90도로 인사하자마자 여기저기서 그녀에게 질문이 쏟아졌다.

"먼저 가? 선배들 두고 먼저 가면 되나?"

"죄송합니다, 선배님. 제가 사랑하는 거 알지요?"

장난스러운 타박에 아진이 부러 눈짓하며 애교를 선사했다.

"놔둬요, 놔둬. 더 사랑하는 사람한테 간다잖아."

"뭐야. 서하한테?"

옹성거리는 이들 사이에서 박 감독이 한마디를 했다. 이미 대본 리딩이 시작하기 전에 이야기가 된 사항이었다. 원로 배우 강산이 유서하의 이름을 언급하자 테이블에 화기애애한 분위기가 감돌았다. 다작을 해 온 아진이기에 이들 중 대부분이 그녀와 작품을 해 본 경험이 있었다. 연기밖에 모르던 애가 연애를 한다니.

"가야지 그럼. 좋으을 땐데. 안 그렇습니까, 선배님?"

"그럼. 우리 때는 저 나이에 결혼도 하고 그랬어."

광렬이 낄낄 웃으며 반대편에 앉아 있는 대선배 강산의 빈 잔에 소주를 가득 채워 주었다. 잔을 받고 기분 좋게 웃은 그가 한마디를 하자 여기저기서 말들이 쏟아져 나왔다.

"아니, 선생님. 그래도 아진이 나이가 이제 스물 초반인데 벌써 결혼이라뇨?"

"서하 정도면 괜찮지. 안 그래, 박 감독?"

"그럼요. 감독님. 유서하 정도면 괜찮죠."

"그래, 서하 나이도 있는데 갈 때 되었지."

"뭐야. 윤 작가까지 왜 그래? 내가 결혼이라도 반대하는 것처럼?"

"반대하시는 거 아니었어요? 나는 은진 씨가 아깝네. 제일 예쁜 나이잖아."

그때까지 빙그레 웃으면서 서 있던 아진이 쪼르르 박 감독과 강산의 옆에 가 섰다.

"그럼, 예쁘게 연애하러 가 보겠습니다."

"하여간. 잘 다녀와!"

"네. 감사합니다. 먼저 들어가 보겠습니다."

천연덕스럽기가 이루 말할 수가 없었다. 감독과 대선배인 강산이 허락하겠다는데 이 자리에서 누가 그녀의 이탈에 한마디를 보태겠는가. 썰물 빠지듯 자연스럽게 그녀의 자리가 비워지고 화제는 다른 쪽으로 흘렀다.

"그래서, 아진이도 좋은 소식 있는데 우리 주연 배우들은 뭐 없어?"

"아이고, 선생님. 저희 이제 영화 들어가는데 안 돼요, 안 돼."

강산의 밀에 윤 작가가 손사래를 쳤다. 영화에 집중되어야 할 관심이 배우들 스캔들에 흩어져 버려서는 안 되었다. 그래도 주변의 시선은 주연 배우인 준섭과 채령에게 향했다. 준섭은 30대 중반을 향해 가고 있었고, 채령은 20대 후반이었다. 집중된 관심에 땀을 뻘뻘 흘리며 부인하는데 강산이 한마디를 더 보탰다.

"왜 안 돼? 일한다고 연애 못 하고 그러지들 말아. 그러다 결혼 시기 놓치고 큰일 나, 큰일."

"그래요. 잘들 새겨들어. 내가 그래서 40대에 결혼을 했잖아."

심각해지려는 분위기를 광렬이 장난스럽게 스스로를 비꼬아 가볍게 만들었다. 하여간 네놈이 그래서 장가를 늦게 갔지. 강산의 타박을 능글맞게 넘긴 광렬이 준섭에게 한 잔 가득 술을 받았다. 그 광경을 지켜보며 준성은 조용히 자리를 지켰다.

기브앤테이크라고 했다. 다른 사람의 팬미팅에 게스트로 참여하는 것은 처음이었다. 게다가 그 자리가 열애를 선언한 후 처음 같이 참석하는 공식적인 자리라 부담이 더 심했다. 패션위크를 공식적인 자리라고 굳게 믿어 의심치 않는 리아의 시나리오를 어느 정도 뭉개 버리는 것이기도 했다.

방송국 별관 홀에서 이루어지는 서하의 팬미팅은 티켓 판매 1분 만에 매진을 달성했다. 차에 앉아 화면에 뜨는 실시간 검색어를 확인한 아진이 지친 얼굴로 의자에 몸을 파묻었다.

"괜찮아?"

"으응."

누가 봐도 괜찮지 않은 얼굴이었다. 어제는 패션 잡지의 화보 촬영이 있었다. 다른 것도 아니고 표지 모델이었다. 이후 이어지는 스케줄을 위해서는 휴식이 필요했지만 표지 모델이라는 소리에 그녀가 고집을 부렸다. 그 때문에 크랭크인과 동시에 쏟아지는 스케줄에 피곤하다는 티도 못 내고 강행군이었다.

"좀 쉬어. 차 막혀서 한 30분은 걸릴 거야."

그래 봤자 겨우 30분 쉴 수 있다는 소리였다. 걱정 가득한 주연의 목소리에 고개를 끄덕이고 나서도 아진은 핸드폰 화면에서 시선을 쉽게 떼지 못했다. 서하가 한류 스타로 떠오르고 난 후 처음 갖는 국내 팬미팅이었다. 아시아 순회 팬미팅은 한 번 있었지만, 그때 한국은 빠졌었다. 3년 만의 팬미팅이라 팬들 기대도 장난이 아니었을 텐데. 팬미팅을 앞두고 공개 연애가 터졌으니 팬들 멘탈이 남아나려나 하는 걱정도 되었다. 어디든 극단적으로 열광하는 팬들은 존재했다.

　팬미팅 시작 시간은 4시였다. 팬들 입장이 좀 지연이라도 되면 서하와 한 번 더 말을 맞출 시간이 주어진다. 하지만, 그렇지 않다면······.

　"오빠, 좀 빨리 가 줘라."

　"피곤하다며."

　"쉬어도 가서 쉬어야지."

　말도 안 되는 소리였다. 가는 즉시 스태프들에게 둘러싸여 이벤트 준비를 하느라 정신이 없을 터였다. 지한이 한숨처럼 대꾸하고는 핸들을 돌려 차선을 변경했다. 속도를 내려는 모양이었다.

　1,400석의 좌석이있다. 주차장을 먼저 지나치는데 주차할 자리가 없을 정도로 차들이 빽빽하게 채워져 있었다. 하윤이 운전석을 넘겨받고, 미리 기다리고 있던 스태프와 지한의 보호를 받으며 아진이 뒷문으로 들어섰다. 4시 정각이었다. 아직 행사가 시작되지 않았는지 스태프들의 분위기가 어수선했다.

　"유서하 씨는 무대 뒤에 계세요."

　"언제 들어가면 될까요?"

　"30분 정도 진행되고 VCR 10분 정도 방영되는데 그 후에 나가면 될 거 같아요."

　스태프의 설명을 들으며 아진은 대충 시간을 헤아렸다. 말은 저렇게 해도 한 시간 정도는 대기가 있을 것 같았다. 대기실로 안내를 요청하며, 그녀가 울리는 핸드폰을 내려다보았다. 서하였다.

　"응. 오빠."

— 도착했다며?

"응. 잘해."

더 이상의 대화는 없었다. 이미 수도 없이 말을 맞추었다. 홍보 팀에서 오래 굴렀다는 것을 증명하듯 리아의 날카로운 질문으로 단련해 온 둘이었다. 커플치고는 대단히 짧고 단조로운 통화에 지한이 그녀를 돌아보았다. 아진은 그 시선을 느꼈지만 이에 대해 언급하지 않았다. 대기실은 소박했다. 주르륵 늘어선 화장대를 보다가 문이 열리자마자 보이는 회색 소파에 아진이 몸을 던졌다.

"뭐 좀 먹을래?"

"아냐. 그냥 물 좀 가져다줄래, 오빠?"

뒤풀이에서는 분명, 선배들 앞에서 잘 먹는 척만 했을 뿐 실제로 입에 들어간 것은 몇 점 되지도 않을 것이다. 고기 한 점에 야채만 수북이 담아 복스럽게, 맛있게 먹는 척했겠지. 지한은 냉큼 그녀에게 물을 가져다주었다.

그녀가 소파에서 피곤과 싸우고 있는 시각, 서하는 무대 뒤에서 대기하고 있었다. 매니저에게 맡기던 핸드폰은 공개 연애 선언 후 항상 들고 다녔다. 하기야 그 전에도 지문 인식을 통해서만 잠금 해제를 할 수 있게 막아 두었다. 독특하게 약지 손가락의 지문을 등록해 두어 쉽게 찾지 못하게 했다. 티는 안 내지만 서하는 아진이 팬들과 대중들의 시선을 두려워한다는 것을 알고 있었다. 그리고 오늘 이 자리에서 어느 쪽으로 상황이 나타나더라도 그는 대처할 자신이 있었다. 데뷔 후 첫 팬미팅 때와 같은 노래의 전주가 울려 퍼졌다. 팬들의 함성을 무대 앞에 두고, 그가 천천히 걸어 나갔다.

"오래 기다리셨습니다! 유서하 씨입니다!"

최근 가장 입담이 좋고 잘나간다는 개그맨 철영이었다. 토크쇼처럼 진행되는 팬미팅인 이상 사회자의 입담은 좋을수록 좋은 법이었다.

"안녕하세요. 유서하입니다."

노래를 마치고, 눈을 찡긋하며 인사를 건넨 그가 회장을 천천히 둘러보았다. 빽빽하게 둘러싸고 있는 수많은 시선을 여유롭게 넘기며 철영이 안내하는 자리에 앉았다. 본격적인 팬미팅의 시작이었다.

항상 그렇듯 근황에 대한 대화가 이어지고, 철영의 입담에 여기저기서 웃음소리가 터져 나오며 분위기가 이완되었다. 다른 동료 배우들과 친분이 있는 연예계 인사들의 축하 메시지가 스크린에 나오기 시작했다. 그와 동시에 서하가 짙은 미소를 지었다.

"우와, 정말 유서하 씨를 사랑해 주시는 분이 이렇게 많네요. 질투 나려고 그래요, 저 지금."

"하하, 아닙니다. 철영 씨도 요즘 정말 잘나가시던데요, 뭘."

"제가 좀 잘나가죠. 근데, 서하 씨. 서하 씨를 사랑해 주고 계신 한 여자분이 저희 VCR에 안 나온 거 같은데……. 어떻게 된 건가요. 벌써 불화설?"

장난스러운 물음이었다. 서하가 난처하다는 듯 웃었다.

"어, 글쎄요. 아시다시피 노아진 씨가 작품에만 몰두하는 스타일이라……."

"그건 그런데, 남자 친구분 팬미팅인데 축하 영상도 안 보내요? 에이, 사랑이 부족하다. 그렇지 않아요?"

철영이 분위기를 조장했다. 그와 동시에 팬들의 웃음과 야유가 터져 나왔다. 서하가 난처한 듯 벌떡 일어나 말리는 태도를 보였다.

"저희 팬들한테 그러지 마세요."

"그래서! 제가! 노아진 씨를 모셨습니다."

"네?"

못 들을 것을 들었다는 듯 서하가 빙글 뒤돌아 무대 뒤로 시선을 돌리자 철영이 낄낄 웃었다.

"여러분 방금 서하 씨 표정 보셨어요? 완전 토끼네, 토끼야. 난 남자가 저렇게 눈 큰 거 처음 봤어."

"뭐예요? 놀랐네. 장난치지 마세요. 요즘 아진 씨 영화 준비 때문에 바빠서 얼굴도 잘 못 봤단 말이에요."

그녀의 영화 촬영 소식은 매일같이 연예계 뉴스에 꾸준히 올라오고 있었다. 워낙 캐스팅이 빵빵하기도 했고, 창사 특집 기념으로 만들어지는 만큼 엄청난 금액을 투자해서 홍보에도 열을 올리고 있기 때문이었다. 부러 시무룩하게 어깨를 늘어뜨리자 한 팬이 귀엽다며 소리를 내질렀다.

"와, 서하 씨 팬들 보살이시네. 이렇게 대놓고 여자 친구 보고 싶다고 하는데 그걸 귀엽다고 하면 어떡해요?"

"철영 씨 그러시면 안 되죠. 제 나이 좀 생각해 주는 게 어떠세요? 제 나이가 서른둘입니다."

"서른둘이면 아직은 창창한데, 어? 그러고 보니 아진 씨 나이가……."

"저희, 나이 이야기는 그만할까요?"

"서하 씨가 꺼냈는데요?"

정색하고 말을 자르는 서하의 태도에 객석에서 웃음이 터졌다. 열애설이 터지고 나서 기사면에는 그들의 나이 차인 여덟 살에 주목하는 사람이 많았다. 결혼하는 연예인들의 나이 차는 연하부터 띠동갑까지 다양했지만, 열애설을 인정하고 공개 연애에 뛰어든 커플들 중에서는 가장 나이 차가 많이 나는 커플이었다. 정색하는 서하를 달래는 투로 몇 마디를 건네던 철영이 의미심장한 웃음을 짓고는 객석에 조용히 해 달라는 요청을 보냈다. 그가 간단하게 자신의 입술 앞에 검지 손가락을 올려 적막을 만들어 냈다.

몇 초 뒤, 작년 종영했던 드라마에서 아진이 부른 OST 곡의 간주가 흘러나왔다. 간절한 짝사랑을 노래한 곡이었다. 갑작스러운 음악에 모두의 시선이 무대로 향했다. 찰랑이는 팔찌를 손에 걸고, 하얀 카디건 차림으로 아진이 천천히 걸어 나왔다. 공손하게 손을 모은 채였다. 그 손에서 반짝이는 반지가 서하가 끼고 있는 것과 동일하다는 사실은 실시간으로 기사가 쓰여질 것이 분명했다.

"노아진 씨 오셨습니다! 박수 부탁드립니다!"

아진과 준성의 시선이 허공에서 맞부딪쳤다. 곧바로 계란이 날아오진 않았다. 극단적인 팬들은 이 수많은 팬들 사이에서 소수에 불과했다. 그럼에도 그녀는 겁을 내고 있었다.

파도 소리처럼 귓가에 흘러들었던 박수 소리가 잦아들고, 철영의 과도한 에스코트를 받아 아진이 자리에 착석했다. 두 발자국 마중 나갔던 서하는 철영의 의도적인 밀침에 밀려 허탈하게 빈손으로 옆자리에 앉았다.

"요즘 가장 핫한 분이죠? 노아진 씨입니다. 팬분들한테 인사 부탁드려요."

"노아진입니다. 잘 부탁드릴게요."

환호와 박수 소리가 지나가길 기다렸다가 서하가 짐짓 심각한 표정으로 입을 열었다.

"……뭔가 기분이 이상한데. 상견례하러 온 것 같지 않아요?"

객석에서는 웃음이 터졌지만, 아진은 그를 흘겨볼 뿐이었다.

"와, 제 팬들 앞에서 저 째려보는 것 봐."

"내가 뭘! 아, 제가 뭘요. 안 째려봤어요!"

"우와, 존댓말도 해 줘요!"

말 한 마디마다 과민 반응이라고 할 정도로 서하가 장난기를 섞어서 대응했다. 처음에는 이 인간이 왜 이러나 싶던 아진도 어수선하지만 대체적으로 풀려 있는 분위기를 인식하고서 장단을 맞추었다. 아진의 얼굴이 풀리자 철영이 본격적으로 자세를 잡았다.

"자, 그럼 여러분이 기다리고 기다리시던 그 시간이 왔습니다! 우리 유서하 씨한테 궁금한 점에 대해서 물어볼 건데요. 들어오실 때 질문함에 넣어 주신 질문이 유서하 씨를 기다리고 있어요."

"어…… 저기, 저 인사만 하러 왔는데……."

"아, 아무래도 저희 연애사 이야기만 듬뿍일 거 같은데. 묵비권 행사 가능한가요?"

"안 됩니다."

아진은 인사만 하고 조용히 빠져나갈 타이밍을 잃었다. 철영의 진행이 너무 자연스럽게 그녀를 지나쳤기 때문이었다. 마이크를 들고 이야기를 해서 잘 들릴 텐데도 아무것도 들리지 않는다는 듯한 행동이었다. 어이가 없어 말을 잃어버린 아진과는 달리 서하는 그와 짝짜꿍이 잘 맞았다.

예상했듯이 질문들은 대부분 아진과 서하의 연애사에 집중되었다. 언제부터 사귀었는가. 잠시의 망설임도 없이 서하가 6개월 좀 넘었다고 대답했다. 열애에 관한 부분은 인정했으나 구체적인 이야기는 기사에도 명확히 표현되지 않은 것이었다. 서하가 일부러 그리해 달라 회사에 부탁하기도 했었다.

"자, 두 번째 질문이에요. 오, 이거 좋다."

"쓰읍, 철영 씨가 좋다고 하면 불안한데……."

아진은 꿰다 놓은 보릿자루처럼 구석에서 노릇노릇하게 조명에 익어 갔다. 그러나 그 누구도 그녀의 흔들리는 동공에 관심을 두지 않았다. 그나마 관심을 주는 것은 틈틈이 터지는 카메라 플래시 정도일까.

"스킨십은 어디까지?"

객석에서 꺄아악 하는 비명 소리가 터져 나왔다. 곧바로 뭘 상상하는 거냐는 서하의 장난기 어린 타박이 이어졌지만 열광적인 반응에 아진마저 부끄러움에 얼굴을 가렸다.

"이거, 노코멘트라고 대답하면 이상해지는 거죠?"

"알면서 왜 그래요? 아진 씨 고개 좀 들어 봐요. 계속 그러면 더 이상해지는 거 알죠?"

"지금 이상하게 몰아가고 있는 거 아니에요?"

"들켰음?"

낄낄거리며 두루뭉술하게 넘어가려던 대화가 객석에서 한 팬이 큰 소리로 한 번 더 물음으로써 본론으로 돌아갔다. 대놓고 한탄의 한숨을 토해 내는 서하 대신 아진이 마이크를 들었다.

"저희는 영화로 보면, 15세 관람가입니다."

관람가를 정해 보자던 서하의 제안에 드디어 답변을 주었다. 아진이 일어나지도 않은 일이지만 살짝 붉어진 얼굴로 말했다.

"그럼요. 저희는 공중파 방송이 가능합니다."

진지한 얼굴로 맞장구를 치는 서하의 등짝을 아진이 후려쳤다. 이미지를 어떻게 끌고 가려는지 미리 상의라도 할 것이지. 리아의 앞에서는 진중한 얼굴로 고개만 끄덕이며 시나리오의 허점을 짚어 내던 사람이었다.

그 뒤로 커플에 관한 질문이 이어졌다. 어디가 좋아서 사귀게 되었는지, 같은 작품을 할 생각은 없는지. 많은 질문이 오가고 적절한 때에 철영이 아진의 스케줄을 핑계로 몸을 피할 수 있게 해 주었다.

자신이 좋아하는 사람 앞에서는 예뻐 보이고 싶은 법이라고, 과격한 행동은커녕 긍정적인 반응만 보여 주는 팬들 덕에 다행이었다. 만약 작은 사건 하나라도 터졌다면 기자와 대중들에게 물어뜯을 떡밥을 던져 주는 꼴이 되었을 테니까.

"가지 말고 기다려……."

무대 뒤로 걸어가려는 그녀를 배웅하는 시늉을 하며 서하가 속삭였다. 핸드마이크를 멀리 떨어뜨린 상태라 들은 사람은 아진뿐이었다. 아진이 보일 듯 말 듯 고개를 끄덕이고는 깜깜한 무대 뒤로 들어섰다.

"후우……."

마이크를 스태프에게 건네자마자 아진이 한숨을 푹 내쉬었다. 서하가 팬미팅을 다시 이어 가는 소리를 뒤로하고, 그녀는 대기실로 향했다.

대기실에 도착하자마자 널부러져 버린 아진이 두 눈을 꼭 감았다. 피곤했다.

그 시간 인터넷을 달구는 이슈메이커는 서하와 아진이었다. 유서하 팬미팅이 포털 검색어 1위, 그 뒤를 노아진, 유서하가 잇따라 차지했다. 실시간으로 업로드되는 기사에 대한 반응도 뜨거웠다. 그것을 뒤풀이 1차를 끝내고 이동하는 차 안에서 준성이 응시했다.

"모니터링하세요?"

운전하고 있던 사내가 백미러로 준성에게 물었다. 붙임성 있는 좋은 성격인 것 같은데 상대가 준성이어서 꽤나 애를 먹고 있었다. 아무리 임시라지만 서로 좀 터놓아야 일을 편하게 할 텐데. 그가 한숨을 푹푹 내쉬었지만 준성은 말 한마디 쉽게 꺼내는 법이 없었다. 준성이 그의 질문에 고개만 끄덕였다.

"이번 영화가 대단하긴 한가 봐요. 아까 뵌 감독님은 방송국에서 피디 하다가 영화계로 들어오시는 분이고, 게다가 시나리오 주신 분이 김태형 감독님인 거 알아요? 거의 공동 작업 식으로 간다던데."

조잘조잘 떠드는 그의 이야기에 준성이 묵묵하게 고개만 끄덕였다. 배우들의 워너비라고 불리는 감독이 시나리오를 쓰고, 오랜 방송 경험을 가진 피디의 영화 데뷔작. 화제를 낳을 만했다. 그리고 그 작품이 바로 준성의 메인 스크린 데뷔작이 될 예정이었다.

지금까지 찍어 왔던 독립영화들의 이름을 쭉 밀어 놓을 작품. 대기업이 후원하여 전국 곳곳에서 상영될 것이고 배급사가 마음만 먹으면 해외까지 알려질 수 있는 작품이었다. 그만큼 상업성도 뛰어났다.

"게다가, 상대역이 노아진 씨잖아요. 저도 들어온 지 얼마 안 됐지만, 확실히 잘될 거 같아요."

작품 내의 비중은 아진보다 준성이 더 많았다. 같은 급의 조연이고, 선후배가 확실하다고 해도 말이다.

"아, 맞다. 준성 씨는 아진 씨랑 어렸을 때부터 알고 지내던 사이라면서요?"

"예?"

"아니에요? 회사에서 그러던데."

준성이 반사적으로 대답했다. 뭔가 미심쩍은 태도로 말끝을 흐리던 그가 백미러를 통해 그를 힐끗 바라보았다. 아진이 말한 것 같지는 않았다. 그 역시 입 한 번 벙긋한 적이 없었다. 대체 어디서 어떻게?

잠시 머뭇거리던 준성이 마음을 다잡았다.

"부모님께서 서로 아시는 사이예요. 어릴 적에는 친했죠."

"아, 그래서……."

궁금증이 해결되었는지 그가 시선을 앞으로 돌렸다. 그리고 물어보지 않은 것들을 주절거리기 시작했다.

"참 예쁜 커플이지 않아요? 유서하 씨랑 노아진 씨랑."

"그렇죠."

준성의 시선이 창가로 향했다. 어느새 불이 켜진 네온사인과 조명들 사이로 사람들이 어지러이 지나다니고 있었다.

예쁜 커플이다. 아주 잠시 지켜보았지만, 서하가 아진을 바라보는 눈은 따뜻했다. 화면 속에서 보는 잔뜩 꾸며지고 예뻐 보이려하는 모습이 아니라, 틱틱거리고 짜증을 내는 아진의 행동도 자연스러웠다. 난처한 기색도 없이 빙긋 웃으며, 아진을 대하는 서하역시 아주 자연스러웠다. 얼굴 표정부터 손짓까지 둘의 관계는 자연스러워 보였다. 준성이 모르는 시간을 함께 보낸 사람.

너무 늦었던 것은 아닐까.

아진이 빠른 것인지 자신이 느린 것인지는 몰라도, 항상 아진보다 몇 걸음 늦었다. 깨닫는 것도 느렸고 알아차리는 것도 늦었다. 그러다 보니 행동은 더 늦을 수밖에 없었다. 아차 하는 사이 손끝을 빠져나가 버린 체온은 돌아오지 않았다.

가장 가까이에 있던 사람이 닿을 수도 없을 만큼 멀리 있다는 걸깨달았을 때 불어오는 바람은 쓸쓸하기 그지없었다. 항상 곁에 있을 거라고 무의식적으로 생각하고 있었던 모양이었다. 갑작스러운상실은 머리가 인지하기도 전에 몸이 인지했다. 일상 곳곳에 공기처럼 스며들어 있던 사람이었다.

항상 옆에 있어서 더 무심했는지도 모른다. 힘든 일이 많았을 텐데 격려보다 충고부터 했다. 이렇게 하면 안 된다, 저렇게 하면 안된다 지적만 했다. 싫은 티는 냈지만, 동갑인 아이가 늘어놓는 잔소리를 아진은 가만히 들어 주었다.

형제는 성인이 되면서 점차 멀어지거나 혹은 독립을 해서 집을 떠난다고 한다. 그저 조금 빨리 독립한 것이라고 치자, 생각한 것도 아주 잠시였다. 자신도 모르게 그녀의 잔상을 눈으로 훑었다. 어머니가 틀어 둔 티브이에서 흘러나오는 목소리부터 길가에 세워진 전광판의 광고까지.

자신의 세계에만 가득한 줄 알았던 것이 사실은 그렇지 않았다는 것을 너무 늦게 인지하고 말았다. 이 감정이 상실감에서 초래된 쓸쓸함인지 그리움인지 혹은 다른 것인지를 분간하는 것도 너무 오래 걸렸다. 너무 오래 걸려서, 아주 닿을 수 없는 곳까지 멀어지고 말았다.

"예쁘죠. 노아진."

"그러니까요. 우리 회사에서 공개 연애는 처음이라던데, 대표님이 허락해 준 이유를 알겠다니까요?"

그의 임시 매니저가 침까지 튀기며 격렬히 수긍했다.

그는 또 늦었다. 준성이 빈 물병을 아무렇게나 구겨 비닐 봉투에 집어넣었다.

6. 한 걸음 더

문자 한 통에 아진은 한참을 망설였다. 오늘은 꼭 들러 달라는 이모의 부탁이었다.

하나뿐인 아들이 꽃길을 걷는다는 것에 얼마나 기쁜지는 십분 이해하겠지만, 아진에겐 불편하기만 했다. 한 마디 한 마디에 들뜬 감정이 듬뿍 묻어 있었다. 은혜를 갚지는 못할망정 제대로 찾아뵙 지도 않았던 자신의 행동들이 양심을 따끔따끔하게 찔러 왔다.

이럴 줄 알았다면, 팔짱 끼고 백화점 쇼핑이나 몇 번 해 드릴 것 을.

아진이 얼굴을 감싸 안았다. 피해 갈 수도 없는 만남의 자리였 다. 무뚝뚝한 아저씨와 이모, 그리고 윤준성이 함께하는 식사 자리. 아진은 호랑이 굴에 들어가는 마음가짐으로 한숨을 푹 내쉴 수밖에 없었다.

어쩌겠는가. 이모에게는 약자일 수밖에 없는데…….

띵동. 독립한 이후로 비밀번호를 눌러 보지 않았지만, 여덟 자리 숫자가 변하지 않았다는 것을 어렵지 않게 추측할 수 있었다. 하지만, 아진은 벨을 눌렀다. 몇 초 지나지도 않아서 벌컥 문이 열리고 나타난 얼굴은 너무나도 맑았다.

"아진이 왔니?"

"안녕하셨어요, 이모."

"바쁠 텐데, 그래도 밥 한 끼라도 제대로 먹어야지."

잘 신지 않는 검은 하이힐에서 매끄러운 발을 꺼내기 무섭게 수연이 앞장서서 주방으로 향했다. 길지 않은 복도 끝에 아일랜드형의 대리석 식탁이 놓여 있었다. 분주하게 냉장고 앞을 왔다 갔다하는 수연을 응시하던 아진의 시선이 거실로 향했다.

"아진이 어서 와라."

"안녕하셨어요, 아저씨."

언제 봐도 말쑥한 모습이었다. 저 병아리가 그려진 앞치마만 아니었다면 더 그랬겠지. 아진이 쓴웃음을 지었다. 부모님보다 더 부모님 같은 분들이었다. 그러고 보면, 부모님보다 더 오랜 시간을 같이 보냈다. 여덟 살 딸아이가 되지도 않는 꿈을 꾸며 생떼를 부리는데 서울로 보낸 부모님도 부모님이었지만, 친구 딸이라고 그녀를 받아 준 이분들도 참 대단했다.

"준성이도 이제 들어와서 씻고 있는데, 짐 풀고 나와라."

"네, 그럴게요."

베란다에서 뿌리째 뽑아 온 대파를 가지고 거실을 가로지르는 아저씨가 낯설지 않았다. 그 뒷모습을 지켜보다 아진이 몸을 돌렸

197

다. 중간에 있는 화장실을 사이에 두고 왼쪽과 오른쪽에 나란히 배치된 방 두 개. 중학교 때까지 사용했던 아진의 방과, 준성이 머무르고 있는 방이었다. 소녀 취향인 수연 이모의 솜씨로 만들어진 명패는 여전했다.

달칵하고 닫히는 문에 기대어 아진이 방 안을 천천히 훑어보았다. 쫓기듯 짐을 싸고 뛰쳐나왔을 때와 그리 달라지지 않은 모습이었다. 잘 정리된 침구와 흠집 하나 없는 옷장, 그리고 먼지 한 톨 없는 책상. 달라진 것이라고는 침대가 놓인 벽면이 가득 차 있다는 것뿐이었다. 그녀가 출연한 영화의 포스터, 드라마의 굿즈, 그리고 화보 사진 몇 개가 주르륵 늘어서 있었다. 그 아래로 어릴 적 사진들이 가득했다.

분홍색, 파란색 책가방을 나란히 메고 걷는 두 아이의 뒷모습부터, 새초롬히 붉은 입술을 모으고 앉은 소녀와 그 뒤로 단정히 교복을 입고 선 소년까지. 사진은 꼼꼼하게 아진이 걸어온 시간을 담아내고 있었다. 물 흐르듯 막힘없이 흘러가던 그녀의 시선이 한 곳에 머물렀다.

졸업식 사진이었다. 부모님은 어린 동생과 매스컴의 관심이 싫다는 이유로 참석하지 않았고, 아진은 서운한 마음만 애써 내리누르던 그날의 사진.

그리고 소리 없이 문이 열렸다. 인기척에 반사적으로 고개를 돌린 아진의 시선이 그의 것과 곧장 마주했다.

"안녕."

"……안녕."

성의 없이 바닥에 내려놓은 아진의 숄더백이 발에 채었다. 들어오던 준성이 허리를 굽혀 그것을 주워 들더니 의자에 살짝 걸쳐 두었다. 인기척 때문인지 혹은 바람 때문인지 달각 소리를 내며 가볍게 닫힌 방문을 뒤로하고 준성이 천천히 걸어왔다.

"졸업식이네."

"……음."

하얀 안개꽃을 가득 품에 안은 채 카메라를 보는 아진이 액자 속에 있었다. 졸업식 직전이었다. 졸업식 후에는 카메라에 잔뜩 둘러싸일 것을 알기에 친구들과 미리 사진을 찍었다. 그중 하나였다.

"그날, 나한테 꽃은 왜 줬어?"

갑작스럽고 충동적인 물음이었다. 아진이 베이지색의 액자 가장자리에 시선을 두고 내던지듯 물었다. 대꾸 없이 몇 걸음 더 다가와 나란히 선 준성이 벽에 걸린 액자를 떼어 냈다.

졸업식이 끝나고 품에 안기도 어려울 만큼 많은 꽃다발을 받았다. 그중에는 친구들이 떠안긴 것도 있었고, 팬들이 선사한 것도 있었다. 하지만, 가장 먼저 받은 수수한 꽃다발의 주인은 준성이었다. 졸업식 날 아침에 등교하자마자 품에 안겼는데, 어떻게 잊을 수 있을까. 친구들과 찍었던 모든 사진에 하얀 안개꽃을 안은 아진이 있었다. 그 꽃에 가슴을 떨었던 열일곱의 그녀가 있었다.

"예뻐서."

"……꽃이?"

"아니, 네가."

거짓말.

반사적으로 나오려는 말을 입술을 꾹 눌러 참아 낸 아진이 몸을 홱 돌려 준성을 마주했다. 손가락 두 마디는 더 작았던 그는 어느

새 쑥쑥 자라 그녀가 고개를 바짝 치켜들고 바라보아야 할 지경에 이르렀다.

"그날, 나에게 그랬지?"

추상적인 말이었지만 아진은 되묻지 않았다. 어떤 일을 말하려 하는지 아주 잘 알고 있었다.

우습게도 볼 꼴 못 볼 꼴 다 보인 가장 가까운 남자를 마음에 담아 버린 그때의 자신이 저질러 버린 그 일.

쉼 없이 그를 힐끗대고 설레었던 첫사랑의 기억이 끝을 맺었던 그날.

"나를…… 좋아한다고."

아진은 끝까지 담담하지 못했다. 수치스러울 만큼 부끄러운 기억을 얼굴은 숨기지 못했다. 발갛게 달아오른 얼굴로 그를 마주했다. 마주한 시선 사이로 침묵만이 흘렀다.

언젠가는 짚고 넘어가야 하는 일이었다. 끊어 내지 못하였으니 계속 보아야 할 사람이었다. 그렇다면 저지른 자가 수습하는 것이 맞았다. 아진이 힘겹게 바짝 마르는 입술 사이를 열었다.

그녀에게 들이닥치는 압력처럼, 그도 아진과의 관계를 정리할 것을 강요받고 있을 테니까. 연예계 선배로서, 그리고 그의 마음을 흔들어 놓은 철없는 짓을 저지른 당사자로서 선을 긋는 것은 자신이어야 했다. 가슴부터 뜨겁게 올라오는 감정이 성대에 닿았다.

감정에 휘둘리는 것보다는 이성적으로…….

되뇌며 힘겹게 입술을 떼자마자 아진의 시선이 준성의 것과 맞닿았다.

"그때는……."

"좋아해."

처음에는 잘못 들었나 하는 의심이 들었다. 그러기엔 너무 단호한 어조였다. 지지부진한 관계를 정리하는 데 이 대답은 적절하지 않았다.

당혹감에 아진이 눈을 동그랗게 뜨고 그를 응시했으나 뱉어 낸 말의 비중을 아는지 모르는지 그의 표정에는 미동도 없었다. 일자로 곧게 다물린 입술 사이로 다시 한번 똑같은 단어가 내뱉어졌다.

"좋아해. 내가 너를."

아진의 동공이 천천히 확장했다.

시간이 지나 흐지부지되었던 고백의 답이자, 또 다른 고백이었다. 첫사랑의 답이 이렇게 늦게 도착할 줄이야. 아진이 놀라움을 감추지 못하는 반면, 준성은 꽤나 담담해 보였다.

그 말은 준성의 인생에 다시 없을 충동적인 결정이었다. 나름대로 무심하게 내던진 말의 파괴력은 생각보다 커다랬다. 준성은 새삼 아진의 가늘어진 목선과 어깨선을 훑어보았다. 열일곱에서 스물넷. 소년이 남자가 되고 소녀가 여자가 되기엔 충분한 시간이었다. 동그랗게 뜬 눈이 충격으로 젖어 들어가는 것을 지켜보며 준성이 입술을 달싹였다. 멍청한 짓이었다. 스스로도 잘 알고 있었다.

아진은 공식적인 남자 친구가 존재했고, 그의 답은 너무 늦었다. 남 같은 사이에서 선을 하나 더 긋는 일이었다. 다시는 말을 섞지 않으려 할지도 몰랐다.

"야……."

열일곱의 문턱에서 건네받은 고백의 답을 이제야 전했다. 아진은 무어라 답을 해야 할지 난감한 모양이었다. 준성은 답을 들을 거라는 기대조차 하지 않았다. 당시에 그도 제대로 답하지 못했다. 늦었지만 마음을 돌려준 것으로 충분하다고 생각했다.

유서하 선배는 남자가 보기에도 괜찮은 남자였다. 깊이 겪어 본 것은 아니었으나 괜찮아 보였다. 그의 곁에 서서 웃는 아진이 괜찮아 보였다.

전 국민의 관심을 받고 있는 커플이다. 공식적인 자리에서 서로 몇 마디만 언급해도 기사화되었고, 길거리에서 손을 잡고 걷는 모습은 워너비 커플이라는 신조어도 만들어 냈다.

어쩌면 그녀를 위해서는 자신의 감정조차 전하지 않는 것이 나을지도 모르지만, 이렇게 사적으로 만날 자리가 더 이상 없을 것 같다는 다급함에 뱉어 낸 말이었다. 비록 그녀를 또다시 흔들어만 놓은 것 같았지만……. 아진의 앞에만 서면 자꾸만 그답지 않게 계획 없이 행동하게 되었다.

"애들아 밥 먹자!"

닫힌 문 사이로 건너오는 다정한 목소리가 어색한 침묵을 갈라 놓았다. 머뭇거리는 아진 대신 준성이 먼저 걸음을 떼었다.

"나와. 부담 주려고 한 말 아니야."

문손잡이를 잡고 있어 아진에게는 그의 뒤통수밖에 보이지 않았다. 그것이 아진을 더 울컥하게 만들었다. 생각하기도 전에 발이 먼저 움직여 그의 정강이를 걷어찼다. 아주 오랜만에 맞았다고 억하는 비명이 그의 입술 새로 흘러나왔다.

"그게 부담이 아니면 뭔데?"

정강이를 부여잡고 허리를 푹 숙인 준성을 아진은 아니꼽게 내려다보았다. 정말 어디가 모자란 건가 싶을 만큼 답답한 인간이었다. 가슴 깊숙한 곳으로부터 북받치는 감정을 속사포처럼 털어 내려던 아진이 멈칫했다.

"아진아! 준성아!"

"네! 지금 나가요."

재촉하는 수연의 목소리에 그를 밀어 내고 아진이 먼저 방을 나섰다. 소리 없는 아픔을 참아 내고 있는 준성에게는 시선 한 줌 주지 않은 채였다. 준성이 정강이를 문지르며 일어섰다.

저 성질머리를 용케 들키지 않고 살아왔구나 싶었다. 헛웃음이 입술을 비집고 흘러나왔다. 몇 년 만의 애정 표현은 낯설게까지 느껴졌다. 욱신거리는 다리에서 애써 신경을 끄고 그녀의 방을 나서자 그리웠던 풍경이 펼쳐져 있었다.

"얼른 와서 앉아라."

"아진이 좋아하는 걸로만 해 봤는데 어떨지 모르겠다."

어머니의 재촉에 의자에 앉자 식탁이 꽉 들어찼다. 네 개의 의자 중 항상 비어 있던 의자가 주인을 찾았다. 가슴 깊숙한 어딘가가 꼭 들어맞는 듯한 느낌이 들었다. 아침 내내 들떠 있던 어머니는 기어코 아진이 좋아하는 해산물 위주로 상을 차려 냈다.

"윤준성 공식 데뷔 축하 아니었어요?"

"영화 개봉도 안 했는데 뭘."

퉁명스러운 아버지의 대꾸가 서운하진 않았다. 난처하다는 듯 슬쩍 눈꼬리를 늘어뜨리다가도 까르르 웃는 그녀의 모습이 눈물이 나도록 그리웠기 때문이다.

좋아한다는 감정을 깨닫는 것도 느렸다. 든 자리는 몰라도 난 자리는 태가 난다는 옛 어른들의 말에 따라 가슴속의 일렁임을 그저 허전함으로 치부했기 때문일지도 모른다. 몇 바퀴를 돌고 한참이 지나 대답을 돌려줘야 한다는 결론을 내렸을 때는 이미 늦어 있었다.

달큰한 눈빛으로 그녀의 옆자리에 선 사내는 데뷔 때부터 자신만의 연기 세계를 확고히 다진 것으로 유명한 배우 유서하였다. 그녀가 이루어 낸 것이 너무 많았다. 같은 길을 걷겠다고 결심하고 나니 더욱 거대해 보였다. 그래서 더욱 망설였는지도 모른다. 그리고 준성이 망설이는 사이 아진은 그로부터 성큼 더 앞서 나갔다.

차라리 잘되었다 하는 생각이 반, 알 수 없는 침울한 감정이 반.

반반으로 뒤섞인 가운데 내뱉은 말은 다리를 한 번 시원하게 차이게 했지만 그 덕에 속도 시원해졌다. 그 시절의 기억을 아진이 어떻게 가지고 있는지는 모르지만, 지금이라도 대답을 돌려줄 수 있어 다행이었다. 그래야 마음이라도 편해질 테니까.

"영화 촬영은 잘되어 가고?"

"저는 다음 달 초에 들어가요. 아마 준성……이는 이번 달 말부터일걸요?"

"그래?"

입가에 미소가 끊이지 않는 어머니에게 대답하는 아진의 목소리에 생기가 가득했다. 그렇게 불편한 사이가 된 이후로 아진은 이곳에 발길을 끊었다. 그래도 그가 없는 새를 틈타 몇 번은 들렀다고 하지만, 함께 생활했던 그때와 비교할 수는 없지 않은가. 그와의 관계 때문에 그녀는 모든 것을 끊어 냈다.

부모님, 그리고 친구들까지.

이제는 돌려주어야 할 때였다. 준성이 말없이 수저에 밥을 가득 담아 입 안으로 밀어 넣었다. 머리로는 알고 있는데 어색한 것은 어쩔 수가 없었다. 퍼석거리는 혀끝에는 아무 맛도 느껴지지 않았다.

태연한 표정으로 어머니와 수다를 떨던 아진은 식사가 끝나자마자 도망치듯 자리에서 일어섰다. 둘 사이의 불편한 관계를 가장 먼저 눈치챈 사람은 아버지였다. 아무것도 모르는 척 밤이 늦었으니 아진을 데려다주라고 차 키를 던져 주었다. 준성이 씁쓸하게 미소 지었다.

난처한 표정이었으나 어머니의 걱정 어린 얼굴에 패배하고 만 아진이 고개를 끄덕였다. 순순히 준성의 뒤를 따라나섰다.

"혼자 갈 수 있어."

도어록이 알림음을 냄과 동시에 아진이 중얼거리듯 말했다. 말 몇 마디로 저 돌부처 같은 남자가 돌아갈 리 없다는 걸 알고 있으면서도 한번 해 본 소리였다. 두어 걸음 앞서 걸어 나가는 준성의 뒤를 아진이 한숨을 삼키고 따랐다.

택시를 타고 돌아가거나 자신을 부르라던 지한의 당부가 머릿속을 스치고 지나갔다. 10시는 넘지 않았지만, 이미 까맣게 어둠이 내려앉은 밤이었다. 성남에 사는 그를 불러내기엔 미안한 시각이었다.

"이번 일, 잘해야 할 거야. 들어오는 건 어떻게 되었다고 해도 버티는 것은 오로지 네 몫이야."

엘리베이터 문에 시선을 고정하고서 아진이 속사포처럼 내뱉었다. 잔뜩 날이 선 목소리로 그나마 해 줄 수 있는 말이었다. 조금 심했나 싶어 괜히 속상하기도 했다.

"시간 좀 내 줄래?"

생각지도 못한 대답에 아진이 무심코 그를 돌아보았다. 담담한 얼굴로 바라보는 준성의 얼굴에 아진이 천천히 고개를 끄덕였다. 그리고 아차, 또 말려들고 말았구나 싶어 좌절하고 말았다. 아진은 습관처럼 그의 말 한마디에 귀를 기울이고 있는 자신을 발견했다. 어쩔 수 없는 버릇인가 싶었다. 아무리 시간이 지났다고 해도 몸은 학습했던 그대로의 행동을 내보이고 있었다.

아무리 인적이 드물다고 해도 아파트 단지였다. 놀이터로 향하려 던 준성의 발걸음을 이끌어 차에 올라탔다. 잠깐의 침묵 사이 아진 은 별생각을 다 했다. 좋아한다는 말은 그저 툭 내던진 말인지, 혹은 진심을 담고 있는지…… 그렇다면 왜 하필 지금인지. 생각에 빠져 있는 사이, 운전석에 앉은 준성이 정면을 바라본 채 입을 열었다.

"너무 심각하게 생각하진 않았으면 좋겠어."

"……뭐?"

"내가 너 좋아하는 거."

준성이 천천히 고개를 돌렸다. 아진은 그 어떤 남자보다 그를 더 잘 알고 있다 자신하고 있었다. 코흘리개 때부터 손을 꼭 붙잡고 커 온 사이였다. 몇 년의 거리를 두었다고 해서 몸에 밴 습관이나 버릇이 달라지진 않을 테니까. 하지만, 곧장 그녀를 직시해 오는 시선은 너무나도 낯설었다.

아진이 대답하지 않자 차 안은 침묵만이 흘렀다. 눈앞이 하얗게 점멸하는 것 같았다. 울컥하고 무언가가 가슴 깊숙한 곳에서 치달 아 왔다.

"너는……."

힘겹게 떼어 낸 목소리에 물기가 가득 담겼다. 화끈거리는 눈가를 소매로 꾹꾹 눌렀다. 메이크업을 지우지 않기 위한 조심스러운 손길이었다. 아진이 눈을 감았다. 불편한 관계였다. 아마, 계속 불편해질 수도 있었다. 도대체 왜 지금에서야 그 고백에 답을 주는 것인지. 정말 알다가도 모를 노릇이었다. 그녀가 준성을 외면하고 창문에 고개를 기대자, 준성은 소리 없이 차를 출발시켰다.

가르쳐 주지도 않았는데, 이미 알고 있었다는 듯 그녀의 집 앞에 섰다. 동 호수까지 완벽하게 알고 있는 것이 분명했다. 그렇지 않다면, 이렇게 아파트 현관에 딱 맞추어 세울 수는 없었다. 머뭇거리던 아진이 한마디 말도 없이 차에서 내렸다. 준성도 굳이 그녀를 잡지 않았다.

도망치듯 걸음을 빨리해 집 안에 들어서자마자 현관에서부터 무너져 내렸다. 놓았던 댐의 방둑이 터져 나간 것처럼 툭툭 흘러내리는 눈물을 훔쳐 낼 생각도 못 하고 아진이 문에 기대었다.

이건 무슨 감정인가.

떨어지는 눈물 방울을 손가락으로 훔쳐 낸 아진이 헛웃음을 지었다. 가슴 한구석에서부터 울컥이며 쏟아지는 눈물은 어떤 감정의 표현인 것일까. 알 수 없는 노릇이었다. 아주 오래 기다린 고백의 답을 받은 것에 대한 감격인가 혹은 감정의 잔재로 인한 미련에서 기인한 것일까.

"너무 늦잖아."

밀려오는 감정의 파도 속에서 가장 먼저 집어 올린 것은 서러움이었다. 지금까지 꾹 누르고 있을 수밖에 없었던 사무치는 외로움이 기다렸다는 듯이 아진을 집어삼켰다.

그날 그렇게 돌아서고, 당혹감과 부끄러움, 창피함으로 뒤범벅된 상태에서 짐을 싸고 나섰던 길이었다. 창피했던 감정은 얼마 지나지 않아 원망으로 뒤바뀌었다.

이럴 거면 처음부터 착각하게 하지 말지.

세상이 뒤집혀도 내 곁에 있겠다는 듯이 굴지 말았어야지.

억지를 부려 보아도 달라지는 것은 없었다. 회사에서는 숙소를 제공해 주었다. 잡지에 나올 것만 같은 인테리어는 덤이었다. 하지만, 그뿐이었다. 사람의 온기와 냄새, 그리고 인기척은 돈이 있다고 해서 얻을 수 있는 것이 아니었다.

흔히 마지막에 기댈 곳은 가족이라고 하지만, 아진에게는 기댈 수 없는 곳이었다. 혹시 실수로라도 수연 이모의 귀에 들어갈까 일부러 더 잘 사는 척, 씩씩한 척을 했다. 한 번이라도 그녀의 집에 들렀다면, 그것이 잘 꾸며진 거짓이라는 것을 알아챌 수 있었을 텐데. 부모님에게는 애초에 기대하지도 않았다.

아진은 망망대해에 혼자 떠 있는 화려한 유람선을 떠올렸다. 마치 자신처럼 겉보기에는 화려하고, 고급스럽지만 그 안에 담긴 것은 하나도 없었다. 심지어 이 배에는 닻조차 없다. 아주 오래전에 그녀의 선택으로 놓쳐 버렸으니까.

"윤준성……."

그래서 그 말을 듣는 순간 깨달았던 것 같다. 아무렇지 않다. 아무렇지 않을 리가 없다. 어떻게 아무렇지도 않을 수 있을까. 내 세계의 전부였는데…….

아진이 참담함에 얼굴을 묻었다. 아무리 멀쩡한 척 겉을 꾸며도 속이 비었다.

작은 일상 하나조차 공유하며 조잘거릴 친구 하나가 없었다. 그와 함께 전부 잘라 내어 남아 있지 않았다. 마음만 먹는다면, 아주 쉽게 외부로 통하는 문을 차단할 수 있는 세계였기에 아주 영악하게 이를 이용한 결과였다.

왜 사람 하나 곁에 남겨 두지 않았냐고 묻는다면, 전부 준성으로 비롯된 관계였기에 그렇게 해야 했다고 대답할 수밖에 없었다. 노아진이라는 사람과 다른 사람을 연결하는 그 가운데에 윤준성이라는 사람이 있었기 때문에.

그는 그녀의 닻이었고, 기둥이자 세계로 통하는 문이었다.

달라졌다고 생각했는데…….

자신만의 세계를 만들고, 누구나 부러워할 만큼의 커리어를 쌓고, 낯선 사람들 앞에서도 어렵지 않게 웃을 수 있게 되어서 괜찮다고 생각했는데 아니었다. 괜찮지 않았다. 지금까지도 그래 왔고 아마 앞으로도 괜찮지 않을 것이다. 아니, 앞으로는 더 괜찮지 않아질 것 같았다. 혼자라는 걸 깨달으니 아무것도 없었다. 사람도 체온도 온도도 호의도 악의조차 없었다. 완벽하게 비워졌다.

더 이상 혼자이고 싶지 않았다.

배우 노아진이 아니라, 사람 노아진을 보아 줄 사람이 절실하게 필요하다는 것을 이제는 알아 버렸다. 아진이 손에 들고 있던 것을 집어 던지고 현관문을 열어젖혔다.

엘리베이터는 기다리고 있었다는 듯 그녀가 사는 층에 멈춰 있었다. 1층 버튼을 누르는 손이 바들바들 떨렸다. 엘리베이터가 내려가는 속도가 이렇게 느렸던가.

"야, 윤준성!"

처음부터 그랬다. 본인은 아무렇지도 않게 마음을 잔뜩 흔들어 놓고, 그런 적 없다는 듯 태연했던 얼굴. 다른 사람들보다 몇 발자국은 느린 속도로 건네던 설렘.

"너……."

엘리베이터에서 내리자마자 현관 앞으로 달려갔다. 턱까지 차오르는 숨을 고르는 그녀 앞에서 준성이 다급하게 손에 들고 있던 담배를 버렸다. 발로 슥슥 비벼 불씨를 죽이는 그의 얼굴이 당혹감에 젖어 들었다.

"야 이 나쁜 새끼야."

잔뜩 붉어진 얼굴로 아진이 험한 말을 내뱉었다. 힘주어 쥐어 잡은 주먹이 그의 어깨를 후려쳤다. 형용할 수 없는 욕설이 몇 번 지나가고 나서야 진정한 듯 가쁜 숨을 내뿜었다.

"……내가 또 뭐 잘못했어?"

"그걸 말이라고 해?"

길어지는 침묵에 준성이 조심스럽게 입술을 떼었지만, 곧장 타박을 받았다. 한바탕 휘날렸는지 잔뜩 흐트러져 부스스한 머리칼을 손가락으로 슥슥 정리하더니 아진이 결심한 듯 준성을 올려다보았다. 제정신이라면 절대 하지 않을 일이었다. 누가 지켜볼지도 모르는데 아파트 현관에서 외간 남자와 단둘이.

"갑자기 내가 왜 좋아졌는데?"

"……뭐?"

무어라 말하려다가 잔뜩 짜증 난 얼굴로 차에서 내려 들어가 버렸다. 그러다가 갑자기 뛰쳐나와서 묻는 말로는 문맥상 맞지 않았다. 로맨틱은 무슨. 부글부글 끓고 있는 듯한 얼굴에 준성이 무심코 한 발자국 물러섰다.

"또 도망갈 거야? 또?"

그의 행동을 눈치채지 못할 아진이 아니었다. 아랫입술을 꾹 누르며 물었다. 처음부터 여지를 주지 말든가, 흔들 만큼 흔들어 놓고 또 아무 일도 아니었다는 듯 그렇게 도망칠 것이냐고.

"도망 안 쳐. 그날도 네가 도망쳤잖아. 난 가만히 있었어."

아진이 노골적으로 싫은 티를 내자 준성이 어쩔 줄 모르고 허공에 두었던 손을 내리며 대꾸했다.

"그럼, 대답해. 내가 갑자기 왜 좋아졌는데?"

대답하기 참 난처한 질문이었다. 하지만 동시에 회피할 수 없는 질문이기도 했다. 소리 없이 한숨을 내쉰 준성이 어둑어둑한 하늘 아래 달아오르는 목덜미를 숨겼다.

"내가 너무 예뻐져서?"

어떻게 말을 해야 할까 말을 고르는 사이, 아진이 당당하게 물어왔다. 준성이 기가 찬 얼굴이 되어 대꾸했다.

"네 입으로 그런 말 하는 거 안 창피하냐."

"그럼?"

않느니 죽지. 준성이 입 안으로 중얼거리는 사이, 아진이 거침없이 다가왔다. 그녀의 움직임을 감지한 현관등이 다시 반짝 켜졌다. 그 조명에 아진의 얼굴이 비쳤다.

"친구로 돌아가자고, 친구로서 좋다고 한 거야?"

"그런 거 아냐."

준성이 즉답했다. 아, 이게 아닌데. 곧장 후회했지만 이미 뱉은 말은 주워 담을 수 없는 법이었다. 고작 친구를 원했다면, 답답해 죽겠다는 얼굴마저 예뻐 보일 리가 없었다. 그걸 원했다면 인우가 종종 말했듯이 제대로 사과하고 잘못했다고 싹싹 빌었을 테다.

"그럼 뭔데. 도망칠 생각 하지 말고 제대로 이야기해."

이번에도 그러면 다신 네 얼굴 따위 보지 않을 테니까. 아진이 쥐꼬리만 한 목소리로 덧붙인 말에는 힘이 잔뜩 빠져 있었다. 기껏 용기를 내서 달려왔는데, 울컥하는 마음과 한 줌 정도 되는 분노가 난처한 얼굴의 그 앞에서 사르르 풀어지고 말았다.

먼저 좋아하는 사람이 약자라잖아. 갑옷처럼 돌돌 감아 단단히 싸 놓았던 마음이 얼굴만 보면 말랑말랑하게 녹아내린다. 애써 다독여 봐도 한번 풀린 마음은 되돌리기가 쉽지 않았다.

"알잖아. 내가 많이 느려."

"알지. 근데, 지금 그게 자랑이야?"

조심스럽게 건네었던 간질간질한 10대의 고백을 지금에서야 받아친다는 게?

울컥하는 마음에 아진이 눈을 치켜뜨고 쏘아붙였다.

"그래서 깨닫는 것도 느렸고, 널 좋아한다는 걸 알고 난 후에는 타이밍을 잡기가 어려워서."

"그래서, 잡은 타이밍이 오늘이야?"

잘도 잡았다. 아진이 허탈하게 웃었다. 얼마나 늦게 깨달으셨는지, 그리고 얼마나 오래 타이밍을 기다렸는지는 모르겠지만 기가 찼다. 저런 인간인 것을 알면서 마음에 담았다는 걸 생각하면 자신이 한심할 지경이었다.

"너무, 마음에 담아 두지 마. 네 감정, 너무 늦게 보답해서 미안해. 그 말 하고 싶었어. 너, 충분히 사랑받을 수 있는 사람이야."

준성이 어깨를 늘어뜨렸다. 말은 타이밍이라고 했지만 실은 용기가 없어서 건네지 못한 말이었다. 이미 충분히 늦었다고 생각했고, 닿을 수 없는 곳에 있는 아진은 구김살 하나 없는 예쁜 얼굴이었으니까. 조금 이상하다고 느꼈을 때는 이미 또 늦어 있었다.

공개 연애.

더 이상 아진의 옆자리에 설 수는 없으나, 전해 주고 싶었다. 일방향이 아니라 쌍방향이었다는 것을, 그리고 좀 더 스스로에게 자신감을 가져도 된다고 말해 주고 싶었다. 준성이 후련하게 웃는 반면, 아진은 계란이 깨지는 것처럼 툭 하는 소리와 함께 눈물을 쏟아 냈다.

그래, 이 모자란 인간은 아무렇지도 않게 그녀의 가슴 깊숙한 곳을 건드려 왔다. 자기가 뱉은 말이 어떤 영향을 미칠지는 제대로 생각도 안 하고, 그녀의 눈물이 터지면 그제야 당황해 어쩔 줄 몰랐다. 키만 멀대같이 커 가지고…….

"그걸 누가 모른대? 멍청아. 좋아하면 좋아한다고 피력이라도 하든가."

수없이 많은 사람들에게 팬이라고, 좋아한다는 이야기를 들었다. 처음에는 가슴 떨렸던 그 말들이 어느 순간 겉치레에 불과하다고 느꼈을 때, 회한이 밀려왔다. 맞닿는 체온과 진실된 마음 없이는 쉽게 받아들일 수 없는 감정이었다.

"말이라도 제대로 하든가……."

"그런거 잘 못하잖아."

"배우라는 애가 그렇게 말하면 어떡해?"

준성이 머리를 긁적였다. 결 좋은 머리칼이 스치는 바람에 흩날렸다.

"신인이니까 서툴 수 있지 않을까. 처음이잖아. 좋아한 것도, 이렇게 말하는 것도."

저게 문제다.

본인도 모르는 새에 뱉어 내는 마음을 흔드는 말들.

말 몇 마디에 숨겨진 속뜻을 찾아내는 것은 어렵지 않았다. 좋아한 것도 처음, 말하는 것도 처음……. 어렵지 않게 찾아낸 진실에 아진의 얼굴이 주체할 수 없이 발갛게 달아올랐다. 애써 다스리려 해도 치솟는 입가가 볼을 팽팽하게 당겨 왔다.

"뭐래……. 집에나 가. 기자들 보면 어떡하려고."

휙 소리가 나도록 몸을 돌려, 발걸음을 서둘렀다. 아진의 등 뒤에서 조심히 들어가라는 목소리가 아파트 복도를 따라 울렸다.

멍청이.

여기가 집인데 뭘 더 조심히 들어가라고…….

내내 맥이 탁 풀려 있는 것만 같았다. 듬성듬성 이어지는 스케줄 속에서 아진은 넋을 잃은 듯 지한의 손에 이끌려 이리저리 끌려다니기 바빴다. 일에 전혀 집중하지 못하는 건 처음이라 지한 역시 당황한 기색이 역력했다.

오늘까지도 그러했다. 무슨 스케줄인지도 제대로 인지하지 못하는 경우가 많아 한숨을 폭폭 쉬는 지한에게 끌려다녔는데……. 오늘은 문제의 그 영화, '아찔한 달 아래'의 포스터 촬영일이었다. 조연 커플로 엮일 준성과 마주하는 날이기도 했다.

그날 이후 그에게서 문자는 물론이고 전화 한 통이 없는 대신, 지금까지 연락처 한 번 알지 못했던 친구들의 연락이 쇄도했다. 마치 짠 것처럼 준성이 연락처를 가르쳐 줬다는 말로 시작된 대화는 지나간 시일이 어색할 정도로 자주 이어지고 있었다.

"대체 무슨 일인데 그래."

무슨 일 있냐는 걱정으로 시작된 말들이 추궁이 되기까지는 오래 걸리지 않았다. 답답함을 가득 담은 채로 지한이 가슴을 쳤다. 핸드폰을 손에서 놓지 않는 것은 연애하는 여자로서 어떻게 이해해 보겠지만……. 아진을 오래 봐 온 만큼, 기분이 널을 뛰듯 왔다 갔다 하는 그녀의 감정 상태는 처음 접하는 것이었다.

"별일 아냐."

"별일 아닌 게 아닌데? 대체 무슨 일인지 말을 해야 알 거 아니야."

아진이 한숨을 삼켰다. 말을 할 수 있는 내용이 아니었다. 아무리 세세한 일까지 전부 챙겨 주는 매니저라도 말할 수 있는 일과 그렇지 않은 일은 구분되었다. 그리고 이번 일은 명백히 후자에 속하는 일이었다.

"윤준성 씨."

"윤준성 씨가 뭐."

아진의 입에서 남자 이름이 나오자마자 지한이 민감하게 반응했다. 연애 공표 전이나 후나 달라진 게 하나도 없었다. 오히려 더 예민해진 것도 같았다.

"아니, 윤 팀장님이 친구 관계 밝힐 건지 생각해 보라고 그러데."

이대로 두면 이런 실랑이가 끝없이 늘어질 것만 같아서, 아진은 적절한 미끼를 던져 주었다. 진실이되 그에게 고민의 여지를 남겨 줄 수 있는 선택이었다.

아니나 다를까. 지한은 고심하는 기색이 역력했다. 걸리지 않을 자신이 있다면 처음부터 이야기를 꺼내지 않는 게 가장 좋겠지만……. 한참을 고민한 끝에 지한이 건넨 충고는 채경과 같았다. 어차피 걸리게 될 거라면 미리 이야기하는 것이 좋다고.

"그치만……."

답은 정해진 것이나 다름없었지만, 아진은 망설였다. 어릴 적부터 친구라고 만인에게 공표된다면 그때부터 또다시 불편해지지 않을까. 남녀 사이의 친구. 아무리 남자 친구가 있다고 해도 대중의 시선이 이쪽으로 향할 것이었다.

저 멍청이는 '좋아해'와 '사귀자'를 같은 선상에 놓지 않았을 것이 분명했다. 그렇지 않았다면 공식적으로 연인이 있는 그녀에게 고백할 리 없었다. 마음에 담아 두지 말라고 하는 말에서도 느껴졌다. 기대조차 하지 않을 것이었다.

아직 정의하지 못한 관계가 불편하고 어색한데, 친구로서 카메라 앞에 서게 된다면 결국에는 또 연기할 수밖에 없었다. 어색하지 않은 척, 자연스럽고 친밀하게…….

"너무 어렵게 생각하지 마. 제작 발표회 때는 그냥 넘어가고…… 개봉한 다음에 노이즈 마케팅으로 한 번 써먹는 거라고 생각해."

이미지 소모 안 되고 괜찮네. 지한이 자신의 결론에 만족스럽다는 듯이 덧붙였다. 아진이 수긍하든 말든 그녀의 어깨를 위로하듯 툭툭 두드렸다.

"아진 씨 스탠바이요!"

낯익은 연출이 아무렇게나 말아 쥔 대본을 확성기처럼 들고 외쳤다.

아무리 머리가 복잡해도 배우는 기계적으로 스케줄을 채우고, 완벽하게 만족하는 연기가 아니더라도 감독의 컷 사인은 떨어진다.

만족스럽지 않은 표정 연기였다. 오케이 사인에도 불구하고 짐짓 짜증스러운 표정을 지은 아진이 한 번 더 연기하고 싶다고 요청하였으나 감독에게 즉각 반려당했다. 충분히 잘했다며 원하지 않은 과분한 칭찬만 얻어 오고 말았다.

"채령 씨, 조금만 더 고개 옆으로 해 볼래요?"

포스터 촬영이었다. 연신 터져 나오는 플래시 사이로 청색과 홍색의 고운 한복 색감이 삐져나왔다. 주연은 아니더라도 꽤나 비중 있는 조연이었다. 비극적인 운명을 맞을 예정이었기 때문에 어리고 애틋해 보여야 했다.

단독 촬영은 끝이 났고, 실내 촬영 중인 준성이 합류하는 것을 기다려야 했다. 극 중 아진이 비극적인 결말을 맞게 되면서 준성은 순했던 캐릭터를 벗고 남자 주인공의 복수에 한 축을 담당하게 된다. 충무로에 처음 데뷔하는 신인에게 주어진 역치고는 꽤나 주목 받을 수 있는 캐릭터였다. 연기력만 받쳐 준다면…….

"윤준성 씨, 실내 촬영 끝났다더라."

제작 발표회 때 상영할 VR이 필요하다며 촬영 일주일 전에 남자 연기자들을 전부 액션 스쿨로 보내 버렸던 감독이었다. 준성이야 신인이니 찍소리 못 하고 가라면 가야 한다지만, 주연 배우인 오준은 데뷔 10년 차를 맞이하는 베테랑 연기자였다. 그런 그마저 겨우 몇 초의 액션신을 위해 스케줄을 전부 미루고 일주일을 할애했다는 소식이 벌써 뉴스로까지 흘러 나간 상태였다.

"박 감독님, 단단히 작정하셨는가 본데?"

연기를 하는 것은 아진인데 지한이 더 들떠 있었다. 이제 막 촬영에 들어가는 수순인데 흘러 나간 뉴스들의 반응이 썩 나쁘지 않았다. 탄탄한 연기력으로 믿고 보는 배우 김오준에 중국까지 진출한 한류 스타 한채령, 그리고 아역 배우 출신으로 이미 연기력이 검증된 노아진이 모인 라인업이었다. 무조건 보겠다는 평들이 줄을 이었다.

"잘되면 좋지."

"잘될 거야. 너 저번 영화 평론가 별점 4점 받은 거 알아?"

"관객 반응이 더 중요하지. 아무리 예술성, 예술성, 해도 결국은 흥행이야."

고개를 주억거리던 아진이 의자에 몸을 깊숙이 파묻었다. 지한이 말한 영화는 문제의 그 영화였다. 첫사랑. 잔잔한 멜로와 차분한 OST가 잘 어우러졌던 그 영화. 시사회에서 준성을 마주했던 그 영화였다.

툴툴대듯 대꾸하는 아진의 머리를 지한이 꾹 눌렀다. 무어가 그리 심사에 어긋났는지 계속 삐딱선을 타는 아진을 자극하려는 의도였다.

"아진 씨 스탠바이요!"

"아진아, 잠깐만 잠깐만. 너 입술."

연출의 말 한마디에 벌떡 일어나 치렁치렁 늘어진 치맛자락을 추스르는데, 주연이 총알처럼 달려와 그녀의 앞에 섰다. 옅게 발라진 꽃분홍 틴트는 지속력이 거의 없어 계속 덧발라야 했다.

"색깔은 그래도 이게 자연스럽고 예쁜데 너무 잘 지워진다. 그치?"

아진은 고개를 살짝 끄덕이며, 꽃물을 물들인 것처럼 연하게 덧발라지는 입술을 거울을 통해 확인했다. 발걸음을 서두르는 아진의 입가에 그린 듯한 처연한 미소가 떠올랐다.

그녀가 맡은 캐릭터가 그랬다. 명문가의 여식으로 태어나 정해지는 혼사를 준비하던 와중 운명처럼 빠진 사랑에 몸 둘 바를 모르던 여자. 나이 열 살에 육예(六藝)를 깨친 총명한 소녀였으나 건강이 좋지 않아 차일피일 혼례가 미뤄지고 있던 와중이었다. 세자의 명으로 전갈을 가져온 한 사내에게 호감을 느낀다. 그가, 준성이었다.

주연이 아니라서 극 중에서 감정선이 깊이 다뤄지진 않을 테지만, 포스터 한 장에 담아야 하는 감정은 정확하고 섬세해야 했다. 캐릭터 해석에 실패해 이도 저도 되지 못한 배우들을 여럿 보았던 아진은 각오를 새로 다잡았다. 개인 포스터 촬영이 만족스럽지 않았으니 함께하는 촬영이라도 잘해야 했다.

어떻게 하면 처연함을 잘 전달할 수 있을까 고민하는데, 메이킹 카메라가 따라붙었다.

"소하가 오늘따라 너무 슬퍼 보이는데요?"

"자영이가 너무 예뻐서는 아닐까요?"

자신의 극 중 이름을 부르며 살갑게 말을 붙여 오는 스태프를 향해, 아진이 빙긋 웃으며 대꾸했다. 주연 배우인 채령의 극 중 이름을 언급하자 채령이 눈치껏 다가왔다.

"소하가 분위기 있는 천생 여자잖아요. 저야 뭐, 완전 말괄량이고."

"에이, 그러니까 더 예뻐 보이죠! 남장했을 때는 소년 같고, 이렇게 치마 입으면 눈이 부실 거 같고."

서로 입에 침을 바른 듯한 칭찬을 나누며 카메라 앞에서 친밀한 사이임을 피력했다. 자신이 입은 것보다 두 배는 화려한 성장을 매만지며 카메라 앞에서 옷 자랑을 시작한 채령을 뒤로하고, 아진이 조명 안쪽으로 발을 디뎠다. 스타일리스트에게 마지막으로 최종 점검을 받고 삐뚤어진 갓을 정리한 준성도 말없이 다가섰다.

"문이 뒤에서 소하를 안아 볼까?"

감독의 지시에 아진이 자세를 가다듬었다. 몇 번의 위치 수정이 있고 난 후에야 준성이 조심스럽게 손을 뻗어 왔다. 팔과 팔 사이를 파고드는 손길을 애써 무시하며 아진이 속눈썹을 파르르 떨었다. 의도된 행동이었다. 수없이 터지는 촬영음과 플래시가 그녀의 연기를 곧장 화면에 반영시켰다.

촬영 감독과 사진 작가, 그리고 박 감독의 몇 마디가 이어지는 와중 고개를 살짝 숙인 준성이 입을 달싹였다.

"괜찮아?"

"왜 가슴 떨려?"

보이지 않게 받아친 말에 대꾸하지 못할 그를 잘 알고 있었다. 돌이켜 보면 쑥맥도 이런 쑥맥이 없지. 조금씩 깊어지는 스킨십에 나름대로 배려하려는 것이겠지만, 경력부터 달랐다. 고작 이런 백허그에 가슴 떨리진 않는다고…….

"문, 좀 더 표정 근엄하게…….".

모니터만 뚫어져라 쳐다보던 감독의 입에서 지시가 떨어졌다. 다시 어렵지 않게 수줍은 양갓집 규수를 연기해 낸 아진이 준성의 품을 벗어났다.

아진이 소리 없이 한숨을 내쉬고 치맛자락을 정리해 의자에 앉았다. 날씨는 봄날이었지만, 바람이 불어 쌀쌀했다.

"정리해, 오빠."

"이건 또 무슨 소리래. 혹시 나, 내가 모르는 여자라도 있나?"

"그럴 리가……."

서하가 얼굴 가득 웃음기를 담았다. 카페에서 오랜만에 만나 주스 한 잔을 단숨에 비워 낸 아진이 빙그레 웃었다. 대놓고 창가에 앉기에 기자들에게 기삿거리를 주려나 하는 마음에 순순히 끌려 나와 준 참이었다.

"나를 좋아하는 사람이 있는데, 오빠 때문에 나한테 사귀자는 말을 못 하는 거 같아."

좋아한다는 말을 뱉은 것 자체가 대단한 사람이다. 이상한 데서 쓸데없이 신중한 성미를 떠올린 아진이 또다시 한숨을 내쉬었다. 자신이 아니고서야 누가 그를 데려갈까. 짚신도 짝이 있다는 옛말에 틀린 바 하나 없었다. 준성에게는 다행스럽게도 노아진이라는 여자는 한번 결심한 것을 끝까지 이뤄 내야 직성이 풀렸으니까.

"너 좋아하는 사람이 한둘이어야 경계를 하지. 그걸 내가 어떻게 다 정리를 하니?"

서하가 턱을 괴고 다정하게 웃었다. 서하는 투정 부리는 아이를 달래듯, 달콤한 케이크 앞에 포크를 내어 주었다. 능숙했다.

"초코야?"

"아니, 모카."

반사적으로 포크를 쥐려던 아진이 손을 끌어당겨 무릎 위로 옮겼다. 다른 사람의 마음을 저울에 올려 두고 무겁다 가볍다를 판단할 수는 없었다. 예고 없이 다가올 때, 그리고 저 잘생긴 얼굴이 곧장 자신만을 향할 때에 가슴이 떨리지 않았다면 거짓이었다. 평소보다 조금 더 두근거리기도 했고, 진짜 연인으로서의 서하를 생각해 보기도 했다.

가장 가깝게 지내는 지한보다 더 잘 알고 있는 자신의 취향과 입맛.

그래서 지금이어야 했다. 잔인할 수도 있겠지만, 노아진이 유서하에게 해 줄 수 있는 최선이었다.

"내가 좋아하는 사람이 있어."

목소리는 잔뜩 낮아졌고, 숨죽여 듣지 않으면 듣지 못할 정도로 작았다. 하지만, 그녀의 앞에 있는 사내는 그걸 놓칠 사람이 아니었다. 그 짧은 찰나에 기민하게 그 대상이 자신이 아니란 것까지 산출해 낸 서하가 허탈한 숨을 토해 냈다.

"윤준성 씨지?"

"……응."

잠시 말문이 막힌 아진이 조금 늦게 대답했다. 뒤늦게 돌아온 대답에 서하는 걸고 있던 미소마저 잊어버렸다. 윤준성에 대한 미묘한 태도 변화를 알아차려 놓고, 경계하지 않아도 좋다는 말에 마음을 놓았다. 정신없는 스케줄 때문에 연락하지도 만나지도 못하는 사이에 이렇게 발전할 만큼의 계기가 있었나. 맥이 탁 풀리는 기분이었다.

"미안해, 오빠."

"음, 갑작스럽긴 하네. 너희 둘 다 삽질만 죽어라 하다가 포기할 것 같았는데."

"……뭐?"

어이가 없어진 서하가 턱을 괴고 앞에 놓인 음료를 밀어 냈다. 마시고 싶은 생각도 밑바닥으로 떨어진 기분이었다.

"오빠, 그게 무슨 소리야?"

"나 방금 차였는데, 차이게 한 남자 이야기 해야 해?"

놀리는 듯 한쪽 입꼬리만 쭈욱 올려 웃은 서하가 한숨처럼 대꾸했다. 떨떠름한 기분에 아진이 가만히 입을 다물었다. 착각한 것 아니냐고 욕을 먹을 각오도 했고, 지금까지 쌓아 왔던 좋은 선후배 관계가 모두 깨질 수 있다고도 생각했다. 생각보다 너무 쉽게 넘어가 제대로 들었는지 헷갈릴 정도였다.

"사귀지도 않았는데 차이는 게 먼저라니. 나 고백도 제대로 못 해 봤다고."

"……이거 고백 아니었어요?"

아진이 내민 왼손에 반짝이는 커플링은 이번 시즌 가넷 주얼리의 신상이었다. 나름 진지한 태도로 묻는 아진에게 서하는 고개를 내저었다.

"그냥 한번 떠본 거였지."

"고백인 줄 알고, 정리하라고 한 건데."

"그러게. 이렇게 될 줄 알았으면, 멋지게 고백이나 할 걸 그랬나."

서하가 느물느물 웃으며, 그녀의 손 옆에 자신의 손을 올려 두었다. 비슷한 디자인의 반지가 제각각의 위치에서 반짝 빛을 내고 있었다. 무슨 할 말이 있으리오. 아진이 슬그머니 시선을 피했다.

"그런데, 우리 적어도 1년은 사귀어야 하는 거 알지?"

"⋯⋯뭐."

"준성 씨는 괜찮대? 공식 남자 친구 따로, 비공식 남자 친구 따로. 상상도 못 해 봤을 텐데."

이러니저러니 해도 가장 이미지 좋은 두 배우의 연애사였다. 갑작스러운 헤어짐은 수많은 루머를 생성해 낼 것이고, 그렇기에 헤어짐의 시기도 여러 조건들을 고려하여 결정되어야 했다. 그러니까 적어도 1년은 유예라는 거지. 서하가 어울리지도 않게 시비를 거는 듯한 불퉁한 어조로 중얼거렸다.

"지가 안 괜찮으면 어쩔 건데."

서하의 의도와 달리 아진은 덤덤했다. 그것도 모자라 다리를 꼬고는 시니컬하게 웃기까지 한다.

"좋아한다는 말도 7년 걸렸는데, 사귀자는 말은 몇 년이나 걸릴지 궁금하긴 하네."

"와, 그 정도야?"

어떻게 보면 제 얼굴에 침 뱉기가 될 수도 있겠지만, 아진은 이를 갈듯 중얼거렸다.

하나는 고슴도치처럼 제 털만 세우고 잔뜩 웅크리고, 하나는 머뭇대느라 주변에도 제대로 못 가더니 이런 속사정이 있던 모양이었다. 서하가 소리 내어 감탄했다. 삽질도 저 정도면 병 아닌가.

"골키퍼 있으면 골 넣어 볼 생각도 못 하는데요, 뭐."

"넣었잖아. 지금."

"골키퍼가 있는 척만 한 거고, 사실 골대가 공 바로 앞에 있던 거나 마찬가지잖아요."

이미 활짝 열려 있던 문이었다. 겨우겨우 그 앞까지 와서 얼쩡거리는 것 같은 준성을 떠올린 아진이 못마땅한 얼굴을 했다. 고작 문 앞까지 오기까지가 몇 년인가.

아진의 말에 상처받은 양 가슴을 부여잡은 서하가 얼음이 다 녹아 미지근한 커피를 들이켰다. 여유로운 척해도 속이 탔기 때문이었다.

"제대로 고백도 못 하는 멍청이 때문에 차인 것도 억울한데, 심술 좀 부려도 돼?"

"여기서 뭘 더……."

준성에게 서하는 존재 자체로 위협이었다. 아니, 위협 이전에 욕심조차 못 내고 있는 판이었다. 욕심은 무슨, 쥐꼬리만 한 용기라도 끌어모아 볼 생각을 못 하고. 멍청이. 서하의 말이 맞았다. 멍청했다.

음료와 케이크 하나로 꽉 차 버린 테이블 위로 서하가 몸을 숙였다. 자연스럽게 턱에 와 닿는 손길을 거절하기도 전에, 입술이 맞닿았다. 아무리 인적이 드문 조용한 카페라고 해도 지켜보는 눈은 항상 있었다. 게다가, 대놓고 데이트를 광고하겠다고 창가에 앉아 있는데, 이런 스킨십이라니……. 밀어 내지도 못하고 어쩔 줄 모르는 아진의 손을 서하가 붙들었다.

"카메라 앞에서는 우리…… 연인이잖아?"

심술이 좀 과하잖아. 코끝이 부딪쳤다. 아진이 울컥해서 그의 발이 있을 법한 위치를 걷어찼다. 앉아 있는 터라 위력은 반감되었을 테지만, 서하는 부러 아픈 척 엄살을 떨었다.

"너무 세게 때린 거 아니야?"

"이 망할 오빠가……."

"이걸로 쌤쌤. 오케이?"

담백한 키스였다. 깊숙하게 와 닿지도 않았고, 뭣 모르는 어린아이들이나 할 정도로 가벼운 입맞춤. 먼저 겉옷을 챙기는 서하를 따라 일어서며, 아진이 불편한 마음을 애써 다독였다.

키스는 해가 지기도 전에 기사화되었다. 서하도 아진도 거리를 나서면 따르는 눈이 많았다. 그중에는 팬도 있었고, 특종을 건지려는 기자도 있었다. 서하와 헤어지고 집에 들어오자마자 지한의 비명을 들은 것을 보면, 화질 좋은 사진으로 그 장면을 잡아낸 기자가 있는 모양이었다.

"아무리 좋아도 그렇지! 찍힐 거 뻔히 아는 애가 왜 거기서 그래?"

"내가 그랬어? 오빠가 그랬지."

아무리 봐도 아진은 가만히 있고, 서하가 다가간 사진이었다. 지한이 꿀 먹은 벙어리처럼 입을 다물자 주연이 소리 죽여 웃었다. 아진이 들어오기만 벼르던 지한이었다. 순식간에 침몰하는 그의 뒤에서 빼꼼하게 고개만 내민 채로 주연이 인사를 건넸다.

"데이트 뜨겁네?"

"뭐 그렇지."

"사귄 지 얼마나 되었더라? 그렇게 자주 만나진 못하잖아."

227

"한 6개월 정도 되었나."

정확한 날짜를 기억하고 있진 않았다. 드라마 사건이 나기 전으로 설정했으니 그쯤이지 않을까 추측하는 정도였다. 게다가 드라마는 종영까지 고작 한 회 남겨 두고 있었다. 진득하게 발목을 붙들고 있는 것이 이제야 겨우 떨어져 나가는 것 같아 후련했다. 자신의 드라마에 가장 책임이 있어야 할 작가는 아직도 영국에서 귀국하지 못하고 있지만 말이다.

곧장 형사 처벌로 넘어가는 통에 그쪽으로 언론의 시선이 가지 않도록 하느라 회사에서는 애를 먹었다. 다신 드라마 제작 투자 같은 건 안 한다며 채경이 치를 떨기도 했다.

"100일은 챙겼어?"

"짠."

이 정도 질문에 대한 모범 답안은 서하의 팬미팅에 따라갔을 때 이미 완벽하게 숙지했다. 아진이 표정 변화 없이 손을 내보였다. 가넷 주얼리의 신상 커플링이었다. 광고 촬영도 마쳤고, 판매가 시작되면 실제 배우 커플의 프리미엄 효과로 가격이 좀 높게 책정되지 않을까.

"예쁘다. 가넷 주얼리지?"

"응. 아, 목걸이도 몇 개 있었던 것 같은데 마음에 드는 거 있나 볼래?"

"어? 아냐 아냐. 너 쓰라고 들어온 건데."

"협찬 들어온 거랑 서하 오빠가 가져온 거랑 겹치는 게 몇 개 있어. 부담스러우면 그중에서만 골라도 되고."

"아냐, 됐다니까."

손까지 내저으며 거절하는 주연의 팔을 덥썩 잡아 아진이 질질 끌었다. 드레스룸을 향해 걸어가는 두 여자의 등 뒤에서 회사로 들어간다는 지한의 목소리가 들렸지만 누구도 신경 쓰지 않았다.

"와, 이거 이번 S/S 시즌 신상이야?"

"아마 그럴걸? 아직 다 정리 못 했는데 좀 도와줘라."

반지를 제외하면 서하가 준 것도 정리하지 않아 쇼핑백에 담긴 그대로였고, 화보 촬영 할 때 받아 온 것도 피곤함에 침대에 몸을 던지면서 정리되지 않은 상태 그대로 남아 있었다. 하나하나 상자를 열어 보는 주연의 얼굴에 활기가 가득했다.

"이건 또 어디다 둔담."

주얼리 광고를 찍어 본 적은 많지 않았으나, 팬들에게 조공 받은 것부터 사적으로 선물 받은 것까지 수를 헤아리기 어려울 정도였다. 협찬받은 것들은 반품하면 된다지만 반품하지 않아도 된다며 쥐여 주는 것들은 처리하기가 곤란했다. 드레스룸 중앙에 마련한 액세서리 진열대도 빈자리를 찾아볼 수 없을 만큼 꽉 차 있었다.

"그러게. 들어갈 자리가 없다. 아, 그 연예인 소장품 바자회 그런 데에 내보는 거 어때? 거기서 경매도 한다던데."

"옷이나 신발 같은 건 많이 하던데, 주얼리를 내놓는 건 못 봐서……."

차라리 녹여 버릴까. 덧붙이는 말에 주연이 기겁을 했다. 잘 만들어진 명품을 녹인다는 생각을 하는 여자는 너밖에 없을 거라며 잔소리를 시작하자 아진이 슬그머니 발을 뺐다.

"아니 아니, 그렇다고 이거 왕창 내놓으면 내 이미지가 어떻게 되겠어?"

"보석 모으는 애로는 안 볼걸? 애초에 그런 거 좋아하면 바자회 같은 데 내놓지도 않고…….."

"그런가? 이러나저러나 처치 곤란이라."

학교에 다니지 않아도 학생의 나이로 카메라에 비쳤기 때문에 아진은 웬만하면 주얼리 착용을 지양했다. 처음에는 의도적으로 가벼운 선에서만 착용했던 것이 습관처럼 굳어져 잘 손이 가지 않았다.

"이런 거 보면 연예인 참 힘들어. 신경 써야 할 게 너무 많은 거 같아."

주연은 아이돌 그룹을 주로 내세우는 회사에서 사회생활을 시작했다. 비슷한 나이대에서 누구는 무대에서 환호를 받고, 누구는 그들에게서 천대를 받는다. 쉼 없이 뛰어다니고 열심히 일해도 코디가 안티냐는 악플에 마음 상하기만 했다.

빠르게 떠오를 수 있는 대신 그만큼 더 쉽게 떨어진다는 것을 깨달았을 때는, 막내로서 소속되어 있던 팀이 붕괴하고 난 후였다. 리더의 병역 비리 문제였다.

"아무리 화려해도 결국은 모래성이야."

아진이 담담한 목소리로 수긍했다. 온 힘을 손끝에 모아 하나하나 쌓아 올린 모래성은 내부에서든 외부에서든 언젠가는 무너지게 되어 있었다.

뭐……. 다른 사람들과 비교하면 더 많은 시간을 공들여 쌓았기 때문에 곧바로 무너지긴 어렵겠지만 아슬아슬하긴 했다. 아역 배우로서의 노아진은 이미 충분히 이미지 소모가 되었다. 노아진은 어리다는 대중의 생각과, 여인으로서 확고하지 못한 이미지로 받을 수 있는 배역에는 한계가 있었고, 아진은 지금이 한계라고 느꼈다. 그래서 서하의 제의를 큰 고민 없이 수락했는지도 몰랐다.

이렇게 어설프게 쌓은 모래성은 언젠가는 스러지는 법이었다. 아무리 유제이라는 탄탄한 기반을 두고, 유서라는 벽을 두었어도 모래성은 모래성이었다.

"아진아, 너 전화 울려."

"아, 그래. 마음에 드는 거 있으면 가져가도 돼."

"빨리 가서 전화나 받으셔."

"네, 네."

아진이 가벼운 마음으로 거실에 던져두었던 핸드백을 향해 다가 갔다. 핸드폰의 액정에 떠오른 이름이 그녀의 입가에 작은 미소를 떠오르게 했다. 기다리던 연락이었다.

"와, 서울대 다니시는 분이 공부는 안 하시고 연락을 주시다니. 저 감동 먹을 뻔."

— 제가 노아진 씨 짝사랑에 기여한 바가 얼마나 많은데, 저한테 까지 연락을 끊으십니까, 그래?

첫마디부터 비비 꼬인 심사가 드러났다. 서로 간의 공백이 부담 스러울 것 같은데도 바로 어제 본 것처럼 친밀한 어조였다.

"번호는 누가 알려 줬어?"

— 번호 바꾸면서 연락 끊어 놓고, 윤준성 통해서 전화번호 알려 주는 건 또 뭔데? 니들 사귀냐?

중학교 때는 성적보다는 눈치에서 전교 1등인 녀석이었는데. 인 우의 타박에 아진이 빙그레 웃었다.

"사귀었으면, 더 연락 안 하지 않았을까?"

— 아, 왜!

"그 눈치 없는 새끼랑 왜 사귀냐면서 욕할 거잖아."

— 어차피 안 사귈 거면서 나랑 연락을 왜 끊냐고! 내가 유시은 팬인 거 뻔히 알면서! 너네 이번에는 한채령이랑 영화 찍는다면서? 어떻게 나한테 말을 안 할 수 가 있어?

전혀 달라진 것 같지 않은 시끄러움이다. 고등학교 때 무슨 일이 있었기에 이게 철이 들어서 공부를 했을까. 아진이 짐짓 심각한 척 미간을 찌푸렸다.

"야. 너는 유시은이 좋아, 내가 좋아."

— 당연한 거 아니냐. 유시은이지.

아진이 연기파 아역 배우로 입지를 굳힐 때, CF 광고로 혜성처럼 나타난 여배우였다. 아닌 척하지만 유시은이라는 이름만 나와도 신경질을 내던 아진을 인우는 선명하게 기억하고 있는 모양이었다.

잠깐의 침묵이 흐르고 아진이 먼저 웃음을 터뜨렸다. 황인우는 달라진 게 없는 친구였다. 여기저기 나서기 좋아하는 면부터 사람을 편하게 해 주는 분위기까지.

— 잘 지냈고?

"티브이 보면 몰라?"

— 화끈한 키스 잘 봤고요. 제 점수는요. 마이너스 삼십 점 드리겠습니다.

"왜 마이너스 삼십 점인데."

장난기 어린 목소리가 현재 실시간 검색어를 오르내리고 있는 상황을 언급했다. 소파에 털썩 주저앉으며, 핸드폰에 귀를 댄 아진의 입가에 미소가 반짝였다.

— 너무 티 났잖아. 마음이 딴 데 있는 거.

"너나 되니까 알아보는 거지."

— 정말이야? 유서하 씨.

진중하니 내려앉은 목소리에 시간의 공백을 체감했다. 고등학교를 거치면서 변성기를 겪은 목소리는 진지함을 담자마자 이질적으로 느껴졌다. 겨우 몇 마디로 아진이 담고 있던 마음의 깊이를 알아채는 것은 달라지지 않았지만…….

"연애한 지가 언젠데 이제 물어봐?"

— 연락이 돼야 묻거나 말거나 하지. 좋아서 사귀는 거 맞지?

"음……."

아진이 부러 말꼬리를 잡아 늘였다. 황인우라고 하면, 당시 학교 내의 여왕이던 노아진에게 유일하다시피 접근 가능했던 남자 사람이었다. 등하교를 함께 하는 윤준성이야 진작에 가족의 일원으로 치부되어 다른 사람들의 관심 외였으니, 모든 사람의 시선은 인우에게 향했다. 아진과 인우의 친분이 기사화 직전까지 갈 정도였다. 하지만, 실체를 아는 사람은 둘 사이에 연애 감정이 있을 거라는 생각은 한 톨도 하지 못했다.

— 야, 아무리 내 친구가 모자라도 그렇지. 이 세상에 찾기 힘든 희귀종 순진남인데, 너 그렇게 애 마음 가지고 장난하면 못쓴다.

"장난은 무슨 장난이야."

— 받아 주지 않을 거면, 여지도 주지 말라는 거지.

"그럼, 윤준성은 여지라도 줬고?"

아진의 말투가 점점 뾰족하게 솟아올랐다. 그 눈물 나던 짝사랑을 가장 가까운 곁에서 지켜본 사람이었다. 답답하다는 듯 가슴을 치기도 했고, 눈물짓는 아진의 등을 어설프게 두드려 주기도 했다. 단지 시간이 좀 지난 것뿐인데, 그새 윤준성 편이 되어 나타났다.

— 그 새끼는 논외지. 눈치가 없잖아.

"그래서, 대놓고 밀당 좀 해 보려고."

— 밀기는 할 거고?

"굳이 내가 할 필요 있나. 서하 오빠가 이 세상에 노아진 남친으로 숨을 쉬고 있는 한은 지가 알아서 밀려 나갈 텐데."

아진이 낄낄 웃었다. 그 소심한 놈은 인우처럼 머리를 써서 떠볼 용기는 내지도 못할 것이었다. 마음고생이나 확실히 해 보라지. 입술을 삐죽이자 핸드폰을 통해 인우의 질린 듯한 목소리가 들려왔다.

— 이런 악마 같은…….

"보태 준 거 없으시면 가만히 계시죠."

— 작작 갖고 놀아. 걔 진짜 튕겨 나간다.

장난기 가득한 아진의 목소리에 인우가 진지하게 조언했다. 지금까지 이어진 아진의 마음고생이야 직접 보지 않아도 4D 아이맥스 수준으로 공감할 수 있었지만, 아끼는 친구 둘이 계속 엇나가는 것은 원하지 않았다.

"튕겨 나갈 거면, 좋아한단 말도 못 했겠지."

— 뭐? 윤준성이?

경악한 목소리가 핸드폰을 뚫고 나갈 기세로 확장되었다. 아진이 눈살을 찌푸렸다.

"날 잡아서 한번 보자. 우리 다 같이."

— 네가 사. 애들 전부 이 갈고 있다. 너 탈탈 털어먹을 거야.

"물론이지."

그중 몇 명이나 자신의 사람으로 남을지는 모르겠지만……. 등 돌리면 타인의 욕이 시작되는 사회였다. 아무리 학창 시절 친구라고 해도 오랫동안 연락을 끊었는데 관계가 이어질 리가 없었다. 그저 초반에만 반가움에, 혹은 궁금함에 연락이 조금 오갈 것이었다. 아니다, 노아진이라는 이름값으로 조금 더 가려나…….

"너 연애한다며?"

— 그건 또 어떻게 알았대? 준성이가 말해?

"그럴 리가 있나. 그냥 찍었지."

통화는 그다지 길지 않았다. 드레스룸에서 혼자 정리하고 있을 주연을 돕기 위해 일어나며, 아진이 빙긋 웃었다.

그날 이후로 서하는 크게 달라진 게 없었다. 문자도 종종 도착했고, 공식·행사에서 짓궂게 그들의 연애사를 캐묻는 기자들에게 답변하는 태도도 상냥했다. 문제는 윤준성의 태도도 달라진 게 없다는 것이다. 사내 자식이 칼을 뽑았으면 무라도 썰어야지. 미적미적대다가 제 발등이나 찍을 새끼. 아진이 입술을 악물었다.

유서하의 존재만으로도 질질 밀릴 놈이라는 건 잘 알고 있었지만, 직접 보니 더 속이 탔다. 그렇다고 대놓고 당기기엔 자존심에 허용이 안 되고……. 최근 가장 큰 고민거리를 머릿속에 밀어 넣으며 아진이 고급스러운 한옥의 문지방을 넘었다.

문제의 드라마 마지막 회가 종료되고, 리아는 수고했다며 자리를 만들었다. 그 자리에는 상훈도 함께였다.

"아진이 늦었네."

"스케줄 조정이 안 돼서요."

유명한 여성 잡지의 표지 모델 일이었다. 거절할 이유가 없었다. 그쪽 일정이 급했는지 혹은 대타로 투입되었는지는 알 수 없었으나 촬영장 분위기도 나쁘지 않았다. 단지, 그다음 일정인 이 식사 자리가 계속 떠올라서 마음 한구석이 불편했다.

"서하는?"

"오는 중이라고 문자 왔어요."

"생각보다 더 잘 지내는 거 같아서 다행이다. 오늘 사장님이 개인 카드로 결제하시기로 했으니까 제일 비싼 걸로 먹어."

리아가 눈을 찡긋하며 다정하게 웃었다. 차에서 내리기 전 주연에게 받아 온 핸드백과 겉옷을 의자에 걸어 두고서야 아진이 상훈을 바라보았다.

"오랜만이에요. 상훈 오빠."

꼭 따로 만나 보겠다고 다짐했는데, 시간이 어긋나고 길이 어긋나길 수십 번이었다. 멋쩍은 듯 볼을 긁으며 상훈이 소리 내어 웃었다.

"아진이는 여전히 예쁘네."

"예쁘다고 해서 화 풀 거 아니거든요?"

"내가 다 잘못했다니까. 근데, 우리 아진이 이렇게 예뻐서 어떡하나. 적당히 예뻐야 시집도 가고 할 텐데."

"말에 가시가 있는 거 같은데."

"아냐. 아냐, 그럴 리가."

영영 시집을 안 보낼 생각이냐는 덧붙임에 상훈이 손사래를 치며 부인했다. 잔뜩 뾰족하게 뜬 눈에 힘을 빼며, 아진이 자리에 앉았다. 이러나저러나 가장 힘들 때 매니저로서 제일 고생한 사람이었다. 지금은 사장 자리에서 좀 떵떵거리는 모양이지만…….

"근데, 아진아."

"네?"

"혹시 정말로 서하랑 사적인 감정 쌓고 그러고 있는 건 아니지?"

리아는 빙빙 돌리는 것보다 직설적으로 묻는 것을 선호했다. 하지만, 이건 아니지. 묘한 표정으로 자신을 바라보는 리아의 얼굴 면전에서 아진이 한쪽 입꼬리를 끌어 올렸다.

"이건, 지금 의심을 하는 걸까……. 아니면, 연기 잘했다고 칭찬하는 건가요?"

"좋은 날에 분위기를 왜 또 그렇게 잡아. 아진이 뭐 먹을래?"

리아의 얼굴이 딱딱하게 굳어 갔다. 사장인 상훈을 제외하고는 감히 그녀의 심기를 거스를 만한 직원이나 소속 배우가 없어서이기도 했고, 아진의 태도가 공격적인 것도 한몫했다. 리아의 눈가가 파르르 경련하자 상훈이 난처한 얼굴로 그 사이에 끼어들었다.

"걱정 마요. 나 좋아하는 사람 따로 있으니까."

상훈이 건넨 메뉴판을 넘기며, 아진이 테이블에 폭탄을 투하했다.

"뭐……?"

상훈보다 리아의 반응이 먼저였다. 어이가 없다는 듯 잔뜩 입을 벌린 그녀가 아진을 곧장 돌아보았다. 말도 안 되는 소리였다. 본인들은 원하지 않았으나 공개 연애로 엄청난 주가를 경신하고 있는 두 배우였다. 그런데 지금 뭐라고…….

"너 지금……."

"공개하고 연애할 마음은 없는데. 그래도 아셔야 할 거 같아서
요."

애피타이저로 나온 잣죽은 그녀의 취향에 쏙 들어맞았다. 아진이
힐끗 상훈을 올려다보았다. 매니저일 시절 그녀의 심부름으로 자주
배달시켰던 그 맛이었다.

"공개할 생각 없다니까 다행이긴 한데. 누군데. 대체 누군데 그
래?"

"공개할 생각 없다니까요."

"우리한테도 공개 안 하려고? 나중에 기사 뜨고 알라는 거니?
그래?"

리아의 목소리에 점점 힘이 들어갔다. 일부러 틱틱거리며 리아의
화를 돋우는 듯한 아진의 태도를 상훈은 방관했다.

"아니죠. 저는 너무 똑똑해서, 연애하기 전부터 협조를 받는 거
예요. 홍보팀장님이랑 우리 사장님한테."

그래야 나중에 문제가 되었을 때 회사에서 처리할 수 있잖아요.
넉살 좋게 덧붙이며 아진이 눈앞의 찻잔을 들이켰다.

"책임질 자신은 있는 거니까 말도 하는 거겠지?"

"당장 연기 때려치워도 굶어 죽진 않을 거 같던데요, 제 통장
은."

당돌한 소리에 리아가 곧장 뒷목을 잡았다. 그녀에겐 아진은 마
냥 어린애로만 보이는 듯했다. 하기야, 제대로 된 보호자도 없이
자란 아이였다. 정규 교육과정도 이수하지 않았고, 일 외에는 집에

만 틀어박혀 있고, 깊은 인간관계를 맺은 사람도 없는 것 같은 아이. 그래서 조금 도닥이면 함께 나아갈 수 있을 거라고 생각했고, 지금까지 그래 왔다. 이런 아진의 모습은 리아에겐 낯설었다.

"우린 서로에게 빚이 있지."

상훈이 젓가락을 내려 두었다. 허공에서 마주친 시선에서 아무것도 읽어 낼 수 없었다. 아진이 입꼬리를 끌어 올렸다.

"회사. 저승에서 넘어온 새, 푸른 랩소디, 이번 드라마, 유서하 정도일까요."

대형 기획사에서 꽤나 연차를 쌓았다고 해도 새로 회사를 꾸리는 일은 쉽지 않았다. 그 토대를 쌓아 준 것이 당시 최고의 주가를 달리고 있던 아진의 존재였다. 2년 간격으로 재계약이 이뤄지는 것이 언론에 나가자 회사는 신뢰도 면에서 뛰어난 배우 기획사로서 입지를 굳혔다. 그를 위해 원하지 않았던 작품에 출연했던 것도 다수. 아진이 손가락으로 수를 세어 헤아려 보았다. 그중에는 유시은과 함께 찍어야 했던 작품도 있었고, 정신적으로 너무 힘들었던 대본도 있었다. 거기다 이번에 회사에서 투자한 드라마가 파산하지 않기 위해 요구했던 공개 연애까지.

"나한테 너무 빚을 많이 지셔서 파산하려는 줄 알았잖아요."

아진이 지금까지 상훈에게 요구했던 것은 단 하나였다. 윤준성. 그의 배우 생활을 용이하게 해 달라는 부탁. 내뱉은 말의 온도는 싸늘했다.

"원하는 대로 해 봐."

"사장님!"

"최선을 다해 도와줄 테니까."

리아가 비명처럼 고함을 내질렀다. 채경에게 멱살도 잡혀 봤는데 고작 고함 가지고 쫄쏘냐. 상훈이 눈 하나 깜작하지 않고 아진을 바라보았다. 긴장이 풀린 아진이 칭얼대듯 상훈에게 말했다.

"다 때려치우고 도망가면 어쩌려고."

"내가 데뷔 때부터 본 노아진은 절대 배우가 아니고는 살 수 없는 여자지."

상훈은 아무렇지도 않게 그녀의 컵에 물을 따라 주며 덧붙였다. 믿어 주는 사람이 있는 게 감사했다. 리아의 눈초리가 점점 싸늘해지는 것은 알았지만 아진은 상관하지 않았다. 회사만이 요구할 수 있는 입장은 아니었다. 소속 배우도 충분히 요구할 수 있었다. 리아로서는 용납할 수 없는 일이겠지만, 이미 사장이 허락해 버린 일이었다.

"하고 싶은 거 하고 살아, 노아진. 너 충분히 자격 있다."

"오빠는 내가 뭘 할 줄 알고 그래? 사고라도 치면 어쩌려고."

"나는 널 그렇게 멍청하게 키우지 않았으니까."

"키우긴 뭘 키웠다고."

불만스럽게 웅얼거리자 상훈이 입가에 미소를 지었다. 아역 배우는 아동 및 청소년을 보호하기 위해 하루에 촬영할 수 있는 시간이 정해져 있었다. 대본상 밤이나 새벽에 촬영하는 일도 잦았고, 그때는 아진이 학교생활을 하고 있었기 때문에 발로 뛰는 일은 모두 상훈의 몫이었다. 잠든 아진을 업고 집에 데려다주는 일도 비일비재했다.

"내가 너 업어 키웠어."

"누가 업어 달랬나."

틱틱거리면서도 아진은 반쯤 식은 잣죽을 떠 마셨다. 사회생활을 처음 시작할 나이에 떠맡게 된 아역 배우 때문에 얼마나 고생했는지 잘 알고 있었다. 거기다 까다로운 아진의 투정에 하나하나 맞춰 준 고마운 사람이기도 했고. 그만큼 섬세한 사람이었다. 마주하는 시간은 줄었어도 그 누구보다 자신을 잘 알고 있는 사람.

아진은 테이블 위에 깔리는 음식들을 보며 한숨을 푹 내쉬었다. 모두 자신이 좋아하는 것들이었다.

"음식 벌써 나왔네요."

서하가 송골송골 맺힌 이마의 땀을 훔쳐 내며 등장했다. 곧장 꽂히는 시선에 당황할 법도 한데 그는 태연하게 웃었다.

"이번 달이면 스케줄 정리 좀 됐지?"

"아시아 순회 팬미팅도 끝났으니 좀 쉴까 해요."

"그래도 한창일 때 벌어 두는 게 낫지. 대본 검토는 하고 있어?"

"틈틈이 하고는 있긴 한데, 눈에 들어오진 않네요."

상훈이 대화의 말문을 텄다. 기다렸다는 듯이 리아의 공세가 시작되었으나 서하는 아무렇지 않게 넘기며, 젓가락을 들었다.

이제는 익숙해질 만도 한데, 어색함과 불편함이 공존했다. 아진이 젓가락으로 밥알만 깨작거리자 상훈이 그녀가 좋아하는 반찬 몇 가지의 위치를 바꾸어 주었다. 리아의 시선이 볼에 닿는 것을 느꼈지만 딱히 거절할 만한 이유도 없어서 아진은 가만히 입을 다물었다. 대화에 끼어들고 싶지 않았다.

"둘이 요즘 잘 지내던데? 너희 소식 기사로 아니까 영 서운하더라. 데이트할 거면 홍보팀에도 미리 좀 알려 주고 그래."

먹던 떡갈비가 목에 콱 막히는 기분이었다. 말에도 온도가 있는 법이었다. 딱 봐도 날카롭게 세운 가시를 들이대는 리아의 앞에서 서하는 표정 변화 하나 없었다. 참 대단하다 싶은 마음이 들었지만, 끼어들어야 한다는 생각이 더 빨랐다.

"이게 더 자연스럽잖아요. 미리 알려 주다가 혹시 밑의 직원 말이 잘못 들어가면 어떡해요?"

아진이 아무렇지 않은 척 리아의 치부를 찔렀다. 능글맞기가 하늘을 찌르는 선배 배우 김차준을 라디오국까지 뺑뺑이 돌렸던 홍보팀이었다. 직원 하나가 SNS에 그의 스케줄을 마음대로 만들어 올린 결과였다.

유제이에 입사하면서 배우들과 많이 만난다는 것을 자랑하기 위해 친구 공개로 올린 것뿐이라고 변명했지만, 순식간에 여기저기로 퍼 날라지면서 화제가 되었다. 홍보팀 직원 계정으로 올렸으니 어떻게 변명도 못 하고, 갑작스럽게 많아진 스케줄에 차준의 팬들이 흥분하면서 배우 한 명을 아주 한 달 동안 탈탈 털어먹은 셈만 되었다.

이 정도쯤이야. 애써 표정을 갈무리하는 리아를 힐끔 바라본 아진이 몰래 코웃음을 쳤다. 다른 사람은 몰라도 리아에게만큼은 나긋나긋하게 맞장구쳐 주고 싶은 생각이 하나도 없었다.

"이왕이면 나는 너랑 잘됐으면 싶었는데."

두 사람의 신경전을 갈라놓은 것은 상훈이었다. 부스스한 곱슬머리를 대충 넘긴 상훈과 흠 하나 없이 단정한 서하의 투샷은 전혀 어울리지 않았지만, 아진은 신경 쓰지 않았다. 그보다, 말의 내용이 문제였다.

"아진이가 이야기했군요?"

그녀가 끼어들기도 전에 서하가 대수롭지 않게 대꾸했다. 깜박거리던 아진의 눈이 천천히 커졌다. 지금 이 사람들이 뭐라는 거야.

"좀 아쉽겠네. 저렇게 단칼에 끊어 내니."

"어떻게 해 볼 생각은 꿈에도 하지 말라고 하더니, 약 올리시는 거예요?"

"이겨 먹을 사람을 이겨 먹어야지. 그렇게 안 보여도 아진이 첫사랑이야."

"오빠!"

아진이 먹던 젓가락을 내팽개치며 소리쳤다. 서하가 그녀의 반응을 보며 입꼬리를 끌어 올렸다. 열애 기사를 내기 직전 상훈은 서하를 사장실로 불러올렸다. 바쁜 스케줄을 쪼개고 또 쪼갠 결과였다. 공개 열애로 기사는 내지만은 뭐라도 해 볼 생각은 꿈도 꾸지 말라는 경고를 주기 위해서일 줄이야. 괜히 서로에게 상처만 주는 결과가 될 거라는 말도 덧붙였으나 서하는 크게 생각하지 않았다. 준성의 존재를 알기 전까지는.

"왜? 혹시 내가 첫사랑이야?"

"미쳤어? 오빠랑 나랑 몇 살 차인데."

"그럼 맞잖아. 네 첫사랑 준성이."

아진이 입을 꾹 다물었다. 눈물을 흩날리며 짐을 들고 뛰쳐나왔을 때, 그 짐을 받아 준 것이 상훈이었다. 무엇에 대해 이야기할 때 항상 빠지지 않고 나왔던 게 준성의 이름이었다. 한순간 그 조잘거림이 뚝 그쳤을 때, 그도 짐작했는지 모른다.

그렇다고 해서 이렇게 막 들추어도 된다는 이야기는 아니었는데……. 아진이 눈에 잔뜩 힘을 주며 상훈을 노려보았다. 다른 사람은 몰라도 홍보팀장 유리아 앞에서 이런 말을 하면 어쩌자는 건지. 혹시 말이라도 새어 나가면······. 순간 빛과 같은 속도로 아진의 머릿속에 스쳐 간 생각이 있었다. 마주한 상훈의 입매가 단단히 굳어 있었다.

"지금, 그 윤준성 씨 말씀하시는 거세요?"

그리고 날카로운 목소리가 그 사이를 파고들었다. 귓가에 들린 말을 의심한다는 티가 역력했다. 믿고 싶지 않다는 얼굴로 확인하려 드는 리아에게 상훈은 확인 사살을 하듯이 고개를 끄덕였다. 놀란 두 눈이 그보다 더 크게 뜰 수 없다는 듯 크게 확장되었다.

"이건 정말 말도 안 되는······."

"안 되는 게 어딨어요. 남녀상열지사지. 원래 저 나이대 애들은 하지 말라고 하면 더 하는 법이니, 유 실장이 이해를 해 줘요."

"이해하고 말고가 아니라, 아진이도 아진이지만 윤준성 씨는 이제 나가는 신인이란 말이에요. 충무로에 수혈되는 새 피로······."

어느 한계치에 다다르면 화도 나지 않는 법이었다. 기가 차다는 듯 숨만 뱉어 내던 리아가 기어이 횡설수설하기 시작했다.

"노아진도 윤준성도 이제 시작하는 배우인데, 탄탄하게 기반을 쌓기도 전에······."

"쟤네 나이에 연애도 안 해 봤다면 그게 이상한 거지."

상훈이 무심한 태도로 리아를 도닥였다.

회사에서 묵인을 하겠다고 하면 뭐 하나, 당사자가 용기를 못 내

는데. 영화 촬영 일정이 시작되면서, 아진은 분장팀에게 시달려야
했다. 두피가 아플 정도로 팽팽하게 당겨서 땋아 내린 머리칼에,
가녀림을 부각하기 위해 과도할 정도로 딱 맞춘 한복까지 연기에
도움은 되지 않고 불편하기만 했다.

"아진 씨 컨디션은 괜찮죠?"

"당연하죠."

겉옷 두 겹은 더 껴입은 조연출이 지나가다 말을 걸었다. 촬영
시작 날짜가 미뤄지더니 결국 겨울의 초입에서 시작되고 말았다.
아진은 주연이 걱정스러운 표정으로 걸쳐 주는 패딩에 팔을 끼워
넣고 한숨을 내쉬었다. 벌써부터 하얀 입김이 새어 나오려 하는 날
씨였다.

"이거 하나 남아서 다행이다. 촬영 겹쳤으면 난 죽었을 거야."

"지금 그게 문제가 아니거든? 감기 걸리면 어쩌려고. 메이크업
망가질까 봐 마스크도 못 쓰고."

"목도리도 안 돼. 닿아서 뭉개질걸."

아진이 투덜거리기 무섭게 주연이 기다란 목도리 하나를 손에
들고 달려왔다. 못 보던 목도리인 걸 보면, 지한의 것이거나 그녀
의 것인 모양이었다. 연분홍 털실 목도리에 질색을 하고 손을 내젓
자 주연이 어깨를 축 늘어뜨렸다.

사극이라 야외 촬영이 많았다. 감독님 옆에 옹기종기 모여 앉은
선배 배우들 옆에 가면 따뜻한 난로를 쬘 수 있었지만, 대본에 집
중하긴 어려웠다.

"준성 씨는?"

"주차장에. 방금 분장 끝났대."

"차로 가자. 키 있지?"

아진의 스케줄이 적으면 매니저인 지한의 스케줄이 반비례하듯 늘어났다. 아진은 오늘도 주연과 하윤에게 자신을 맡기고서 서둘러 떠나간 지한을 떠올렸다. 이것저것 참견하지 않아서 좋긴 하지만, 말하지 않아도 전기장판에 온갖 난방 용품을 대령하던 걸 떠올리면 아쉬웠다.

"그래, 차라리 차가 더 따뜻하겠다. 네 차례 되면 연락 좀 해 달라고 부탁하는 게 좋겠어."

주연이 하윤에게 눈짓하자, 군기가 바짝 든 신병처럼 하윤이 쏜살같이 뒤로 달려갔다. 촬영장에서 그나마 눈에 익은 조연출을 찾는 듯했다.

"니무 군기 잡는 거 아니야?"

"나도 이 정도 짬밥은 되지. 무려 노아진 전속 스타일리스트인데."

"막내 탈출이 그렇게 좋아?"

"당연하지. 겪어 보지 않은 사람은 그 설움을 모른다."

"당한 대로 갚아 준다. 뭐 그런 건 아니고?"

"얘가……."

아진이 장난을 걸자 주연이 밉지 않은 얼굴로 눈을 찡그렸다. 타박이라도 하듯이 등으로 다가온 손에는 잔뜩 힘이 빠져 있었다. 깔깔거리며 주차장을 향하는데, 저 멀리 준성이 아진의 시야에 들어왔다. 깔끔하게 틀어 올린 머리가 어색한지 관모를 썼다 벗기를 반복하고 있었다.

"그러다 머리 뜨면, 분장팀 운다."

아닌 밤중에 홍두깨라고, 갑작스러운 아진의 목소리에 준성이 사레라도 걸린 듯 연신 기침을 했다. 그 와중에도 침이 튀기지 않게 고개를 살짝 틀었다.

"매니저는?"

"감독님께 인사드리러……."

"부지런하네. 역시 신입."

준성의 대답이 채 끝나기도 전에 아진이 고개를 주억거렸다. 신입이면 그 정도 패기는 있어야지. 덧붙이는 말에 주머니에서 차 키를 찾던 주연이 깔깔 웃었다.

"기왕이면 하윤이랑 같이 갔으면 좋았을걸. 둘 다 어리버리할 텐데."

"구경하고 싶구나?"

"당연하지."

바로 그거라며, 주연이 차 키를 꺼내 들었다. 준성의 시선을 받으며 그녀들이 멈춘 곳은 족히 10인승은 되어 보이는 밴의 문 앞이었다.

"추운데 탈래? 어차피 너랑 나랑 들어가는 타이밍도 똑같잖아."

아진의 제의에 떨떠름한 표정을 짓던 준성이 순순히 다가섰다. 미묘한 분위기에 주연이 빤히 쳐다보았지만, 곧장 아진의 재촉을 받고 히터 버튼을 찾는다며 부산을 떨었다. 먼저 안쪽에 자리를 잡고 앉은 아진이 문 쪽의 의자의 열선을 켜 주자 준성이 조심스럽게 차에 올라탔다.

드르륵 쾅, 닫힌 차의 안은 조명도 없어 그늘진 분위기를 형성했다.

"금방 따뜻해질 거야."

"갑자기 추워지니까 못 살겠다. 정말."

"그럭저럭 참을 만하다더라니?"

"그럼 스태프들 앞에서 나 추워 죽겠어요, 그래?"

"뭐 마실래? 뭐 마실래요, 준성 씨?"

그가 있거나 말거나 아진은 주연과 대화를 이어 갔다. 주거니 받
거니 치열하게 이어지던 대화에서 자신에게 갑작스럽게 건네지는
관심에 준성이 몸을 긴장시켰다. 동시에 그걸 알아챈 아진이 픽 하
고 웃음을 흘렸다.

"뭘, 긴장까지. 주연아 내가 예전에 이야기했지? 소꿉친구."

"응. 저는 아진이 스타일리스트, 이주연이에요."

계약 이야기가 나오기 무섭게 제일 먼저 소문을 물어다 줬던 주
연이었다. 모를 리가 없었다. 자신이 불편해할까 봐 화제로 삼지
않은 것뿐이지. 게다가 눈치도 빠르니 괜한 오해를 사기 전에 소개
해 두는 편이 나았다.

"아, 네 잘 부탁드립니다."

"제가 더 잘 부탁드려야죠."

"이렇게 된 김에 대본이나 맞춰 볼까? 어차피, 할 것도 없잖아."

준성의 손에는 대본이 들려 있지 않았으나 크게 필요하지 않았
다. 아진은 캐릭터를 먼저 이해하고 대본을 달달 외우는 타입이었
다. 대본을 토대로 애드리브를 뽑아내곤 했기 때문에 대본에 크게
집착하지 않았다. 그 느낌과 분위기를 얼마나 살리느냐에 중점을
두었지.

"하여간, 일벌레. 나 이어폰 끼고 노래 들어도 돼?"

"듣다가 자지만 마. 전화 너한테 온다?"

"알아. 알아."

주연이 건성으로 대답하면서 조수석으로 넘어갔다. 그리고 지한이 여유분으로 남겨 두는 이어폰을 찾아 부스럭거리기 시작했다.

수도 없이 펼쳐 봐서 너덜너덜해진 대본을 건네며, 아진이 자신에게 할당된 대사 첫마디를 시작했다. 그와 마주하는 첫 장면이었다.

"세자 저하의 가례를 주관하셨다지요? 아버님께서 그리 훌륭한 가례는 처음이었다 칭찬하시었답니다."

"……치하가 과하십니다. 예판 대감과 중전마마의 솜씨이신걸요."

"오라버니께서는 외부 손님을 반기시지 않는답니다. 대관(大官)께서는 너무 마음에 두지 마소서."

세자의 명으로 삼고초려를 하듯 김 대감 댁에 방문하는 문은 심사가 좋지 못했다. 도성 내에 난봉꾼으로 소문난 김 대감의 아들을 굳이 관직에 등용해야 하는 이유가 무엇이란 말인가. 아무리 생각해도 이치에 맞지 않은 일인데, 세자께서 그리 고집하시니 이 걸음이 반가울 리가 없었다. 그를 꿰뚫어 보기라도 한 듯 소하의 목소리에는 다정함이 가득 담겨 있었다.

준성이 흠칫했지만, 애써 시선을 대본에 고정하며 페이지를 넘겼다.

"멍청아."

"……그대의 오라버니는, 어?"

"그걸 또 대답을 하면 어떡해."

아진이 숨죽여 웃었다. 그리고 어안이 벙벙한 표정인 준성에게 잔소리를 쏟아 내기 시작했다. 상대역 얼굴도 제대로 안 보고, 대사도 제대로 안 듣고 네 대사에만 집중을 하면 그게 연기냐는 말을 늘어놓으면서도 입가에 생글생글한 웃음을 머금고 있었다. 틀린 말은 아닌지라 가만히 듣고는 있긴 했는데, 대본 연습을 하자고 해 놓고 딴 데로 샌 것은 아진이지 않은가. 준성이 이마에 힘줄을 세웠다.

"촬영하다가 그렇게 하면……."

"이래서 내가 애드리브라도 치면 그거 제대로 받아칠 수는 있겠어?"

"아, 그건."

무슨 할 말이 있으리오. 준성이 입을 꾹 닫았다. 그의 인생에 처음 있는 상업영화고, 주연 배우들의 이름은 지나가는 사람 누구에게나 물어봐도 알 만한 사람들이었다. 거기다가 함께하는 중견 배우들은 연기파 배우로 충무로에서 검증된 배우들. 준성은 그중 가장 인지도가 떨어지는 배우였다. 거기다 처음 도전해 보는 사극. 그가 긴장할 수밖에 없는 상황이었다.

"긴장하지 마. 호흡은 그대로 유지하면 되고, 잘하고 있는데."

"긴장 안 하거든."

"너 눈에 훤히 보이거든? 손가락 떨리는 건 안 느껴지냐?"

발끈한 준성이 즉답했으나 아진이 가리키는 손은 어쩔 수가 없었다. 다급히 내려 봐도 이미 보일 만큼 보여 버린 뒤였다. 그가 짧은 숨을 내쉬고 다시 대본을 펼쳤다.

"너야 많이 해 봤겠지만, 난 처음이잖아."

예산도 인력도 턱없이 부족하지만, 열정 하나만은 가득한 독립영화 촬영장 분위기를 떠올리며 아진이 수긍했다. 두 편 정도 노개런티로 출연한 적이 있어서 준성이 느낄 이질감이 어떤 것인지 추측할 수 있었다.

"손 줘."

"뭐?"

"손 달라고."

준성이 어이없다는 얼굴로 바라보기 전에, 아진이 손을 뻗어 준성의 왼손을 끌어왔다. 싸늘하게 식어 있었다. 그럼 그렇지. 자신의 패딩 주머니에서 열기를 뿜어내던 핫팩을 그의 손바닥에 얹어 주고는 힘을 주어 잡았다.

"나 어릴 적엔 네가 해 줬잖아."

어린이 프로그램은 함께하는 친구들이 많아서 그렇게 부담스럽지 않았으나 혼자 하는 촬영의 압박감은 아진 혼자 버티기엔 어려운 것이었다. 게다가, 라이벌로 조명되었던 아이들은 부모님의 손을 잡고 촬영장에 나타나 잔뜩 어리광을 부렸다.

부럽지 않았다면 거짓말이겠지. 아무리 수연 이모가 잘해 주었다고 해도 마음 한구석은 불편했으니까. 하지만 엄마가 왔으면 좋았을 텐데, 하고 괜히 바닥을 신발코로 툭툭 치고 있으면, 그 마음을 알아주기라도 하듯 준성이 다가와 손을 잡고 다른 곳으로 데려가 주곤 했다.

"너, 금방이라도 심술부릴 것 같은 얼굴이었으니까."

"야, 추억은 좀 미화를 시켜야지. 심술을 부리긴."

"너 열 살 때, 화보 촬영 끝나고 걔 누구냐. 이름 기억 안 나는 그 애 머리 쥐어뜯은 건 기억나?"

"그거야……. 그년이 나보고 엄마 없는 아이네 뭐네 하니까 짜
증이 확 나서!"

생각만 해도 열불이 터졌다. 아무리 어린 나이를 핑계로 저지른
짓이라고 해도, 해도 되는 말이 있고 아닌 말이 있는 법이다. 제 엄
마의 등 뒤에 숨어서 혀를 삐죽 내밀고 하는 소리가 그런 말이라
니. 아닌 척해도 귀여운 외모 때문에 가졌던 호감이 바닥까지 떨어
져 내렸다. 누가 잡기도 전에 튀어 나간 아진을 겨우 달랬을 때는,
이미 단발머리 아이의 머리가 반쯤 쥐어뜯긴 후였다.

"그런 사람 요즘은 없지?"

"훗, 나 홍룡에서 여우조연상 받은 여자거든? 뒤에서는 떠들어
도 대놓고 앞에서 떠들 사람은 없어. 간을 배 밖으로 빼놓고 다니
는 머저리나 가능한 일일걸?"

아진이 자랑스럽다는 얼굴로 허리를 곧추세웠다. 싸늘해졌던 손
이 그녀의 체온을 나눠 받으며 미지근하게 달아오르기 시작했으나
아진은 손을 놓아주지 않았다. 오히려 손등을 토닥이다, 반대편 손
을 달라며 손짓까지 했다. 준성은 슬그머니 앞자리에 기대듯 누워
있는 주연의 눈치를 보았으나 아진은 눈 하나 깜짝하지 않았다.

"손 달라니까?"

결국 하아, 깊은 한숨을 내쉬고는 순순히 건네주어야 했다. 어릴
적부터 하겠다는 것은 꼭 해 보이고 마는 성질머리를 너무나도 잘
알았다. 괜히 승강이를 벌여 목소리를 키우느니 포기하는 것을 선
택한 준성이 저도 모르게 몸을 기댔다. 뜨끈뜨끈한 열선이 얇은 한
복 뒤로 느껴졌다.

252

"문이, 감정선은 이해돼?"

"그렇게 독특한 캐릭터는 아니어서."

"하긴."

아진이 고개를 끄덕였다. 이 영화에서 가장 독특한 역이라면 아무래도 잘나가는 아이돌 리더이자, 10대와 20대의 티켓파워를 끌고 올 안젤이 맡은 역이 아닐까. 김 대감 댁 난봉꾼을 연기하는 그의 능청스러움을 떠올리며 고개를 주억거렸다.

"어차피, 서로 사랑하는 사이니까. 그렇게 큰 어려움은 없겠다."

아진이 대수롭지 않게 던진 말에 준성이 신경을 곤두세웠다. 눈치껏 알아채라고 던진 말이었다. 차마 캐묻지도 못하고 눈만 크게 뜬 준성의 손을 놓아주고, 아진이 그의 무릎에서 대본을 채 왔다.

"너무 어렵게 생각할 필요 없어. 어차피 날 사랑하는 연기잖아?"

반쯤 턱을 치켜들며, 아진이 짙게 미소지었다. 연기를 하면서 배운 것 중 연애에 써먹을 만한 것을 꼽아 본다면, 그중 하나는 다 잡은 물고기에 먹이를 주지 말라는 나쁜 남자들의 충고였다. 탁월한 학생은 응용하는 법을 알기 마련이다. 다른 남자는 모르겠지만, 윤준성은 다 잡혀 줄 남자가 아니었다. 소심하긴 더럽게 소심해서, 이 어장은 내가 살 곳이 아니라며 터덜터덜 말없이 사라질 물고기.

제대로 그녀의 짝이 되어 줄 만큼 커 줬으면 좋겠는데…….

"주연아, 연락 안 왔어?"

"어, 어어? 어, 뭐라고?"

"연락 안 왔냐고. 우리 촬영 언제 들어가?"

"아아, 연락 안 왔는데…….”

아진이 손을 뻗어 앞좌석을 흔들었다. 그 잠깐 새에 잠이 들었는지 잔뜩 잠에 취해 돌아오는 목소리에는 영혼이 하나도 없었다.

"하여간, 우리 먼저 나가 있을 테니까 좀 더 자. 이따가 하윤이 보낼게."

"으응, 그래."

멍한 목소리로 주연이 대꾸했다.

"가자, 촬영."

패딩을 단단히 여미며, 아진이 준성에게 문을 열 것을 분부했다.

촬영장 분위기는 잔뜩 가라앉아 있었다. 아진과 준성은 첫 촬영이었으나 이미 주연 커플과 주요 사건들은 촬영이 끝났을 시점이었다. 아무 문제 없이 촬영이 진행되었다면.

아진은 기민하게 그 원인을 추측해 냈다. 이미 영화 시나리오를 받을 때 주연 배우 한채령의 스케줄 문제가 있을 것을 지한은 예상했었다. 채령의 기획사로서는 이 영화의 주연 자리를 놓칠 수 없었고, 동시에 중국이라는 커다란 시장의 잠재력도 탐을 내고 있었다. 그러니, 이런 사태가 벌어지지.

"선배니임, 날씨가 갑자기 추워졌죠?"

"그러게. 이렇게 옷이 얇아서 아진이 감기 걸리면 어떡하나."

자기 연기에 착실한 것도 모자라 애교까지 있으면 촬영장에서 예쁨받는 것은 어렵지 않았다. 방긋방긋 웃으며 먼저 선배들에게 다가가는 아진의 뒤에서 준성이 조금 뻣뻣하게 굳은 얼굴로 허리를 숙였다.

"오늘 첫 촬영이지? 기대가 많아."

"선생님은 오늘 촬영 끝나신 거 아니세요? 추운데 얼른 먼저 들어가셔야죠."

"아진이 네 것까지 보고 가지 뭐. 원테이크로 갈 거지?"

"노력해야죠!"

아진이 싱긋 웃었다. 영화 한 테이크를 통으로 딴다는 것은 쉽지 않은 일이지만 자신 있었다. 첫 장면은 김 대감 역을 맡은 중견 배우와 준성, 그리고 안젤과 함께하는 신이었다. 대본 연습 때 잠시 합을 맞춰 보았지만 크게 걱정되진 않았다. 안젤이야 영화에 폐가 되면 안 된다며 수없이 연습한 태가 났고, 준성은 이미 합을 맞춰 보았다.

아진이 자신 있게 이야기 하는 것과 달리 뒤에 선 준성의 얼굴이 하얗게 질렸다. 한 테이크 필름값이 얼마더라. 정신없이 가격을 헤아리는 그를 이끌어 카메라 각도가 닿는 자리로 이끌었다.

"동선은 소하가 여기서 이렇게 걸어오고, 문은 김 대감이랑 소하 대화 끝나면 대사 바로 들어와야 해요."

연출과 감독의 몇 마디가 끝이 나고 조명 위치가 변화했다. 지미 집에서 곧장 내려오는 붉은빛을 한 번 힐끗 바라보고 그녀가 작은 미소를 지었다. 아진이 맡은 역은 그 누구보다 조신한 양반댁 규수였다.

"컷! 오케이."

만족스러운 감독의 사인이 떨어지자 기다렸다는 듯 스태프들의 박수갈채가 이어졌다. 오케이 사인이 나더라도 바로 다음 촬영을 준비하느라 정신이 없는 평소와는 달랐다. 채령에게 꽤나 많이 시달린 모양이었다. 아진이 빠르게 움직여 자신에게 따뜻한 눈길을 보내 주는 선배들에게 눈도장을 한 번 더 찍었다. 그녀만의 사회생활 방법이었다.

"잘하네. 윤준성 씨라고 했나? 생각보다 더 좋은데?"

"안젤 군도 잘하네요. 나 조금 걱정했는데."

"처음에 캐스팅할 때 기합 넣고 준비하겠다고 말하긴 했는데, 회사에서 단단히 맘먹고 내보낸 모양이에요."

아진이 끼어들 수 없는 대화였지만, 들어 두면 좋을 만한 이야기였다. 자신을 보겠다며, 남아 있던 선배에게 한 번 더 인사를 하고 괜히 안부를 한 번 더 물은 그녀가 슬며시 몸을 돌렸다. 만족스러워 보이는 감독이 다음 신을 준비시키고 있었다.

"아진이 컨디션 좋네. 준성 씨도 좋았어."

"감사합니다, 선배님."

김 대감의 역할을 맡은 창광렬이었다. 광렬이 스타일리스트에게 손거울을 받아 자신의 수염을 한 번 확인하더니, 아진을 발견하고 칭찬을 시작했다. 그녀의 몇 걸음 뒤에 서 있던 준성이 다급히 다가와 허리를 숙였다.

"무얼, 들어 보지 못했던 친구라 걱정했는데……. 김중일 선생님이랑 연극도 했다며?"

"아, 예. 큰 역은 아니고, 그 작은……."

"작든 크든 그게 무슨 상관이 있어. 제 역만 잘 소화하면 그만이지. 안 그래도 선생님께 한번 여쭤봤더니 잘하는 놈이라 그러시더만 걱정했는데 잘해. 역시 아진이네 사장이 눈썰미가 뛰어나."

과한 것 같은 칭찬에 준성이 어쩔 줄을 모르자 그의 옷을 당겨 뒤로 슬그머니 뺀 아진이 방긋 웃으며 대화에 끼어들었다. 대놓고 난감해 보이는 준성을 구해 준 것이었으나 아진은 크게 개의치 않았다. 어차피 그녀에겐 유서라는 크나큰 방패가 있는 데다 삼류 언론사에 걸려 봤자 소꿉친구라는 증거를 줄줄이 내어 주면 그만이었다. 지내 온 세월이 얼만데 같이 찍은 사진이 없을까.

"그럼 선생님, 저희 회사 와 주실 거예요?"

"아진이 요게. 느그들 회사는 젊은 것들만 있어서 피곤해."

"김차준 선배도 있어요!"

"그놈은 철이 없잖냐. 너희 나이대랑 딱이야."

"아이, 선생님."

애교 있는 농담에 화를 내는 체했던 광렬이 크게 웃었다. 슬그머니 제의해 봐도 크게 싫은 티는 내지 않은지라 상훈을 통해 한 번 더 제의해 보는 게 어떨까 아진은 고려했다. 유제이에는 묵직한 무게감의 배우가 부족했다. 광렬 정도면 계약 기간이 크게 의미가 없기도 했다.

"다음 들어갈게요!"

다음 촬영은 안젤과 준성의 독대였다. 잔뜩 배배 꼬인 심사의 문과 태평하기 그지없는 난봉꾼의 만남. 아진은 광렬이 제의해 준 자리에 앉아 흥미진진한 얼굴로 모니터를 시작했다. 나쁘지 않은 촬영의 시작이었고, 싫지 않은 교감의 시작점이었다.

"생일 축하해요."

생일을 촬영장에서 맞는 일은 생각보다 잦았다. 그래도 스물다섯의 생일은 조금 기분이 묘해졌다. 팬들이 보내 준 밥차 앞에서 아진이 인상을 찡그렸다.

"아진 씨 생일 축하해요."

"와, 아진이가 벌써 스물다섯이네."

"한국 영화랑 같이 컸다고 해도 과언이 아니지. 아진이 영화 언제부터 찍었지?"

"정확히는 모르겠는데, 데뷔는 은하수 내린 별로 했어요."

안젤이 촬영을 시작하면서, 그의 팬들은 촬영장 스태프가 부담스러워할 정도로 간식을 자주 보냈다. 그래서 혹시나 제 가수가 구박이라도 받을까 우려하는 것 같다고 스태프들이 낄낄거리곤 했다. 열심히 하는 사람은 밉지가 않다. 화려한 머리색과 달리 말갛게 휘어진 눈과 청량한 느낌의 미소를 가지고 있는 안젤은 촬영장 공식 분위기 메이커였다. 그래서 오늘도 당연히 안젤의 팬들이 보냈으려니 하고 느긋하게 도착했다가 생각지도 못한 선물을 받은 셈이었다.

"그럼 데뷔 몇 년 차세요?"

때마침 촬영장에 나타난 지한이 앉아 있으라며 아진을 떠밀었다. 빈 테이블 아무 데나 자리를 잡고 앉는데, 안젤이 친화력 좋게 먼저 말을 붙여 왔다.

"여섯 살에 데뷔했으니까, 18년 차? 19년 차?"

"우와, 진짜 어릴 때부터 하셨네요. 혹시 중간에 고민 있고 그러시지 않으셨어요?"

아진은 질문의 요지를 파악하려는 듯 물끄러미 안젤을 바라보았다. 분장을 마친 안젤은 서생의 옷을 입고 눈을 동그랗게 뜨고 있었다. 악의는 보이지 않아 무어라 대답할지 고민되었다. 무슨 이야기를 듣고 싶어 하는지 알 수 없었기 때문이다.

"촬영하다 보면 바빠서 어떻게 여기까지 왔는지도 잘 모르겠는 걸."

"아아, 저는 요즘 걱정이 좀 돼서요."

입가에 침이라도 바른 듯 아진이 얄팍한 가면을 썼다. 그럼에도 무엇이 그리 믿음직스러운지 안젤은 주절주절 자신의 고민을 털어 놓기 시작했다. 연기자로서 이 세계에서 오래 굴러먹은 선배이기도 했고, 자신의 또래이기 때문에 이야기하는 것 같았다. 하지만, 이렇게 선명한 신뢰는 처음 받아 보는 것이라 생경했다.

신기한 마음에 아진은 가만히 이야기를 들어 보려 했다. 그런데 서하와 연애를 한다고 했어도 여전히 자신의 주변에 남자가 오면 신경을 곤두세우는 지한이 성큼 다가와 식판을 건네주었다.

"제 나이가 지금 스물셋인데, 군대 다녀오면 해체 수순일 거 같거든요……."

"고마워, 오빠."

지한이 말을 끊어 내기 전, 아진이 먼저 식판을 받아 들며 눈짓했다. 자리를 비워 달란 뜻이었다. 지한은 마음에 들지 않는다는 시선으로 응시하다 자리를 떴다. 먼저 다가와 주는 사람은 싫지 않다. 오히려 제 마음을 능숙하게 감추는 사람이 싫었다. 안젤처럼 조금 서툴더라도 먼저 풀어내 주는 사람이라면 좋았다.

"그래서 연기하려고 한 거야?"

"뭐, 회사에서 챙겨 주려고 한 것 같아요."

안젤이 속한 그룹은 꽤나 이름이 알려져 있으나 안젤은 거기서 비주류에 속했다. 한 그룹에서도 개인의 인기도가 달랐고, 안젤이 속해 있는 그룹에서는 리더보다 막내가 대세였다. 딱 보니 해체 수순을 밟기 전, 얼굴값이 있으니 여기저기 살 길을 찾아보려는 것 같았다. 안젤은 그 길로 연기를 선택했던 것이고…….

"아이돌 출신이라는 말 한마디로 비난받을 거야. 어디서든 욕하는 사람들은 있으니까."

아진은 자신의 연기력만은 자신했다. 피눈물 나도록 노력했고, 자신이 없는 역이 들어오면 처음부터 고사했다. 연기력 논란은 무슨 일이 있어도 피하고 싶었기 때문이다.

서로의 앞에 먹음직스러운 음식이 놓여 있었지만, 아무도 식기를 들지 않았다. 일자로 반듯하게 입을 다물고서 안젤은 아진의 이야기를 경청했다.

"솔직히 내가 충고할 위치가 되는지 모르겠는데. 나 겁쟁이라서."

아진이 한숨처럼 속삭였다. 솔직하게 제 처지를 털어놓는 사람에게 가식적인 충고를 건넬 수가 없었다.

"무슨 말이라도 괜찮으니 말씀해 주세요."

출장 뷔페 수준의 밥차 덕분에 지금까지 밥을 거른 스태프들이 소란스러웠다. 두 사람 사이에서만 마치 책장의 다른 페이지처럼 적막이 흘렀다.

머뭇거리던 아진이 시선을 여기저기로 옮기다 준성을 발견했다. 세트장 촬영이 많은 준성과는 같은 신을 찍지 않는 이상은 마주칠 일이 적었다.

"준성아."

"……오라고?"

진지하게 내려앉은 분위기에 갑작스러운 초대였다. 안젤이 눈을 동그랗게 뜨며 아진과 준성을 번갈아 보았다.

"나보다는 준성이가 더 나을 거야. 난 아역 배우 효과를 좀 크게 보는 면이 있어서……."

"……불렀으면 앉아 있어."

슬그머니 식판을 들고 일어서는 아진을 준성이 옷자락을 당겨 앉혔다. 아진이 입술을 삐죽였다. 진심으로 다가오는 사람에게 약하다 보니 피하려던 거였는데 영 도움이 안 된다.

자연스러운 반말에 친밀한 스킨십. 촬영을 같이 진행하면서도 눈치채지 못했다. 같은 회사라서 가까운 걸까. 안젤이 조심스럽게 물었다.

"두 분…… 친하세요?"

"20년 친구? 불……."

"입, 입. 단어 조심해."

아진이 무심코 뱉어 내려던 단어에 준성이 사색이 되어 입을 틀어막았다. 혹시 누가 보지 않았을까 화들짝 놀라 떼어 내긴 했어도 손바닥에 묻은 립스틱은 어쩔 수 없었다. 오랜만에 들어 보는 듯한 타박에 입꼬리를 끌어 올리며 아진이 수저를 들었다. 먹음직스러운 불고기가 식어 가는 걸 더 이상 두고 볼 수가 없었다. 같은 남자니 준성이 더 대화하기 편할 것이었다.

"와 정말요? 저 진짜 몰랐는데……."

"여러모로 알려져서 좋을 것 없다고 생각했으니까요. 배우이기 전에 노아진의 친구로 알려지는 것은 피해야 하지 않겠습니까."

담담한 목소리에 안젤이 고개를 끄덕였다. 연기로 인정받기 전에 다른 이유로 대중에 내보여지는 것이 어떤 것인지 조금은 알 것 같았기 때문이었다. 자신의 연기 도전에 처음부터 혀를 내두르며 비난부터 하는 사람들. 아이돌 출신들 때문에 배우들이 살 길이 없다는 날카로운 시선들.

"그럼 다른 분들은 모르세요?"

"회사 사람들은 알지요."

"아, 그렇구나. 그럼, 윤준성 씨는 혹시 그렇게 알려지게 되면 어떻게 하실 거예요?"

뜬금없는 말에 준성이 고개를 들어 올려 의문을 표했다. 앞뒤를 토막 낸 채로 묻는 안젤의 얼굴에 간절함이 스쳤다. 마냥 밝기만 한 사람인 줄 알았는데……. 아진이 준성에게 시선을 돌렸다. 무어라 대답을 할까.

"상관없어요."

"예?"

"꼭 상관해야 합니까? 제가 노아진의 친구로 알려진다고 해도 평가는 연기로 받아요. 그렇게 알려지면 긍정적이든 부정적이든 화제는 좀 되겠죠. 그렇게 이름을 알린다 해도 한두 편이나 더 할 수 있겠고, 그다음은 전부 저한테 달려 있는 거예요."

아진이 시선을 식탁 아래로 내렸다. 함께 가방을 메고 교문을 통과했던 그 시절을 떠올리면, 앞서서 이끄는 것은 자신이고 못 이기는 척 끌려오던 게 준성이었다. 정신없이 달려가느라 누군가와 부딪칠 것 같으면 잡아당겨 주고, 붙들어 줬던 날의 계절. 그가 연기의 길을 택했다고 했을 때 기분이 나빴다.

대체 왜?

감정 표현에 미숙하다. 먼저 다가가는 성격도 아니다. 아진이 기억하고 있는 그는 배우에 걸맞은 사람은 아니었다.

"남의 시선에 너무 신경 쓰지 말아요. 배우는 작품으로 이야기할 때 가장 빛나는 법이에요."

너무하다 싶을 정도로 과묵하던 사람이었다. 안젤이 한층 밝아진 표정으로 고개를 끄덕거렸다. 아진이 손가락을 만지작거리다가 소리 없이 한숨을 내쉬었다. 연기 경력으로는 제일 긴 세월을 가지고 있는데도 마인드에서는 제일 덜떨어지는구나. 새삼 치미는 감정에 왈칵 눈물이 나려 했다.

"해요, 연기. 나, 안젤 씨가 노래하는 건 못 봐서 뭐라고 말해 줘야 할지 모르겠지만, 연기 좋았으니까."

객관적으로 잘한다 못한다를 판단하기에는 샘플이 너무 부족했다. 어울리는 캐릭터에 캐스팅돼서 반 정도는 거저먹은 걸 수도 있었다. 아진도 시놉시스를 받을 때 항상 캐릭터부터 살폈다. 괜한 희망을 심어 주어 후에 책임감이나 죄책감이라도 느낄까 봐 우려했던 마음은 어디다 내팽개쳤는지……. 아진은 가만히 대각선에 앉아 묵묵히 밥을 입에 퍼 넣는 준성을 바라보았다.

"그렇다고 너무 안심하지는 말고요. 배우는 어떤 캐릭터를 만나냐에 따라 찬사를 받기도 하지만, 바닥도 찍어요."

그냥 뒤를 따라온 것은 아니었구나. 아진은 씁쓸한 마음과 동시에 어쩐지 가슴이 부푸는 것 같았다. 덧붙이는 말에 안젤이 감사를 표했다.

"혹시 두 분 친구인 거 비밀로 해야 하나요?"

눈치껏 묻는 말에 아진은 상관없다 대꾸했다. 아진보다 심각한 타격을 받게 될 준성이 저런 태도인데, 일어나지도 않은 일에 잔뜩 가시를 세우고 싶지 않았다. 아마, 괜찮을 것이다.

"채령 씨가 까먹은 필름값 아진 씨가 다 채워 주네."

"에이, 무슨 말씀을 그렇게 하세요."

말은 그렇게 했지만 듣기 좋은 말이었다. 스태프의 투덜거림을 빙긋 웃음으로 무마시킨 아진이 등을 돌려 정리되고 있는 촬영장을 떠났다. 아진이 맡은 역은 유약했고 그다지 큰 비중을 가지고 있지 않아 촬영 일정이 적었다. 본래라면 이삼 일이면 몰아서 찍고 하차도 가능했다.

"차라리 서브 커플 비중을 높이는 게……."

연출과 감독이 심각한 어조로 노상에서 회의를 하게 된 이유도 이와 맞닿아 있었다. 주연 배우인 한채령이 잇따른 NG를 내는 것도 모자라 계속 스케줄 조정이 이어지고 있었기 때문이다. 바로 옆에 붙어 있는 것 같아도 중국을 왔다 갔다 하는 것은 시간도 체력도 심각하게 소모했다. 겨우겨우 시간에 맞춰 와도 NG가 계속 발생되고, 연기과 출신이라 믿고 썼는데 폐기하는 필름이 수십 개였다. 감독의 인내심에도 슬슬 한계가 오고 있었다.

"고생 많으셨습니다! 간단히 식사라도 하고 헤어지는 게 어떨까요."

이미 어둠이 까맣게 내려앉은 밤이었다. 밥차는 진작에 자리를 비운 지 오래였다. 스태프들이야 틈틈이 번갈아 가며 식사를 할 수 있었다지만, 갑작스럽게 수정되는 대본과 밀어닥치는 촬영 분량에 시달리는 배우들은 입맛조차 없었다. 촬영이 끝나고 나서야 허기를 느꼈을 정도였다.

"이야, 죽겠네 정말. 고생했다 너희들."

"아니에요. 정말 고생많으셨습니다."

"아닙니다. 수고많으셨습니다."

"오늘 고기 먹나요?"

그럼에도 차마 선배들 앞에서 티를 낼 수 없기 때문에 애써 웃었던 아진이 어이가 없어 바람 빠지는 소리를 내며 뒤를 돌아보았다. 준성의 어깨 건너편으로 활짝 웃고 있는 안젤이 손을 방방 흔들었다. 그의 행동에 웃음이 터진 것은 그녀만이 아니었는지, 광렬이 고개를 내저으며 피식피식 웃었다.

"제작비가 고기를 먹게 해 주려나……"

"제작비한테 물어보는 게 좋겠죠 역시?"

"으아, 오늘 한 끼도 못 먹었더니 죽을 거 같아요. 다이어트할 때도 이렇게 안 해 봤는데. 촬영장은 원래 이런가요?"

광렬의 중얼거림에 아진이 장난스럽게 대꾸하자 붙임성 좋게 광렬의 옆에 달라붙은 안젤이 쉼 없이 조잘거렸다. 리더답지 않게 비글스럽다더니. 아진이 이 영화의 포스터에 달렸던 그의 팬들의 댓글을 떠올렸다.

"종종 생기긴 하지."

"역시 연기하시는 분들은 대단한 것 같아요. 전 대본 바뀌고 밤을 새우고 와도 제대로 못 하겠던데. 아진 씨랑 준성 씨는 슉슉, 확확!"

붕붕 뜨는 분위기에도 그를 타박하는 이는 없었다. 연기 초보 중의 생초보였다. 아이돌 출신이라는 타이틀 하나로 캐스팅부터 큰 논란이 있었다. 아무리 회사에서 단단히 준비시켰다 해도 어디까지나 이미 나와 있는 시나리오와 대본에 기초하기 마련이었다. 갑작스럽게 변하는 촬영 환경은 준비시킨다고 준비시킬 수 있는 게 아니었다.

내색은 하지 않았지만 메이크업으로 가려도 피곤함은 태가 났다. 게다가 본업인 팀에도 부담을 주면 안 된다며 영화 촬영 스케줄 틈틈이 지방으로 행사까지 다녀오고 있었다. 노력하는 자는 밉지 않은 법이었다.

"아진 씨는 내일로 하차인가?"

"음, 원래는 오늘 하차했어야 했는데, 대사가 좀 늘어나서요. 한 테이크 정도 더 찍을 거 같아요."

이 일행에 슬그머니 끼어든 조감독이 아진의 어깨를 두드려 불러냈다. 눈치껏 발걸음을 늦춰 조감독의 옆에 따라붙자 그가 속삭였다.

"다음 일정 잡아 둔 건 있고?"

"아뇨. 이거 끝내고는 좀 쉬려고 요즘엔 대본도 안 받고 있어요."

"그래……. 혹시 모르니까 좀 기다려 봐."

애써 웃으며 넘겼지만 마음 한구석에 불편함이 남는 것은 어쩔 수가 없었다. 아진이 손을 만지작거리며 시선을 내렸다. 이렇게 분량 늘어서 좋을 게 없는데……. 계속 이렇게 스케줄 때문에 어영부영하다 보면, 영화가 본래 예정된 스토리에서 붕 뜨게 된다.

"왜?"

"아니, 그냥."

아진이 표정이 좀 묘하게 가라앉자, 기민하게 알아차린 준성이 말을 걸어왔다. 유야무야 말끝을 흐리는데, 때맞춰 안젤이 싱긋 웃으며 끼어들었다.

"아, 저번 주에 밥차 정말 잘 먹었어요! 아진 씨 팬들은 정말 대단한 것 같아요. 밥이랑 후식이랑 전부 다!"

안젤이 언급하는 게 무엇이었는지 아진은 눈치껏 알아들었다. 같이 먹어 놓고 이렇게 태연하게 말을 거는 것도 재능이었다. 그의 능청스러움에 스태프들이 이끌려 와 한 번 더 감사 인사를 받게 되었다.

간단히 밥이라도 먹지.

감독의 말 한마디로 시작된 식사가 술자리로 이어지는 것은 당연했다. 불판에서 지글지글 익어 가는 고기는 소주 한 모금을 간절하게 만들었고, 그에 제일 먼저 항복한 사람이 박 감독이었다. 나는 도저히 이길 수가 없다! 당당하게 선포한 그가 초록병을 테이블에 세팅하는 동시에 와하하 웃음이 터졌다.

"역시 끼리끼리 모인다더니, 여기 테이블 너무 젊은 거 아냐?"

비슷한 나이 또래거나 아진보다 겨우 몇 살 많은 조연출이었다. 박 감독에 이어 카메라 감독, 조명 감독에게 술 한 잔씩 받고 풀려난 그가 준성의 앞에 자리를 잡았다. 두 자리 건너 대각선에서 아진이 주연과 함께 냉면을 비비고 있었다.

"제가 평균 연령을 낮추고 있지 말입니다!"

한 잔 받으세요. 안젤이 붙임성 좋게 술병을 들고 일어섰다. 싫지 않은 얼굴로 조연출이 술잔을 들었다.

"요새 수상해. 준성 씨랑 안젤 씨랑, 그리고 아진 씨까지…… 너무 친한 거 아냐?"

"저희는 잘 지내면 안 되나요? 준성이 형이 얼마나 잘해 주시는데."

"너무 셋이 붙어 있잖아 촬영장에서. 뭐, 물론 잘생긴 것들이 모여 있으니 보기는 좋다만."

안젤이 입술을 삐죽이며 불평했다. 자신이 분위기를 심각하게 만들었다는 자각이 있는지 조연출이 황급히 마무리했다. 그 대화는 사이에 세 사람을 두고 있는 아진에게도 선명하게 들렸다.

"저는 엮지 마세요."

"뭐야, 아진 씨 혼자 발뺌이야?"

"오빠, 남자 친구 있는 여자한테 그러시면 안 되죠오."

"아, 맞다."

자신의 이름이 언급되자 뻔뻔한 얼굴로 아진이 대화에 끼어들었다. 당당한 목소리에 섞인 애교에 주변 사람들이 웃음을 터뜨리고, 조연출이 민망한 표정으로 머리를 긁적였다.

"그래도…… 티 나나요?"

"……어?"

"저, 준성이랑 좀 오래된 사이인데."

아진이 말을 마치기 무섭게 주연이 옆구리를 가격했다. 컥, 소리를 내며 쓰러지려는 아진을 받아 낸 조명팀 스태프가 눈을 빛냈다. 무거운 조명을 나르느라 여성의 비율이 군대와 비슷한 조명팀에서 거의 유일한 여자였다.

"뭐야? 뭐야. 이건 무슨 특종이래?"

"친구예요. 부모님끼리 친하셔서 어릴 적부터 알아요."

"와, 진짜?"

"의외인데? 난 아진이랑 안젤이 더 그렇게 보이던데."

"윤준성 씨 그렇게 안 봤는데에, 왜 말 안 했어요?"

안 그래도 술 한 모금씩 들어가 들떠 있던 분위기에 와자지껄한 수다가 이어졌다. 나중에 기사로 아는 것보다야 이게 나을 것이었다. 슬쩍 살펴본 준성의 얼굴은 수없이 이어지는 다른 사람의 질문에 대답하느라 조금 질린 듯한 기미만 있을 뿐 당황한 기는 보이지 않았다.

"그럼 서로 알 거 모를 거 다 알겠네?"

"감독님 뭘 궁금해하시는 거예요오."

아진이 부끄러운 체했다. 그러자 곧장 다른 곳에서 걱정스러운 말이 이어졌다. 혹시 이거 기사화되면 안 좋은 거 아니에요? 그 질문 하나가 사람들 사이에 웅성거림을 야기했다. 박 감독이 환기하듯 박수를 짝짝 쳤다.

"알려지면! 스포트라이트를 좀 받아서 우리 흥행 대박!"

"대박!"

"안 알려져도 개봉하는 즉시 흥행 대박!"

"대박!"

"자 그럼 건배!"

술이 가득 담긴 잔을 들고 감독이 벌떡 일어났다. 건배사를 선창하듯 배에 잔뜩 힘을 주고 내뱉는 흥성에는 웃음이 담겨 있었다.

그의 당당함에 매혹된 이들이 자연스럽게 잔을 들었다. 충무로보다는 방송사 PD로 우여곡절을 다 겪은 사람이었다. 능숙한 대처에 아진이 속으로 박수를 보냈다.

"괜찮겠어? 기자들한테 들어가면 이상하게 엮일 수도 있잖아."

"어차피 언젠가는 밝혀질 텐데요, 뭐."

"한 번씩 보면 아진 씨는 참 대단해."

이름 모를 사람의 걱정에 응답해 주며 아진이 한쪽 입꼬리만 주욱 끌어 올렸다. 아니다. 자신은 대단하지 않았다. 아진은 나아가기보다는 머무르길 원했다. 지금 있는 이 위치를 유지하기 위해 안간힘을 다해 왔다. 주변에 방어막을 쌓고, 그녀 자신을 보호하려 방어적인 태도로 살았다. 연기에 있어서도 그랬고, 사람을 만나는 것에서도 그랬다. 자신이 이끌어 간다고 생각했는데, 어느 순간 이끌리고 있었다.

마음 가는 데에 몸 간다는 말이 이런 건가? 갑작스럽게 드는 생각에 웃음을 실실 흘리는데, 서하와 친분이 있는 조명 감독이 슬그머니 주연과 자리를 바꾸어 앉았다.

"서하는 알아?"

"……서하 오빠는 당연히 알지요. 대본 연습도 같이 봐줬는걸요."

"아아……."

들떴던 마음이 곧바로 바닥으로 처박히는 느낌이었다. 그래, 그렇구나. 좋아한다면서 왜 다가오지 않냐고 징징거릴 수 없었다. 발목에 무언가가 칭칭 감겨 있는 듯한 느낌이 들었다. 너에게 돌아가는 길은 쉽지 않겠구나. 그렇겠구나.

준성이 다른 사람의 시선을 신경 쓰지 않을지는 몰라도, 아진은 아니었다. 아마 평생을 그 굴레에 매여 살 수도 있다. 배우 노아진으로 살고 싶으니까 대중의 시선을 신경 쓰지 않을 수가 없다. 착한 아이처럼, 최대한 욕을 먹지 않을 선택만 해 왔다. 그러니 그에게 돌아가는 길은 지금까지 자신이 걸어왔던 길과는 조금 다른 길이 될 것이 분명했다.

아진이 애써 웃으며, 말을 걸어오는 안젤을 바라보았다.

8. 시간을 돌아

인테리어에 공을 들인 카페에 마주하고 앉은 두 남녀는 흠잡을 데가 없었다. 영화라도 찍듯이 다리를 꼬고 앉은 남자는 머리부터 발끝까지 완벽한 코디를 자랑했고, 얼굴이야 말할 것도 없었다. 멀찌감치 있는 카운터의 직원까지 힐끔힐끔 시선을 주고 있지 않은가. 게다가 그 남자가 20대 여성이 가장 선호하는 배우 1위를 차지했다면, 당장 달려와서 사인과 사진을 요구해도 이상하지 않았다.

그의 앞에서 시큰둥한 얼굴로 음료를 뒤적이는 여자의 존재만 아니었다면, 사람들이 몰려들었을 것이 분명했다.

"왜 그렇게 조바심을 내?"

서하가 이해할 수 없다는 얼굴로 물었다. 아진은 테이블 반대편에 앉아 곱게 갈린 바나나 주스를 쪼옥 소리를 내며 빨아 마셨다. 주어는 없었지만 어렵지 않게 알아들을 수 있었다. 서하를 만나면서 연기 이야기 다음으로 가장 많이 언급하는 주제였다.

"뭐가?"

"모르는 척 재미없고, 난 들을 권리 있는 것 같은데?"

아진이 쳇 소리를 내며, 의자에 등을 단단히 기댔다. 쉬고 싶다고 말한 서하의 의도가 먹혀 들어갔는지 그의 스케줄은 점차 줄어드는 추세였다. 게다가 아진은 영화 한 편만 촬영 중이었다. 공식적으로 만나는 일정이 없었기 때문에 둘은 부러 시간을 내서 사람들의 눈에 보일 수 있는 곳에서 데이트 아닌 데이트를 해야 했다.

쓸데없이 예민하긴. 몇 마디 오가기도 전에 아진의 심기를 파악해 오는 능력에 그녀가 곧장 부정했다. 부정해 봤자 이전처럼 좋게 넘어가 줄 사람이 아님에도 그랬다.

"누가 조바심을 낸다고……."

"양심은 어디다 두고 오셨나"

"오빠가 무슨 소리 하는지 모르겠네."

"그렇게 안달 내면 더 도망갈 거 같은데."

그럼 그렇지. 쉽게 넘어가 주지 않는다. 아닌 척 고개를 핵 돌리던 아진이 짜증스러운 표정을 지었다. 기민하게 그 태도 변화를 알아차린 서하가 기다렸다는 듯이 놀리기 시작했다.

"오빠가 뭘 착각한 거겠지. 내가 무슨 안달을 낸다고……. 나 노아진이야."

말려들면 끝장이었다. 목소리 큰 자가 이기고, 더 뻔뻔한 사람이 이기는 세상이었다. 아진이 능숙하게 얼굴에 두꺼운 철판을 깔며 어깨를 으쓱했다.

"그러니까 더 신기한 거지. 이 콧대만 높은 노아진 양을 안달 나게 하는 게 뭔지."

"안달 난 거 아니거든요?"

"그럼 핸드폰은 왜 그렇게 꼭 쥐고 있는데?"

아진이 반사적으로 테이블 위에 올려 둔 오른손을 내려다보았다. 핸드폰 위를 덮듯이 올려져 있었다. 이런……. 얼굴을 찡그리기 무섭게 서하가 씩 웃었다. 다른 사람이었다면, 뻔뻔함이 더 잘 통했을 텐데! 아진이 분한 얼굴로 서하를 흘겨보았다.

준성과 단독으로 연락하는 경우는 거의 없었다. 말할 거리가 딱히 없기도 했고, 해 봤자 영화 촬영 일정에 관한 것이었다. 대신, 메신저에 인우를 포함한 다른 친구들과 있는 단체방이 있었다. 화제를 만들어 내지 않아도 되고, 자연스럽게 이어지는 대화에 요즘 신경을 전부 쏟아 내고 있었다.

"연락 기다리고 있는 거 아니거든? 안달 난 거 아니거든?"

"왜 그렇게 화를 내? 먼저 좋아하는 사람이 진다더니, 그게 딱이네."

아진이 울컥하는 심정을 다스렸다. 아진이 확확 달아오르는 얼굴을 식히려 손부채질을 하거나 말거나, 서하는 웃는 낯으로 빤히 바라볼 뿐이었다. 속이 완전히 편한 건 아니지만, 삽질하는 두 남녀를 보면서 조금 풀린 것 같기도 하고…….

"서로 좋아하면서 왜 진전이 안 돼?"

"그니까!"

안달 안 낸다면서. 서하가 빙글빙글 웃으며 덧붙였다. 시작도 하기 전에 차인 것도 서러운데, 제대로 된 연애라도 했으면 꽤나 속이 꼬였을 터였다. 시작은 무슨, 서로 답답하게 삽질만 해 댄다. 몸

부림을 치듯 짜증을 내는 아진의 행동이 서하는 기꺼웠다.

"아직도 '좋아한다' 랑 '사귄다' 가 동일어가 아냐?"

"그게 똑같은 건 아니거든? 좋아한다고 다 사귀면 난 박애주의자게?"

십만 명이 넘는 자신의 팬카페 회원을 언급하며, 아진이 툴툴거렸다. 하기야 공개 연애 중인 사람한테 사귀자고, 진지하게 만나보자고 할 남자가 몇이나 있겠는가. 만약 그러면 그 새끼가 개새끼지. 아니, 그래도 남자가 칼이라도 뽑았으면 말이라도 해 봐야 하는 거 아닌가……. 하루에도 수십 번 답답해서 이불을 찼다.

한 시간에 수십 번 마음이 바뀌었다. 그래, 윤준성 성격에 남자 친구 있는 여자한테 대시할 리가 없지. 아냐, 걔는 남자 친구가 있든 없든 말도 못 하는 용기 없는 새끼잖아! 말이라도 해 봐야 할 거 아냐! 조울증이라도 걸렸나 생각될 정도였다.

"난 그래도 좋은데? 나 같은 남자가 딱 버티고 있는데, 누가 감히."

"오빠는 지금 재밌지?"

"당연하지."

서하가 생각할 시간도 필요 없다는 듯 즉답했다. 오히려 어이가 없다는 얼굴로 썩어 가는 아진의 표정까지 흥미진진한 얼굴로 구경하고 있었다. 아진이 입술을 삐죽였다.

"걱정 마. 만나더라도 오빠랑 제대로 헤어진 다음에 만날 거야."

"뭔가 말 되게 이상하긴 한데. 난 지금 사귀어도 상관없는데?"

"지금 나한테 양다리 걸치라는 거야?"

"양다리야 뭐, 사귀면서 마음 다른 데 두는 것도 양다리지."

틀린 말이라고는 하나도 없었다. 말발에서 밀린 아진이 분하다는 표정을 지었다.

"왜 상관이 없어? 나는 완전 나쁜 년 되고, 오빠는 불쌍한 놈 될 텐데."

"지금은 좋아 죽겠어도 막상 사귀어 보면 아닐 수도 있잖아? 원래 짝사랑이라는 건 환상을 바탕으로 하는 거란다."

"그러니까, 사귀어 보면 다를 테니 순순히 포기해라?"

"들켰나?"

준성이 킬킬대며, 앞에 있던 음료를 들이켰다.

"요즘 윤준성 씨가 점점 호감이라 마음에 들어."

"내 속 썩이는 거 생각은 안 하고?"

"그게 호감이지. 속이 어떻든 임자 있는 여자는 안 건드리겠다는 거잖아? 아니면, 선배라서 대우받는 건가?"

서하가 고개를 찬찬히 기울였다. 후자면 조금 기분 나쁠 것 같은데. 덧붙이는 말에 아진이 곧장 고개를 내저었다.

"그런 거 계산할 머리 안 돼."

"너 윤준성 씨 취급 너무한 거 아니니."

"이것저것 가져다 계산할 줄 알았으면 내가 이렇게 마음고생도 안 했지."

아진이 뚱한 표정으로 반쯤 마신 잔을 만지작거렸다. 송글송글 물방울이 맺힌 부분을 따라 주욱 선을 그어 갔다. 눈치 빠른 남자였다면 제대로 갈무리도 못 하는 그녀의 마음 정도는 한눈에 알아볼 수도 있었을 테다. 그리고 눈치는 없어도 계산이 가능했다면 여기까지 오지도 않았을 것이었다.

"딴 이야기 해. 생각만 해도 답답하니까."

"그래? 그럼, 영화 촬영은 어때? 호흡은 잘 맞고?"

"아 오빠!"

그 이야기가 그 이야기였다. 계속되는 화제 전환 시도에도 서하는 능숙하게 대화의 주도권을 자신에게로 당겨 갔다.

"좋아한다며. 자신감을 좀 가져."

"그게 말처럼 쉬워야 말이지."

밀고 당기기라는데, 당기기만 하는 것 같았다. 그쪽에서도 좀 와 주려는 의지를 보여야 해 볼 맛이 나지. 말이 씨가 된다고, 유서하라는 인간의 존재 자체로 질질 밀려 나가고 있는 준성을 떠올리며 아진이 툴툴거렸다.

"이래서 우리 아진이 어떡하나."

"공인이라는 건 참 힘든 것 같아."

"그걸 이제야 알았어?"

"난 철들 무렵부터 연예인이었는걸. 그것도 잘나가는."

"아 예, 그러셨죠."

서하가 건성으로 고개를 끄덕이며 맞장구쳤다. 아진이 눈을 치켜 떴다. 놀리는 어조가 확연했기 때문이었다.

"내가 넌지시 이야기라도 해 줄까? 우리 아진이랑 잘해 보라고."

"그 말 한마디로 머리 돌아갈 애 아니거든?"

아진이 단호하게 선을 그었다. 당사자가 넌지시 던지는 말이라도 준성에게는 큰 무게를 지닐 것이다. 땅을 파고 들어가거나 진실에 가까이 가겠지만, 이건 서하에게 못 할 짓이었다. 저 좋자고 이용하는 짓만큼은 더 이상 하고 싶지 않았다.

관계를 정리하는 가장 좋은 방법은 공식적인 이별을 선언하는 것이었지만, 현재 상황에서는 바랄 수 없었다. 아무리 부정하려고 해도 객관적으로 연애 인정을 통해 서로가 얻어 가는 이득이 더 많은 상황이었으니까. 게다가, 안 그런 척해도 조금씩 거리를 두어 주는 서하에게 먼저 요구할 수 없는 노릇이었다.

"쪼만한 게. 머릿속에 생각이 너무 많은 거 아냐?"

"아파, 오빠!"

"아프긴, 살살 때렸거든?"

생각에 빠져 있느라 얼굴이 굳었던 모양이었다. 미간을 직격당한 아진이 곧장 이마를 감싸 쥐며 불평했다.

"상훈 오빠가 따로 뭐라 하진 않았지?"

"뭐라 했으련? 가서 때려라도 주게?"

아무래도 대놓고 식사 자리에서 아진의 편만 들어 준 터라 걱정에서 나온 물음이었다. 꼬았던 다리를 풀고 의자에 깊이 기댄 서하가 씩 웃었다.

"뭐라고 했는지 들어 봐서…… 생각 좀 해 보지 뭐."

점점 작아지는 목소리는 끝에 가서는 터널에 들어간 듯 웅얼거렸다.

"걱정하지 마. 한동안은 내가 갑일 것 같으니까. 이 정도까지 해 줬는데, 재계약 조건은 나한테 맞춰 줘야 하지 않나 싶어서, 갑질 좀 했어."

"재계약하려고?"

"계약 기간이 한 3개월 남았나. 슬슬 언론에서 말 나올 때도 되었지."

아진은 나오기 직전 봤던 인터넷 기사 제목을 어렵지 않게 떠올릴 수 있었다. 계약 만료일이 다가오면 물밑에서 접촉해 오는 사람들이 나타나곤 했다. 계약 기간을 짧게 해서 자주 연장했기 때문에 아진은 더 자주 연락을 받았다.

확답을 피하는 서하의 대답에 아진은 수긍했다. 계약 문제는 예민할 수밖에 없는 문제였다. 괜히 계약 만료 전에 다른 회사와 이야기가 오간다는 소문만으로 이후 소송에 휘말릴 수도 있고…….

"FA(자유 계약) 시장까지는 안 갈 것 같긴 해. 아진이 넌?"

"난 뭐, 그대로 가지. 그게 더 편하고."

지한이 천천히 다가와 손목시계를 두드렸다. 시간이 되었다는 신호였다. 서하가 말없이 먼저 일어나고, 카페 로고가 짙게 그려진 티슈를 들어 입술을 문질렀다. 기다렸다는 듯이 스타일리스트가 붙어 그의 메이크업을 수정했다.

"미리 질문받은 것 있어?"

"즉흥적으로 갈 것 같은데……. 니네 같이 하자는 거 보면 작품 이야기 하다가 사적으로 빠질 거야."

뭐가 그리 불만스러운지. 야구 모자를 깊게 눌러쓴 지한이 짜증스러운 표정으로 응답했다. 인터뷰 시간인데 아직도 기자가 도착하지 않았다. 심지어 인터뷰 내용을 싹둑싹둑 잘라 악마의 편집을 하기로 유명한 언론사였다. 지한이 신경을 곤두세우는 것은 어쩔 수 없었다.

몸값 비싸기로 유명한 배우 둘을 묶어 놓고, 늦기까지 한다. 본래 마음에 들지 않은 인터뷰 요청이었으나 아진의 영화 촬영 건도 있고, 다음 주에 개봉하는 서하의 영화 홍보를 겸해서 꾸역꾸역 잡은 인터뷰였다.

"한두 번도 아닌데 뭘 걱정하고 있어. 오빠는."

"한두 번이 아니니까 걱정하지."

그 전 인터뷰에서는 빨리 성숙하고 싶은 다급함으로 포장했던가. 연기에 대한 겸손함을 미숙함으로 내보여서 기사를 읽자마자 짜증이 치솟았었다. 좋지 않은 기사로 심기를 잔뜩 불편하게 만들어 놓고 싱글싱글 다가오는 기자의 앞에서 그녀는 능숙하게 연기의 토대를 쌓았다.

"요즘 가장 핫한 커플을 이렇게 가까이서 뵙다니 이거 참 가문의 영광입니다."

"그렇게 띄워 주시면 저희가 부끄러운데."

고작 입술 메이크업 수정이었다. 서글서글한 눈웃음으로 다가오는 기자의 앞에서 서하가 악수를 청하며 쑥스러운 표정을 내보였다. 또 다른 필름이 돌아갔다. 카메라가 들어오고, 조명이 설치되는 어수선한 환경 속에서 아진이 서하의 팔에 손을 끼워 넣었다. 자연스러운 스킨십에 다른 이들이 반응을 보이기 전에, 그녀가 입술을 열었다.

"오랜만에 뵈어요. 강 기자님."

"아진 씨는 그새 더 예뻐졌네."

"제가 예쁜 게 하루 이틀인가요?"

"뻔뻔함도 여전하고."

아진의 당당한 대꾸에 그녀의 허리를 끌어당기며, 서하가 웃음을 터뜨렸다. 서로를 시험해 보듯 표면적으로 장난이 오갔다. 아진의 표정이 뾰로통하게 변하기 직전에서야 기자가 먼저 자리를 떴다.

인터뷰 시작 전 점검해야겠다는 이유에서였다.

이제 아진의 영화 촬영도 막바지에 다다르고 있었다. 서하의 영화는 천만을 돌파하지는 못했지만, 손익 분기점을 가뿐히 넘었다. 다음 작품을 고르겠다는 이유로 휴식기에 들어간 서하 때문에 그의 팬들은 아쉬움과 서운함을 표출했다. 그걸 노리는 듯 CF 광고가 물밀듯이 들어왔고, 서하는 그중 몇 개를 골라내어 작업을 시작했다.

아진은 촬영스케줄이 사라지면 사라질수록 마음이 가벼워지는 듯한 기분을 감출 수가 없었다. 밤 시간대 촬영이었지만, 촬영지가 덕수궁 돌담길이라 지나가는 사람들로 인산인해였다. 감독이 예민해지기 전에 촬영을 끝내야 했다. 이미 아진의 촬영 분량은 끝이 났고, 추가분으로 잡힌 일정이었다. 아마, 소하의 죽음 후에 문이 회상하는 장면으로 들어가려는 모양이었다. 편집 일정 중에 잘려나갈 수도 있지만…… 서브 커플은 처연할수록 더 그 존재감을 더하는 법이었다.

"자, 들어갑니다!"

액션.

몇 번째인지 모를 슬레이트가 떨어졌다. 수십 수백 명이 둘러싼 가운데 준성은 아진을 마주했다. 회상신이 늘 그렇듯 민망한 장면을 포함했다. 프로답게, 프로답게, 하고 중얼거려도 사적인 친분이 있는 관계에서 러브신이라니. 불편할 수밖에 없었다.

대본 연습 중에도 의식적으로 피했던 파트였다. 처음으로 맞춰 보는 합이었다. 동선은 수십 번을 맞춰 보았지만, 리허설에서도 닿지는 않았다. 그저 흉내만 냈다.

"세자 저하의 의지이십니다. 소저가 상관할 수 있는 일이 아닙니다."

사붓사붓하게 걷는 소하의 걸음에 맞추어 걸으며 문이 단호하게 일갈했다. 그렇게 소녀의 말을 잘라 놓고 문은 신경이 쓰이는지 힐끔힐끔 그녀의 정수리를 내려다본다. 남색의 쓰개치마 아래로 하얀 콧대가, 그리고 새치름한 붉은 입술이 보였다. 뻗지 못하는 손이 소매 아래로 움찔거렸다.

"제 오라버니의 일이고, 또…… 나으리의 일이시지 않습니까."

치맛자락 아래로 살짝 고개를 내밀던 꽃신이 자취를 감추었다. 우두커니 선 소하가 고개를 돌려 문을 응시한다. 달빛 아래 마주한 두 남녀 사이에 깊은 감정이 오간다. 소하가 천천히 쓰개치마를 어깨로 내려놓음과 동시에, 문이 먼저 한 발자국 다가간다.

"꺄아아아!"

"대박, 대박."

"컷! 컷, 컷!"

아무리 숨죽인 비명을 내뱉어도 흡입식 마이크는 쭉쭉 빨아들였다. 입술이 맞닿기 직전 터진 감독의 짜증에 아진이 푸흐흐 웃음을 터뜨렸다. 숨소리까지 들릴 정도로 가까이 있다가 한 발자국 물러선 준성이 의아한 표정을 했다.

"내가 이럴 줄 알았지."

"종종 있어?"

"이래서 사람 많은 데는 피하는 거야. 집중 안 되는 건 둘째 치고, 이렇게 종종 방해되니까."

조명이 오는 자리 뒤에 있던 마이크가 뒤로 빠졌다. 아무래도 주변 정리를 한 후 다시 촬영을 시작하려는 모양이었다.

"죄송합니다. 촬영에 방해가 되니 조금 물러나 주세요."

"죄송합니다. 죄송합니다!"

불평하는 목소리와 스태프들의 목소리가 섞여 어수선한 분위기를 만들어 냈다. 그 가운데에 어정쩡하게 둘만 남겨져 있었다. 아진이 쓰개치마를 머리에 둘렀다. 촘촘하게 땋아 올린 머리가 어정쩡하게 방해하자 준성이 그녀의 머리를 정리해 주었다. 자연스러운 손길이었다.

"……동선 다시 보자."

"그래."

어색할 만한데, 둘은 아무렇지도 않게 서로를 마주 보았다.

코끝을 스치는 듯한 숨결, 내리까는 시선 아래로 보이는 떨리는 손길. 연기일까. 너는 연기일까. 그럴 리가 없다. 아진은 단언할 수 있었다.

천천히 목 뒤를 감싸 안는 손길을 느끼며 아진이 눈을 감았다. 입술 위로 축축하게 내려앉는 까칠하지만 뜨거운 숨결. 얼굴이 붉어진 이유는 가까이 다가오는 조명 탓일 터였다.

"수고 많으셨습니다!"

마지막 촬영. 겨울에 시작했던 일정이 꽃 피는 봄이 되어서야 끝을 맺었다. 스케줄이 계속 미뤄지고 미뤄지면서 지연된 일정이었다. 준성과 아진을 뺀 대부분의 배우들이 다른 작품과 함께 일정을 진행하는 것은 당연한 일이었다. 본일정보다 늘어졌으니까 뒤에 잡아 두었던 스케줄과 겹치지 않는가. 그래서 아진의 하차로 인한 뒤풀이라도 사람이 많이 모일 거라는 생각은 못 했다.

오산이었다.

"언제 끝내나 언제 끝내나 했는데 그래도 찍다 보니 끝이 있긴 하네요?"

"아직 끝난 거 아니야. 아진이 녀석네만 끝난 거지. 주연이 안 끝났는데 무슨 영화가 끝나?"

"하긴 뭐. 그래도 한 커플 보내니 후련하긴 하네."

조감독과 감독이 후련하다는 듯 대화를 주고받는 자리 옆에서 이진이 어깨를 긴장시켰다. 종파티도 아닌데 대체 왜 다 모이시는 거지. 오늘 촬영이 없어서 들렸다는 광렬은 그렇다고 치자. 녹화 스케줄이 있었다는 안젤까지 풀메이크업 상태로 나타났다. 잔뜩 탈색해서 새하얀 머리칼이 나풀거렸다.

"채령 씨 공항에서 바로 오신다네요!"

"채령 씨까지? 이야, 영화 끝나지도 않았는데 종파티를 하겠네."

"이거 아진이 하차연이 아니라 촬영을 잡아야 하는 거 아냐? 김 감독, 우리 촬영 장비 다 반납했던가?"

"술 시켜 놓고 지금 무슨 소리세요. 오늘은 마셔야지."

"촬영 날짜 잡아 놔도 이렇게 안 된다, 저렇게 안 된다 하더니, 모이니까 신기해서 그렇지."

분위기가 대체로 어수선하게 붕 떠 있었다. 아진이야 촬영을 털어 버렸다는 후련함에서 기분이 좋았지만, 스태프들은 오랜만의 회식에 들뜬 것 같았다. 게다가 연락조차 쉽게 되지 않던 채령까지 달려오겠다는 반가운 소식을 보낸 참이었다. 박 감독이 조감독의 타박에 너털웃음을 지으며 자리에 앉았다. 아진의 바로 옆이었다.

"누가 뭐래도 오늘 주인공은 아진이지. 고생 많았다."

"아니에요. 고생은 감독님들이 많이 하셨죠. 정말 감사했습니다."

서글서글하게 주름이 잡힌 눈으로 치하하는 박 감독에게 방긋 웃으며 대꾸하고는 아진이 일어나서 허리를 숙였다. 영화는 배우만 고생해서 만들어지는 것이 아니었다. 함께, 그리고 더 고생하는 스태프가 있어서였다. 박수가 터져 나오고 적당한 때에 조감독이 킬킬거리며 술병의 뚜껑을 날려 버렸다.

"오늘 이건 회식비 결제인가? 그럼?"

장난스러운 어조로 하는 돈 이야기에 반사적으로 눈살을 찌푸리며 반대편의 스태프가 눈치를 주자 조감독이 아차 하며 술병을 높게 치켜들었다. 왁자지껄한 분위기였다. 신이 난 얼굴로 고기를 굽고 비어 있는 잔을 따르는 틈을 타 아진이 입술을 열었다. 회사에 열심히 벌어다 주었으니 이제는 털어먹을 차례였다.

"노아진 하차 축하 파티니까, 제가!"

"제가?"

"회사 카드로 결제하겠습니다."

"오오!"

환호성이 터져 나왔다. 휘파람을 불며 아진에게 박수를 보내는 스태프들에게 자만심 가득한 표정을 지으며 아진이 어깨를 으쓱였다. 역시 저밖에 없죠? 덧붙이는 말에 노아진을 연호하는 목소리가 점점 커졌다. 만족할 만큼 듣고서야 자리에 앉아 박 감독이 채워 주는 잔을 받았다.

"고생 많았어 아진 씨."

"애썼어."

사람 수가 많은지라 테이블 인원이 순환하면서 인사가 이어졌다. 그들 중에는 처음 보는 것처럼 낯선 사람도 있었고, 몇 번 대화를 나누었다고 눈에 익은 사람들도 있었다. 아마, 며칠 뒤면 까맣게 잊어버릴 수도 있는 인연이었지만 그래서 더 소중한 법이었다.

그리고 몇 시간이나 흘렀을까.

죽을 것 같다. 아진은 술잔을 받아 마시며 쉼 없이 되뇌었다. 이건 정말 미친 짓이다. 회식에서 분위기를 띄우는 사람의 존재 유무가 이렇게 큰 줄은 몰랐다. 항상 조용조용 지나갔던 회식 자리에 아이돌 출신 한 명이 끼게 되면서 분위기가 반전했다. 아니, 원래 이 멤버는 노는 걸 좋아했던가……. 감독님이야 술 좋아하시는 건 알았지만, 이렇게 많이 마신 적은 없었다. 뒤늦게 합류한 채령도 얼떨떨한 얼굴을 감추지 못했다.

이게 대체 무슨 일이야?

무언의 시선으로 묻는 그녀에게 아진은 대꾸할 수가 없었다. 아이돌 회식 문화는 원래 이러한가. 칵테일처럼 달달하게 타 주는 술을 거절하지 못해 한 잔 두 잔 마신 것이 수를 세기 어려운 지경에 이르렀다. 죽을 것 같다면서 주는 술을 거절하지 못하는 걸 보니 이미 취한 모양이었다.

"자, 우리 고생한 아진 씨. 한 잔 받아야지."

그 전까지는 몰랐는데, 박 감독의 주사는 주변 사람을 먹이는 유형인 것 같았다. 벌써 몇 번째일지 모르는 말을 반복하며, 소주잔 가득 따라 주는 병은 생수병이었다. 이미 한참 가셨군.

"감독님, 저기 한채령 씨 오셨어요."

"어어 그래?"

삐죽 솟아오르는 목소리가 음이탈이 났다. 소란스러운 분위기에 그녀의 등장조차 눈치를 채지 못하는 사람들의 시선을 잡기 위해 아진이 자리에서 일어섰다.

"어어……."

"조심 좀 해. 그만 마시고."

뒷말은 귀 기울여 들어야 할 만큼 작았다. 술을 마셨다고 감정이 주체가 안 되는 아진이 헤죽헤죽 흘러나오는 웃음을 지우지 않은 채, 등 뒤를 단단히 붙들어 주는 기성에게 살짝 몸을 기댔다.

"여러분! 우리 주인공께서 오셨어요!"

"오오, 채령 씨! 어서 와."

"공항에서 바로 온 거야?"

들어가야 할지 아니면 말아야 할지를 고민하며 동공이 마치 강도 3.3짜리 지진이라도 난 듯 흔들리던 채령이 열렬한 환영을 받으며 입성했다.

"오늘 분위기…… 되게 좋네요?"

맨정신이었다면, 그녀의 어감이 영 불안한 것을 알 수 있었겠지만, 다들 이미 술기운을 빌려 하늘을 붕붕 날고 있었다.

"어! 제가 한 잔 타 드리겠습니다!"

"그래, 그래. 네가 만들어 봐라."

안젤이 팔을 번쩍 들고 일어섰다. 또 다른 희생자가 나오겠구나.

아진은 흐려지는 시야 사이로 당혹감을 감추지 못하는 채령을 잠시 응시했다. 여자들이 옷을 고를 때 고려하는 것이 쿨톤과 웜톤이라면, 남자들에게 중요한 것은 술톤이 아닐까. 술톤으로 새빨갛게 얼굴이 물든 광렬이 안젤의 등을 퍽퍽 내리치며 호탕하게 웃었다.

안젤이 사이다와 토닉워터로 능숙하게 만들어 낸 첫 잔을 받은 채령을 아진은 안타까운 시선으로 바라보았다. 한 잔 두 잔 마시다 훅 간다는 체험이 어떤 건지 아시게 될 거예요.

"중국 스케줄은 마무리된 거지?"

"네, 감독님. 안녕하셨어요?"

아진이 준성의 부축을 받아 자리에 앉기 무섭게 감독이 총알같이 튀어 나갔다. 비틀거리는 걸음걸이에 준성이 불안하게 박 감독을 주시했으나, 그는 아무렇지도 않은 척 혀가 꼬인 목소리로 채령에게 다가섰다.

"그럼 그럼, 늦어졌던 만큼 더 집중해서 찍자?"

"네, 그럼요. 열심히 하겠습니다."

아무리 분량을 이리 볶고 저리 볶아 봐도 결국엔 주연을 위주로 돌아가는 스토리였다. 촬영장 이외의 만남은 처음인 채령이 눈시울을 붉혔다.

"어? 감독님. 울렸다."

"와아, 울렸다. 울렸어. 이거 내일 기사 나나요?"

"영화 촬영 중 감독이 배우 울려……."

조연출의 해맑은 지적에 이어, 카메라 감독이 낄낄대며 다가섰다. 달래 주는 사람이 있으면 감정이 더욱 북받치는 법이었다. 혼자 마음고생이 심했는지 채령이 눈물을 펑펑 쏟아 내자 그 주변에 사람들이 모여들었다.

주연을 빼앗겼다는 질투심보다, 분량이 늘어난다는 데에서 오는 불편함보다 안쓰러움이 더 컸다. 연기를 직업으로 하겠다고 마음먹은 사람에게 심판처럼 내려지는 NG와 스태프들 사이의 연기력 논란은 어차피 스스로가 가장 괴로울 부분이었다.

"선배님이 우시면 전 어떡해요! 제가 제일 많이 혼나는데."

"그래, 넌 좀 혼나야 해."

음악 방송에 익숙해져 무심코 카메라를 찾아 직시하는 버릇 때문에 골치를 썩였던 카메라 감독이 제일 먼저 안젤의 등을 팡팡 내리쳤다. 그 뒤로 그의 NG 때문에 줄줄이 고생했던 스태프들의 장난스러운 타박이 이어졌다. 버릇을 고치라고 할 수도 없고, 빨간불 들어온다고 바라보지 좀 마!

"그만 마셔."

그 소란을 틈타 준성이 아진의 옆을 차지했다. 감독이 떠나면서 비워진 자리였다. 처음에야 자기 자리가 있었지만 분위기가 무르익으면서 여기저기를 떠도는 일이 다수였다. 특히, 분위기 메이커로 낙인찍힌 안젤은 술병을 이리저리 흔들며 테이블 사이사이를 돌아다녔다.

"그만 마시라니까."

"으응?"

준성이 난처한 얼굴로 아진의 손에서 잔을 빼앗았다. 생수가 가득 담긴 소주병 대신 안젤이 말아 준 특제 오렌지 칵테일이었다. 뒤늦게 잔을 잃은 아진이 준성을 돌아보았다.

"하아……."

마주한 아진의 얼굴을 보자마자 준성이 한숨을 푹 내쉬었다. 볼에 가득한 홍조는 술 때문에 어쩔 수 없다지만, 나른하게 풀린 눈은 이미 정신이 어딘가를 헤매고 있다는 것을 그대로 보여 주고 있었다.

"준성이네?"

"……미치겠다."

준성이 이마를 짚었다. 돌아오는 목소리가 평소보다 두 음은 높았다. 아진이 활짝 웃으며 손을 뻗자 준성이 누가 볼까 무섭다는 얼굴로 재빨리 손을 잡아 아래로 내렸다.

"그러니까 이게 손익 분기점을 넘으려며언……."

"사모님 기다리신대요. 사모님이!"

"네가 내 와이프 전화를 받았어?"

"그러니까 손익 분기점이 우리 영화는……."

아수라장이었다. 촬영팀, 조명팀, 연출팀 할 것 없이 난리였다. 이런 분위기라면 보통 뒤처리는 막내들의 담당이었지만, 회식 초반에 막내라는 이유로 착실하게 잔을 착착 비워 수습할 이가 없었다.

"2차, 2차 가세. 2차."

"감독님, 저희 내일 촬영 있어요!"

"알아 알아. 괜찮아 괜찮아."

아직은 제정신인 몇몇이 스태프들부터 깨워서 집으로 보내기 시작했다. 조연출이 박 감독을 말리려 했지만, 이미 술에 취해 버린 자를 논리적으로 설득하는 것은 불가능에 가까웠다. 2차에 가자고 선동하는 그의 곁에서 그림자처럼 조감독이 동의하고 나서니 어쩌겠는가.

"그럼 저도 가겠습니다!"

술은 제일 많이 거쳐 갔지만, 마시는 것보다 말아 주는 것이 더 많았던 안젤이 해맑게 외쳤다. 그 뒤로 채령이 얼떨떨하게 끌려들어 가고, 감독의 시선이 이 파티의 주인공인 아진에게 향했다.

쾅, 제정신이라면 절대 일어날 수 없는 일이 벌어지지만 않았어도 아진은 2차로 직행했을 것이었다. 바로 옆에 앉아 있었던 준성도 너무나 찰나에 벌어진 일을 막지 못했다. 마치 머리를 던지듯이 테이블 위에 처박은 아진이 웅얼거리며 신음을 내뱉었다.

"으응……."

"아진이도 갔네 갔어."

광렬이 혀를 쯧쯧 찼다. 혹시 코피 난 건 아니냐며 호들갑을 떨며 다가온 조명팀 막내가 이리저리 얼굴을 살폈지만, 술기운에 빨갛게 달아오른 얼굴에서 상처를 찾긴 어려웠다. 혹시 안쪽 혈관이라도 터졌는지 의심스러울 만큼 큰 소리였다.

"네놈이 여럿 죽였어."

"예? 제가요?"

광렬이 호탕하게 웃으며 안젤에게 다가가 낄낄 웃었다. 그 웃음이 술기운을 타고 감독들에게 전파되고 있었다.

준성은 같은 회사라는 핑계를 대고 아진의 뒤처리를 자청했다. 그렇게 자기 몸 하나 가누기 힘들어 보이는 사람들이 2차를 하겠다며 비틀비틀 밤거리를 걸어갔다.

"괜찮겠어요?"

"매니저 곧 와요. 걱정 마세요."

이름도 소속도 모르는 이들이 아슬아슬해 보이는 아진에게 다가와 연신 물었다. 아진 대신 대답해 주며, 준성이 한숨을 삼켜 냈다. 자신에게로 잔뜩 기대 축 늘어진 아진은 훌쩍 자란 것 같았다. 한 발짝 떨어져 봤을 땐 크게 달라진 것 같지 않았는데, 이렇게 체감하게 된다. 키가 좀 자랐나. 아니, 키는 그렇게 많이 안 자랐다. 몸의 굴곡이 변했나. 무심코 시선을 내리던 준성이 고개를 치켜들었다. 선배들이 주는 술잔을 거절하기가 어렵다 보니 그도 취한 모양이었다.

"말 안 할 거야?"

"……뭘."

술 취한 여자의 질문이 이어졌다. 팔을 단단히 붙들고 있는데도 땅이 파도라도 치는 양 풀린 다리로 복잡한 스텝을 밟고 있었다. 아무래도 가게 바로 앞이라 지나가는 유동 인구가 많은지라 준성이 한숨처럼 대꾸하고 조심스럽게 아진을 끌어당겼다.

"정말 날 좋아하는 게 맞아?"

술기운을 빌어 자신의 속을 뒤집을 모양이었다. 몇 걸음 끌어오기가 무섭게 손을 뿌리치며 눈을 흘긴다. 뾰로통한 얼굴로 노려보는데, 잔뜩 올라온 홍조 때문에 그리 진지해 보이지 않았다.

"맞다니까."

술 취한 사람의 주사에 대꾸를 한다고 무슨 소용이 있을까마는, 준성은 나름대로 착실하게 대꾸해 주었다. 질문한 사람은 그다지 만족스러운 얼굴은 아니었지만……

"우리…… 오느을 키스했는데에, 좋아하는 사람이랑 키스했는데 아무 느낌 안 나? 정마알?"

이미 다른 세상을 헤메는 듯한 눈이었다. 후미진 골목으로 이끌려는 것은 아니었지만, 이 대로변을 피해야 했다. 차라리 매니저에게 연락을 하지 말 것을. 혹시나 다른 말이 나올까 봐 일부러 그리한 것인데, 점점 상황이 복잡해지고 있었다.

"아진아 이쪽으로 와. 너 그러다 들키면 어쩌려고."

"내가아 물었자나아."

혀가 잔뜩 꼬였다. 준성은 골치가 아팠다. 원래 뒤풀이만 하면 이렇게 주체도 안 하고 마시는지. 속에서 끓어오르는 답답함은 오랜만에 느껴 보는 것이었다. 그러고 보니 정규 매니저보다는 막내가 주로 아진을 따라다녔다. 딱 보기에도 어린 매니저와 친구처럼 지내는 듯한 스타일리스트. 단출한 팀이었다. 혹시 사고라도 나면 어쩌려고.

"아진아 이쪽으로."

지나가는 사람들의 힐끔거리는 시선이 느껴져서 더 이상 지체할 수가 없었다. 준성이 손목을 잡아 이끄는 것과 동시에 아진의 얼굴을 자신의 몸으로 가렸다. 자신은 얼굴을 알아볼 만큼 알려진 배우가 아니었기에 아진의 보호가 먼저였다.

"또오, 대답 안 하지."

"후, 술 깨고 이야기하자."

"거짓마알, 너 술 깨도 대답 안 해. 내가 알아."

아진이 불만스럽게 볼을 부풀렸다. 준성이 입을 굳게 다물었다. 뭐가 그리 좋은지 입가에 방실방실 미소를 띤 아진이 연신 비틀거렸다. 가게가 바로 보이는 안쪽 골목에 기대어 매니저를 기다리는데, 갑작스럽게 아진이 눈물을 툭 떨구었다.

"왜, 어디 아파?"

놀란 마음에 준성이 곧장 다가가 얼굴을 살폈다. 무엇이 그리 서러운지 그새 두 눈가가 불그죽죽하게 물들어 있었다.

"내가 물었잖아. 너 정말 나 좋아하는 거 맞냐고."

"……그렇다니까."

"뭘 믿고?"

준성이 비틀거리는 아진의 어깨를 잡기 무섭게, 아진은 그의 손을 뿌리쳤다. 그에 대한 반동으로 바닥에 털썩 주저앉아 손바닥이 까졌지만 그리 심각하게 생각하지 않았다. 어차피 이 작품을 하고 쉴 예정이었다. 이 정도 타박상이야 아무렇지도 않다. 욱신거리는 눈가와 뜨겁게 달아오르는 숨이 더 아파 왔다.

"내가 너를 뭘 믿고? 정말 좋아한다면 나를 이렇게 둬서는 안 되잖아!"

"취했다 너."

준성이 한숨을 푹 내쉬고 주저앉아 시선을 맞추었다. 어릴 적에도 고집을 부리기 시작하면 말릴 수 없는 아이였다. 억지로 일으키는 것은 반감만 산다는 것을 이성보다는 몸이 더 빨리 익혔다.

"좋아해? 정말?"

"그렇다니까."

"그런데, 왜 아닌 거 같지 나는……."

점점 늘어지는 목소리 끝을 준성은 눈을 질끈 감고 들었다. 좋아한다고 해서 무엇이 달라질까. 유서하는 좋은 남자였다. 같은 남자가 봐도 멋진 남자였다. 노아진의 옆에 서 있는 사내가 아니었다면…….

아진은 키스신이라고 표현했지만, 입술이 맞닿고, 준성이 아진의

294

윗입술을 빠는 시늉을 하는 것에 불과했다. 촬영에 들어가기 전, 감독은 사랑하지만 어떻게 표현해야 할지 몰라 안절부절못하는 감성을 실어 연기해 줄 것을 당부했다. 준성에게는 항상 있는 일이었다.

"일어나, 옷 버리겠다."

어머니는 아들 하나 낳았더니 무뚝뚝해서 서운하다고 했지만, 준성은 조금 억울했다. 비교 대상이 하필 아진이었다. 하는 말마다 애교가 넘치고, 자신의 예쁜 얼굴을 잘 이용할 줄 아는 아진은 어딜 가나 관심의 대상이었다. 웃음이 넘치고 여기저기 뛰어다니기 바쁜 아이와 자신을 비교하니 당연히 섭섭하다는 말이 나올 수밖에 없었다.

햄보다는 계란이 좋고, 계란보다는 고기가 좋다. 말수는 적었지만 준성은 좋고 싫고가 분명했다. 계란말이를 질색하는 아진 때문에 어릴 때는 아침마다 식탁에서 전쟁이 일어날 만큼 그 역시 고집이 셌다. 단지 깨달음이 조금 느렸을 뿐이었다. 든 사람은 몰라도 난 사람은 티가 난다고, 대부분의 시간을 함께 보냈던 사람이 사라졌으니 공허함인 줄만 알았다. 단호하게 연락을 끊어 버리니 서운함이 더해졌다.

'너 요즘 입만 열면 아진이 이야기야.'

인우가 답답해 죽겠다며 가슴을 쳤을 때에야 알아챘다. 아, 그랬구나. 척박한 땅에 물방울 한 방울이 떨어진 것처럼 순식간에 빨아들였다. 그게 신호라도 되는 듯 수없이 많은 기억들이 땅을 적셨다. 그만큼 가슴이 젖어 들어가는 횟수도 늘어났다.

기회만 된다면 표현할 자신은 있었다. 처음부터 표현하지 못했던 것은 아니었다. 아진의 손을 붙들고 등하교를 하다 보면 한 번씩 기자들과 맞닥뜨리는 일이 자주 일어났다. 태연하게 사촌인 척, 오빠인 척 씩씩하게 거짓을 말하다 보니 어느새 자신마저 가족놀이에 익숙해진 것뿐이었다.

"멍청이. 알아? 너 정말 멍청이야."

골키퍼 있다고 골 안 들어가는 줄 알지. 덧붙이는 말에 준성이 아연한 표정을 지었다. 아니, 남자 친구 있는 게 누군데 지금. 그가 할 말을 잃은 사이, 아진은 앞뒤가 없는 토막 난 말들을 중얼거렸다.

"그러다 전부 뺏겨 버려. 와, 나 자존심 상해."

전부 술에 취해서 내뱉는 아무 말에 불과했다. 대로변에 주차되는 낯익은 까만 밴을 발견하고 준성이 아진을 둘러업었다.

"안녕하십니까."

"어우, 술 냄새. 고마워요. 어쩌다가 이렇게 마셨대."

준성의 매니저를 통해 연락을 받은 지한은 반신반의하면서 달려왔다. 이미 퇴근한 뒤라 성남의 집에서 서둘러 달려온 상태였다. 설마설마했는데, 얘가 연애를 하더니 심경의 변화라도 있는 건지. 그녀의 매니저로 살아온 세월 중 처음 있는 일이었다.

"완전히 고주망태가 다 됐네."

밴의 문을 열어젖히고, 아진을 차에 싣는 걸 도운 지한이 한숨지었다.

"혹시 무슨 일 있었어요?"

"아뇨. 딱히 뭐……."

아진의 촬영 분량이 끝나서 오늘 뒤풀이가 있다는 건 매니저인 지한이 더 잘 알고 있었을 테다. 특별한 점이라면……. 기억을 더듬던 준성이 깨달았다는 듯 눈을 반짝 떴다.

"아, 결제를 회사 카드로 했어요."

"아진이가요?"

"네."

으에엑? 지한이 놀란 표정으로 쓰러진 그녀를 돌아보았다. 뭐, 한 번씩 수틀리면 긁긴 했지만 흔하지 않은 일이었다. 그렇다고 해서 이렇게 많이 먹을 리가 없는데. 아, 의아해하던 지한이 문득 고개를 끄덕였다. 박 감독이 충무로에서 꽤나 알려진 주당이었다.

"감독님이 많이 먹이시던가요? 준성 씨도 타요. 데려다줄게요."

"아뇨, 저는 그냥 여기서 택시 타고……."

"매니저도 없는데 배우를 혼자 집에 보내면 되나. 타요."

지한의 너스레에 준성도 더는 거절하지 못하고 조수석에 올라탔다. 힐끔 쳐다본 뒷좌석에 아진이 시체처럼 기절해 있었다. 의식은 있는 듯했는데 그새 잠이 든 모양이었다.

"자주 있나요? 이런 일이?"

"아, 아진이요? 별로 없죠. 제가 매니저 맡고 처음 있는 일이에요. 집에서 마시면 모르겠지만 밖에서 마시면 제가 바로 아니까."

이 스케줄 끝나면 휴식기 들어가기로 했으니까 속이 후련했나 보죠. 지한이 덧붙였다. 새벽녘의 도로는 한적했다.

"아진이 말로는 어렸을 때부터 친구라고 하던데, 맞나요?"

"아, 예. 아진이가 그러던가요?"

지한은 최근 준성에 관한 문제로 고민하던 아진을 상기했다. 그다지 문제가 될 것 같진 않은데……. 무뚝뚝한 청년이었고 말이 없다는 건 그만큼 말실수할 일도 적다는 거였다. 그저 또 다른 아진의 기우에 불과한 모양이었다. 하여간에 사소한 것 걱정하는 것으로는 일등이었다.

"안 그래도 걱정을 하더라고요. 뭐, 저 녀석 취미가 지레 겁먹고 걱정하기긴 해도 이번에는 심각한 거 같아서 좀 신경 쓰였는데, 준성 씨 보니 괜찮을 것 같네요. 왜 그랬대."

말주변이 없는 준성이 먼저 이야기를 하기보다는 지한이 주절주절 떠드는 말이 많았다. 준성은 그렇게 끊어질 듯 끊어지지 않는 말을 가만히 듣고만 있었다.

"아무래도 친구기 전에 남녀 관계니까. 우리나라 네티즌들 참 여기저기 오지랖들은 넓어 가지고……. 아 그만큼, 기자들이 달라붙으니까 그렇지요. 준성 씨도 뭐 걱정하지 마요. 다른 회사도 아니고 같은 회사 식구인데……."

그때까지는 아무도 예상하지 못했다. 다음 날 새벽, 속을 게워 내기도 전에 회사를 뒤집어엎을 기사가 터질 줄은…….

배우 전문 기획사가 다른 기획사보다 경쟁력이 있는 이유는 많은 배우들이 소속된 만큼 더 연기에 신경을 써 주기 때문이었다. 망설이지 않고 휴학계를 낼 수 있었던 이유도 여기에 있었다. 체계화되고 구체적인 연기 교육, 그리고 일대일로 진행되는 코칭은 전문가들에 의해 진행되었다.

준성은 가장 최근 회사로 들어왔기 때문에 시간표를 다시 짜는 대신 빈 시간에 맞춰서 들어갔다. 그래서 전날 회식이 있었음에도 그는 이른 아침 회사로 출근해야 했다.

수연에게 아침부터 등짝을 후려 맞으며, 일은 하는 건 좋지만 술 좀 그만 마시라는 잔소리를 배경음악으로 들었다. 수연은 현관까지 따라 나와 이른 출근을 하는 두 남자를 배웅하면서도 끝까지 잔소리를 멈추지 않았다. 회식이 많은 남편과 사회생활 시작부터 술 마시고 새벽에 들어오는 아들을 향한 애정의 표현이었다.

"어제 늦게 들어갔다며?"

자신의 앞으로 배정된 매니저는 꽤나 경력이 길었다. 얼마 지나지 않으면 실장 타이틀을 달 거라는 그가 왜 고작 신인 배우의 매니저가 되었는지는 모르겠다. 차에서 내리지 않고 킬킬 웃으며 맞아 주는 준호에게 준성은 가만히 고개를 주억거렸다.

"다음에 스케줄 짤 때는 내가 들어가야지, 안 되겠다. 아침마다 이게 무슨 고생이냐 서로."

"혼자 찾아갈 수 있대도요."

"배우가 회사에 출근했는데, 매니저가 늦게 출근한다? 야 야, 철호 형한테 맞아 죽을 일 있어?"

준호가 크게 하품을 하며 차에 시동을 걸었다. 새벽 나절부터 둘다 무슨 고생이라니. 수업을 받질 말든가 아님 시간을 바꾸든가 해야지. 준호의 투덜거림에 준성이 괜히 머쓱하여 볼만 긁적였다.

준성은 자연스럽게 조수석에 탑승했다. 준호는 어차피 운전만 하면 회사 들어가서 쉰다며 뒷좌석에서 편히 가라고 몇 번을 말했지만 소용이 없었다. 이것저것 차에 실어야 할 게 많고, 사람이 전부 앞에 타고 있으니 뒷좌석은 결국 짐칸이 되고 말았다.

"한채령 씨 중국 일정 끝났다며?"

"네."

"이제 좀 편히 촬영하겠네."

"아마 더 힘들어질 수도 있어요."

"그런가? 왜?"

함께 일한 지 몇 달은 되었다고 준호는 준성에게서 말을 끌어내는 법을 습득했다. 한 마디 한 마디를 잘라 대화를 이끌어 내는 행동은 능숙했다. 준성이 주머니에서 핸드폰을 꺼내 전원을 켰다. 새벽 나절 집에 들어와 쓰러지듯 던져 놓았던 핸드폰이 아침에 보니 얌전히 충전기에 꽂혀 있었다. 보나 마나 수연의 솜씨였다.

"감독님 신경이 전부 한채령 선배 스케줄에 있었는데, 이젠 아니잖아요."

아마 더 완성도에 공을 들일 것이다. 준성이 생각해도 마음에 차지 않는 신도 있었다. 감독의 마음에는 당연히 차지 않았을 것이다. 오케이 사인을 받았다지만 재촬영을 각오했던 장면도 있었다. 이제 제대로 촬영장이 돌아가게 되니 배우들을 달달 볶을 것이었다. 본래 완성도에 공을 들이기로 유명한 감독이 아니던가.

"그러려나, 하긴 박 감독님 까다롭기로는 장난 아니지. 영화는 처음 해서 더 그럴걸?"

"네에."

반짝이며 켜진 화면을 터치해 잠금을 열면서 준성이 대꾸했다. 습관적으로 밀린 카톡을 확인하고, 인터넷을 켜 뉴스를 확인했다.

그런데 인터넷 뉴스 기사 중 준성의 눈을 사로잡는 이름이 있었다.

"어……. 좀 큰일 난 거 같은데."

"응? 뭐가?"

준성이 입을 꾹 다물었다. 연신 물어 오는 준호에게 응답해 줄 정신도 없이, 핸드폰으로 시선을 내렸다. 기다렸다는 듯이 메시지가 도착했다는 팝업이 핸드폰 창을 채웠다.

"형, 죄송한데요. 여기서 좌회전해 주세요."

"이쪽으로 가면 더 늦어. 곧 있으면 출근 시간이라."

"회사로 못 갈 거 같아요."

"뭐?"

"좌회전요."

단호한 태도에 준호가 어이없는 얼굴을 했다. 몇 번의 재촉이 이어지고서야 어쩔 수 없다는 듯 운전대를 돌렸다. 준성이 무릎 위에 얌전히 올려 두었던 주먹을 꾹 내리 쥐었다.

아진은 그 나이대의 여배우에 비교하면, 아주 견고한 성 위에 있었다. 그녀 스스로가 연기력 논란과 마주하고 싶지 않아 했기 때문에 대부분의 시간을 연기 연습에 쏟았고, 작품 이외에 대중 앞에 나서는 일은 전무하다시피 했다. 그걸 뒤흔들어 놓은 사건이 유서하와의 공개 열애였다.

준성이 기사를 접하고 나서 든 감정은 무어라 한 가지로 정리할 수 없었지만, 차차 걱정이 그 자리를 메워 갔다.

"해오름골드 아파트요."

"대체 무슨 일인데."

"죄송해요, 형."

당장 핸드폰을 들면 알 수 있는 일이지만, 스스로의 입으로 말할
수는 없었다. 무심코 입술을 짓씹다 맞닿았던 감촉을 떠올린 준성
이 순식간에 얼굴을 붉혔다. 힐끔힐끔 준성을 살피던 준호가 이해
할 수 없다는 얼굴로 액셀러레이터를 밟았다. 아직 술이 덜 깬 건
가.

준호가 무언가 이상하다고 느꼈을 때는 주차하기 무섭게 달려
나가는 그의 뒷모습을 보았을 때였다.

"숨겨 놓은 여자라도 있는 건가? 설마 애는 아니겠지?"

에이 설마, 스물다섯인데 그럴 리가…… 있을까? 준호가 미심쩍
은 눈으로 다급하게 달려가는 그를 쫓았다. 그러고 보니 교육 스케
줄 펑크다. 그것도 이제 갓 계약한 병아리가……. 준호가 골치 아
프다는 듯 핸드폰을 들어 올렸다. 못 간다고 이야기는 해야 하지
않겠는가. 어제 회식해서 애가 죽었다고 할까.

괜찮은 변명을 생각하며, 그가 핸드폰을 들었지만 그 누구도 전
화를 받지 않았다.

9. 마주하면

동과 호수는 아주 오래전부터 알고 있었다. 반찬이라도 가져다주라며 수연이 떠민 적이 한두 번이 아니었기 때문이다. 바로 앞에서 얼쩡거리다 결국 경비실에 맡기고는 했지만……. 망설이다 꾹 누른 초인종에 아진은 대꾸 없이 문을 열어 주었다.

철컥하고 현관문의 잠금이 해제되는 소리와 함께 문이 벌컥 열렸다. 어젯밤의 영향인지 눈가가 팅팅 부어 있었다. 아진이 붉은 기를 감추지 못하는 눈으로 이른 아침 쳐들어온 불청객을 응시했다.

"아진……."

준성은 말을 끝맺지 못했다. 툭 터진 댐이 그러할까. 소리 없이 툭툭 떨어지는 눈물과 함께 아진이 어린아이처럼 두 팔을 뻗어 왔다. 어릴 적에 그랬듯 습관적으로 그녀의 허리를 안은 준성이 움찔

했을 때는 이미 아진이 그의 가슴께에 기대 대성통곡을 하고 있었다.

준성은 가슴 한구석이 내려앉는 듯한 착각이 들었다. 먼저 다가오고 여지를 주는 아진의 행동에 그러면 안 된다고 생각하면서도 작은 희망을 품었다. 발갛게 익은 얼굴 아래로 하얀 목선이 드러났다. 밀어 내는 손길을 느끼고서야 준성은 자신이 꽤 오랜 시간 그쪽만 바라보고 있었다는 사실을 알아챘다.

"뉴스 보지 마."

그답지 않게 명령조였다. 이미 알았으니 이렇게 눈물부터 쏟았겠지. 씁쓸해졌지만, 하지 말라면 더 하고 싶은 청개구리 같은 그녀의 특성을 가장 잘 아는 준성이 손목부터 휘어잡았다. 금방이라도 거실이나 혹은 다른 곳으로 튀어 들어갈 것을 걱정해서 한 행동이었다. 아진이 허탈하게 숨을 토해 냈다.

"배우야. 나랑 서하 오빠."

겨우 세 마디에 불과했다. 불친절하게 토막 난 설명이었다. 이제 겨우 이 세계에 발을 들인 새내기가 알아듣기에는 너무 어려웠나…… 아진이 힘없이 어깨를 늘어뜨렸다. 준성은 그녀의 말을 유추하는 대신 반질반질하게 젖어 든 눈가를 물끄러미 바라보았다.

"배우라고, 나랑 서하 오빠. 상처 안 받아."

아진이 강조하듯 한 번 더 말하고 나서야 알아들은 준성이 눈썹을 추켜올렸다. CF도 아니고, 겨우 항공사 홍보물을 촬영할 때 함께한 파트너와 스캔들이 났다. 공개 연애를 선언한 당사자와 신인 모델을 엮어서 연애설을 터뜨린 기자의 간 큰 행동이었다.

하지만 아진의 말에도 준성은 쉽게 갈피를 잡지 못했다.

"지금, 너……."

준성이 뉴스를 확인하는 동시에 인우는 문자 폭탄을 보내왔다. 이러나저러나 마음이 싱숭생숭할 거라며, 친구 좋은 게 뭐냐고, 안 좋은 일에 술 한잔 같이 해 주는 게 친구 아니냐는 인우의 잔소리에 밀리는 척 달려왔다. 인우 녀석을 핑계 대면 이 정도 걱정은 해도 괜찮을 것 같았다.

그런데 막상 공식적인 남자 친구의 스캔들에 아진은 태연하기 그지없었다. 말을 잃은 준성의 앞에서 아진은 무심한 얼굴을 했다. 방금까지 눈물을 쏟은 사람이 멀쩡한 얼굴을 하니 준성은 넋이 나갈 지경이었다.

"드라마도 종영했고, 어차피 곧 헤어질 사이였어. 주도권은 나한테 주기로 했으니까 대충 좋은 선후배 사이로 돌아가게 되었다고 하면 되겠지."

"노아진."

"이번 일로 오빠 이미지가 좀 타격을 받긴 하겠네. 근데 아마 팬들은 꿈쩍도 안 할걸? 신인 모델이고, 대놓고 그쪽 기획사에서 언론 플레이 하는 게 보이는데, 뭐."

띠리링 소리를 내며 닫힌 현관문을 뒤로하고 걸어가며 아진이 중얼거렸다. 톱 배우 유서하와의 스캔들이었다. 도덕성 논란은 조금 일더라도 대중들의 머릿속에 이름은 확실히 박아 넣을 기회.

말은 이렇게 했지만, 굳건한 서하의 바른 이미지에 손상이 날 리만무했다. 모델의 이름값만 조금 뛰어오르겠지. 양쪽에서 그렇지 않다고 해명만 하면 한낮의 해프닝처럼 가라앉을 것이었다. 자신의 이름까지 덧붙여져 며칠 인기 검색어에 오르고 말 일이었다.

"아, 이건 회사에서도 소수만 알고 있는 일이니까 비밀 지켜."

"지금 그게 다 거짓말이라고?"

귓가로 들려오는 목소리가 잔뜩 격양되어 있었다. 아진이 천천히 뒤돌아보았다. 차마 신발도 벗지 못하고 현관에서 오도 가도 못하고 있는 준성이 시야에 가득 담겼다.

"놀랐어?"

"그럼 놀라지 안 놀라?"

"뭘 그거 가지고 놀라? 더한 것도 많은데."

태연한 대꾸에 준성은 말을 잃었다. 어떻게 그런 거짓말을 입에 침 하나 바르지 않고 할 수 있다는 것인가. 아무리 배우라고 해도 배우 자체를 주인공으로 연기를 한다는 것이 말이나 되는 이야기인지 의심스러웠다.

당혹감 가득한 얼굴에 아진이 짧게 한숨을 내쉬었다.

"뭐 마실래?"

"아니."

너무나도 태연한 아진의 태도에 맥이 풀린 준성이 손을 내저었다. 딱 맞게 발을 감싼 슬립온을 툭툭 벗어 낸 그가 아진의 집 안으로 발을 들였다.

"지금 이게 다 거짓말이라고."

쉽게 충격을 지워 내진 못했다. 조금 짓눌리고 떨리는 목소리로 준성이 중얼거렸다. 장장 1년여에 걸친 연애였다. 매력적인 두 배우의 열애 소식에 모든 언론이 주목했다. 준성도 마찬가지였다. 거짓보다는 사기에 가까웠다. 화를 내야 맞는 건데, 왜 말하지 않았냐고 추궁해야 할 것 같은데, 준성은 젖은 얼굴에서 시선을 떼지 못했다.

"근데 왜 울어?"

"……그냥."

망설이는 듯 잠시의 침묵을 둔 아진이 낮게 중얼거리듯 대꾸했다. 살피는 듯한 준성의 시선이 떨어지지 않자 부담스러운 것인지 혹은 부끄러운 것인지 그녀는 등을 돌린 채 부엌으로 향했다.

한바탕 울고 나니 그제야 정신이 들었다. 달래 주는 사람이 있으면 감정은 더 북받친다고, 안 그래도 울고 싶었는데 기댈 수 있는 사람이 나타나 버렸다. 누구보다 사람 온기를 그렸던 몸이 이성보다 더 빨리 뛰쳐나갔다. 아차 했을 때는 이미 정신없이 울고 난 후였다. 밀려오는 부끄러움과 창피함에 얼굴을 붉어졌다. 돌아보지 않아도 알 수 있었다. 끈질기게 그의 시선은 자신을 좇고 있었다.

"서하 선배 좋아해?"

"……왜 궁금한데."

비어 있는 냉장고에서 주스 한 통을 꺼낸 아진이 유통기한을 확인했다. 이틀 정도 지났지만, 이 정도는 괜찮았다. 유통기한은 팔리는 기간이지. 섭취하라고 정한 기간은 아니잖아. 빠르게 자기 합리화를 마친 아진이 컵을 꺼내 두 잔에 나누어 담았다.

"그 정도도 물어보면 안 돼?"

"좋아하지……."

남자이기 전에 인간적으로 참 좋은 사람이었다. 의지할 수 있는 선배이기도 했고, 일적으로도 배울 부분이 많은 사람이었다. 인성도 바르고……. 그렇지만, 그 대답으로 네 시선이 바닥으로 떨어질 필요는 없는 거잖아. 소심한 새끼. 아진이 욕설을 삼켰다.

"멍청아. 이때는 잘되었다고 박수를 쳐야지."

더 이상은 도저히 못 참겠다. 떠먹으라고 앞에 놔줘도 왜 그러질 못하니. 수저까지 손에 쥐여 줘야 시도라도 할는지. 끓어오르는 분노에 아진이 울컥했다. 조심성이 있는 것은 좋다만 언제까지 그렇게 조심만 할 건데.

아진이 일부러 발소리를 울리며 그의 옆을 스쳐 지나갔다. 쾅 소리를 내며 거실 테이블에 놓인 잔에서 주스가 사방으로 튀어 올랐다.

과격한 손님 대접이었다. 아진은 앉지도 않고 멀뚱히 서 있는 준성에게 사납게 턱짓했다.

"야."

"……어."

말 한마디 제대로 못 하던 게 좋아한다고 고백까지 하기에 오냐 오냐 좀 봐줬더니. 기어오르긴 커녕 또다시 쪼그라들고 있었다. 좀 남자답게, 사내답게 박력 있게 이렇게 확, 저렇게 확 하면 못 이기는 척 끌려갈 줄 자신이 있는데!

"잘 들어. 한 번만 이야기할 테니까."

이글거리는 눈에 준성이 조용히 쭈그러들어 고개를 끄덕였다. 몇 년 못 봤다고 뒤처리하던 습관이 사라진 것은 아니라 얌전히 앉아 티슈를 뽑아 들어 테이블을 닦았다. 너무나 자연스러워 보여 아진은 한순간 말을 잃었지만 이내 제 흐름을 찾았다.

드라마 작가에 대한 이야기부터, 회사 사정……. 그리고 겸사겸사 서로의 이득을 챙겼던 이야기까지 길어질 것만 같았던 이야기는 생각보다 짧게 끝났다. 그렇구나. 정말 표면적인 관계였다. 서로 바빠서일 수도 있지만, 아진이 별 흥미를 두지 않았기 때문이었다.

정말 인터넷에 올려진 만남이 다였다. 리아와 함께 시놉시스를 짰을 때를 제외하면 회사에서도 마주치지 않았다.

새삼스러운 깨달음에 아진이 가만히 고개를 끄덕이는데 음산한 목소리가 서늘한 뒷목을 적셨다.

"그럼, 이 스캔들까지 전부 짜인 거란 말이야?"

지금까지 잘 이야기하던 아진이 꿀 먹은 벙어리처럼 입을 다물었다. 아니다. 그건 아니었다.

정리를 하게 된다면, 그건 자신이어야 한다고 생각했다.

지난밤, 술에 취해 받은 전화는 술기운을 확 날아가게 할 정도로 강렬했다. 곧 일어나게 될 일에 대해 설명하는 목소리는 차분했다. 차분함과 동시에 너무나 냉정해서 현실감이 떨어졌다. 마치 자신의 일이 아닌 듯이 설명하고 있지만, 그건 그의 연기 생활에 타격을 입힐 수도 있는 커다란 일이었다.

'미쳤어 오빠? 이러저러해서 두 달 전에 헤어졌어요, 가 말이 돼?'

'어차피 언젠가는 끝내야 될 일이잖아. 네 이름 덕에 내 영화도 잘됐고, 쉬다가 잊힐 때쯤 돌아오면 그만이야.'

'오빠 재계약도 있잖아. 계약 문제랑 얽히면 오빠가 더 안 좋아지는 거 몰라서 그래?'

울컥하는 마음에 잔뜩 쏘아붙였다. 그렇게 결정한 사람의 마음이 어떤지는 생각도 못 하고 하고 싶은 말만 전부 쏟아 내는 형국이었다.

감정에 북받쳐 물기를 가득 담은 아진의 목소리에 서하는 한동안 대
꾸가 없었다.

'무섭지. 당연히 무서운 건 무서운 거지. 근데 아진아.'

어린 아진에게 스스럼없이 장난을 걸어 준 사람이었다. 첫 만남
에 담배 피우는 연기를 가르쳐 달라고 했던 여중생에게 당황하면서
도 다른 사람에게 담배를 빌려 왔던 사람. 어른은 이런 거구나, 하
고 자신을 한탄하게 만들었던 사람.

'대중에게 완벽하게 보여야 배우는 아니야. 고작 스캔들로, 공
개 연애 후 이별로 내 연기는 흔들리지 않을 거야.'
'하지 마. 굳이 지금이 아니어도 되잖아. 내가 할게. 조금 더
있다가, 내 영화 개봉하고 나서 내가 이야기할게. 우리 헤어졌다
고……. 그 정도는 내가 해도 되잖아.'

굳이 서하가 뒤집어써 주지 않아도 되었다. 그의 말 그대로 언젠
가는 정리해야 할 일이었고, 아진도 잘 알고 있었다. 같은 촬영장
에 준성이 함께했기에 더욱 선명하게 느꼈다.
이별은 어쩔 수 없이 타격을 남긴다. 공개 열애를 한 이상, 그와
그녀에게 꼬리표처럼 졸졸 따라다닐 이름이 될 것이었다. 서로의
이미지를 위해 충분한 시간을 두고, 아주 조용하게 정리하고 싶었
다. 이건 아니었다. 아진이 필사적으로 만류했다.

'내가 하는 게 맞아. 회사를 통해 알리는 게 더 낫고, 아무리 세상이 달라졌어도 남녀가 헤어지면 여자 쪽이 더 피해를 보게 돼.'

다른 곳에 전화를 해야 한다며 서하는 곧장 전화를 끊었다. 주인을 잃은 강아지처럼 허망한 표정으로 끊어진 전화를 응시하던 아진이 주소록을 켰다. 상훈에게로 걸어야 할까. 리아에게로 걸어야 할까. 그녀의 결정은 상훈이었다. 끝까지 자신 먼저 생각해 준 서하에게 아진이 해 줄 수 있는 것은 이것밖에 없었다.

'부탁해, 오빠.'

상훈은 기함했다. 터지게 될 스캔들을 서하가 먼저 알고 있다는 사실부터 놀라웠지만, 그걸 통해 이별 소식을 내보내려 했다는 것 자체가 충격적이었다. 그렇게 기사가 나가게 되면, 스캔들 상대와 엮여 더러운 소문을 낳을 수도 있었다. 그 소문은 또 다른 소문을 만들어 낼 것이고 그렇게 되면, 수습이 불가능했다.

바로 다음 주면 그의 계약 만료였다. 회사의 입장에서 보면, 재계약은 상당한 위험성을 지니고 있었다.

'그 새끼 연기 그만둔대?'
'아니, 절대 그럴 일 없어.'

연기력은 흔들리지 않는다며 단언했다. 아진도 단호하게 부정했다.

갈팡질팡하던 상훈이 결심했다는 듯 전화를 끊었다. 회사를 키우면서 냉정한 면을 많이 내보였던 상훈이었다. 아진은 조금 불안한 마음으로 무릎을 끌어안았다.

괜찮을 것이다.

유서하는 잘나가는 한류 스타잖아. 당장 사태가 터진 것도 아니고, 상훈 오빠는 막을 수 있어. 우리 회사는 크니까 괜찮을 거야. 아는 기자들도 많고…….

펑펑 울고 나서, 아침 동이 터 오를 즈음 리아를 통해 전화를 받았다. 지친 목소리였다. 그제야 아진은 가슴을 쓸어내릴 수 있었다. 화장실에 가다 무심코 바라본 얼굴이 팅팅 부어 있었다. 힘없이 웃고 나오는데 초인종이 울렸다. 참았던 눈물이 왈칵 쏟아졌다.

"그럴 리가 없잖아."

아진이 부정했다. 아무리 잘나가는 연예인이어도 스캔들에는 예민했다. 언제든지 한순간에 툭 떨어질 위험성을 내포하고 있는 세상이었다. 피할 수 있다면 최대한 피해야 했고, 부정적인 이미지로 남는 건 지양해야 했다. 유서하라도 열애 상대를 두고 다른 여자와의 열애설은 타격이었다.

해 준 게 뭐가 있다고 바보같이 총대를 메겠단다. 여배우와 비교하면 타격을 덜 받는다 뿐이지, 의심은 루머를 낳고 루머는 그의 뒤를 졸졸 따라다닐 것이었다. 악의 섞인 댓글은 예사였다. 어차피하던 연기 조금 더 하면 이 정도 스캔들이야 쉽게 유야무야할 수 있음에도 그 험한 길을 가겠단다. 이번 사건도 막지 못했다면…….
아진이 입술을 짓씹었다.

"그럼 지금 이러고 있으면 안 되잖아. 서하 선배 그대로 둘 거야?"

"나도 할 수 있는 만큼은 다 했어."

"정말?"

허공에서 마주한 시선을 아진이 고개를 돌려 피했다. 그럼에도 노골적인 시선은 그녀를 따라붙었다. 말꼬리를 잡듯 되묻는 준성의 목소리는 무감각하게까지 느껴졌다. 딱딱한 그의 목소리가 마치 다그치는 것 같았다.

"네가 할 수 있는 일을 다 했으면, 그걸로 된 거잖아. 왜 그렇게 초조해하는 거야?"

"……그러게."

"아무리 짜인 거라고 해도, 마지막이 이래도 괜찮겠어?"

준성의 목소리에 걱정이 담겼다. 언론에서는 서하의 잘못으로 관계 파탄에 대한 책임을 몰 것이 분명했다. 아진은 피해자로서 가만히 있기만 하면 그만이었으나. 그걸로 정말 괜찮은 걸까.

"그럼, 내가 여기서 뭘 더 어떻게 해. 엮이고 싶지 않단 말이야. 추측성 기사들이 얼마나 무서운 건지 알아?"

"그럼, 도망칠 거야?"

아진이 반사적으로 뒷걸음질을 쳤다.

"좋은 사람이잖아. 서하 선배. 이유가 뭐건 간에 그렇게 연인으로 섰을 때는 서하 선배도 각오한 게 많았을 거야. 왜 그걸 최악으로 끝내려고 해?"

"최악……."

최악으로 비치는 거구나. 틀린 말은 아니었다. 서하에게는 처음부터 끝까지 이기적으로 굴었으니까. 호의에 호의로 답해 주기는커녕, 벽을 세우고 날카롭게 굴었다. 그럼에도 다가와 주는 것에 안심했다. 무엇이든 다 괜찮다고 나붓하게 웃던 그에게 희생만을 강요한 것은 아닐까. 내가 무엇이라고……. 아진이 팔을 감싸 안았다. 어쩐지 주변 온도가 서늘하게 내려간 듯했다.

"이렇게 끝내도 후회하지 않겠어?"

"당연히, 후회할 거 같아. 그렇지만……."

"……하아"

후회와 공포는 다른 문제였다. 아진이 말끝을 흐리자 준성이 한숨을 내쉬었다.

이미 오래전에 수십 번은 반복되었던 대화였다. 선호하는 음식 같은 거야 같이 살았으니 서로 맞춰 갈 수밖에 없었다지만, 극명한 성격 차이는 싸움만을 불러일으켰다. 아진은 준성을 답답해했고, 준성은 준성 나름대로 주변 사람들과 선을 긋는 아진의 태도에 불만을 표했다. 어째서 사람을 들여놓지 않는가.

"친구랑 같이 산다며, 거짓말이었지?"

갑작스러운 질문에 아진은 침묵했다. 패기 있게 수연의 집을 뛰쳐나올 때 친구의 핑계를 댔었다. 그때 당시 함께 산다고 이름을 댔던 사람은 아진이 유제로 이적하고 얼마 지나지 않아 사표를 냈다. 함께 거주한 적은 한 번도 없었다. 걱정하는 수연의 앞에서 능숙하게 뽑아낸 거짓말이었는데, 어떻게 꿰뚫어 본 걸까.

준성의 표정은 여전히 잔뜩 찌푸려진 채로 조금도 밝아지지 않고 있었다.

"사람이 싫어? 아니면 외로워 죽는 게 소원이야?"

아진은 저 말을 알고 있었다. 중학교 때 시시때때로 부딪쳤던 무리와 싸우고 돌아오는 길에 타박처럼 듣던 말이었다. 다른 사람들의 평가에 예민해지면 예민해질수록, 아진은 사람들과의 벽을 쳤다.

자신이 예쁘고, 유명하고 잘났기 때문에 시기 질투가 있을 수밖에 없다. 그렇게 스스로를 다독이면, 준성은 어딘가 안쓰러워하면서도 못마땅한 얼굴로 그녀를 바라보곤 했다. 그때는 왜 저런 말을 하는지 몰랐는데, 지금은 알 것 같았다.

"다른 사람들이랑 안 만나고 살고 싶은 거 아니잖아. 그리고, 선배님 좋은 사람이라며."

아무리 연기라지만 네 성격 참아 주는 사람 흔치 않으니까.

덧붙이는 말에 아진이 허탈하게 웃어 보였다. 멍청이. 내가 정말 서하 오빠한테 가 버리면 어쩌려고…….

헛웃음이 났다. 동시에, 그런 거였구나 하는 생각이 들었다. 나도 엄마 손을 잡고 촬영장에 가고 싶었다. 친구들에게 부러움을 받고 싶었다. 통장에 찍히는 돈의 액수보다 칭찬과 쓰다듬을 받고 싶었다. 바닥까지 떨어지는 자존감을 채우려 애쓰는데 가장 좋아하는 남자아이는 자신을 비난하는 것만 같았다.

너는 왜 친구들과 잘 지내지 못하니. 내 탓만 하는 것 같았다. 네가 노력하면 돼. 어린 마음에 굉장히 서럽고 서운했던 그 말이었는데, 시간이 지나서일까. 아니면, 다른 이유 때문일까. 반항심은 들지 않았다.

"그래."

아진은 아무렇게나 바닥에 떨어져 있던 핸드폰을 들어 올렸다.

침묵하면 대중의 시선은 자신에게 향하지 않는다. 스캔들의 두 당사자에만 쏟아져 동정표나 조금 받고 지나갈 일이었다. 게다가 서하가 이미 헤어졌다고 언급하면 아진은 아진은 스포트라이트의 뒷길로 밀려날 것이었다.

하지만······.

"언니, 공식 입장 하나만 내 줘요. 우리 사이에 문제 하나도 없고, 예쁘게 잘 사귀고 있다고. 이번 스캔들은 그냥 웃고 넘어갈 해프닝으로, 그렇게 정리해 줬으면 좋겠어요."

리아는 간만에 아진에게 호의적인 반응을 보였다. 아직 보도 자료를 내어놓지 않았다며, 잘 결심했다고 아진을 칭찬했다. 이제 서하만 설득하면 되었다.

쏟아지는 전화벨 소리에 정신이 없다며 리아가 전화를 끊고 나서도 아진은 한참을 바닥만 내려다보았다.

"멍청이."

"내가 할 말인데. 그거."

스스로에게 속삭인 작은 말이었다. 그런데 자신에게 한 말인 줄알고 준성이 태연하게 응답했다. 아진이 눈을 몇 차례 깜박이더니 픽 웃었다. 그런 말이 아니잖아. 힐끔 쳐다본 준성의 표정은 딱히화가 나 있는 것처럼 보이진 않았다. 그래서 조금은 가볍게 던질수 있었다.

"언제까지 그렇게 타이밍 놓칠 건데, 멍청아."

좋아한다며. 나.

내가 언제.

좋아한다고 했잖아!

그러니까 내가 언제.

아진이 울컥해서 빽 소리를 내지를 때까지 무게감 없는 신경전이 이어졌다. 이제야 비어 있던 어딘가가 맞아 들어간 것 같았다.

좀 더 표현해 주는 사람이 되고 싶은데 왜 그러지 못할까. 속 좁은 사람으로 비치긴 싫은데, 마음이 깊어질수록 속이 좁아지는 것 같다. 나는 너라는 사람의 다음이 없는데, 혹시나 네가 떠나가면 어떻게 할까. 생각하는 날에는 불안함에 잠을 설치면서도 그 마음조차 서툴게 표현하지 못했다.

양측 다 스캔들을 부정한 이후 대중에게 보여 주려는 듯 몇 번 더 공식적인 행보가 이어졌다. 그 행보에는 아진의 영화 시사회도 있었다. 아찔한 달 아래. 고풍스러운 서체로 쓰여진 거대한 포스터 아래 시사회 겸 기자 간담회가 시작되었다.

오랜만에 입어 보는 한복은 불편하지 않았지만 관모는 불편했다. 손대지 말라는 스타일리스트의 거듭된 충고에 고개를 끄덕이고 무대에 오르는데, 몇 미터 떨어지지 않은 곳에 앉아 무대를 지켜보는 서하와 눈을 마주쳤다. 준성이 반사적으로 허리를 숙이자 플래시가 터졌다.

"아진 씨랑 함께 서 주세요."

"손으로 하트 만들어 주세요."

"이쪽도 봐 주세요."

포토라인에서 개별 촬영이 끝나기 무섭게, 기사 사진을 뽑기 위한 기자들의 요청이 시작되었다. 영화 스토리상 혼인이 결정되기 직전 사망하는 역이라 그런지 아진의 한복은 고운 녹색 저고리에 붉은 치마, 신부 예복이었다. 혼례복은 입지 못했지만 이렇게라도 입히고 싶다는 주연의 의지였다.

"서하 선배 왔어."

"알아."

귓가에 속삭이는 목소리가 잔뜩 낮았다. 마이크에 잡히지 않기 위해 그러는 건 알았지만, 영 거슬렸다. 아진이 퉁명스럽게 대꾸하자 그의 입가에 작은 미소가 맺혔다.

"남자 친구 좀 봐 주지? 그래야 기삿거리도 생기잖아."

"아, 요즘 권태기라."

기자의 요청에 따라 준성이 아진의 어깨에 손을 올렸다. 방긋방긋 웃으며 손을 흔들어 주면서도 아진은 한마디도 지지 않았다. 서하에 대해 터놓고 이야기한 이후에도 관계는 제자리였다. 아니, 그지지부진했던 것에서 나아가긴 했다. 죽고 못 사는 남녀 관계라기보다는 절대 안지겠다는 전투적인 모드로. 서하는 그게 진전된 거냐며 경악했지만, 아진은 개의치 않았다.

원래 제 마음도 제대로 표현 못 하는 놈한테 뭘 바랄까. 좋아한다는 말이라도 들은 게 기적이었다. 쉽게 말하지 못하는 걸 알아서 더 믿음이 갔다.

좋아하는 사람은 여기 옆구리에 낀 이 남자인데, 남자 친구로 알려진 사람은 저 멀리서 빙글거리는 저 남자라……. 이 복잡한 상황에서 죽고 못 사는 연애 관계로 돌변했다면 아마 진저리를 쳤을 것이다.

변심을 걱정하지 않아도 될 사람. 생긴 건 말끔하게 생겼어도 벽창호 같은 성격이니 의심할 필요가 없었다. 아진은 새삼 만족스러운 얼굴로 준성에게 팔짱을 꼈다.

"윤준성 씨의 소감을 들어 보고 싶은데요. 상업영화는 처음이지 않나요?"

기자의 질문에 준성이 마이크를 들며, 힐끗 감독 눈치를 보았다. 돈을 벌려는 목적이 아니라 자신의 이름을 건 영화를 만들겠다고 방송국을 뛰쳐나온 피디 출신이었다. 아니나 다를까, 그 서글서글한 눈매에 찡그린 표정을 지우지 못하고 있었다.

"아, 네. 저는 촬영하는 내내 이렇게 좋은 분들과 함께했다는 것 자체가 너무 좋았습니다."

"구체적으로 어떤 면이 좋으셨나요? 아, 이번에 노아진 씨와 함께 호흡을 맞췄지요?"

아진이 입꼬리만 쭉 끌어 올려 웃었다. 연기 강습을 받을 게 아니라 질문 대처법을 배우게 해야 할 것 같았다. 아슬아슬하게 빠져나가는 것 같지만 틈을 내보이고 있었다. 아진이 보이지 않는 테이블 아래로 정강이를 툭 찼다. 정신 똑바로 차리고 대답하라는 의미였다.

그 뒤로도 준성의 대답은 아슬아슬했다. 대답을 잘못한다는 것은 아니었지만, 여유가 없었다. 꼬투리 잡히지 않으려는 태가 너무 많이 났다. 다른 선배님들이야 저 정도면 사고도 안 치고 평타는 쳤다고 판단할지 몰랐지만 아진의 눈에는 부족함만 보였다. 저러다 말실수 한번 크게 쳐 봐야 정신 차리지.

무대 인사를 마치고 내려오며 아진이 혀를 쯧쯧 찼다. 앞서가는 준성의 등이 흥건하게 젖어 있었다.

"아, 오빠 왔어?"

대기실 앞에서 서하가 작은 꽃다발 하나를 아진에게 건넸다. 눈을 찡긋하는 모습에 질린 표정을 하던 아진이 순식간에 표정을 정리하고 가볍게 포옹했다. 요즘 어린것들은 거리낌이 없다며 박 감독이 장난을 치는 것을 목격했기 때문이다.

"준성 씨도 잠깐 들어와요."

"유제이 패밀리 너무한 거 아니야? 나도 좀 챙겨 주지."

순식간에 대기실이 복작해졌다. 무대 인사에서 못다 한 농담을 주고받는데, 한발 늦게 안젤이 문을 열고 들어왔다.

"누나, 밖에서 매니저가 찾던데? 스케줄 있어?"

"아 맞다. 죄송합니다. 저 먼저 가 볼게요."

채령은 여전히 바빴다. 중소 규모 기획사에서 한류 스타 위치까지 올라선 채령을 가만 놔두지 않는 탓이었다. 물 들어왔을 때 노 저어야 한다는 옛 어르신들의 말을 그대로 지키고 있는 모양이었다. 아진이 안쓰러운 눈으로 자리를 빠져나가는 채령의 뒷모습을 지켜보았다.

"뭐 해, 안 들어오고?"

곧장 서하에게 뒷덜미를 잡혀 연행되듯 대기실로 던져져야 했지만……

기묘한 관계였다. 한 여자를 사이에 둔 두 남자는 라이벌보다는 십년지기 친구 같은 분위기를 풍겼다. 대체 어떤 면에서 공감대가 형성되었는지 아진으로서는 알 수 없었지만, 한 가지는 확실했다.

두 사람의 친분이 딱히 그녀에게 도움이 될 것 같진 않았다.

물론 잘생긴 두 사람이 나란히 서 있으면 그림도 되고, 정신 건강에 좋긴 했다. 예쁜 것, 좋은 것은 남녀노소의 정신 건강에 상당히 이로운 일이었으니까. 문제는 저 두 사람과 함께 있을 때 유쾌하지 않은 상황이 종종 일어난다는 것이었다.

"사진 찍을 때 너무 붙어 있던 거 아냐?"

"기자님이 붙어 달라고 말씀하셔서요."

"괜히 이상하게 기사 날 수 있으니 조심해야지."

"여자 친구분 먼저 조심시키세요. 아까 권태기라고 하시던데."

"권태기이?"

이런 식으로 묘한 신경전이 자신에게로 튀곤 했기 때문이다. 광선이라도 뿜을 것 같은 눈으로 서하가 아진에게 시선을 돌렸다. 아진이 뻔뻔하게 어깨를 으쓱였으나 이미 두 사람의 시선은 그녀에게 못 박혀 있었다.

"군대 가기 전이니 권태기도 괜찮지 않아?"

"안 괜찮거든? 나 군대 가자마자 너 고무신 거꾸로 신었다고 눈물의 인터뷰 할 수도 있어?"

"그런 협박 안 통하거든!"

아진이 서하와 토닥이기가 무섭게 준성이 뭐가 우스운지 키득거리며 웃었다.

노아진을 여자 친구로 두고 양다리를 걸친 희대의 바람둥이가 되겠다고 선언했던 서하는 상훈의 분노에 침몰했다. 홍보팀을 통해 아진과 서하, 그리고 회사의 공식 입장이 발표되고 나서 매니저의 손에 끌려와 리아와 채경 사이에서 고통받던 그를 기억했다. 잔소리 폭격기가 둘이었으니 아주 죽을 맛이었겠지. 구해 달라는 애절한 시선을 받았지만 아진은 끝까지 지켜보기만 했다.

"그것보다는 사실 어장 관리를 당하고 있었다고 파격 고백을 하시는 게 더 잘 먹힐 것 같은데."

"야, 윤준성!"

누구 연기 인생을 말아먹으려고. 머리를 쥐어뜯을 기세로 달려가자마자 손목을 덥석 붙들렸다.

"맞잖아, 어장 관리. 여기 썸남. 저기 남자 친구."

"누가 썸남이야, 썸남은!"

점점 서로가 편해져 예전처럼 막말도 내뱉는다지만, 이건 아니었다. 손목이 잡힌 채 준성의 발을 밟기 위해 아무리 뛰어 보아도 그는 능숙하게 그녀의 발을 피해 냈다. 그리고 그를 뜯어말리긴커녕 서하까지 킬킬 웃었다.

정의할 수 없는 묘한 관계였지만, 싫진 않았다. 서하는 유제이와 5년 전속 계약을 추가로 맺었다. 군 입대를 포함한 기간이었다. 나쁘지 않은 계약으로 보였다. 그 안에서 어떤 비율이 오갔는지는 모르겠으나 상훈도 서하도 딱히 언급이 없었다. 혹시나 감정이 틀어져 사이가 나빠지더라도 최소한 5년은 괜찮을 것이었다.

그리고 문제의 윤준성과는…….

"난 햄."

"애냐?"

"보태 준 거 있어?"

본래라면 이 신경전은 여기서 끝이 났을 터다. 독립하고 나서는 영 어색한 것 같아서 걱정했는데, 다행이라며 수연이 밥상에서 눈물 바람을 한 뒤로 아진은 자제하고 있었다. 하지만 준성이 꼬박꼬박 시비를 거는 것은 그녀의 신경에 상당히 거슬리는 일이었다.

"너에게 반찬을 양보했던 나의 눈물 나는 시간들을 생각해. 양심이 있어야지."

"양보는 무슨! 너 계란 먹는다고 하면서 내 햄도 빼먹었거든?"

"넌 너 좋을 대로만 기억하지."

덕분에 혈압이 오르는 것은 예사였다. 아진은 역시 그를 들이지 말았어야 했다고 이를 갈았다.

서하의 스캔들을 수습한 이후, 그 속을 추측하기 어려운 얼굴을 한 준성은 수연과 함께 나타나 문을 두드렸다. 와 보고 싶었지만 준성의 만류로 한 번도 오지 못했다며 호들갑을 떤 수연이 제일 먼저 열어젖힌 곳은 냉장고였다.

그리고 잔소리 폭탄을 맞았다. 의도했다는 듯 여유롭게 팔짱을 낀 준성이 제집인 양 커피머신을 돌려 에스프레소를 뽑아 마셨다. 억울한 눈으로 아무리 흘겨봐도 꿈쩍도 하지 않았다. 수연은 온 집 안을 탈탈 턴 것으로 모자랐는지, 시간이 날 때마다 그녀의 집을 찾아왔다. 짐꾼을 겸해 준성이 따라오는 일은 당연했다.

"그래, 유서하 씨는 어때? 잘해 줘?"

"권태기래요."

"야!"

"왜, 권태기 아냐?"

준성이 툭 던진 말에 수연이 눈을 반짝이며 묻자마자 대답할 기회를 박탈당했다. 반사적으로 옆을 째려보는데 레이저처럼 찔러 오는 눈빛에 조용히 입을 다물었다. 자신이 뱉은 말이었다. 아진이 고요히 침몰했다.

"……곧 헤어질 거예요."

"왜!"

서하가 찍었던 드라마의 팬이라며, 블루레이에 DVD까지 사 모은 수연이었다. 마치 자신이 연애라도 하듯이 상기된 뺨을 붉히곤 했는데 아진의 말이 상당히 실망스러운 모양이었다.

"왜, 왜. 바쁘다고 안 만나 주고 막 그래?"

"서하 오빠 군대 가야죠 이모."

"아……."

그렇지. 군대 가야지. 소녀 팬심에 상처라도 입은 양 처연한 한숨을 쉬는 수연 때문에 아진이 부산하게 일어섰다. 이러라고 말한 건 아닌데. 당황해서 어쩔 줄 모르는 아진 대신 준성이 잘 내린 커피 한 잔을 수연에게 내밀었다.

"서하 선배 말고, 엄마는 날 응원해야지."

"……어?"

"야!"

수연이 어벙한 표정으로 제 아들을 돌아보기 무섭게 아진이 소리를 빼액 내질렀다.

"정말?"

그게 정말이야? 어둡던 세상에 빛이라도 든 듯 밝아지는 수연의 얼굴에 아진이 아연한 표정을 했다. 못 알아채시길 바랐는데! 울컥하는 마음에 준성을 째려보는데도 준성은 대수롭지 않은 표정으로 후루룩 커피 잔을 비웠다.

"아니에요!"

"쟤가 나 좋다고 하고, 나도 쟤 좋다고 했으니까. 그거면 맞지 않나?"

"어머 어머 어머, 유선이한테 연락해야겠다. 우리 사돈 맺게 생겼네."

"이모!"

아진이 다급하게 수연의 팔에 매달렸다. 그건 아니었다. 아무리 준성을 째려보아도 그는 번복하지 않았다. 틀린 말은 아니지만, 그 고백 너무 오래된 거 아니야? 태클을 거는 것보다 들뜬 수연을 뜯어말리는 게 우선이었다.

"엄마, 그건 좀……. 쟤 서하 선배랑 공식 연애 중이야."

"아, 그런가……. 유선이도 모르지?"

식은땀을 한 사발 흘리고 나서야 준성이 끼어들었다. 기어이 일을 치지. 집에 자주 들락거릴 때부터 눈치를 챘어야 했는데. 말하는 게 편해졌다고 해서 이렇게 어물쩍 관계를 확립할 생각은 하지도 말라는 의지의 표현인 듯했다.

그건 말로 해도 충분히 알아듣는다고.

아진이 준성의 발을 밟고 체중을 실었다. 그래 봤자 맨발이라 크게 고통은 없을 테지만, 응징의 표현이었다.

"그래도 유선이가 알아야 할 텐데. 어유, 잘됐다. 잘됐어. 나는 너희 둘이 싸운 줄 알았는데 그게 아니었구나! 아니다. 유서하 때문에 싸운 거였어? 와 우리 아들 라이벌이 유서하였단 말이야?

아, 안 되는데⋯⋯."

수연은 한류 스타 유서하의 팬이었다. 그가 나온 드라마, 영화, CF 광고까지 섭렵하지 않은 것이 없었다. 그런데 아들의 라이벌이라니 누구의 편을 들어야 하는지 혼란스러운가 보다. 아진이 나오려는 웃음을 애써 삼켰다.

"어어? 그럼 아진이가 양다리야? 유서하 씨랑 준성이랑?"

"아니에요. 서하 오빠랑은 깊은 관계도 아니었고, 연애하는 것도 아니에요. 주목을 많이 받다 보니까 결별 기사 내는 타이밍을 보고 있었을 뿐이에요."

"어머, 그랬구나⋯⋯."

석연치 않은 구석이 있었으나 수연은 이내 수긍했다. 그녀가 고개를 끄덕이는 사이 그녀의 머리맡에서 사나운 시선들이 오갔다. 이게 지금 뭐 하자는 거야. 무언의 압박에도 준성은 눈 하나 깜짝하지 않았다.

준성은 아진에게 더 이상 말려들고 싶지 않았다. 서하가 수차례 당부하기도 했고, 그녀를 잡아 주진 못할망정 끌려가기만 한다면 또 다른 엇갈림만 반복될 터였다.

하지만 그의 변화에 적응하지 못하는 아진은 눈을 흉흉하게 빛냈다. 그래 봤자 안 통한다니까. 아들을 여기까지 장성시킨 어머니는 여전히 소녀 같았다. 아닌 척해도 수연에게는 한 수 접고 들어가는 아진은 결국 항복을 선언할 것이 분명했다.

"역시 유선이 딸이네. 유선이 걔도 학교 다닐 때 얼마나 인기가 많았는지⋯⋯."

그래도 저 화제는 아니었다. 굳어지는 아진의 표정을 어렵지 않게 발견한 준성이 소리 없이 한숨을 내쉬었다. 제 어머니와 저를 엮는 꼴을 못 보지.

"엄마, 공항 안 가? 아빠 기다려."

"어머 어머, 내 정신 좀 봐. 너무 좋은 소식을 들어서 정신이 없었나 보다. 아진아 다음 주에 또 올게. 아니다, 아니다. 전화할게."

수연은 눈치채지 못한 화제 전환이었지만, 이 정도도 눈치채지 못할 아진이 아니었다. 너무 대놓고 말을 돌리잖아. 입술을 삐죽였지만 불평하진 않았다. 불편한 주제가 맞았고, 오히려 관심을 돌려줘서 한숨 돌릴 수 있었다.

처음부터 부모님이 불편하지는 않았다. 어릴 적에는 오히려 여느 가정보다 더 사이좋았다. 문제는 아역 배우로 이름을 날리기 시작하면서였다.

아진은 데뷔하고 나서 기다렸다는 듯이 여기저기서 들어오는 일거리에 행복한 비명을 내질렀고, 부모님은 두 분 다 일을 하고 있다 보니 만나기가 쉽지 않았다. 처음에는 아이의 일정에 맞춰 휴가도 내고, 시간을 같이 보내려다가 어느 순간부터 현실의 일에 치여 조금씩 그 간격이 멀어졌을 터다. 그러다가, 어색해져 버린 거겠지.

아무리 수연이 제 딸처럼 챙기고 잘해 준다고 해도 아진은 엄마 아빠가 보고 싶었다. 그게 터져 버린 것은 중학교 입학식 때였다. 도저히 시간을 내지 못하겠다며 초등학교 졸업식을 못 오는 대신, 꼭 중학교 입학식은 와 주겠다고 그렇게 이야기했었는데, 끝내 오지 못했다. 나중에 전해 듣기론 동생이 생겼다고 했다.

배신감에 치를 떨었다. 드넓은 세상에 혼자 동떨어져 있는 듯한 생각이 들었다. 겉으로는 어른스러운 척 괜찮다고 웃었지만, 속에서 곪기 시작한 감정은 점점 제 크기를 키워 갔다. 입학식을 마치고 매니저였던 상훈과 함께 교문에 나가 인터뷰를 했다. 파도처럼 귓가에 세차게 흘러들었던 셔터 소리는 밀물처럼 밀려와 썰물처럼 빠져나갔다.

지친 얼굴로 돌아가는 학교 앞에서 준성은 자신을 바라보고 있었다. 기다렸다는 듯 다가와 무심하게 교실로 가야 한다고 말해 주었다. 같은 반도 아니었고, 심지어 이미 모든 아이들이 교실로 들어간 뒤였다. 혼날 것이 확실한데, 아무렇지도 않게 손을 내밀어 주던 게 기억에 남았다. 아마 그때가 시작이었나 보다. 품었던 마음의 시작이.

이전에는 준성을 기점으로 아슬아슬하게 버텨 왔다고 하면, 지금까지는 먼저 거리를 둠으로써 과거와의 직면을 거부했다. 그래, 윤준성이란 사람을 다시 들여놓으려면 엮일 수밖에 없는 관계였다. 동생이 이제 열 살인가, 열한 살인가. 아진이 바람 빠지는 소리를 내며 어깨를 늘어뜨렸다.

이 아파트에 거주한 이래 찾아왔던 사람의 수를 다 세어 봐도 준성이 요즘 찾아오는 횟수에 비할 바가 못 되었다. 매니저보다 더 많이 찾아오는 게 말이 되는가. 벨소리에 칫솔을 입에 물고 달려온 아진이 눈살을 찌푸렸다.

행여나 준성과 마주칠까, 벨소리 듣기 싫으니 미리 연락하고 오라는 소리에 지한이 서운한 기색을 내비쳤었다. 그 앞에서 최대한 뻔뻔히 행동하긴 했으나 꼬리가 길면 잡힌다고, 저러다 곧 걸릴 게 분명했다.

"왜 또 와."

"결혼 기념일. 근사한 레스토랑에서 한잔하신대."

동문서답도 이런 동문서답이 없다. 문을 열어 주자 마치 제집처럼 들어오는 것이 보무도 당당했다. 물어본 것은 왜 오냐는 거였는데, 돌아온 답은 수연 이모의 외출에 관한 이야기였다.

"놓고 간 거라도 있어?"

"울었어?"

"내가?"

아니꼬운 마음에 팔짱을 끼는데, 준성이 그녀의 얼굴을 가만히 살폈다. 질문에 질문으로 답하는 것도 이 정도면 능력이다. 아진이 거품으로 가득한 입을 웅얼거리며 대꾸했다.

아진은 입 안의 불쾌감에 얼른 화장실로 달려가 입을 헹궈 냈다. 콸콸 쏟아지는 물을 잠그며 고개를 드는데 어이가 없어 웃음이 나왔다. 나 지금 이 꼴로 나간 거니? 설렘은커녕 10년 된 부부인 줄 알겠다. 낮잠 탓인지 하얀 눈곱에 라면을 먹고 자서 이마에 트러블까지 났다. 부끄럽다기에는 어이가 없어 웃음만 나왔다.

사랑에 빠진 여자들의 역할을 수없이 해 봤지만, 이런 캐릭터는 없었다. 긴장은커녕 설렘도 없다. 이 관계는 대체 뭐지? 아진이 자조적인 미소를 짓고 칫솔을 탈탈 털어 냈다.

"서하 선배 입대가 언제지?"

"아마 곧일걸? 인터넷 쳐 봐."

아진이 손으로 날짜를 헤아리다 그만두었다. 손거울을 들어 대충 눈곱만 떼어 내고 거실 창을 가리고 있던 커튼을 걷어 냈다. 해가 지는 노을이 장관이었다.

"그날 갈 거야?"

"내가?"

젖은 얼굴을 닦아 낸 아진이 복잡한 심정으로 준성을 올려다보았다. 조금 떨어져 있다고 생각했는데 겨우 두어 걸음 앞이었다.

"여자 친구잖아."

"잘 꾸며진 여자 친구지."

서로가 잘 아는, 잘 꾸며진 연인 관계였다. 아진이 틱틱거리며 대꾸했다. 돌아서려는데 묘하게 가라앉은 분위기가 어색했다. 어둑하게 내려앉은 밤하늘을 배경으로 준성의 눈동자에 아진을 비추었다.

"그럼, 나한테 오는 건 무리인가?"

"……왔잖아."

돌고 돌아 제자리다. 아진이 씁쓸하게 웃었다. 그가 자신을 좋아한다는 말을 불신하는 것은 아니었다.

준성 대신 자신을 의심했다. 이건 사랑이 아니라 매달릴 구석을 찾는 게 아닐까. 이미 반은 확신한 상태였다. 배우로서 자신감은 하늘을 찔렀지만, 노아진이라는 개인으로서는 그 반대였다. 자존감 역시 마찬가지였다. 선을 긋는 것은 자신이 해야 했다. 그건 윤준성보다 노아진이 잘하는 분야였으니까.

"전부터 계속 묘하게 어긋나는데, 정말 하고 싶은 말이 그거야?"

"응."

"너는 날 좋아하고, 나도 널 좋아하는데. 정말 이대로 괜찮아?"

답답한 놈을 제가 질질 끌고 여기까지 왔다고 생각했는데, 돌이켜 보면 결정적인 찰나에 다가서는 이는 준성이었다. 괜찮을 리가 없었다. 지는 해를 보면서도 네가 날 좋아하게 해 달라고 빌었던 적도 있었다. 말도 안 되는 일이라며 때려치우곤 했지만, 밝은 달을 보면 생각나고, 좋은 곳에 가면 생각나더라. 그 감정이 무엇인지 확신하지 못할 뿐이었다.

그냥 나는 네가 필요하니까. 그런 이기적인 대답이 어디 있겠나. 아진은 이기적인 대답을 내놓는 대신 주워 삼키는 것을 택했다. 가만히 고개를 끄덕이는 모습에 준성이 신음성을 토해 냈다.

"정말 괜찮아 넌?"

"……손을 잡으면, 심장이 두근두근 뛰어?"

다시 물었다. 그는 답답하다는 얼굴이었다. 아진이 수건을 아무렇게나 바닥으로 떨어뜨리고 반쯤 젖은 손으로 그의 손을 잡았다. 손가락 한 마디는 더 큰 손이었다. 질문의 의도를 파악하듯 가만히 내려다보는 준성은 응답하지 않았다.

"이렇게, 가까이 가면 얼굴이 붉어져?"

"노아진."

"우리가…… 내가 하는 건 아마 사랑이 아닐지도 몰라. 그냥 난 네가 좋은 거지. 내 옆에 있어 주는 네가 좋았던 거야. 그러니까, 그렇게 도망도 쳤고."

말하고 나니까 비참해졌다. 댐의 툭이 터지듯 왈칵 올라오는 감정을 내리누르느라 눈가가 뜨거웠다. 사랑이 뭔지는 모르겠지만, 이렇게 편안한 관계는 사랑이 아닐 것이다. 아진이 힘을 주어 잡았던 준성의 손을 놓았다. 엄지와 검지까지 확실히 떨어지기 직전 손목을 휘어잡혔다.

"널 보면, 심장이 마라톤을 하듯 뛰진 않아. 편안하고 느긋하지. 그런 사랑은 안 돼?"

"그게 사랑이야? 그냥 친구로서 좋아하는 걸 수도 있잖아."

마주친 시선에서 알 수 있는 것은 없었다. 준성이 뭘 말하는지는 알겠다. 하지만, 아진에게는 확신이 필요했다. 그냥 친구로 남으면 평생 갈 수도 있는 관계였다. 굳이 더 욕심을 내서 이후를 걱정하게 되고 싶진 않았다.

"무서워? 친구로도 못 남을까 봐."

"응."

"네가 말하는 사랑이라는 게, 화르륵 타오르는 감정일 수도 있지만, 천천히 달아오르는 걸 수도 있잖아."

"그럼 너 달아오르는 거 너무 늦어."

"그건 인정."

준성이 가볍게 인정했다. 아진은 준성이 갑작스럽게 변했다고 생각했지만 동시에 그렇지 않을 수도 있다는 것을 인지하고 있었다. 제멋대로 거리를 두고 연락을 끊어 낸 것이 몇 년이던가. 그 몇 년의 시간은 쉽게 좁힐 수 있는 것이 아니었다. 그도 변했고 자신도 변했을 것이었다.

단지 달라지지 않은 것은 호수에 불어오는 잔잔한 바람처럼 이어져 왔던 욕망.

"나, 주도권 뺏기는 거 질색인데."

"그럼, 먼저 다가와."

이제 정말 모르겠다. 그냥 등을 돌리기엔 눈앞의 남자가 너무 달콤한 유혹이다. 아진이 헤실 웃었다. 크게 힘을 주지 않았는데도 붙잡은 팔은 쉽게 끌려 들어왔다.

제멋대로 두 손을 뻗어 얼굴을 감싸 쥐는데도 여전히 웃는 얼굴이었다. 아진이 순간 숨을 멈추었다. 쪽 소리가 날 듯 입술을 오므린 채로 스치듯 입을 맞추었다. 병아리가 쪼는 듯한 입맞춤이었다.

장난처럼 느껴지는 입맞춤에 준성이 부드럽게 미소 지었다. 그의 시선이 무심코 그녀의 머리칼을 향했다. 흘러내린 머리칼이 목선을 따라 늘어져 있었다.

"저번 건 없던 걸로 하자."

준성이 아진의 뺨을 부드럽게 쓸어내렸다. 아진이 작게 웃었다. 돌담길 옆에서 촬영했던 그 뽀뽀가 마음에 걸렸던 모양이었다. 준성이 그대로 손을 내려 목 근처를 더듬는 듯하더니 뒷목을 단단하게 지탱했다. 그리고 고개를 숙여, 다시 입술이 닿았다. 기다렸다는 듯 손을 뻗은 아진이 그의 목에 팔을 둘렀다. 누가 먼저라고 할 것 없이 입술을 벌렸다.

으음, 누가 흘렸는지 모를 신음이 허공에서 스러졌다.

시간이 약이라고 할까. 3개월이 더 흘렀다. 서하는 군 입대 날짜를 받았고, 아진은 밀려 있던 스케줄을 정리했다. 사기로 시작된 이 공개 연애를 어떻게 마무리해야 할지 고심하는 두 남녀 앞에 마치 구원자처럼 상훈이 나타났다. 연예부 기자와 몇 번 만나 긴밀한

이야기를 나누는 듯하더니 슬쩍 그들의 이별을 흘렸다. 좋지 않은 이야기로 확대되느니 선수 필승이라고 조용한 선에서 마무리 지으려는 의도였다.

바쁜 스케줄로 인해 관계가 소홀해져 좋은 선후배 사이로 남기로 했다.

자의든 타의든 공개 연애를 선택한 커플의 결과를 설명하는 말이기도 했다. 그나마 같은 회사라서 관계자가 슬쩍 흘리는 것으로 정리할 수 있었다. 괜한 잡음이 흐르지 않게 단속을 하기도 했지만, 이 세계가 어디 믿을 사람이 있는 곳이던가.

올해 초 서하는 별 탈 없이 군대에 입대했고, 자대 배치를 받았다. 기왕 가는 거 최전방은 어떠냐며 깔깔거리는 아진의 머리를 쥐어박았던 그는 수도권 근처 부대에 자리를 잡았다. 그사이 아진은 연이어 잡아 두었던 영화 스케줄을 끝내고 휴식기에 돌입했다. 종종 그들의 연애사가 기사로 올라왔지만 또 다른 이슈에 밀려 큰 반응 없이 사라졌다. 정말 휴식기였다.

그동안 아진은 고심했다. 복잡한 머릿속만큼 복잡한 도시에서 벗어나고 싶었다.

"쉴 거면 차라리 해외를 가. 걸리면 어쩌려고 맨날 제주도야?"
"해외에서 걸리면 더 답 없는 거 알면서."
"차라리 터놓고 연애를 하든가."
"정말? 난 상관없는데."

으아아악, 지한이 소리 없는 비명을 내지르며 머리를 헤집었다.

아진은 명실상부한 휴식기를 보내고 있었다. 서하와 결별을 선언한 뒤에 갖는 휴식이라 혹시나 나올 루머를 방지하기 위해 종종 티브이 프로그램에도 얼굴을 비쳤다. 처음 겪는 예능으로 멘탈을 탈탈 털리고 난 뒤라 방송국에서 나오면서 즉흥적으로 제주도 비행기 티켓을 끊었다.

공항으로 가자고 하자마자 지한이 경기를 하는 것도 무리가 아니었다. 요즘 무슨 일만 있다 하면 제주도로 비행기를 슝 타고 날아 버리는 그녀의 행동 탓이었다.

"안 돼. 절대 안 돼. 너 1년은 조용히 지내야 한다."

꼬리가 길면 잡힌다고, 아진에게 무슨 일이라도 생길까 싶어 주연과 함께 음식을 바리바리 싸 온 지한에게 그대로 현장 검거를 당했다. 자장면 시켜서 티브이 보면서 같이 먹고 있던 것뿐이었는데…….

"알았다니까."

지한을 겨우 달래고 공항으로 달려가는 아진의 발걸음이 날아갈 듯했다. 가벼운 기내용 캐리어 하나만 끌고 비행기를 탔다.

CF 촬영으로 제주도에 한번 발을 들이고 나니 빼는 것이 쉽지 않았다. 집에서 보이는 한강 뷰도 마음에 들었지만, 끝없이 펼쳐지는 바다는 아진의 혼을 쏙 빼어 놓았다. 하얀 보풀이 일어나는 파도 끝자락을 바라만 보고 있어도 좋았다.

벌써부터 들뜬 마음에 콧노래를 흥얼거리며 귀에 이어폰을 끼려는데 옆자리에 앉은 소녀 둘이 서로 눈짓을 주고받더니 조심스럽게 말을 건네 왔다.

"혹시, 이거 드실래요?"

그전 같았으면 혹시라도 거절했다가 SNS에 싸가지 없다고 올라올까 봐, 체중 감량 중에도 받아서 꾸역꾸역 입에 넣었을 것이다. 아진이 입가에 미소를 매달면서 고개를 내저었다. 대신, 멋쩍은 얼굴을 한 소녀들에게 말을 걸었다.

"속이 좀 안 좋아서요. 혹시 제주 여행 가요?"

"네. 이번에 졸업했거든요."

"고등학생?"

어설픈 메이크업으로도 충분히 짐작할 수 있는 사실이었지만, 아진은 굳이 콕 집어 물었다. 알아준 것이 고마운 것인지, 말을 걸어줬다는 기쁨인지 활짝 미소를 지은 아이가 열렬히 고개를 끄덕였다.

"네. 아진 언니 맞죠? 와, 옆자리라니 되게 운 좋은 것 같아! 근데 왜 비즈니스나 퍼스트 안 타고 이코노미 타시는 거예요?"

"30분밖에 안 걸리잖아요. 제주도 여행 어디 어디 가요?"

사람을 대하는 데도 어색함이 많이 줄었고, 저에게 집중되는 화제를 돌리는 것도 능숙해졌다. 소득 이야기로 흘러갈까 싶어 여행지를 묻는 스킬도 생겼다. 몇 번씩 제주도를 오가면서 이런 관심에 조금은 익숙해지고 있었다.

"아진 언니도 제주도 여행 가는 거예요? 아, 카메라 없구나. 촬영 아니네."

"네. 바다가 보고 싶어서."

딱 봐도 고등학생이고, 반말을 한다고 해서 크게 문제가 되진 않겠지만 아진은 일부러 말을 높였다. 처음에는 꼬투리를 잡히지 않으려 했다가 이제는 습관이 되어 버린 말투였다.

"대박 대박. 있다가 저랑 사진 찍어 주시면 안 돼요? 저 저번에 언니 나온 영화 봤어요. 사극! 아찔한 달 아래."

"아, 보셨구나. 어땠어요?"

"완전 잘생겼어요. 윤준성 씨!"

아진이 품 하고 웃음을 터뜨렸다. 이륙을 시작한다며, 안전벨트를 꼭 매 달라는 안내 방송이 울려 퍼지는데도 아이들의 관심은 잘생긴 남자 배우를 향해 있었다.

"야, 너는 아진 언니 앞에 두고 준성 오빠 이야기를 하면 어떡하냐? 언니도 정말 예쁘게 나왔어요."

"맞아 맞아. 언니 완전 예쁘게 나왔어요. 한복 정말 잘 어울려요. 언니, 다음에도 사극해 주시면 안 돼요?"

준성은 영화 아찔한 달 아래로 대중들에게 이름을 알렸다. 성공적이었다. 그 뒤 곧장 이어진 드라마는 성공 보증수표였다. 케이블 드라마였지만, 작가가 이미 몇 편의 성공작을 써낸 터라 회사에서도 캐스팅이 되자마자 환호성을 내질렀다. 현재 마지막 회를 앞두고 있는 그 드라마는 시청률도 5%를 상회했다. 공중파도 아니고, 케이블에서는 대박이었다.

"예쁘다고 해 줘서 정말 고마워요. 아직 결정된 것은 없지만, 사극 쪽도 많이 보고 있어요."

"우와아, 준성 오빠 정말 티브이에 나오는 것처럼 생겼어요? 완전 잘생겼던데. 키 크고."

"맞아. 180 넘었다고 한 것 같아."

저 나이 또래가 그렇듯이, 아진이 눈앞에 있어도 이성에 더 마음이 가는 법이었다. 본래 아진의 영화에서 시작된 이야기가 준성의 드라마로 넘어가더니, 준성의 외모를 찬양하는 이야기가 꽃피었다.

그래도 핸드폰 배경 화면이라고 아진과 준성이 함께 찍은 영화의 포스터를 보여 주는 걸 보면 정말 팬인 모양이었다.

"그럼, 준성 씨 보러 갈래요?"

"네?"

두 고등학생이 눈을 동그랗게 뜨는 것을 보며 아진이 눈을 접어 웃었다.

바로 내일 방영되는 마지막 회를 뒤로하고 준성은 현재 제주도에 와 있었다. 관광객들이 잘 가지 않는 해변에서 이루어지는 촬영이었다. 로케 촬영은 대부분 해외에서 진행되었지만, 요즘 떠오르는 신인인 준성의 스케줄상 불가능했기에 불가피하게 장소가 정해졌다.

비행기에서 내려 짐을 기다리면서 아진이 목소리를 낮추어 설명했다. 그녀의 말이 진행되면 진행될수록 환희로 빛나는 소녀들의 얼굴을 바라보며 아진은 가슴속에서 올라오는 죄책감을 슬그머니 내리눌렀다. 사실 자신이 준성을 보겠다고 잠깐 이용하는 것에 불과했다.

"정말 저희 데려가셔도 괜찮아요?"

"나도 감독님한테 인사드리려 잠깐 들르는 거라서……. 별문제 없을 거야."

먼저 호의를 갖고 다가서면, 상대방도 호의를 갖는다. 어떻게 보면 당연한 법칙인데 이전에는 잔뜩 가시를 곤두세우느라 직접 실천에 옮겨 본 적이 없었다.

공항에서 수령한 렌터카에 캐리어 세 개를 실었다. 이제 스무 살이 된다는 아이들의 이름은 지혜와 은총이었다. 조금 걱정하는 듯 우울하게 내려앉았던 얼굴이 기대감으로 가득 차는 것은 순식간이었다. 아진이 차에 올라 운전대를 잡았다.

"언니 운전 잘하세요?"

"음⋯⋯. 안전벨트 꽉 매."

"아아 언니!"

단발머리의 지혜가 조수석에 앉았다. 아진의 말이 농담처럼 들리지 않았는지 뒷좌석에 앉은 은총마저 다급하게 안전벨트를 찾아 매었다. 그렇게 긴장하라는 소리는 아니었는데⋯⋯. 아진이 웃음을 삼켰다.

"나는 괜찮은데, 너희들 오늘 어디 가려고 하지 않았어?"

"괜찮아요! 그치?"

"응. 정말 괜찮아요. 저희 오늘 이동 일정밖에 없었어요."

아진이 입꼬리에 미소를 머금었다. 혹시 그녀가 약속한 것을 철회라도 할까 봐 손까지 흔들며 괜찮다 하는 얼굴이 귀여웠기 때문이다.

"어디 가려고 했는데?"

"김녕 해수욕장 들렀다가 성산 일출봉에요. 내일 아침 일출 보려고 했거든요."

"나는 일출봉보다는 섭지코지에서 보는 일출이 더 좋더라. 괜찮으면 참고해서 봐. 아, 그럼 일출봉에 내려 주면 될까?"

제주도 운전은 그렇게 어렵지 않았다. 복잡한 시내만 피하면 차가 별로 없었다. 과속 단속 카메라도 많아서 규정 속도만 잘 지키면 클랙슨을 들을 일도 없었다. 공항을 벗어나 해안 도로에 진입하면서 아진이 작게 안도의 한숨을 내쉬었다.

"그러면 정말 감사하고요. 근데, 거기다 내려 주셔도 돼요!"

"아냐, 원래 촬영하는 데는 외진 데 있어서 들어가기도 힘들지만, 차가 없으면 나오기도 힘들어. 그냥 같이 나오자. 짐도 있는데 어떻게 거기다 두고 나오니."

감동했다는 얼굴의 지혜의 옆모습을 힐끗 바라보고 아진이 미소 지었다. 이것도 지것도 핑계다.

바쁜 촬영 현장에 방문한 배우는 반가워하기 어렵다. 다행히 현재 촬영하고 있는 감독이 아진의 다음 잡지 촬영을 맡은 촬영 감독이라 콘티 이야기를 하겠다는 구실이 있었다. 거기다 친하게 지내는 동생들이 촬영 현장을 구경하고 싶다 해서 데려온 것이라면 크게 불만은 나오지 않을 터였다.

"언니 준성 오빠랑 친해요?"

"음……. 중학교 동창이라서 친하다면 친하지."

소꿉친구니 어릴 적부터 함께 자랐다느니 하는 이야기는 절대 꺼내서는 안 되는 금기였다. 게다가 아진과 준성이 처음 영화를 찍을 때가 서하와의 열애 기간으로 알려져 있는 통에 그때 만나서 호감을 쌓았다는 스토리도 절대 만들어져서는 안 되었다. 그리고 자신과 준성, 서하가 모두 같은 회사인 통에 회사 내에서 눈이 맞았다는 스토리도 지양해야 했다. 그러다 보니 남은 것은 중학교 동창이라는 공식적인 인연뿐이었다.

"우와아, 아진 언니도 하늘중 출신이었지 참."

"응."

"그럼 언니도 준성 오빠 보러 가는 거예요?"

"아니, 나는 감독님. 잡지 화보를 찍을 건데, 콘티 받기로 했거든."

"와, 잡지 화보에 콘티래. 정말 연예인."

지혜가 선망의 눈길로 아진을 올려다보았다. 괜히 쑥스러운 마음에 앞만 주시했다.

아마, 준성은 조금 당황할지도 모른다. 영화 이후로 빗방울처럼 쏟아지는 스케줄에 정신없이 일만 했지 제 인기를 체감한 적은 없는 그가 소녀 팬이라는 존재에 어떻게 반응할지 궁금하기도 했다. 비행기 티켓을 끊으면서 자신의 방문을 통보했을 때도 놀랐을 텐데.

새삼 기대되는 반응에 아진이 입가에 미소를 머금었다. 아, 그런데 너무 잘 대해 줘도 조금 질투가 날 것도 같고……. 아진은 준성이 그냥 숙맥처럼 있는 게 나을지도 모르겠다고 생각했다.

"아진 씨 왔어?"

"안녕하세요. 촬영 일정 급한데 이렇게 들러서 죄송해요."

"당장 다음 주에 봐야 하는데 뭐. 이거 급하다고, 다음 일도 미뤄지면 되나."

"감독님은 어디 계세요?"

제주 특유의 현무암 돌담이 가득 늘어선 길 한쪽에서 담배를 피우고 있던 조명 감독이 느린 손길로 담배를 바닥에 떨어뜨렸다.

연기가 풀풀 나던 담배꽁초를 발로 비벼 끄더니, 능청스러운 표정으로 방향을 가리켜 주었다. 해변이었다.

"지혜야, 은총아. 이쪽이래."

"네!"

촬영장에 누구를 대동하고 온 것은 처음이라 그런지, 해변으로 내려가는 계단에 발을 내딛자마자 사방에서 시선이 모여들었다. 직업이 직업인지라 자신에게 못 박히는 시선에 익숙한 아진과 달리 아이들은 잔뜩 어깨를 움츠렸다.

촬영이 진행 중이라는 스태프의 몸짓에 아이들이 눈치껏 입을 다물었다. 아진은 백사장에 털썩 주저앉았다. 인적이 드물어 스태프들 외에는 구경꾼 하나 없었다. 탁 트인 바다가 아름다웠다.

"언니, 저희 이래도 되는 거예요?"

아진의 옆에 살며시 주저앉은 지혜가 작은 목소리로 속삭였다. 은총 역시 혹시나 폐가 되지 않을까 불안한 얼굴이었다.

"괜찮아. 곧 끝날 거야."

이른 아침부터 시작한 스케줄이었고, 배우의 체력을 고려하자면 지금쯤 마무리 단계여야 했다. 다음 스케줄 생각 안 하고 강행하시는 분이었다면, 촬영 장소까지 변경하며 일정을 조정해 주지 않았을 것이었다. 아진 역시 작업하면서 꽤나 편했던 걸로 기억한 분이었고…….

"누나!"

"오, 매니저 할 만해?"

"뭐 그렇죠. 누나는 어쩐 일이에요?"

"감독님한테 콘티 받으러."

"아아……."

컷이 떨어져 어수선한 촬영 현장에서 아진에게 제일 먼저 달려온 이는 하윤이었다. 그렇게 제대로 된 매니저 붙여 달라 말을 했는데, 결국 준성에게 배정된 것은 병아리 중 병아리인 하윤이었다. 뭐 덕분에 비밀 연애는 수월해졌지만, 그래도 불안한 마음을 지울 수가 없었다. 준성도 신인 배우인데 매니저마저 신입이라니.

고개를 절레절레 젓는데, 카메라를 확인하던 준성이 천천히 걸어왔다.

여름 배경인 화보라서 그런지 쌀쌀한 날씨에 맨발 차림이었다. 바로 옆에서 헉하고 숨을 들이켠 지혜와 은총이 두어 걸음 물러섰다. 그렇게 좋다고 난리를 치더니 직접 만나니 뭘 어떻게 해야 할지 모르겠는 모양이었다.

"밥은 먹었어?"

"응. 너는 밥은 먹고 촬영하는 거야?"

둘만 있었다면 운전을 왜 직접 하고 왔냐고 잔소리가 쏟아질 테지만, 보는 눈이 많았다. 준성의 속을 훤히 내다보며 아진이 빙긋 웃었다. 고개를 끄덕이는 것을 확인하고서는 자신의 뒤로 숨어든 두 소녀를 떠밀었다. 무언으로 누구냐고 묻는 얼굴이었으나 아진은 잘해 보라는 듯 아이들의 어깨를 토닥인 뒤 곧장 돌아섰다.

"언니!"

"언니이……."

울상이 된 아이들의 목소리가 뒤에서 들렸지만, 아진은 감독님을 부르며 발걸음을 재촉했다.

"뭐야?"

흥미로운 얼굴의 감독이 아진이 걸어온 방향을 보며 물었다. 아진이 촬영장에 손님을 데려온 것은 처음이기도 했고, 소녀 팬 앞에서 쩔쩔매는 준성의 꼴이 보기 좋기도 했기 때문이었다.

"저 표정도 좋구먼. 역시 비주얼이 되니까 뭐든 담아도 좋아."

"반하셨어요, 감독님?"

"반했다니. 그냥 집중력이 좋다는 말이지."

평가는 나쁘지 않았다. 아진이 어깨를 으쓱했다. 곱게 인쇄된 콘티 몇 장을 받아 들고 다음 주로 예정된 잡지 촬영 일정에 대해 논의했다. 콘셉트와 콘티는 크게 문제 될 것이 없었다.

"콘티 하나 받으러 제주도까지 온 것은 아니겠지?"

그의 눈짓이 뒤편의 준성을 향했으나, 아진이 고개를 살래살래 저었다.

"저 제주도에 땅 좀 샀어요. 별장 겸해서 집도 사고……."

"아예 여기 눌러살려고?"

손가락을 꼽으며 이야기하는 아진의 행동에 감독이 질린 얼굴을 하고 되물었다. 고작 20대인 여자가 제주도에 땅을 사고 집을 샀다는 것은 이미 논외였다. 어린 나이부터 그렇게 돈을 벌어 댔는데 그 정도는 할 수 있지. 상식선에서 가능한 이야기였다. 그녀가 출연하는 영화 개런티를 고려해 봐도 충분히 가능한 소비였다.

"좋지 않아요, 제주도? 빌딩 빽빽한 서울만 살다가 제주도 오니까 뻥 뚫린 것 같고 너무 좋아요."

"뭐, 기분은 이해한다마는, 회사에서는 너 이러는 거 아냐?"

야외 촬영을 선호하는 사람이었기에 감독은 별 의심 없이 아진의 말에 수긍했다. 대부분의 방송 활동이 서울에서 진행되는데 제주도에 터를 잡으면 제일 곤란해지는 쪽이 소속 연예인을 굴려야 하는 회사였다. 그 회사의 사정을 헤아려 본 그가 의아하다는 얼굴로 물었다.

"그럼요."

"상훈이는 너한테 너무 약해. 솔직히 말해 봐 봐. 사실 유제이는 널 위해서 만든 기획사지? 니 짱팬은 상훈이 자식이고."

"들켰어요, 감독님?"

이렇게 능청스럽게 받을 줄도 알고……. 감독이 눈을 둥그렇게 떴다. 수많은 연예인들을 보았지만, 아진은 그에게도 특별했다. 아무래도 방송의 역사와 함께 자라 왔고, 어릴 적부터 봐 온 덕에 조카 같았기 때문이었다. 그런 아진이 연애를 한다고 했을 때 많이 우려했고, 올해 초 결별을 선언했을 때 걱정도 많이 했었다. 그런데, 그 연애의 결과로 저렇게 맑게 웃을 줄 알게 되었다면 괜찮지 않을까.

"이제는 농담도 할 줄 알고. 다 컸네."

"감독님도 참. 제 나이가 몇인데요. 벌써 스물여섯입니다, 스물여섯."

"벌써 그렇게 됐구먼."

그가 어떤 생각을 하는지는 짐작도 하지 못한 채, 아진은 감독이 제안하는 식사 자리를 정중하게 거절했다. 쉬고 싶어서 온 제주도니까 푹 쉬겠다며 같이 온 아이들의 핑계를 대었다.

아쉽다는 얼굴의 감독에게서 뒤돌아서며, 아진이 자연스럽게 익숙한 모습을 찾았다. 한눈에 알아볼 수 있었다. 고개를 살짝 기울이며 땀을 뻘뻘 흘리는 것 같은 준성의 등을 바라보았다.

"가자. 얘들아."

"언니! 저 언니랑도 사진 찍으면 안 돼요?"

아, 아까 사진도 같이 찍어 주기로 했었지. 아진이 선선히 고개를 끄덕였다. 능숙하게 셀카봉에 끼운 핸드폰을 들어 올린 은총의 뒤로 지혜가 어색하게 서 있는 준성을 끌어들였다.

이야, 준성 씨 인기 많네. 조명을 정리하던 스태프의 말에 슬그머니 얼굴을 붉힌 그가 카메라 앞에 섰다. 은총의 뒤에서 지혜와 팔짱을 낀 아진이 브이 포즈를 내보이자 셔터 소리가 몇 번 울려 퍼졌다.

"감사합니다! 정말 팬이에요."

"자, 그럼 가자."

"네에."

조금 아쉬운 듯했지만, 아진의 손짓에 지혜와 은총이 곧장 따라 붙었다. 먼저 가 보겠다며 인사를 건네는 작은 소란 속에 준성이 사라졌으나 그렇게 크게 신경을 쓰진 않았다. 어차피, 이곳에서는 쉽게 알은체도 하기 어려웠다.

사생활이 보장되는 고급 주택 단지에 위치한 전원주택을 하나 구입했다. 10여 분만 걸어 나가면 하얀 백사장이 펼쳐진 이국적인 바다가 나왔다. 지한의 구박을 받으면서도 아진이 제주도에 자리를 잡은 데에는 여러 이유가 있었지만, 제일 큰 이유는 다른 사람의 눈을 피하기 좋다는 것이었다.

김포공항에서 40분. 비행기를 타고 바다를 건너야 갈 수 있는 곳. 아진은 그곳에서 자유를 찾았다.

수많은 시선에서 벗어날 수 있고, 무엇보다 비교적 자유로운 대지. 나 노아진은 제주도에서 산다.

혼자?

나이 스물여섯까지 혼자 살았으면 충분하지 않나.

"오래 기다렸어?"

"아니. 저녁은 먹었어?"

바닷가 주변에 지어진 집에는 준성의 방도 있었다. 하지만 바쁜 스케줄로 데이트는커녕 얼굴도 보기 어려운 연인이었다.

"아까 오다가 회 한 접시 사 왔지. 냉장고에 있는데 한잔할래?"

"좋지."

"아, 바로 비행기 타야 하지 않아?"

"괜찮아. 내일 아침 비행기로 올라가기로 했어."

드문드문이긴 하지만, 생활을 함께하게 되면서, 준성과 부딪치는 횟수가 잦아졌다. 당연한 일이었다. 평소 생활하던 패턴이 다른데 함께 사니 맞는 부분보다는 다른 부분이 더 눈에 띄는 법이었다.

밤낮의 구분 없이 생활하는 아진의 생활 패턴이 제일 먼저 지적되었고, 그다음은 쥐꼬리만 한 식사 습관이었다. 잔소리를 해서 아진을 바꾸는 것보다 최대한 피곤하게 해서 침대에 늘어지게 하는 게 그가 쓰는 방법이었고, 그 방법은 꽤나 성공적이었다. 시차는 그렇다고 쳐도 소식하던 습관이 쉽게 고쳐지는 건 아니었다.

"너 점심은?"

"오다가 주스 한 잔 마셨어."

"그거 밥 아니라니까."

챙기지 않으면 하루 한 끼가 다였다. 같이 살 때까지만 해도 적게나마 아침 점심 저녁 잘 챙겨 먹었던 기억이 있는데, 나가서 사는 사이 무슨 일이 있었던 건지. 준성이 조금은 답답한 심정을 담아 타박했다.

"오랜만에 봤는데 구박부터 할 거야?"

"……이리 와"

그가 뜸 들이듯 뱉어 낸 말에 아진이 냉장고를 닫았다. 사람이 사는 냉장고처럼 보이지 않을 만큼 텅 비어 있었다. 아이들을 성산 일출봉 앞에 내려 주고 주변 마트에 들러 몇 가지를 채워 넣었지만 여전히 부족했다.

"저녁은 시켜 먹을까?"

"장 봐 왔어. 그럴 줄 알고."

준성의 가슴께에 얼굴을 묻으며 묻자 작게 웃는 진동이 느껴졌다. 닿은 부분으로 전해져 오는 온기가 가슴의 빈 공간을 채우는 것만 같았다.

여전히 아진의 세계는 좁디좁았다. 이제야 노력하고 있는 탓이기도 했지만, 더 이상 자신을 탓할 만큼 신경 쓰이진 않았다. 남들의 평가에도 조금은 둔해지고 있었다.

"요리해 줄 거야?"

"내가 안 하면, 오늘 안에 먹을 수 있긴 하고?"

"계란 프라이랑 햄 정도는 부칠 수 있다."

"그게 부치는 거야? 튀기는 거지."

난 반숙이 좋아. 준성이 불만스럽게 덧붙였다. 햄과 계란 프라이로 싸우던 어릴 때와 달라진 것이 없었다. 아진이 쿡쿡거리며 웃고는 준성에게서 한 걸음 물러섰다.

"그래서, 잘나가는 배우가 되신 기분이 어때?"

"뭐가 어때. 일만 하는데 뭘."

"팬카페 회원 수는 확인해 봤어? 너 진작 날 뛰어넘은 거 알아?"

"그게 뭐 중요한가."

냉장고에서 꺼낸 브로콜리 주스를 컵에 가득 따라 내며 아진이 킬킬거렸다. 인기를 누릴 틈 한 번 주지 않는 스케줄 덕에 준성이 자신의 위치를 어떻게 체감할지가 궁금했다. 그래서 꼬치꼬치 캐물은 것인데 영 반응이 퉁명스러웠다.

물론, 커리어에서는 비교가 안 되지만 팬카페 회원 수에서 밀린 아진이 부러 눈썹을 추켜올렸다.

"중요하지. 널 좋아하는 사람이 그렇게 많다는 건데."

"한 명만 있으면 돼."

등 뒤에서 아랫배를 감싸 안는 손은 따스했다. 오늘 하루 종일 쌀쌀한 바닷바람 맞으며 촬영하느라 고생했을 텐데, 듣기 좋은 소리만 하고⋯⋯.

"혹시 어디 아픈 거 아니지?"

"보고 싶었어."

"이건 또 무슨 서비스래."

아진이 고개를 들어 준성을 올려다보았다. 그녀의 입가에 지울 수 없는 미소가 가득했다. 그녀가 아무리 장난을 걸고, 화제를 돌려도 제 할 말은 꼭 하고 마는 저 묵묵함이 좋았다. 스케줄을 끝내고 와서 다소 헝클어진 머리카락이 그의 이마 위로 흘러내렸다.

"나도 보고 싶었어."

준성은 굳이 아진과의 연애를 숨기려 하지 않았다. 가장 먼저 제 어머니에게 밝힌 것도 그 이유에서였다. 수연은 눈치껏 제 아들의 연애를 입에 담지 않았지만, 아진은 달랐다. 대체 이 인간이 생각이 있는 것인지 의심부터 했다. 당시 눈을 잔뜩 부라리는 아진을 달래었던 사람은 준성이었다.

네가 생각하는 것보다 네 위치는 견고하며, 만약 그렇지 않다고 해서 회사가, 배우 노아진을 아는 모든 사람들이 너를 버릴 것 같냐는 물음이었다. 이것 역시 수없이 질문과 대답이 반복된 문답이 되었다. 어렸던 아진이 모든 인간관계를 끊어 내려 했을 때와 같이, 준성은 묵묵히 같은 대답을 반복했다.

"아까 그 애들은 뭐였어?"

"비행기에서 만났어. 네 팬이라길래."

"다 컸네."

"야, 스물여섯이면 당연히 다 컸지."

혹시나 루머가 생성될까. 꼬투리를 잡히지 않을까. 누군가에게 흠집을 낼 여지를 주는 것이 아닐까. 하나하나에 긴장하고 몸을 사리지 않았다는 점에서 칭찬하는 것이었으나 아진은 자연스럽게 그의 목에 팔을 두르며 대꾸했다. 어떻게 보면 우문현답이었으나 서로가 의도하는 바는 잘 알고 있었다.

"응. 다 컸지."

기다렸다는 듯 아진을 돌려세운 준성의 입술이 얼굴로 내려앉았다. 눈썹 바로 아래 눈두덩이에 깃털처럼 내려앉았던 것이 살짝 벌어진 붉은 입술로 향하기까지는 그리 오래 걸리지 않았다.

뜨거운 입술이 느껴졌다. 입 안쪽으로 밀고 들어온 그의 혀가 아진의 것과 맞부딪쳤다. 집요하게 혀 안쪽을 훑어 내는 준성의 목에 팔을 감은 아진이 눈을 감았다. 반사적으로 목을 움츠리는 그녀의 허리를 단단히 끌어안고, 준성이 반쯤 눈을 떴다.

"피곤하지 않아?"

아진의 물음에 준성은 대답 없이 그녀의 머리를 끌어안았다. 그의 가슴에 콩 하고 머리를 박은 아진이 빙그레 미소 지었다. 이미 답을 아는 물음이었다. 당연히 피곤하겠지. 서하의 몫을 대신하는 것은 그리 쉬운 일이 아니었다. 그 자신이 서하에게 빚을 지고 있다고 생각하니 더 몸을 혹사시킬 수밖에 없었다.

아진은 그것을 말리는 대신 가만히 지켜보았다. 어차피 말려서 말을 들을 고집도 아니었고……. 그렇게 생각해 주는 쪽이 더 좋았다.

"우리 결혼할래?"

"……뭐?"

그렇지만 이건 아니었다. 아진이 당혹감을 감추지 못하고 준성의 가슴을 밀어 냈다. 마주친 표정이 진지해서 더 당황스러웠다. 지금 이 분위기에, 프러포즈를 해? 결별을 발표한 지 이제 겨우 3개월이었다. 다시 말하자면, 윤준성과 연인으로서 시작한 것도 이제 고작 3개월이라는 의미였다. 앞서가도 이건 한참을 앞서간 행동이었다.

아진이 어이가 없어 따박따박 따져 보려 입을 열었다. 하지만 입 안을 파고들어 오는 것은 들이켠 숨이 아니라 뜨거운 혀였다.

이게 몸으로 떼우려는 건가. 아진이 그를 어깨에 손을 올렸다. 그를 밀어 내기 위함이었다. 하지만, 그가 혀 아래를 깊게 파고드

는 것을 느끼자마자 허리에 잔뜩 힘을 주며 긴장하고 말았다. 다급
하게 숨을 삼킨 아진이 손에 잔뜩 힘을 주자 준성이 순순히 물러섰
다.

"……야."

아진이 심호흡을 했다. 너도 나도 평범한 사람이 아니고, 다른
사람들의 시선에 자유로울 수 없는 몸이다. 머릿속에 떠오르는 말
은 수없이 많은데 말이 되어 입 밖으로 튀어나오지가 않았다.

꿈꾸지 않았을 리가 없었다.

준성은 그 바쁜 새 틈을 내 제주도에 머물렀다. 비어 있던 식탁
의 반대편에 사람의 온기가 머물렀다. 혼잣말에 대답해 주는 사람
이 있다. 식사를 거르면 챙겨 주는 사람이 있다. 어린왕자에게 여
우가 길들여진 것처럼 아진은 제주도에서 준성을 기다렸다.

어떻게 꿈꾸지 않을 수 있을까.

감귤 농장에 놀러 갔다가 즉흥적으로 사 버린 감귤 세 박스를 해
결하기 위해 땀 뻘뻘 흘리며 잼을 만들던 기억. 서로 사진도 찍고,
마당에 해먹을 달고, 그네를 달고, 동화 속 연인처럼 사는 삶. 그러
면서 남의 눈치를 보지 않는 삶. 얼마나 달큰하고 사랑스러울까.

하지만…….

"지금은 안 돼."

"그럼 언제?"

서하 선배가 제대하면? 내가 궤도에 안정적으로 오르면? 덧붙이
는 목소리는 잔뜩 힘이 들어가 있었다. 그의 숨이 아진의 볼을 스
쳐 갔다. 아진은 내심 아득해지는 감각을 지울 수가 없었다. 준성
은 아진의 마음을 들여다본 것처럼 집어냈다.

조금만 더 시간을 두자.

최소한 1년은 지나서, 조금 잊힐 때쯤으로 잡아야 하지 않을까. 아니, 그러면 곧 서하 오빠 제대니까 괜히 또 사달이 날 수 있어. 아예 서하 오빠가 제대하고 난 후로 잡아 볼까. 그럼, 준성이가 너무 톱스타 계열에 올라가 있지 않을까. 그렇다면 단단하게 입지를 굳히고 난 후가 낫지 않을까. 초기에는 너무 불안하니까⋯⋯.

아진의 마음을 까뒤집어 본 것만 같았다. 아진이 입술을 달싹이다 꾹 다물자, 그녀의 이마 위로 긴 한숨이 내쉬어졌다. 온 손바닥을 다 이용해서 감싸진 두 볼이 뜨거웠다. 아진은 자신이 시선을 피하는 것을 아는 듯 곧장 내려다보는 시선을 피하고 싶었다.

"헤어질까 봐 그래? 또 공개 연애 하면 이미지 타격이 크니까?"

"아니야!"

"그럼."

평소답지 않게 단호한 물음이었다. 곧장 부정하긴 했지만 정말 그런 생각을 한 번도 해 보지 않았을까. 아진이 고개를 격하게 흔들었다. 두어 걸음 물러서면, 커다란 한 보가 다가온다. 싱크대 뒤에 등을 대고 나서야 아진이 시선을 바닥으로 떨어뜨렸다.

"넌 아직 이 세계를 잘 몰라."

"나도 어느 정도는 알아."

"이제 발 들인 애송이면서, 뭘 안다고 그래? 지금은 안 돼. 준성아."

내뱉고 나서야 자조적인 미소가 입에 걸렸다. 물질적으로 풍족해도 심리적으로는 벼랑 끝을 걷는 아슬아슬함에 시달렸던 삶이었다. 아무리 둔해지고 나아졌다고 해도 두려움은 사라지지 않았다. 금방이라도 벼랑 아래로 추락할 것 같다는 두려움은 아진이 행복하다고 느낄수록 더욱 선명해졌다.

"뭐가 무서운데? 욕먹는 거?"

아진이 고개를 주억거렸다. 짧은 한숨을 내쉰 준성이 허리를 숙여 아진과 시선을 마주했다. 자라지 못한 어린아이 같은 여자. 하지만, 준성은 그것이 무엇으로부터 유래되었는지 알고 있었다. 아주 어릴 적부터, 잘 알고 있었다.

온 세상에 믿을 사람은 자기 혼자뿐이라는 강박관념. 혼자 이루어 내야 한다는 압박감. 어린아이가 버텨 내기엔 너무 빠른 급류 속이었다. 살아남는 방법은 저를 보호하기 위해 안간힘을 쓰는 것 이외에는 없었을 것이다. 부모도, 수연도 자신도 아진에게 기댈 곳이 되어 주지 못했으니까. 그래서 마음이 더 쓰였다.

"같이 욕 먹어 줄 수 있다니까."

"그게 철없는 소리라니까?"

"말했지. 네가 생각한 것보다 네 위치는 더 견고하다고."

"알아. 나 잘난 거."

"추락한다면 같이 하는 거야. 나랑 같이."

아진이 연기력으로 인정받은 배우라면, 준성은 한참 상승세를 그리는 신인이었다. 누가 더 위험한지를 객관적으로 재어 보면 후자인 준성이 더 불안한 처지였다.

"할 거면 혼자 해라. 난 죽어도 떨어질 생각 없으니."

아진이 단호하게 일갈했다. 준성이 현실감각이 떨어지는 것 같아 걱정이었다. 아직 경험이 없는 탓인가. 아직 언론과 여론이 돌아가는 행태를 인지하지 못했다.

"그리고 왜 지금이야?"

"원래 일은 정신없을 때 휘몰아치는 거래."

"정신없을 때 해치워 버리자고? 번갯불에 콩 볶아 먹어?"

"그럼 안 돼?"

어이가 없어 헛웃음이 나왔다. 겪어 보지 않아서 이렇게 태연한 건가 싶었지만, 아진도 겪어 보지 않은 것은 마찬가지였다. 그저 수없이 많은 간접경험을 거쳤을 뿐이었다.

"안 돼. 좀 더 시간이 지나고, 연애도 하고, 프러포즈까지 해야지. 절차를 거쳐."

"공개 연애에 프러포즈까지 하라고?"

"결혼하자며?"

그의 입가에 떠오르는 미소를 보고 나서야 아진은 자신이 한 말이 어떤 의미를 갖는지 자각했다. 후다닥 손을 휘저었다.

"지금 아니거든?"

"난 지금 결혼 발표도 괜찮은데?"

"미쳤어. 너 미쳤어?"

기어코 매를 번다. 아진이 준성의 등짝을 내리치며 외쳤다.

비밀 연애는 생각보다 스릴 넘쳤다. 카메라 뒤로 조심스럽게 잡는 손, 오가는 온기. 바쁜 스케줄을 쪼개 차에서 간단히 먹는 밥. 준성은 아진에게 미안해하는 눈치였지만, 정작 아진은 별생각이 없었다.

"이걸로 괜찮아?"

"응, 너야말로 이걸로 괜찮겠어? 액션신 아니야?"

준성이 아무렇지도 않다는 얼굴로 고개를 저었다. 두 공인의 비밀 연애에 죽어나는 이는 매니저였다. 차의 선팅을 더 짙게 해야하나 하윤은 발을 동동 굴렀고, 지한은 볼 때마다 한숨만 지었다. 그러거나 말거나 당사자들은 태연했다.

"누나, 제발 차 다른 거 끌고 오시면 안 돼요?"

"너 차 가지고 왔어?"

하윤이 제 몫의 김밥을 꿀딱 삼키자마자 하소연하듯 아진을 간절한 눈으로 바라보았다. 하지만, 반응은 의도하지 않은 곳에서 터져 나왔다. 준성이 기민하게 반응하며 아진에게로 홱 시선을 돌렸다.

"응, 그럼 택시 타고 와?"

"차라리 택시를 타!"

"그건 안 돼요! 대포들이 얼마나 많은데."

두 남자의 의견이 둘로 갈렸다. 아진이 뚱하게 먹던 샌드위치를 내려 두었다. 걸리면 안 된다며 난리를 치는 덕에 선팅 된 차 안에서 조명 하나 켜질 못했다. 제가 운전을 하는 걸 질색하는 건 알지만, 택시 타고 오다가 괜히 기자들에게 걸리기라도 하면 그게 더 문제지 않은가. 조그마한 경차도 아니고 평범한 SUV다. 외제 차도 아니고, 그냥 길가에서 흔히 보이는 자동차인데 뭐가 그리 불안한 건지. 아진이 억울한 마음에 볼을 부풀렸다.

"운전면허도 땄고, 차도 두 대나 있는데 왜 운전을 하지 말라는건데?"

"그걸 말이라고 해?"

시작되려는 사랑싸움에 하윤이 슬그머니 제 몫을 들고, 차 문을 열어젖혔다. 아진이 반사적으로 얼굴을 가리고 안쪽으로 몸을 숨겼다. 탕, 하고 문이 단단히 닫히고서야 제대로 앉아 주스를 집어 들었다.

"운전면허도 땄고, 사고도 안 냈는데 왜 못 하게 하냐고."

"연습할 때 생각해 보면 답 나오지 않아?"

"그건 연습이었으니까 그렇지. 처음부터 잘하는 사람이 있어?"

"말은 잘하지."

토닥이면서도 아진이 목소리를 높였다. 남자 친구랑 운전 연습하라는 말이 괜히 있는 게 아니었다. 그냥 돈을 더 내더라도 학원에서 연습하겠다는 걸, 자신이 봐주겠다고 데리고 나갔으면서 왜 그렇게 불평이람. 그때 거절해야 했다. 연습 이틀째인데 대체 뭘 기대했냔 말이다.

"기어 넣는 거 이제 안 헷갈리거든?"

"지금 헷갈리면 큰일 나거든? 거기다 써 붙여 줄까? 후진 기어가 뭔지?"

"아니요……."

기어 조작을 지적하고 나오면, 아진은 할 말이 없었다. 후진 기어 넣고 주차해야 하는 상황에서 기어 변경도 아니고 그냥 액셀을 밟았다. 핸들은 꺾을 대로 꺾은 데다가 공용 주차장이라서 준성이 다급하게 사이드 브레이크를 당기지 않았다면 큰 사고로 이어질 뻔했다. 그 뒤로 준성은 절대 아진에게 운전대를 맡기지 않았다. 만점에 가까운 점수로 운전면허 시험을 통화했어도 마찬가지였다.

"밥이나 먹어. 먹고 하윤이랑 카페나 가 있어. 촬영 끝나면 갈 테니까."

"하윤이랑 연애를 하는 건지, 너랑 연애를 하는 건지."

"그래서 싫어?"

"뭐, 그건 아니고⋯⋯."

아진이 빙긋 웃었다. 서울과 제주를 왔다 갔다 하는 일정은 조금 고달프긴 했지만 불만스럽지 않았다. 제주도에 자리를 잡은 것은 자신의 의지였고, 바쁜 시간 쪼개서라도 얼굴 보고 싶다고 생각한 것도 자신이었으니까⋯⋯. 게다가 틈틈이 얼굴을 볼 수밖에 없는 상황이 미안해서 처연한 표정을 짓는 준성이 좋았다. 미안함에 한 수 접고 들어오는 것도 좋았고, 지친 얼굴로 터덜터덜 걸어와 기대는 것도 좋았다.

"싫으면 이야기해. 스케줄 뺄게."

"그럼 리아 언니랑 채경 언니가 난리를 칠걸?"

가장 좋은 건 입에 발린 말이라도 스케줄을 빼겠다고 속닥여 주는 일이었다. 유서하 이래 유제이 엔터테인먼트 최대의 스타였다. 마치 맞춘 것처럼 서하가 군대에 가고 나서 준성은 궤도에 올랐다. 물론 회사의 적절한 서포트와 뒷받침이 전제되었기에 가능한 일이었다.

"어차피 결혼한다고 하면 다 알게 되잖아."

"결혼온? 떡 줄 사람은 생각도 안 하는데, 왜 김칫국부터 마셔?"

"언제가 되든 할 거잖아."

"뭐래, 싸워서 내일 당장 헤어질 수도 있는데 결혼은 무슨 결혼."

아진이 같잖다는 얼굴로 한쪽 입꼬리만 쭈욱 끌어 올렸다. 공식적인 휴식기를 선언하고 잠적한 아진과 달리 준성은 쉼 없이 쏟아지는 스케줄에 시달리고 있었다. 바쁜 스케줄로 관계가 소원해져서 헤어지는 일은 이 세계에 자주 있는 일이었다. 서하와 헤어지게 된 이유도 바쁜 스케줄 탓을 하지 않았는가.

　"정말, 헤어질 수 있겠어?"

　"……헤어지면 헤어지는 거지. 뭘 그걸 따져?"

　조금 진지하게 가라앉은 눈으로 준성이 아진의 눈을 응시했다. 뭔가 불안한 느낌에 아진이 엉덩이를 조금 뒤로 물리는데, 낮은 웃음소리가 들렸다. 이게, 사람을 갖고 노나. 눈살을 찌푸리자 마주하는 시선이 점점 따가워졌다.

　"나랑 헤어지고 괜찮겠냐고."

　"그건 무슨 자신감이래? 너 없이도 잘 살았거든?"

　오기 어린 대답이었다. 숨겨야 할 사이였고, 손 한 번 잡기 힘든 비밀 연애였다. 헤어지면 마음만 좀 아프겠지. 애써 따끔거리는 가슴을 외면하고 대답하는데, 준성이 픽 웃었다. 불안함이 현실이 되는 순간이었다.

　"유서하, 윤준성, 세기의 톱스타들과 사귀어 봤다고 기사 내고 싶어?"

　"야, 너 나 협박하냐?"

　"헤어지자고 하면 다 접고 니 뒤만 졸졸 따라다닌다. 무슨 기사가 날지 기대되지 않아?"

　"야……. 너 그거 범죄야."

　입매에 사악한 미소를 머금고 내뱉는 말마다 아진의 심기를 건

드렸다. 예전에는 입만 꾹 다물고 있던 게, 배우가 되었다고 말주
변만 늘었다. 그럼에도 크게 화를 내지 못하는 건 서로가 장난이라
는 걸 인지하고 있기 때문이었다. 아진이 말이 끝맺기가 무섭게 준
성이 웃음을 터뜨렸다.

"그러니까 헤어지자고 하지는 마. 어떻게 만났는데."

"어떻게 만나긴, 삽질하다 만났지."

조금은 뚱하게 대꾸하자, 준성의 입술이 깃털처럼 아진의 눈꺼풀
에 내려앉았다. 반사적으로 두 눈을 감자 기다렸다는 듯이 입술을
포개어 왔다. 아진의 것보다 배는 커다란 손이 턱 아래를 감쌌다.
조금 턱이 들어 올려졌나 싶을 때, 입술 사이를 헤치고, 그의 혀가
파고들어 왔다. 아진이 손을 뻗어 준성의 목을 안았다.

"하으……."

집요하게 혀뿌리를 문질러 오는 탓에 조금은 벌어진 입 틈새로
신음이 새어 나왔다. 둘만 있는 차 안임에도 불구하고 아진이 어깨
를 움츠렸다. 작은 소리였지만 혹시나 바깥으로 새어 나간 것은 아
닐까, 저도 모르게 걱정되었다. 그녀의 당혹감이 조급해진 숨소리
에서부터 느껴졌다. 준성이 숨죽여 웃었다.

"너는 걱정이 너무 많아."

"그러는 너는 너무 없지……."

코끝이 스치고, 숨결이 느껴질 만큼 가까운 거리였다. 반쯤 뜨다
만 눈으로 아진이 대꾸했다. 어떻게 하면 저렇게 걱정 없이 살 수
있을까 싶을 정도로 걱정이 없다. 서하와 결별 선언을 한 지 얼마
나 되었다고, 공개 연애 선언할까 하는 태평한 소리를 했으니 말을
다 했다. 자신을 포함해서 회사 사람 모두가 뜯어말리지 않았으면

정말 저질렀을 터였다.

"천생연분이네."

"말 같지도 않은 소리하고 있……."

아진의 목소리를 삼키듯, 입술이 한 번 더 내려앉았다. 촬영 중간에 겨우 챙긴 황금 같은 식사 시간이었다.

에필로그

　결혼을 결정했다. 서로 합의는 이루어졌지만, 그 합의의 과정이 순탄치 않았던 만큼 상견례까지 가는 것도 고난의 연속이었다. 반 이상은 아진의 탓이었다. 사돈 되실 분들이 서로 친밀하니 손쉬울 법도 했지만, 아진이 제 부모님을 불편해했기 때문이었다. 상견례 는 생략하면 안 되냐는, 말도 안 되는 투정을 받아 내야 했던 준성 도 심리적으로 지쳐 있었다.

　"하아……."

　상견례 장소는 서울 외곽에 자리 잡은 한정식집이었다. 안전벨트 를 풀어 내리는 아진의 얼굴에 막막함이 가득했다. 프러포즈를 받 았을 때부터, 결혼하는 것은 좋지만 서른은 넘고 진행하는 게 좋지 않겠냐며 꾸준히 준성을 설득해 왔다. 이제 겨우 궤도에 오르고 있 는데 제 손으로 그걸 망치는 짓이 아닐까 걱정스러웠다.

"나는 괜찮다니까."

"너 때문에 이러는 거 아니거든? 우리 엄마 아빠 볼 생각에 막막해서 그래."

"걱정돼?"

"그냥 좀 불편해서."

언론도, 회사도 생각한 것보다 괜찮았다. 회사 홍보팀이 바쁘게 움직인 결과였다. 그렇지만 아무리 신경 써도 새어 나갈 구석은 있는 법이었다.

내부의 적이 더 무섭다고, 아진이 준성과의 교제 사실을 부모님께 알리기도 전에 수연의 전화 한 통으로 모든 게 까발려졌다. 매도 빨리 맞는 게 낫다고 차라리 먼저 말할 걸 후회도 했지만 이미 벌어져 버린 일이었다. 죽이 척척 맞는 오랜 친구들은 당사자가 모르는 사이 상견례 일정까지 잡아 두었다.

"아……. 되게 불편할 것 같아."

"어머님 얼마 만에 뵙는 거지?"

"한, 3년 되었나."

그것도 아주 잠깐 식사나 같이 한 정도였다. 어린 동생이 중학교에 들어가면서 손이 덜 가기 시작하자 아진에게 미안했던 마음을 표현하려는 듯 전화는 자주 왔다. 하지만, 그때는 아진이 뒷걸음질을 치고 있었다. 이미 불편한 관계였다.

바쁜 스케줄 사이를 쪼개서 비즈니스 미팅을 하는 것 같다고 느꼈을 때, 아진은 스케줄을 핑계 삼아 만남을 피했다. 그러다 결혼 통보라니. 그것도 자신이 알려 준 것이 아니라 수연을 통해서였다. 남같다고 느껴질 만한 사이였지만, 그래도 내심 서운하셨을 것이다.

"별일 없을 거야."

"별일……. 이게 별일이거든?"

울컥한 마음에 아진이 빽 소리를 내질렀다. 그래 봤자 이미 벌어진 판이었고 돌이킬 수 없었다. 심호흡을 한 그녀가 공격적인 기세로 차 문을 열어젖혔다.

"가자!"

"……그래."

그 뒤로 웃음을 삼킨 준성이 따라붙었다.

"이런 날도 오네요."

"그러게요."

절친한 친구 사이였지만, 자리가 자리이기도 했고 서로의 남편들도 대동한 터라 조심스럽게 말이 트였다. 그럼에도 수연은 들뜬 기색을 지우지 못했다. 맞은편에 앉은 유선이 조금은 불안한 표정으로 앞을 응시했다. 늦었다 생각할 때가 가장 빠른 거라고 하던데, 딸아이와의 관계 개선은 쉽지 않았다.

"부조 같은 건 생각 안 해도 되니, 애들 원하는 대로 조용하게 치르는 게 어떨까 하는데 사돈어른은 어떠세요?"

"사돈어른이라고 하니, 참 어색하네요."

어색한 것은 모두가 마찬가지였다. 아진이 제 맞은편의 준성을 흘겨보았다. 뭐라도 말이라도 해 봐. 무언의 압박에도 준성은 난처한 얼굴로 식탁을 내려다볼 뿐이었다. 심정은 이해하지만 그래도 당사자들이 입을 떼어야 할 것 아닌가. 아진이 한숨을 삼키고 고개를 들어 식탁 위를 둘러보았다.

"저희도 부조 같은 건 크게 상관하지 않아도 될 것 같아요. 아이들 직업도 직업이고……."

"그렇지요. 기사에 뉴스에 신경 써야 할 것도 많은데, 굳이 결혼식으로 일을 크게 벌일 필요는 없을 것 같아요."

"아, 이런 건 애들한테 먼저 물어봤어야 했는데……. 어떠니 아진아?"

수연이 굳이 아진을 콕 집어 물었다. 제 아들에게 물어 봤자 제대로 된 답이 나오지 않을 걸 잘 알고 있었다. 어른들의 시선이 모두 자신을 향하자 조금 어깨를 움츠린 아진이 입을 달싹였다.

"저희도 크게 상관없어요. 작은 결혼식이면 더 좋을 것 같지만요."

"그래, 그럼 그렇게 하고……."

수연이 먼저 나서서 마무리를 지으려는데, 문이 스르륵 열리며 음식이 나오기 시작했다. 고급한정식이었다. 코스 요리식으로 먼저 테이블에 잣죽이 놓였다.

수저 소리에 잠시 침묵이 흘렀다. 어색한 분위기에 눈동자만 굴리는데, 아진이 한숨을 삼키고 입을 열었다.

"신혼집은 제주로 하려는데 괜찮을까요?"

"너희가 좋다면 그렇게 해야지. 근데, 준성이 너는 괜찮겠니?"

아, 이렇게 부르면 안 되나. 어릴 적부터 보아 와서 쉽게 존칭이 나오지 않는다며 유선이 입을 가리고 웃었다. 그러자 기다렸다는 듯이 수연이 나도 이건 못 해 먹겠다, 존칭을 쓰려면 남편들만 해도 되지 않겠냐며 맞장구를 쳤다.

"네. 저희 생각에는 아진이 서울 집을 정리하지 않고, 스케줄 있으면 거기서 지내려고 해요."

준성이 유선을 응시하며 담담하게 대답했다. 신혼집은 아진이 제주도로 정했다. 서울 시내 중심가에서 벗어나고 싶다는 아진의 의사를 백번 반영한 결정이었다.

"그래, 그것도 좋겠다. 아무래도 둘 다 일을 해야 하니까. 아, 그러고 보니 이번에 아진이 영화가 그렇게 잘되었다며?"

아이들이 어련히 알아서 결정했거니 하는 분위기가 흐르고, 이야기는 그들의 작품으로 흘렀다. 준성과 함께 찍었던 영화보다 더 전에 촬영한 작품이었으나 개봉이 밀려 이제야 스크린 상영을 시작한 영화에 대한 이야기였다.

"안 그래도 아진 아빠랑 보러 다녀왔어. 이이는 아직도 아진이가 티브이에 나오는 걸 적응 못 한 거 있지?"

"어머, 정말? 하긴, 우리 남편도 준성이 연극하는 데 한 번을 안 가더라. 내가 가자고 가자고 노래를 불러도 소용이 없었다니까."

"하여간, 남자들은 다 똑같아서……."

식사에 집중하기도 전에, 두 여자의 수다가 터졌다. 남자들이 멋쩍은 얼굴로 괜한 헛기침을 하거나 말거나 신경 쓰지 않는 분위기였다. 상견례보다는 동창회 같은 느낌이었다. 아진이 어깨를 으쓱하고는 젓가락을 들었다. 흑임자 샐러드가 싱싱해서 마음에 들었다.

몇 숟가락이나 떴을까. 전혀 줄어들지 않은 죽 그릇에 준성이 눈썹을 추켜올렸다. 평소같으면 무어라 몇 마디를 했을 텐데, 자리가 자리인지라 입을 꾹 다물고 있는 모양이었다. 아진이 빙그레 웃음을 머금었다.

"준성이도, 아진이도 일이 많아서 걱정이야. 수연이 네가 어련히 잘 챙겨 주고 있어서 그래도 마음이 놓인다."

"일하면서 아이 챙기기가 어디 쉽니. 유학 보냈다고 생각하라니까."

"그렇게 생각하고 있지. 그래도 애들 스케줄이 너무 바쁘니까 못 보는 건 좀 서운하더라."

"나도 그래. 준성이 쟤 영화 잘되고 나서는 얼굴 보기가 하늘의 별 따기다. 별 따기."

어쩐지 대화가 점점 성토대회로 이어지는 것 같았다. '우리 애가 이렇게 집에 관심이 없다'를 뽐내는 쪽으로 흘러가는 듯했다. 아진이 난처한 얼굴로 눈동자만 데구루루 굴렸다. 그래도 집에서 커 온 준성과 비교하면 당연히 자신이 질 싸움이었다. 아닌 척해도 딸아이의 무심함에 서운했을 유선이 아니던가.

"좋게 생각해. 우리는 그래도 나은 거야. 독립시켜 놓고 발만 구르는 게 아니라 애들 어떻게 사는지 인터넷만 켜면 알 수 있잖아."

"애는 그걸 말이라고……."

"아진이, 너무 어릴 때 보내 놓고 걱정도 많이 했는데 제가 하고 싶다는 일 할 수 있게 해 줘야지. 그래도 얼굴은 많이 볼 수 있잖아."

수연도 아진도, 모든 이들의 시선이 유선의 입을 향했다. 구절판의 야채 몇 가지를 모아 야무지게 싸 먹은 그녀가 싱긋 웃었다.

"나도 사람인데 처음에는 서운했지. 아무리 돈이 좋아도 애는 엄마가 키워야 한다며 애 할머니한테 얼마나 구박받았는지 아니?"

장난스럽게 덧붙이는 말이었지만, 아진이 입술을 질끈 물었다.

거기까지 생각해 본 적은 없었다. 딸아이 하나 있는 거 일찍부터 서울로 보내 놓고 주변의 시선이 어떠했을지는 짐작도 못 해 봤다. 멈칫하는 아진을 힐끗 눈짓한 유선이 입가에 미소를 띠었다.

"애들 하고 싶은 대로 하게 해 줘."

"누가 안 그런대? 좀 서운하다는 거지. 누가 보면 아들한테 집착하는 못된 시어머니인 줄 알겠다, 야."

"그러지 말라는 거지. 내 딸한테 그러면 재미없을 줄 알아."

"아진이는 내 딸이기도 하거든?"

신경전 아닌 신경전은 웃음으로 끝을 맺었다. 중간에 술이 나오면서 병풍처럼 뒤로 물러서 있던 사내들이 대화에 끼어들었다. 차를 가지고 왔는데 왜 술이 나왔냐는 투덜거림에 가까운 말이지만, 분위기는 훨씬 느슨해졌다. 이후 결혼 시기를 조율하는 쪽으로 내화가 흘러갔지만, 아진은 못 박힌 것처럼 망연하게 가만히 앉아 있을 뿐이었다.

"딸을 뺏긴 거 같았는데, 정말 뺏기는 기분이네."

"여보."

"그럴 리 없잖아."

유선이 씁쓸한 시선을 던졌다. 아진이 움찔 몸을 떨었다. 자신에게는 관심 한 번이 없는 분들이라고 생각했다. 불편할 것을 안다며, 동생을 데려오지 않았다고 들었을 때부터 무슨 정신인지 모르겠다. 나 정말 이기적이구나.

깨달은 사실에 망연하게 앉아 기계적으로 밥알을 씹어 넘겼다. 어떤 정신으로 질문에 대답을 했는지도 모르겠다. 배우가 되겠다는 생떼를 받아 주는 것은 물론, 자신을 위해 부모님이 희생하는 것은 당연하다고 생각했다. 그렇지 않으면 이럴 수 없어. 구역질이 나오려는 입을 탕평채로 틀어막고는 아진이 붉어지는 눈시울을 감추었다.

결혼 시점도 결혼식 방식도 모두 준성과 아진에게 일임된 상견례였다. 이럴 거면 왜 만났냐는 말은 나오지 않았다. 평소보다 많이 먹어 속이 울렁거리는데, 제일 먼저 눈치챈 준성이 아진의 등을 쓸어내렸다.

"괜찮아?"

"응. 이모랑 아저씨…… 아 이제 이렇게 부르면 안 되는구나. 모셔다드려."

"너는?"

"차 안 가져왔으니까……."

"알았어. 이따가 보자."

준성의 차로 왔기에 어쩔 수 없었다. 아진의 차는 이미 언론에 많이 노출이 되어 있었던 탓에 사람들의 시선을 피하려면 어쩔 수 없는 선택이었다. 준성을 먼저 보내고 조금은 뻘쭘하게 서서, 아진은 기다렸다.

수연과 밀렸던 이야기를 나누느라 식당 앞에 나와서도 한참을 서성거린 유선이 제 남편의 재촉에 다가섰다. 차를 빼 오겠다며 아빠가 정장 구두를 끌고 주차장으로 사라지자 어색한 모녀만 남았다.

"스케줄 있니?"

"아니요."

아진이 고개를 내저었다. 올 때는 준성과 함께 왔다지만, 갈 때는 가족끼리 나누어지는 게 관례 아닌 관례였다. 차를 가져오지 않았기에 당연한 수순으로 유선에게 다가가자, 유선이 곱게 눈을 접으며 아진을 바라보았다.

"그럼 차라도 한잔할까?"

"네. 좋아요."

평소라면 없는 스케줄 핑계를 대서라도 피했을 자리였다. 하지만 오늘은 가만히 고개를 끄덕일 수밖에 없었다.

대화조차 제대로 이루어지지 못할 만큼 두 모녀 사이의 공백은 엄청났다. 아진은 제 엄마는 자신이 좋아하는 것 하나 모를 거라고 생각했지만, 생각해 보면 자신도 부모님에 대해 아는 바가 없었다. 이제는 더 이상 어린 나이를 핑계로 댈 수 없는 시기가 되었다. 씁쓸한 조소를 머금으며, 아진이 유선을 따라 걸었다.

"잘해 주니 준성이가?"

"네, 뭐……."

"준성이라면 믿을 만하지만, 그래도 너무 아빠 같은 남자 고른 거 아니야? 나중에 머리 아프다?"

"아빠 같은 남자요?"

아진이 고개를 갸웃했다. 별로 닮은 것 같진 않는데…….

"무뚝뚝하잖아. 밖에서 무슨 일 있어도 입 꾹 다물고 있을걸."

"아……."

하긴, 아진은 아빠와 그다지 말을 섞어 본 기억이 없었다. 몸이 멀어지면 더 어색해지는 법이다. 아주 어린 날의 기억에선 종종 손을 잡고 걸어 다녔던 것 같긴 한데 흐릿했다.

"그 자식이 그러면, 엄마한테 바로 이야기 해. 무뚝뚝한 사내놈

잡는 건 엄마 전공이니까."

"아빠가 그렇게 말을 안 해요?"

"그걸 말이라고 하니? 친구한테 이천만 원 빌려줬던 것도 궁하고 있다가, 연말정산 할 때 이상하게 돈이 비길래 물어봤더니 그제야 이야기하는 거 있지."

아진이 입을 가리고 쿡쿡 웃는데, 검은 아우디가 모녀 앞에 멈추어 섰다. 아진의 아버지였다. 어디에 타야 할까 망설이는데, 유선이 뒷좌석 문을 열었다.

"오늘은 당신이 운전기사 노릇 좀 해요. 오랜만에 모녀끼리 수다 좀 떨게."

"무슨 이야기를 하려고 그렇게 거창해?"

"당신 욕 좀 하려고."

유선의 능청스러움에 아진이 픽 웃었다. 유선이 먼저 들어가고, 아진이 뒤이어 올라탔다. 의식하지 않으려 해도 백미러로 자신을 기웃거리는 아빠를 발견할 수밖에 없었다.

"우리가 좀 한가해지려고 하니, 아진이가 시집을 가네."

"그러게."

유선이 한탄하듯 말하자 아빠가 능숙하게 핸들을 돌리며 맞장구쳤다. 두 분 다 바쁜 사람들이었다. 사업을 하는 아빠에게는 휴일이라곤 없었고, 공기업에 다녀 2년마다 지역을 옮겨 다녔던 엄마에게는 항상 시간이 부족했다. 주말부부도 저런 주말부부가 없었다.

아진이 서울에 맡겨지고 나서도 자주 얼굴을 볼 수 없었던 이유가 여기에 있었다. 유선은 항상 서울 지부로 발령을 신청했지만, 치솟는 경쟁률은 뚫기가 어려웠다. 그런데 갑자기 왜 한가해진단 말인가. 은퇴를 생각하기엔 두분 다 이른 나이였다.

"집에 무슨 일 있어요?"

"으음, 있다고 해야 할까 없다고 해야 할까. 니 아빠가 사업을 말아먹었거든."

"여보."

"농담이야. 정리했어. 그렇게 심각해질 필요는 없는데."

심각해진 아진의 얼굴을 힐끗 살핀 유선이 장난스럽게 말을 이어 갔다. 불경기이기도 했고, 더 이상 빚을 늘리면서 사업을 해야할 필요도 없어서 점차 정리하는 수순을 밟고 있다고 했다. 모아둔 돈도 있고, 유선이 공기업에 다니는 만큼, 남동생 한 명은 벌어키울 수 있다는 계산하에서였다.

그러고 보니, 아진은 단 한 번도 돈에 관련된 이야기를 해 본 적이 없다는 것을 깨달았다. 수연 이모에게 생활비를 주었다고 지레짐작하고 있었을 뿐이었다. 연기 일을 하면서 벌게 된 개런티와 몸값은 아진의 이름으로 된 통장에 차곡차곡 쌓이고 있었다. 잔뜩 삐뚤어졌던 10대의 아진도 눈을 휘둥그렇게 뜰 만큼 큰돈이었다. 사업을 하다 보면 큰돈이 필요할 때도 있었을 텐데…….

"혹시 저 때문이면……."

"으음, 아니야. 나이 더 먹기 전에 다른 일을 해 보겠다고 해서."

"……무슨 일을요?"

"아진이 네가 싫어할 수도 있는데, 말해도 되나?"

아진이 눈을 동그랗게 떴다. 마주친 시선에 웃음기가 가득했다. 어색한 마음에 조금 움츠러들자 유선이 빙긋 웃으며 입을 열었다.

"엄마, 제주 지부로 발령 신청했거든. 이왕 이렇게 된 김에 귀농이나 하자고 의기투합했지."

"예에?"

"너 따라가는 건 아니다? 준비한 건 우리가 먼저였어. 아진이 네가 갑자기 제주도라고 연락해서 얼마나 놀랐는지 아니."

"아……."

조금 놀란 건 사실이었다. 어쩐지 자신이 제주도에 집을 사서 그곳에 머무르고 있다고 말할 때부터 어딘가 분위기가 어색하게 느껴진 것도 사실이었다. 일부러 따라온다고 해도 그다지 오해할 것은 없는데……. 참 조심스러운 관계였다. 아진이 자조적인 미소를 띠었다.

"그리고, 애 학교 다니는 것도 걱정이라서. 얘가 사춘기라 그런지. 잘나가는 누나 둔 것 때문에 마음고생이 좀 있어서."

아진이 입을 다물었다. 어릴 때야 그냥 자랑했겠지만, 나이를 먹으면서는 불편해질 터였다. 유명인의 삶에는 항상 구설수가 오르기 마련이니까.

"집은 구하셨어요?"

"응, 서귀포 쪽이긴 한데 시내랑은 좀 벗어나 있어."

제주도는 아무리 멀어 봤자 차로 한 시간 정도였다. 아진이 자신의 집과 서귀포 시내와의 거리를 가늠해 보았다. 대충 한 사오십 분 정도 걸릴 것 같은데…….

"그렇게 멀진 않네요."

"그래? 다행이다. 신혼집이랑 친정이랑 너무 가까워도 안 좋대."

아진이 씩 웃었다. 잘되었다는 듯 손뼉을 짝 친 유선이 좌석시트에 몸을 기대었다. 그래도 아진 쪽으로 몸을 반쯤 기울인 채였다.

"준성이가 좋아할 것 같아요. 안 그래도 저 혼자 둬야 한다고 걱정을 하던데."

"그래? 결혼하고 나서 작품 활동은 좀 쉬려고?"

"지금도 쉬고 있어요. 좀 지친 것 같아서 쉬어도 가려고요. 뭐, 제대로 복귀 못 해도 알아서 먹여 살리겠죠. 잘나가잖아요."

농담 반 진담 반이었다. 여전히 잊히는 게 두렵지만, 놓는 법을 서서히 알아 가고 있었다. 고작 이것 가지고 흔들릴 위치 아니라고 꾸준히 옆에서 이야기해 주는 사람도 있었고…….

"그래 예쁜 우리 딸 데려가려면 그 정도는 해야지? 그치 여보?"

"뭐……."

"바쁘지 않으면 자주 오세요. 제주도 집, 혼자 있기에는 너무 넓어서."

"그래? 그럴게."

아진이 낸 용기에 유선이 반갑게 대꾸했다. 부담 줄 생각은 없다는 듯 주소나 집의 위치를 꼬치꼬치 캐묻지 않았다.

조촐하게 시작하려 했던 신혼살림은 말을 꺼내는 순간 박살이 났다.

가족끼리 조용한 결혼식을 하겠다고 상훈에게만 조심스럽게 전했는데, 어디서 말이 샌 건지 채경이 씩씩거리며 너희 이러면 안 된다며 난리를 친 탓이었다. 뒤늦게 소식을 들은 리아도 산발이 된 머리카락을 휘날리며 사장실로 뛰어들었다. 둘의 연애 이야기를 언론에 흘릴 때 기자들을 얼마나 어르고 달랬는지 알면 이렇게 할 수 없다고 잔뜩 울분을 토해 냈다. 공인인 이상 기삿거리를 흘려 줘야 할 것 아니냐는 성토에 눈만 또랑또랑 뜬 아진이 자신은 상관없다고 말해 분위기를 싸하게 만들었다. 뭐, 그래서 결과적으로는 특급 호텔에서 성대한 결혼식이 결정되고 말았지만…….

"긴 기다림이었지요? 저도 오늘만 손꼽아 기다렸던 것 같은데요. 바로 제가 윤준성 씨와 노아진 씨의 결혼식 현장에 나와 있습니다!"

리포터의 선명한 음색이 결혼식장 앞을 지켰다. 마치 영화제의 레드카펫 행사처럼 줄지어 입장하는 연예인 한 명 한 명이 특종이었다. 신부인 노아진이 아역 배우 출신이라 그런지 지인인 연예인의 나이대가 높은 편이었다. 원로 배우 윤남희까지 결혼식장에 들어서는 것을 본 리포터가 부지런하게 움직였다.

"안녕하세요, 선생님. 이번에 쿤 영화제 여우주연상 받으신 것 정말 축하드려요."

"무얼, 몇 개월 전 이야기를 하셔."

"오늘은 아진 씨 축하해 주시러 오셨나요?"

"그렇지요. 아진이는 촬영장에서 커서, 아무래도 내 딸아이 같달까……."

인터뷰가 진행되는 중간에도 속속 하객들이 도착했다.

넥타이가 마음에 들지 않는다며 백화점에 들러 넥타이를 새로 사 온 상훈은 여전히 넥타이를 매만지고 있었다. 사장님이 결혼하는 것도 아닌데 왜 그렇게 야단이냐는 채경의 구박에도 눈 하나 깜짝하지 않은 채였다.

"그래도 내 새끼들 결혼시키는 건데 신경은 써야지."

"뭐 틀린 말은 아니지만……."

채경이 웅얼거렸다. 아진이야 상훈이 업어 키운 장본인이라는 걸 모르지 않았지만, 준성과도 어릴 적부터 안면이 있었던 사이일 줄은 누가 알았겠는가. 아진도 준성도 입 한 번 열지 않았지만, 상훈에게는 배신감까지 들었다. 아무리 아는 사람이 적을수록 좋은 일이라고 해도 사람을 감쪽같이 속일 수가……. 물론 사업가에겐 적합한 자질이었지만, 화가 났다.

"저, 실장님. 인터뷰가 길어져서 하객들 불만이 좀……."

"이럴 때가 홍보팀장이 나설 때지."

"유 팀장은 회사에……."

"그럼, 기획팀장님이 맡으셔야겠네."

"사장님!"

눈을 부라려도 달라지는 것은 없었다. 상훈이 뻔뻔하게 팔짱을 끼고서 자신은 신랑 신부나 보러 가야겠다 하며 휘적휘적 자리를 떴다. 난처한 얼굴의 직원을 따라나서는 채경의 발걸음이 천근만근으로 무거웠다. 세상에 믿을 사람 하나도 없다더니. 준성이하고 연애를 해? 그것도 어릴 적부터 친구? 누가 노아진 아니랄까 봐 입단속도 철저했다. 자신조차 짐작하지 못했던 일인데 그 누가 알겠는가.

그래도 양심이라는 것은 있어서 걸리기 전에 이실직고를 해 주더라. 다른 연예인 같으면 죄를 지은 것처럼 조심스럽게 이야기할 텐데, 이 뻔뻔한 아이는 당당하기 그지없어 그녀가 뒷목을 잡게 했다. 좋은 쪽으로 기사를 내느라 얼마나 고생을 했던가. 그것도 모자라 결혼이라니! 그것도 가장 한창때에!

잔뜩 씩씩거리던 터라, 오늘은 휴일이고 자신은 하객 신분으로 왔다는 것까지 망각하고 말았다. 정신을 차렸을 때는 조금 심하다 싶은 취재 열기를 가라앉히는 자신을 발견한 후였다.

채경이 양보 못 한다며 사장실 앞에서 드러누워 시위까지 한 터라, 져 주고 들어갈 수밖에 없었다. 이러니저러니 해도 채경과 리아가 없었으면 언론과의 줄다리기에서 이 정도까지 얻어 내진 못했을 터였다.

"어때? 예뻐?"

아진이 제 웨딩드레스를 내려다보며 싱긋 웃었다. 새벽 5시부터 메이크업 숍을 거의 전세 내다시피 한 신부 화장이었다. 조금 두꺼운 감이 있긴 했지만, 결혼식에 이 정도는 다들 하지 않나. 어깨를 으쓱였다.

아진은 어린 이미지가 싫다며, 벨 라인이 아닌 머메이드로 골랐다. 골반을 강조하겠다고 줄곧 힙업 운동을 해야 했지만, 덕분에 거울에 비추어 본 모습은 만족스러웠다. 높은 웨딩 슈즈가 새것이라 그런지 걸을 때마다 발뒤꿈치가 따끔거렸지만 어차피 식 중에만 신을 것이었다.

"뻔뻔하기가 이루 말할 수가 없다. 연락 툭 끊을 때는 언제고 준성이랑 연애를 하더니 결혼을 한다네."

회한에 가득한 얼굴로 인우가 선창을 끊자, 다른 친구들 사이에서도 불만이 터져 나왔다. 뭐 직업이 직업인지라 바빠서 연락하지 못했다고 치자. 근데 좀 심하잖아. 신부 대기실에서 대놓고 성토대회가 벌어졌다.

"하는 짓은 정말 밉상인데, 예뻐서 어떻게 할 수가 없네. 아진아, 너 피부과 어디 다녀?"

"소개 좀 해 봐. 나도 신경 좀 써야겠어."

"너네 버는 돈으로 되겠냐. 원래 연예인 다니는 피부과는 비싸잖아."

"아 그런가?"

인우의 타박에 슬그머니 기대감을 가득 담고 물었던 이들의 얼굴이 실망감으로 젖어 들었다.

"소개는 해 줄 수 있어. 근데 나도 얼만지는 잘 몰라. 회사에서 해 주는 거라."

"됐어 됐어. 사진이나 찍자. 노아진이 내 친구라고 하면 안 믿는 사람이 얼마나 많은데. 증거 사진이나 남겨야겠다."

"맞아. 비공개 결혼식 참석이면 지인 인증각이지. 인스타에 올려야지."

제 옆으로 모여드는 친구들에게 잔뜩 예민해지는 대신, 아진은 손에 든 부케를 고쳐 잡았다. 더 이상 혼자 살 수 없지 않은가. 싫어도 맞춰 가야지. 자신이 먼저 끊어 냈는데도 거리낌 없이 다가와 왜 지금까지 연락 안 했냐고 타박을 했던 사람들이었다. 비록 뒤에서 무슨 이야기를 할지는 몰라도 상상만으로 벽을 쌓는 것도 그만두어야 했다.

"축하해, 아진아."

"그래, 잘 살아야 해."

"집들이 초대도 하고 좀 그래라."

셔터 소리가 몇 번 울려 퍼지고 나서야 사진을 찍겠다고 굳혔던 몸을 움직이며 많은 사람들의 축하가 쏟아졌다.

"신혼집 제주도인데?"

"와, 스케일 봐라. 니들 돈 좀 번다 이거지?"

인우가 못마땅하다는 얼굴로 팔짱을 꼈다. 그러자 맞장구라도 치는 듯 주변에서 불만이 터져 나왔다. 서울 살아도 얼굴 보기 힘든데 제주도로 가면 어쩌냐는 투정 어린 말들이었다.

"보고 싶으면 티브이로 봐."

"와, 이 뻔뻔한 것 보게."

"양심이 없네. 양심이. 친구 좋다는 게 뭐냐. 시사회 티켓이라도 좀 챙겨 주고 그런 말 하는 거야."

"맞아 맞아."

아진이 능청스럽게 어깨를 으쓱하자 인우를 필두로 다시 핀잔이 날아왔다. 좋은 날이니 더 심한 말을 하지 않겠다는 아이들의 모습에 아진이 빙긋 웃음을 머금었다.

"그래도 보고 싶으면 제주도 와. 그래도 한 번은 거하게 대접할 테니."

"정말? 나 휴가 낸다?"

"나도 나도. 아예 우리 날을 잡을까?"

"우리가 문제냐? 쟤네 스케줄이 문제지. 준성이 걔 저번 주에 홍콩 다녀왔다고 하지 않았나?"

"아아……."

나름 배려를 한다고 한 말인데 분위기가 침울하게 내려앉았다. 여기서 더 어떻게 해야 할까 눈을 데굴데굴 굴리는데, 열린 신부 대기실 문 앞으로 낯익은 얼굴들이 나타났다.

"와, 연예인이다."

아이들의 시선이 그쪽을 향하는 것은 당연한 일이었다. 남희부터 여배우들이 가득했다. 아무래도 신부 대기실이라 여자 연예인들만 온 모양이었다.

"아진아 이따가 봐."

"와, 나 좀 있다가 사인 받아도 되려나? 아진이 네 친구라고 하면 해 주실까?"

"팬이라고 해도 해 주실걸."

조금은 멍한 표정으로 눈을 떼지 못하는 친구들을 밀어서 보내며 아진이 웃음을 삼켰다. 새벽부터 이어진 바쁜 일정이었다. 바로 이때만을 위한……

축하한다는 말을 귀 따갑게 들으며, 웨딩 헬퍼의 도움을 받아 식장으로 향하는 걸음이 가벼웠다. 문 뒤에서 대기하는데, 사회를 봐주기로 한 차준의 입담이 장난이 아니었다. 연예계에 두루두루 많은 인맥을 걸쳐 놓은 만큼, 분위기도 나쁘지 않았다.

그가 화촉 점화를 안내하자 유선과 수연이 한복을 곱게 차려입고 화촉을 밝히기 위해 먼저 버진로드를 걸어 나갔다. 고운 레이스와 붉은 꽃잎이 깔린 길이었다.

"아무래도 저 멋진 모습은 어머님을 많이 닮은 것 같지 않나요? 그럼, 이쯤에서 기다리고 기다리던 우리 주인공들을 불러 봐야겠지요? 자, 신랑 입장."

시상식이라고 해도 손색이 없을 정도의 하객들이었다. 참석하게 되면 난처한 질문을 받을 게 분명한 서하마저 참석을 한 자리였다.

끝나고 짓궂은 질문은 없었는지 연락을 해 봐야겠다고 결심하며, 아진이 웨딩 헬퍼의 도움을 받아 버진로드의 초입에 섰다. 씩씩하게 걸어 나가는 준성의 뒷모습을 바라보다 욱신거리는 발을 내려다보는데 커다란 손이 눈앞에 내밀어졌다.

"꽉 잡고, 기대라."

"아빠……."

아진이 떨리는 손을 내밀어 마주 잡으며 왠지 모르는 울컥한 감정을 내리눌렀다. 신혼집 정리네, 준성의 이사 준비네 핑계에 발 한번 맞추어 보지 못했다. 아진이 습관적으로 입술을 깨물어 눈물을 참아 냈다.

"신부님, 벌써부터 그러시면 화장 망가져요."

다급하게 제 파우치에서 립스틱을 꺼내 든 웨딩 헬퍼가 수정을 하겠다며 부산을 떨었다. 덕분에 나오려는 눈물이 쏙 들어갔다.

"자, 그럼 기다리고 기다리셨던 신부 입장!"

차준의 경쾌한 목소리가 마이크를 타고 식장에 울려 퍼졌다. 단단히 붙잡아 주는 손에 기대 한 걸음을 떼는 발이 조심스러웠다.

너에게로 향해 가는 길.

기어이 이렇게 되는구나. 이상하게도 너한테는 계속 지게 된다. 아진이 허탈한 숨을 길게 내뱉었다.

연애 공개도, 결혼도 그렇게 반대만을 했었는데 어느 순간 준성에게 말려드는 자신을 발견했다. 그래도 싫지 않은 건, 어째서일까. 제멋대로만 살아왔는데…….

"잘하게."

"감사합니다."

단상의 코앞에서, 자신은 여기까지라는 듯 단단히 붙들었던 손을 놓고 아빠가 뒤돌아섰다. 이끌리듯 준성에게 얹어진 손은 긴장한 듯 싸늘하게 식어 있었다.

"긴장했어?"

"……조금."

긴장하지 않았다면 거짓이지만, 그렇다고 준성만큼은 아니었다. 슬쩍 올려다본 그의 얼굴이 하얗게 질려 있었다. 입장하기 전에 무슨 일이라도 있었나. 아진이 소리 없이 웃음을 삼켰다. 허리와 골반의 선을 그대로 드러낸 머메이드 라인이었다. 숨을 한 번 크게 쉬기도 힘들었다.

그렇게 두 사람은 쉼 없이 터지는 스포트라이트 아래에서 영원한 사랑을 맹세했다.

새벽에 눈을 떠도, 아침에 눈을 떠도 이제 더 이상 외롭지 않았다. 아무리 깜깜하게 커튼으로 창을 막아 둬도, 이른 새벽부터 커튼을 걷고 햇살을 받는 사람이 있으니까.

— The end

첫사랑의 끝에서

초판 1쇄 찍음 2017년 8월 31일
초판 1쇄 펴냄 2017년 9월 7일

지은이 | 피 니
펴낸이 | 정 필
펴낸곳 | (주)뿔미디어

편집장 | 박경희
기획 · 편집 | 김수정
표지 디자인 | 박현진

출판등록 | 2002년 9월 11일 (제1081-1-132호)
주소 | 경기도 부천시 원미구 소향로 17, 303(두성프라자)
전화 | 032)651-6513 / 팩스 | 032)651-6094
E-mail | dahyangs@naver.com
블로그 | http://blog.naver.com/dahyangs
비북스 | http://b-books.co.kr

값 9,000원

ISBN 979-11-315-8187-2 03810

www.b-books.co.kr